Der Kanisterkönig

LARS SUND

Der Kanisterkönig

Roman

Aus dem Finnlandschwedischen
von Jörg Scherzer

Deutsche Verlags-Anstalt
Stuttgart

Die Originalausgabe erschien 1991 unter dem Titel
»Colorado Avenue« bei Söderström & Co., Helsinki

Die Übersetzung wurde vom
Finnish Literature Information Centre, Helsinki, gefördert.

Die Deutsche Bibliothek – CIP-Einheitsaufnahme
Sund, Lars
Der Kanisterkönig: Roman.
Aus dem Finnlandschwedischen von Jörg Scherzer.
Stuttgart: Deutsche Verlags-Anstalt, 1999
ISBN 3-421-05189-5

Typographische Gestaltung: Kerstin Mardfeldt
Satz: Stempel Garamond (QuarkXPress) im Verlag
Druck und Bindearbeit: Friedrich Pustet, Regensburg
Diese Ausgabe wurde auf chlor- und säurefrei
gebleichtem, alterungbeständigem Papier gedruckt.
Printed in Germany
ISBN 3-421-05189-5

Teil I

Rödskär-Hannas große Liebe

Telluride, Colorado
1893 – 1905

Kapitel Eins

Dollar-Hanna hatte ein besonderes Verhältnis zu Dynamit.

Der Geruch von explodiertem Dynamit war für sie unauflösbar mit Liebe und Trauer verbunden. Von jenem Augenblick an, als sie nach Finnland zurückkehrte, bis zu ihrem Tod viele Jahre später konnte sie sich diesen Geruch so deutlich ins Gedächtnis rufen, daß sie fast spürte, wie er sie in der Nase kitzelte. Eine herbe Mischung aus Schwefel, heißem Metall und Ozon, die das Bild eines Mannes in ihr hervorrief, der langsam eine staubige Straße entlangging und ein Paar Satteltaschen und eine Winchesterbüchse trug, den Hut in die Stirn gezogen; im Hintergrund türmten sich Berge auf, ihre spitzen, schneebedeckten Gipfel glänzten vor dem tiefblauen Himmel wie große Glasscherben.

Dieser Mann war der Vater meines Großvaters.

Aus Telluride, Colorado, hatte Dollar-Hanna den Dynamitgeruch mit nach Hause gebracht. Telluride liegt in neuntausend Fuß Seehöhe in einem länglichen, tiefen Tal, das an genau die Schüsseln erinnerte, in denen man in Österbotten Kartoffeln servierte. Rings um das Tal erhoben sich die hohen Bergspitzen der San Juan Mountains, jenes Ausläufers der Rocky Mountains, der sich durch den südwestlichen Teil Colorados bis hinunter zur Grenze von New Mexico erstreckt. Der Dynamitgeruch, der ständig in der dünnen Bergluft hing, rührte von den Sprengungen in den zahllosen Gruben her, die die umliegenden Berge aushöhlten. Als Hanna in der Mitte der neunziger Jahre des 19. Jahrhunderts dorthin kam, war Telluride eine brodelnde Bergwerksstadt, die noch so neu war, daß sie sich trotz ihrer ungezählten Saloons und Hurenhäuser einen fast kindlichen Zug der Unschuld bewahrt hatte.

Hanna war im Frühjahr 1893 in die Vereinigten Staaten ausgewandert. Damals war sie achtzehn Jahre alt, ein blondes, schüchternes Mädchen, nicht unbedingt anmutig, aber stark und gut gebaut und vom Schöpfer mit einem großgewachsenen Körper ausgestattet, der förmlich danach schrie, zu arbeiten und seine Pflicht zu erfüllen. So wie andere hoffnungsvolle Auswanderer wurde sie durch die damals gerade neu eröffnete Einwandererstation auf Ellis Island vor New York in das Gelobte Land eingeschleust. Ihr erster Eindruck von Amerika war pures Entsetzen. Furchterregend ragte auf ihrer Insel in der New York Bay im pastellfarbenen Morgendunst die Freiheitsstatue auf, ihr totes Kupfergesicht grünspangefleckt, den riesigen, entblößten rechten Arm so erhoben, daß man schon weitem die Rundung des Armes und die Umrisse der Knochen im Handgelenk erkennen konnte, da die Hand sich spannte, um die Fackel hochzustrecken. Für Hanna, die aus den Schären stammte und in ihrem ganzen Leben keine andere Statue gesehen hatte als die Armenbüchse neben der Kirchenpforte zu Hause in Siklax, war es ungehörig und zutiefst gotteslästerlich, den menschlichen Körper auf so realistische Weise abzubilden. Das war obszön.

Noch erschreckender erschien ihr Ellis Island, die »Insel der Tränen«, mit ihren gefängnisartigen Steingebäuden, die von Kuppeln und einem Wald von Schornsteinen gekrönt wurden. Die neu eingetroffenen Einwanderer wurden mit Schaluppen von ihrem Dampfer, der auf der Reede ankerte, an Land gebracht und mußten ihr Gepäck im Erdgeschoß des Hauptgebäudes zurücklassen, dann wies man sie in einen riesigen Saal im ersten Stock. Es war der größte Raum, den Hanna jemals gesehen hatte, seine Dimensionen übertrafen alle ihre Vorstellungen. Eiserne Kronleuchter, so riesig wie Mühlräder, hingen von der gewölbten Decke, die von starken Steinpfeilern getragen wurde. Hüfthohe Barrieren aus Blech teilten den Raum in so etwas wie Pferche ein; gehetzte, blauuniformierte Einwanderungsbeamte sortierten die Neuankömmlinge nach

Nationalitäten und dirigierten sie mit Handzeichen an ihre Plätze.

Einige hundert Passagiere eines anderen Dampfers, der eine Stunde früher eingetroffen war, befanden sich bereits in der Empfangshalle. Stimmen, die sich in unbegreiflichen Sprachen äußerten – Russisch, Deutsch, Lettisch, Polnisch, Jiddisch –, hallten unter dem Deckengewölbe wider. Die Geräusche, das Gedränge, all die Gesichter und die übermäßigen Proportionen des Raumes führten dazu, daß sich in Hannas Kopf alles drehte. Überwältigt sank sie auf eine Bank nieder, auf der sie sitzen blieb und durch die hohen, mit Gittern versehenen Fenster an der einen Schmalseite des Gebäudes die Aussicht betrachtete, ohne ihren Augen Glauben schenken zu wollen: Im klaren Licht des Frühlingsmorgens breitete sich Manhattan aus, eine Zusammenballung von Häusern, so weit das Auge reichte, die Sonne funkelte in unzähligen Fensterscheiben und glänzte in vergoldeten Dachspitzen, die Sandsteinfassaden leuchteten in Ocker und Rot, Rauch aus Tausenden von Schornsteinen stieg in den Himmel.

Hanna wollte weinen. Aber sie schluckte die Tränen hinunter. Sie, die in die Welt hinauswollte, mußte einstecken können, nur auf den Herrn und sich selbst konnte sie vertrauen; Weinen und Zähneknirschen nützten wenig.

Hanna betete leise zu Gott, während sie dort saß; dann dachte sie an ihre Mutter.

Einer nach dem anderen wurden die neueingetroffenen Einwanderer die langen Stahltreppen zu den Untersuchungsräumen hinaufgeführt, die auf Galerien über der Empfangshalle lagen. Ein Arzt in Uniform machte Hanna ein Zeichen, sie solle ihre Bluse aufknöpfen. Flammendrot und aufs neue bereit, in Tränen auszubrechen, stand sie im bloßen Hemd vor ihm, doch mit gleichgültiger Miene gebot er ihr, sie solle husten und Luft holen, während er ihr das Metallohr seines Stethoskops auf den Rücken preßte. Ihre Augenlider wurden mit einem Metallhaken angehoben, die Zähne wurden besichtigt, als wäre sie ein Pferd auf dem

Markt. Dann wurde sie weitergeknufft. Sie wurde gefragt, ob sie lesen und schreiben könne; sie bejahte. Man verlangte zu erfahren, ob sie Arbeit und Wohnung habe; schüchtern hielt sie einen Zettel hin, auf der die Adresse einer Pension in Yonkers stand. Ihre Papiere wurden von einem fetten Beamten in einem schweißfleckigen Hemd überprüft; unruhig wartete sie. Dieser Beamte würde entscheiden, ob sie nach Amerika kommen durfte oder zurück über den Atlantik geschickt wurde.

Der Einwanderungsbeamte streckte langsam die Hand nach einem Stempelhalter mit Stempeln in unterschiedlichen Größen aus und ergriff einen von ihnen. Er knallte den Stempel zweimal in ihren Paß. Wortlos reichte er ihr die Papiere und deutete auf den Ausgang. Hanna galt als gesund und geeignet, in die Vereinigten Staaten eingelassen zu werden.

Eine Dampfschaluppe brachte sie zum Battery Park an der Südspitze Manhattans. Endlich war Hanna in Amerika – einem Amerika, das sie mit Menschengewimmel und Geschrei, chaotisch und unbegreiflich, voller fremder Gerüche und greller Farben empfing. In ihrer Brust, die dem Arzt zu zeigen sie sich so sehr geschämt hatte, schmerzte das Heimweh, nun aber waren die Tränen weit, und ihre Beharrlichkeit trieb sie an – hinein in das Menschengewimmel.

Zu behaupten, Hanna sei aus reiner Abenteuerlust nach Amerika ausgewandert oder um vor den engen Verhältnissen zu Hause in Österbotten zu fliehen, wäre übertrieben. Sie war mit einer bestimmten Absicht nach Amerika gefahren. Sie wollte ausreichend Geld verdienen, um ein Stück Land kaufen und einen kleinen Hof bauen zu können, für sich und ihre Mutter, und einen Viehstall für die Kuh, die sie haben würden.

Hanna war in den Schären von Siklax geboren und hatte ihre ersten fünf Lebensjahre auf Rödskär zugebracht, dann kam das Unglück über sie. Sie stammte von den Östmans auf den Gran-Inseln ab, was für Schärenverhältnisse hieß, daß in ihren Adern geradezu adliges Blut floß. Ihr Vater hatte jedoch mit der Familie gebrochen, vielleicht hatte man ihn auch verstoßen, was von beidem, sollte Hanna niemals erfahren.

Rödskär-König hatte man ihren Vater genannt. Selbstverständlich war er Fischer gewesen, außerdem aber auch ein Gauner. Was nichts Bemerkenswertes war: So gut wie alle Schärenbewohner betrieben Schmuggel als Zubrot, und dort draußen sah man nichts Unrechtes darin, hin und wieder mit Konterbande über den Meerbusen zu segeln oder Frachtschiffen entgegenzufahren, deren Kapitäne fast immer etwas an Bord hatten, das nicht auf der Ladeliste stand und diskret an Land gebracht werden mußte, ehe das Schiff klariert wurde und die Vertreter der kaiserlich russisch-finnischen Zollverwaltung an Bord kamen. Auf Rechnung der Kapitäne Schmuggelware an Land zu bringen, war ein lohnendes, keineswegs jedoch ungefährliches Geschäft, in erster Linie, weil die Zollboote mit Vorliebe ohne Vorwarnung auf verdächtige Boote schossen; hinzu kam, daß der Kvarken immer ein launisches, aufgebrachtes Wasser war.

Seine letzte Fahrt mit Schmuggelgut machte der Rödskär-König an einem Oktoberabend im Jahre 1892, als Hanna sechs Jahre alt war.

Die Bootsmannschaft, zu der auch die beiden älteren Brüder Hannas gehörten, hatte sich vor Hästbåda mit einem Küstensegler aus Vasa getroffen, um einige Ballen italienischer Seide an Land zu bringen. Im Verlauf des Nachmittags hatte es aufgefrischt zu leichtem Südweststurm, dennoch ging alles gut, vor dem Bug ihres Heringsfischers stieg der Schaum auf, und mit stark gerefften Segeln liefen sie nach Storgloppet ein, das die äußeren Schären von Siklax von den inneren Fahrwassern trennt. Dort kam ihnen der Zolldampfer entgegen, dessen Rauchfahne sie im diesigen Licht nicht bemerkt hatten.

Zeit, Ort und sonstige Umstände ließen es den Zöllnern geboten erscheinen, dem Heringsfischer das Signal zum Beidrehen zu geben. Um den Ernst der Aufforderung zu unterstreichen, feuerten die Zöllner einen Kanonenschuß ab; die Granate strich so dicht über das Boot hinweg, daß die Besatzung sich auf das Hellegatt werfen mußte, und riß ein Loch in das Segel, das den Durchmesser eines 25-Liter-Fäßchens hatte.

Der Rödskär-König war aber keineswegs der Mann, der wegen ein bißchen Kanonendonner klein beigab. Vielmehr gipte er – bei steifem Wind ein einigermaßen gefährliches Manöver – und steuerte in den Sund zwischen Brudskär und Truthällan. Dort hatten sie schweren Seegang, die Untiefen brodelten wie Wasser in einem Kessel, aber dorthin würde sich der Zoll kaum wagen. Der Rödskär-König war dort sein Lebtag gesegelt und glaubte, die Lage der Untiefen und der Klippen ebensogut zu kennen, wie er wußte, wo auf seinem Hof die Steine lagen.

An diesem stürmischen, schaumüberspülten Oktoberabend aber machte er einen Fehler.

Womöglich kannte er das Fahrwasser doch nicht so gut, wie er angenommen hatte, vielleicht ließ er sich vom schlechten Licht täuschen, unter Umständen lag es auch am Punsch, mit dem ihn der Schiffer aus Vasa so großzügig traktiert hatte. Kurzum: Der Heringsfänger lief auf Grund, daß es krachte, und stellte sich sofort quer zur See. Dann kam eine riesige Woge, die schon von den Gewässern vor dem schwedischen Sundsvall her hatte Kraft sammeln können, und diese Woge wälzte sich über den Heringsfänger, brachte ihn zum Kentern und knickte Spanten und Schiffsseiten, als handelte es sich um vorjähriges Stroh. Dann ertränkte sie alles in brausendem Schaum.

Hannas Mutter träumte in jener Nacht, ihre beiden Söhne feierten Hochzeit. Sie waren tropfnaß und hatten Seegrasbüschel in den Haaren; ihren Bräuten fehlten die Gesichter, hinter den Schleiern war nur Schatten. Die Bedeutung des Traums war unverkennbar, der Polizeikommissar aus Siklax wurde infolgedessen bereits erwartet, als er angesegelt kam und schroff mitteilte, der Rödskär-König und seine Söhne seien ertrunken, als der Zolldampfer

»Kvarken« ihren Heringsfänger aufbringen wollte. Die Leichen wurden nie gefunden, vermutlich waren sie, wie die Ladung, aufs Meer hinausgetrieben worden, als der Wind in der darauffolgenden Nacht drehte. Nichts wurde gefunden, von einem zerbrochenen Spritzbord abgesehen, das sie aus den Wellen des Storgloppet fischten.

Schärenfrauen verbringen ein strenges Leben und müssen stets darauf vorbereitet sein, allein gelassen zu werden, wenn ein wütendes Meer ihnen die Männer stiehlt, Gefühlsseligkeit und Tränenströmen fallen sie also kaum anheim. Aber selbst für die Schärenbewohner waren die fehlenden Anzeichen von Trauer bei der Witwe des Rödskär-Königs bemerkenswert. Ohne eine Miene zu verziehen, hörte sie sich das Gebet des Pfarrers für die Toten an, und als man vortrat, um ihr zu kondolieren, antwortete sie nur: »Das Meer gibt, und das Meer nimmt. Ich hab das kleine Boot und einen Fleck Land, da hab ich Heringe und Erdäpfel, und die Hütte hab ich auch.«

Damit kehrte sie ihnen den Rücken, nahm die kleine Hanna bei der Hand und stieg ins Boot, um nach Hause, nach Rödskär zu rudern.

Indessen entspricht es nicht der Wahrheit, daß Hannas Mutter nicht trauerte. Es gibt zwei Arten von Trauer: die, die nach außen geht, und die, die nach innen geht. Die letztere ist die schlimmere, denn sie höhlt den Menschen im stillen aus und vergiftet ihn, so wie der Krebs, und sie ist ebenso schwer zu kurieren. Die Trauer von Hannas Mutter gehörte zur letztgenannten Art. Trocken und hart wurde sie davon, wie die Wurzel einer Krüppelkiefer.

In den Nächten rief sie sich ihren Verlust ins Gedächtnis zurück, während der Wintersturm mit den Fensterscheiben klapperte und die Wogen auf den Klippen von Rödskär grollten. Nur mit sich konnte sie sprechen, darum bekam sie jene Antworten, die sie bekommen wollte, und nach und nach gelangte sie zu der Ansicht, daß der Rödskär-König sie verraten hätte, als er ertrunken war; doppelt zählte der Verrat, weil er auch die Söhne mit auf die schicksalhafte Fahrt genommen hatte. Je mehr sie dies wiederkäute, kehrte sich ihre Bitterkeit gegen das Mannsvolk im allgemeinen. Keineswegs alt und verbraucht, hätte sie wieder heiraten können, schlug jedoch alle Freier mit ihrer Bitterkeit in die Flucht. Sie war die Gefangene ihrer eigenen Einsamkeit, vermochte das aber nicht einzusehen, sondern schob es auf die, um die sie trauerte.

Zu ihrer Tochter war sie nicht gut.

Es stellte sich heraus, daß Hannas Mutter sich geirrt hatte, als sie sagte, wenigstens habe sie die Hütte und das Kartoffelland, das sie unbarmherzig von Hanna bestellen ließ. Zu Frühjahrsbeginn kam der Polizeikommissar wieder nach Rödskär: Er hatte den Auftrag, sie an die Luft zu setzen. Begleitet wurde er von einem Landvermesser und einem Ingenieur. Das Inselchen war mittlerweile von einem Konsortium aufgekauft worden, das roten Granit brechen und die Steine mit Lastkähnen nach Vasa schaffen wollte. Der Rödskär-König hatte sich vorzeiten auf der Insel niedergelassen, ohne das Land ins Grundbuch eintragen zu lassen; seine Witwe und seine Tochter hatten somit keinerlei Recht, dort wohnen zu bleiben. Zwei Stunden bekamen sie Zeit, von ihrer Habe zusammenzutragen, was im Boot Platz hatte. Hanna und ihre Mutter wurden zu unfreiwilligen Untermietern bei der Schwester der Mutter, die verheiratet war und in Stranden wohnte.

Hannas Mutter ertrug ihr neuerliches Unglück keineswegs mit demütiger, schweigender Würde, wie man es von einer mittellosen Witwe erwartet hätte. Lauthals verwünschte sie den Rödskär-König, weil er sie verlassen hatte, sie verfluchte den Patron Sebastian auf Holmas, den alten Smeds, und die anderen Mitglieder des Granitkonsortiums, sie rief ihren evangelisch-lutherischen Gott an und schalt ihn aus, weil er, der letztlich Verantwortliche, es so gelenkt hatte, daß dieses Elend über sie gekommen war. Trotz ihres Unglücks hatte Hannas Mutter ihren Glauben nämlich nicht verloren, wenn ihre Religiosität mit der Zeit auch immer absonderlichere Züge annahm. Sie verhielt sich vor dem Herrn wenig untertänig und meinte, sie stehe auf annähernd gleichem Fuß mit ihm, und erließ allerlei Befehle und Anweisungen, wie seine Vogtei geführt werden sollte. Da man ihr jedoch nur allzu selten gehorchte, fand sie reichlich Gelegenheit, mit ihrem Gott zu streiten und zu zanken. Sie behandelte ihn ungefähr so, wie sie den Rödskär-König zu dessen Lebzeiten behandelt hatte, mit einer Mischung aus erzürnter Liebe und harten Fäusten, denn alles Mannsvolk brauchte Festigkeit, wenn es jemals ordentlich zugehen sollte. Gott war nun mal, allen Zeugnissen zufolge, männlichen Geschlechts – ein Umstand, der Hannas Mutter mit der Zeit zunehmend Verdruß bereiten sollte, denn am liebsten hätte sie gesehen, daß eine Göttin über Himmel und Erde herrschte.

In ihrem Tagewerk war Hannas Mutter hingegen praktisch und rührig und darauf erpicht, ihre Pflicht zu tun. Von Rödskär hatten sie das kleine Boot und die Sprottennetze mitgenommen, und die Fischerei erbrachte einen Beitrag zum Unterhalt. Hannas Mutter war bei den Bauern von Siklax beim Heumachen, der Ernte und dem Dreschen in Arbeit, und sie besaß noch andere Fähigkeiten, die ihr und ihrer Tochter den Unterhalt sicherten.

Von ihrer Mutter besaß sie die Rezepte für allerlei Salben und Tränke, die gegen Krankheiten und Gebrechen helfen sollten; sie konnte Blut stillen und Wunden und Geschwüre behandeln, Geschwülste, Schlangenbisse und Verrenkungen. Im Wald und auf den Wiesen sammelte sie Kräuter und Pflanzen, trocknete sie und bewahrte sie in Glasflaschen auf, deren Anzahl mit den Jahren derart zunahm, daß sie schließlich ein regelrechtes Apothekerlager ausmachten. Auch wenn Frauen niederkamen, ging Hannas Mutter zur Hand, denn in den Schären war man auf sich selbst angewiesen, und Hannas Mutter hatte schon früh Kenntnisse in Handgriffen und Maßnahmen erworben, die erforderlich waren, wollte man neuem Leben auf diese Welt verhelfen.

Sonderbarerweise war ihr ihre barsche Art bei dieser Tätigkeit keineswegs hinderlich. Eher im Gegenteil. Krankheit und Leiden sind große, ernste Dinge: Von jemandem, der die Geheimnisse des Körpers kennt, erwartet man nicht, daß er freundlich und vergnügt ist, man sollte sogar ein wenig Angst vor ihm haben. Ob Hannas Mutter das nun selbst erkannt hatte oder nicht, jedenfalls trug ihr gereiztes Brummeln zur Stärkung ihres Rufs bei: Mit der Zeit suchten die Leute sie mit allen möglichen Gebrechen auf, für die sie Heilung suchten. Dann konnte es vorkommen, daß sie den Kranken mit klaren, durchdringenden Augen ansah und sagte: »Du machst das Jahr nicht voll, du.« Erstaunlich oft trafen ihre Vorhersagen zu.

Was an ihren rein medizinischen Kenntnissen lag, aber auch daran, daß Hannas Mutter an einem Sonntag geboren war und die Fähigkeit besaß, Dinge zu sehen, die andere nicht sahen. Im selben Herbst, in dem sie nach Stranden kam, sah sie, wie Nacht für Nacht auf Trågas Irrlichter brannten; in der letzten Nacht wanderte der grünliche Lichtschein von Fenster zu Fenster, bis er schließlich an der letzten Kammer anhielt, in der der Hausherr schlief. In der folgenden Nacht starb Trågas-Simon.

Das zweite Gesicht war in der Familie verbreitet (wenn auch ausschließlich auf der Frauenseite) und rührte angeblich von einem Spritzer südländischem Blut her, das bekanntlich dunkler und dicker ist als das von der üblichen lutherischen Art: Das Südländische verriet sich bei Hannas Mutter auch in den dunkelbraunen Augen, dem rabenschwarzen Haar und in ihrem Temperament.

Dieses südländische Blut war der Familie zugeführt worden, als die Großmutter von Hannas Mutter in einer stürmischen Novembernacht Ende der achtziger Jahre des 19. Jahrhunderts einen schiffbrüchigen Jüngling von den Toten erweckte.

Damals trieb eine Bark, die eine Salzladung von Trapani zum frisch gegründeten Außenhandelshafen Vasa transportierte, mit zerfetzten Segeln und leckem Rumpf hilflos auf dem Meerbusen, an Bord befand sich ein munterer Jüngling namens José, der in der spanischen Stadt Cádîz angemustert hatte.

Als die Not am größten war und der Untergang gewiß, sah man durch Dunkelheit und stiebenden Schaum einen Lichtschein. Im Glauben, die treuen Einwohner von Vasa hätten auf Rönnskär ein Feuer gemacht, um dem lange erwarteten Schiff sicher in den Hafen zu helfen, setzte der Schiffer ein Notsegel und hielt auf den Lichtschein zu. Indes handelte es sich bei dem Lichtschein nicht um das Werk der Einwohner von Vasa, sondern um eine Falle: Die Bark lief bei Hästbådan auf Grund und verwandelte sich unverzüglich in ein Wrack.

In den Schären von Siklax hieß es seit je: Hat Gott ein Schiff einmal zum Untergang verurteilt, kann es kaum eine Sünde sein, wenn man seinem Willen ein wenig auf die Sprünge hilft. Daher hatte man sich angewöhnt, wenn es auffrischte, in christlichem Eifer ein Feuer auf Hästbådan anzuzünden. Die Bergung des Strandgutes konnte reichen Ertrag bringen.

In diesem Falle war freilich nichts zu bergen, außer dem Jüngling José. Und der war so tot, wie man es sich nur vorstellen konnte, zumindest, soweit sich dies beurteilen ließ, und obendrein war er völlig nackt. Das hieß natürlich auch, daß es einem erspart blieb, den Armen zu erschlagen, was sonst üblich war, wenn es Überlebende gab. Man entschloß sich, den Ärmsten mit dem Boot nach Siklax zu bringen und ihm dort ein anständiges Begräbnis zuteil werden zu lassen. So wurde er in Erwartung besseren Wetters in einen Schuppen gelegt und mit einem ausgedienten Segel zugedeckt.

Und hier fände die Geschichte nun ihr Ende, wäre Hannas Urgroßmutter nicht ein neugieriges junges Mädchen gewesen. Sie hatte noch nie einen nackten Mann gesehen und erkannte, daß dies die geeignete Gelegenheit war. Sie fand den nackten Jungen schön. Sie berührte ihn. An seinem Leib entdeckte sie einen sonderbaren Auswuchs und kam schließlich auf den wunderlichen Einfall, er könne in jene

Öffnung passen, die sie zwischen ihren Beinen hatte. Sie erlag der Versuchung, es auszuprobieren.

Da geschah etwas Erstaunliches: Zunehmend wurden die eiskalten, starren Glieder des jungen Mannes weicher und wärmer, eines nach dem anderen, seine Brust hob sich, seine Augen, dunkel und schön wie eine Augustnacht, öffneten sich; jenes einzelne Glied aber, das anfangs schlaff wie erfrorenes Kartoffelkraut war, wurde steif und wuchs auf verblüffende Weise. Es war ein wahres Wunderwerk! Der Jüngling José glaubte, er sei im Himmel, wo man ihn auf die denkbar angenehmste Weise empfing, und zum Erstaunen aller hörte man aus dem Leichenschuppen spanische Freudenschreie und Lobpreisungen, die so laut waren, daß sie das Tosen des Sturms übertönten.

José blieb in den Schären von Siklax und heiratete das Mädchen, das ihn auf so wunderbare Weise ins Leben zurückgebracht hatte. Häufig und gern ließ er sich von seiner Ehefrau von den Toten erwecken. Ihre Erstgeborene war Hannas Großmutter.

Hanna war viel zu klein, um die Tragweite ihres Unglücks zu begreifen – und dennoch begriff sie. Irgendwo, tief in ihrem Herzen und von Worten nicht zu erreichen, versteckte sie Trauer und Sehnsucht, und sie sollten sie ihr Leben lang begleiten. Neue Trauer und noch größere Sehnsucht sollten hinzukommen, sie hart machen wie eine Rotkiefer und ihre Persönlichkeit formen wie das Meer die Felsen auf den kleinen Inseln und Eilanden in den äußeren Schären, bis nur noch das Wesentliche bleibt. Niemals aber sollte Hanna hart genug werden, um die Hoffnung zu verlieren – oder die Fähigkeit zu lieben.

Hanna wuchs mit Scham und Demütigung als treuen Begleiterinnen auf: Ständig wurde sie daran erinnert, daß sie und die Mutter wie vom Wind getriebene Seevögel nach Stranden gekommen waren und anderen zur Last fielen. Die Menschen auf dem Festland waren von einer anderen Sorte wie die in den Schären, sie besaßen mehr von allem, auch von

Ungefälligkeit und Neid. Schärenbewohnern mißtrauten sie von alters her, und nichts von dem, was Hannas Mutter sagte oder tat, widerlegte ihre Vorurteile. Daß Hannas Mutter sich als weise Frau betätigte und das Gerücht, sie könne Tod und Unglück vorhersagen, sorgten dafür, daß die Kinder in Stranden, von der Furcht der Erwachsenen geleitet, Hanna mieden.

Hanna bemerkte ihre Einsamkeit kaum. Sie glaubte, das gehöre dazu. Aus der Entfernung beobachtete sie die Spiele der Kinder, sie hörte ihre Rufe und ihr schrilles Gelächter, ihr war das alles unbegreiflich. Auf Rödskär hatte es keine anderen Kinder gegeben, sie wußte ganz einfach nicht, wie man spielt.

Und niemand erklärte es ihr.

In ihrer Einsamkeit war Hanna ein meist ruhiges, vergnügtes Kind, das selten weinte oder nörgelte. Sie war ein sehr ernstes, stilles Mädchen, das die Welt aus großen, meergrauen Augen betrachtete, deren Blick viele Menschen nur mit Mühe erwidern konnten. Häufig begleitete sie die Mutter zu ihren Verrichtungen; der Geruch der Krankenzimmer, die Schreie der Gebärenden schienen sie nicht zu schrecken, auch die Toten nicht (Hannas Mutter wurde auch zur Leichenwäsche herangezogen); als Erwachsene sollte sie sich an die Leichen erinnern, die auf Brettern in Nebengebäuden und Schuppen lagen, mit starren, gelben Gesichtern und halb offenen Mündern und Augen, und sie sollte sich an den Geruch und die Kälte erinnern, von der die Toten stets umgeben waren.

Irgendwo tief in Hannas Innerem gab es jedoch etwas, das zerrissen und zerfetzt war, und daraus sickerte bisweilen Sorge und Schrecken. Noch als sie acht, neun Jahre alt war und in die Kinderschule der Glöckner-Gretasa ging, kam es vor, daß sie nachts verzweifelt weinend aufwachte und aus dem Bett herausmußte, barfuß und frierend in ihrem kurzen Hemd, als suche sie nach etwas, das sie für immer verloren hatte, wobei sie mechanisch, wie eine Mesmerisierte in der Kammer herumirrte; wenn sie schließlich aufwachte, konnte sie sich nicht erinnern, wonach sie gesucht oder was sie geweckt hatte, zitternd kroch sie zurück unter die Decke, das sanfte Prasseln des Schilfrohrs, mit dem das Deckbett gefüllt war, beruhigte sie und ließ sie wieder einschlafen. Die Mutter unternahm nichts, um sie bei solchen Gelegenheiten zu trösten, denn alles, was mit Zärtlichkeit und Liebkosungen zu tun hatte, war der Mutter absolut fremd, vielmehr packte sie Hanna und schüttelte sie. Hanna fehlte die Zärtlichkeit eigentlich nicht, denn sie wußte noch nicht, daß es sie gab – und erfuhr es erst als Erwachsene. Dann aber sollte sie ihr um so mehr fehlen.

So lebten sie in Stranden, Hanna und ihre Mutter, einsam und sozusagen auf der Seite. Ihre Mutter arbeitete, stellte Diagnosen, brummte in sich hinein, kanzelte Gottvater ab und grübelte über ihr Unglück nach. Dabei hatte sie ein einziges Laster: Sie rauchte. Den Tabak baute sie selbst auf einem Ackerstreifen hinter dem Haus an. Sie rauchte niemals in Gegenwart anderer, obwohl in ganz Stranden jeder Seele ihre schlechte Angewohnheit bekannt war. Ihr Lieblingsplatz, an dem sie sich abends ihrem Laster hingab, war der weißgekalkte offene Kamin in der Kate, die sie und Hanna bewohnten. Das genußvolle Rauchen der Mutter sollte Hanna von ihrer Kindheit am besten in Erinnerung behalten: das feuchte Rasseln der rußigen Pfeife, der herbe Geruch grober Schotenblätter; die stille kleine, von der matten Glut der offenen Kochstelle beleuchtete Küche, erfüllt vom Hineinbrummen der Mutter in sich selbst – das war Dollar-Hannas Kindheit.

Kapitel Zwei

»Es geht mir gut. Ich geh putzen in Brooklyn. Ich will was erreichen hier, und wenn man arbeitet, kann man das in diesem Land auch«, schrieb Hanna im ersten Herbst aus Amerika nach Hause an die Mutter.

Hanna sagte in ihrem Brief nicht die Wahrheit. Ihr ging es nicht gut.

Die Einsamkeit machte ihr nichts aus, auch nicht die schwere, triste Putzarbeit. Aber ihr Heimweh saß wie eine tickende Unruh hinter ihrem Herzen, ein brennendes Geschwür im Magen, eine unbegreifliche Müdigkeit, die ihren Körper in Besitz nahm.

Und New York erschreckte sie noch immer.

Die Stadt war viel zu gewaltig, viel zu aufdringlich und lärmerfüllt, sie roch zu stark, nein, hier würde Hanna sich niemals zurechtfinden, niemals! Die Straßen schmale Rinnen zwischen steinernen Wänden, der Verkehr unbeschreiblich, Räder quietschten, Hufe klapperten, Zaumzeug knarrte, Wiehern, das Brüllen von Kutschern, ein Chaos aus Droschken, Chaisen, Einspännern, Bauernwagen, Pritschenwagen, Gespanne mit Pferden, die ihr größer, stärker und boshafter vorkamen als jemals ein Pferd zu Hause; jedesmal, wenn sie eine Straße überqueren mußte, schreckte sie vor Hufen zurück, die auf dem Straßenpflaster Funken schlugen, und vor riesigen Pferdekörpern, die ihr plötzlich den Weg versperrten. Zwischen den Pferden schwankten Velozipede mit riesigen Vorderrädern. Straßenbahnen rasselten wütend klingelnd auf ihren Schienen dahin.

Und auch die Menschen wimmelten um sie herum.

Niemals hatte Hanna sich vorstellen können, daß es Menschen in so vielen Variationen, Farben und Größen gab: Italiener mit glänzendschwarzen Haaren und großen

Schnurrbärten, Iren mit rötlichen Sommersprossen, gelbbraune, schrägäugige Chinesen, Russen, Griechen, jüdische Männer in schwarzen Röcken und mit rundköpfigen Hüten, unter deren Krempen lange Schläfenlocken baumelten. Und Neger!

Schwarz im Gesicht, als seien sie mit Kohlenteer angestrichen, weißleuchtend die Zähne in grinsenden Mündern, schwarze, krause Haare wie Moos auf den Köpfen. Anfangs betrachtete Hanna sie nur mit großen, erstaunten Augen: War es wirklich die Absicht des Schöpfers gewesen, den Menschen so zu machen?

Ein ununterbrochener Lärm herrschte in dieser Stadt.

Hanna war von zu Hause Stille gewohnt, das langsame Sprechen, bei dem jedes Wort genau erwogen und kritisch geprüft wurde, bevor man es aussprach. Hier sprach man nicht, man schrie! Kutscher schimpften und fluchten, Zeitungsjungen brüllten, Frauen kreischten, Pfeifen trillerten, Glocken klangen, Hämmer dröhnten, es quietschte, piepste, wimmerte, rasselte, donnerte, klopfte und krachte. Der Lärm bereitete Hanna Kopfschmerzen. Und die Gerüche bereiteten ihr Übelkeit; es roch und stank nach Schmutz, Pferdeäpfeln, Kloakenwasser, Bier, Parfüm, Kohlenrauch, Tabak, Sägespänen, Gewürzen, Fleisch, Schmieröl, Fisch, Kotze, warmem Brot, Schweiß... und wurde noch ärger, als die Sommerhitze kam und die feuchte Luft gärte und schwer und stickig wurde; unter den Füßen brannte das Straßenpflaster, der Himmel war gelbgrau und dunstig. Wenn es gegen Abend dann abkühlte, kamen die italienischen Frauen mit ihren Stühlen heraus auf die Trottoirs, sie unterhielten sich in ihrer schnellen, weichen Sprache, während sie mit flinken Fingern Gemüse putzten; die Kinder schrien, auf den Hausdächern flatterte die Wäsche in der Brise, die vom East River herüberkam. Wenn Hanna von der Arbeit nach Hause eilte, pfiffen und riefen die Männer, die sich vor den Saloons herumtrieben, hinter ihr her. An den Straßenecken priesen die Zeitungsjungen die neueste Ausgabe der »New York News« an. Die Schubkarren der Gemüsehändler bogen sich unter ihr unbekannten Früchten und Gemüsesorten in sämtlichen Farben des Regenbogens, dunkelgrün, rot, gelb, schwarzblau, weiß. Mit der Zeit sollte sie ihre eigenartigen Namen lernen und wie sie schmeckten: Melonen, Grapefruits, Tomaten, Zucchini, Knoblauch, Orangen, Kopfsalat, Sellerie... Die Donut-Verkäufer hatten kleine Karren mit glasbedeckten Seiten, andere boten geröstete Kastanien, Süßigkeiten und heiße Würstchen an. Es gab Läden, in denen man Soda trinken konnte, das in der Nase kitzelte, oder Eiskrem essen, das die Zähne vor Kälte schmerzen ließ. Die Polizisten trugen hohe Helme und ließen lange Holzstöcke um die Handgelenke kreisen, während sie langsam auf den Trottoirs auf und ab gingen. Vor den Läden wurden auf Tischen Waren ausgelegt, die Verkäufer und Kunden sprachen und gestikulierten, ohne auf die zu achten, die sich an ihnen vorbeidrängten.

Bettler ohne Beine riefen hinter Hanna her. Betrunkene, die sich prügelten. Feuerspritzen rückten mit scheppernden Glocken aus, gezogen von wiehernden, erschrockenen Pferden. In der Straßenbahn nach Yonkers war das Gedränge unerträglich, der Wagen schwankte an den Straßenecken, Körper preßten sich gegen sie, ihre Wärme und ihre Gerüche hüllten sie ein. Mit geschwollenen Füßen und schmerzendem Rücken kam sie zurück in die Pension und fiel ins Bett, und am folgenden Tag begann alles von vorn.

Nein, Hanna ging es kaum gut in der ersten Zeit dort in New York, aber zumindest war sie gesund und hatte Arbeit.

»Ich will in diesem Land arbeiten und weiterkommen, damit wir es einmal besser haben«, schrieb Hanna an ihre Mutter, und das stimmte mit der Wahrheit überein.

Sie kam weiter. Putzen, das war nur vorübergehend.

Sie lernte die Sprache. Ihrer steifen, die schroffe Langsamkeit von Siklax gewohnten Zunge trainierte sie die Biegsamkeit und Geschmeidigkeit an, die erforderlich waren, um das Amerikanische zu bewältigen, das sich in seiner Hast nicht die Zeit nahm, die Vokale voneinander zu unterscheiden, das die Rs nachdenklich wie Brandungswellen unter dem Gaumen rollen ließ und die Eckigkeiten der Konsonanten abschliff, wodurch sie glatt und weich wurden wie gehobeltes Fichtenholz. Lange, harte Arbeit kostete das, mit der Zeit aber ging sie geläufig mit dem Amerikanischen um. Ihr wurde gleichgültig, wenn Menschen ihr nahe kamen, und sie lernte zu sein wie sie. Wie sie schaute sie in der Straßenbahn oder auf dem Trottoir vor sich hin und achtete nicht auf Blicke, die ihren suchten; inmitten all des Trubels machte sie sich zur Abwesenden. Fast unmerklich streckte sie den Rücken. Ihre Schritte wurden länger. Der Rocksaum wischte ihr über die Füße, wenn sie ging.

In New York vollendete sich Hannas Weiblichkeit. Ihr selbst fiel es nicht auf, wie sie sich in eine erwachsene Frau verwandelte.

Anderen indessen schon. Aber das war ihr gleichgültig. Für so etwas gab es in ihrer Welt keinen Platz. Ihr Ehrgeiz, in diesem Land voranzukommen, in dem alles so riesig war und möglich zu sein schien, ging vor. Ihre Gefühle hängte sie in eine Kammer, irgendwo in ihrem Inneren, als wären es Sonntagskleider, und dort hingen sie bis zu jenem Tag, an dem sie benötigt wurden.

Eines Nachts aber, als heftiger Regen auf Yonkers fiel und die Regentropfen an die Fensterscheiben ihres Zimmers klatschten, hatte Hanna einen Traum von schneebedeckten, funkelnd weißen Berggipfeln vor tiefblauem Himmel, die sich über einem länglichen, tiefen Tal erhoben. Im Traum empfand sie deutlich einen herben, metallischen Schwefelgeruch in der dünnen, kühlen Luft. Sie wachte auf und hatte den Geruch noch immer in der Nase. Das Licht der Straßenlaterne fiel ins Zimmer und brach sich in den Regentropfen, die auf dem Fensterglas zitterten. Sie hörte, wie das Regenwasser durch die Fallrinnen gurgelte und in die Tonnen schoß, hörte das ferne Grollen des Donners über dem Hudson.

Hanna weinte.

Zum erstenmal, seit sie in die Vereinigten Staaten gekommen war, gönnte es sich Hanna, Tränen fließen zu lassen. Zugleich aber lächelte sie, denn inmitten dieses unbekannten, jähen Kummers, der sie packte, öffnete sich eine Quelle des Glücks, das so stark war, daß es in ihrem Inneren schmerzte.

Hannas Ehrgeiz brachte sie weg von der Putzarbeit, eine Zeitlang arbeitete sie als Büglerin in der Bronx, es war eine schwere Arbeit, nach vier Monaten kündigte sie. Sie bekam eine Stelle bei einer Familie auf der Fifth Avenue, zunächst unten in der Küche. Sie verdiente sechs Dollar die Woche, jeden zweiten Mittwoch hatte sie frei.

Die Familie hieß Clinton. Ihr Arbeitgeber konnte es sich leisten, ihr sechs Dollar die Woche zu bezahlen, Clinton war ein bedeutender Name in der Stahlindustrie, und die Familie besaß außerdem Anteile an Eisenbahnen, Baumwollspinnereien und Textilfabriken und Häuser dazu.

Die Clintonschen Reichtümer hätten weltgewandteren Menschen als Hanna Schwindel bereitet. Außer der Residenz in New York, für die ein Stab von fünfzehn Dienstboten sorgte, besaß die Familie ein Landhaus auf Cape Cod, das Hunt persönlich entworfen hatte, und eine Jagdhütte in Montana, die Mr. Clinton vorbehalten blieb. Das Haus in New York war vollgestopft mit erlesenen Chippendale-Möbeln, Importware aus England, dicken Teppichen und grazilen Statuetten auf Piedestalen, an den Wänden hingen Ölgemälde in schweren Goldrahmen, die hügelige Landschaften mit Erntearbeitern, Gesellschaften zu Pferde und ernste Männer in altmodischen Kleidern zeigten. Von der Decke hingen funkelnde Kristallkronleuchter, vergoldete Pendeluhren auf den Kaminsimsen schlugen mit kleinen, silbrigen Tönen die Stunden, die Flure wurden beleuchtet von vergoldeten Lampetten, die an der Wand befestigt waren. Den Speisesaal beherrschte ein gewaltiger Eichentisch, an dem dreißig Personen Platz fanden. Als

Hanna zum Zimmermädchen befördert wurde und mit dem Staubwedel durch die Bibliothek ging, versuchte sie, die unbekannten goldenen Namen auf den Rücken der dicken Bände zu entziffern: Austen, Brontë, Thackeray, Dickens, Hardy, Wordsworth, Coleridge, Milton, Donne. Etwas Besonderes mußten diese Schreibmänner schon haben, wenn man sich so große Goldbuchstaben für ihre Namen leistete.

Daß nur englische Autoren in den Regalen standen, hatte seinen besonderen Grund. Hannas Herrin war eine eingefleischte Anglophile. Mrs. Clinton – die sich gern Lady Clinton nennen ließ – begnügte sich nicht damit, Queens-English zu sprechen, jeden Tag um Punkt fünf Uhr kleine Gurken-Sandwiches zu sich zu nehmen und mit ihren Freundinnen die englischen Klassiker zu lesen. Ihre große Leidenschaft gehörte der American Acclimatization Society, die es sich zur Aufgabe gemacht hatte, auch die Bewohner der Neuen Welt in den Genuß jener Vögel kommen zu lassen, die William Shakespeare die Sommertage versüßt hatten. Nachtigallen, Amseln, Finken, Bachstelzen und Stare wurden für viel Geld aus Europa importiert. Allerdings war es keineswegs die Absicht des Allmächtigen gewesen, daß Finken und Bachstelzen in Amerika zwitscherten, und die frisch eingetroffenen Einwanderer gingen mit der gleichen Geschwindigkeit ein, mit der sie aus ihren Transportkäfigen flogen (die Stare ausgenommen, die sich in den amerikanischen Städten zur Plage entwickeln sollten).

Jeder neue Fehlschlag im groß angelegten Akklimatisierungsprojekt der Society schlug Lady Clinton schwer aufs Gemüt; sie mußte das Bett hüten, geschüttelt von heftigen Migräneanfällen, die sich einzig mit Hilfe in Eiswasser angefeuchteter Handtücher lindern ließen. Ihr Glaube an die Berechtigung des Unterfangens der Society wurde indessen nicht erschüttert, im Gegenteil, jeder Rückschlag schien ihren Fanatismus noch zu stimulieren, und sie ließ die Clintonschen Stahl- und Textildollars in so reißenden Strömen fließen, daß ihre Vorstandskollegen in der Society schließlich doch nachdenklich wurden. Es wurde zunehmend deutlich, daß Lady Clinton selbst buchstäblich einen Vogel hatte.

»Wenn die Amerikaner es an den Nerven haben, machen sie ein großes Trara, genau so, wie sie's auch mit allem andern machen«, sollte Hanna später oft sagen.

Lady Clinton verwandelte sich in einen Vogel.

Splitternackt kletterte sie eines Tages auf das Dach der Residenz an der Fifth Avenue, setzte sich auf den First, trillerte wie eine Amsel und zwitscherte wie eine Bachstelze. Zu guter Letzt sprang sie in die Luft, um wegzufliegen, und schlug mit seligem Gesichtsausdruck wie eine Lerche im Frühling heftig mit den Armen.

Glücklicherweise war die Feuerwehr bereits da, die ein Sprungtuch aufgespannt hatte, mit dem Lady Clinton eingefangen wurde. Erregt keckernd und schnalzend wurde sie in ein privates Pflegeheim gebracht. Das Haus wurde geschlossen, die Dienstboten – unter ihnen Hanna – entlassen.

»Nun, da sieht man, wie es einem ergeht, wenn man sich aufspielt und anders sein will, als es der Vater im Himmel bestimmt hat«, sagte Hanna. »Man ist, wer man ist, und damit gut.« Um ihre Worte jedoch ein wenig zu mildern, fügte sie hinzu: »Gruselig mit ihr war es schon. Zu Weihnachten hat sie jedem einen Silberdollar gegeben. Und immer lieb und freundlich, das war sie auch.«

Hanna packte ihre Habe in einen Koffer mit Messingschloß und kräftigen Lederriemen, stieg in einen Zug und verließ New York. Sie war nun zwei Jahre in Amerika. Sie fuhr nach Westen. Sie fuhr durch Ohio, Indiana und Illinois, ein grenzenloses Meer aus Weizen, Roggen und Mais, aus dem sich in den kleinen Städten an der Eisenbahnlinie die runden Getreidespeicher wie Leuchtfeuer erhoben. In Chicago stieg sie um und fuhr weiter durch Kansas, wo hoch und blaugrün das Maniokgras wuchs und riesige Herden langhörniger Rinder völlig bewegungslos in der weißen Nachmittagshitze standen. Stunde um Stunde dampfte der Zug in Richtung

Westen. Die Unendlichkeit der Prärie überwältigte und deprimierte sie. Beim eintönigen Rattern der Räder über die Schienenstöße schlief sie ein – kadumm, kadumm, kadumm – und wachte erst wieder auf, als das kupferrote Licht der sinkenden Sonne auf die Prärie floß; es schien, als stehe das Gras in Flammen. Sie sah aus dem Zugfenster, das überzogen war von Ruß und Staub, und fühlte, daß sie den Tränen nahe war.

Hanna aber wollte nicht weinen. Sie bereute ihren neuerlichen Aufbruch nicht. An die Mutter schrieb sie: »Die Ebene hier heißt Prärie, sie ist endlos und riesig, wie alles im Westen, aber man wird besser bezahlt als an der Ostküste. In Colorado kann ich einen Dollar fünfzig am Tag verdienen, deshalb bin ich hierhergezogen.«

Kansas City roch nach Kühen und Heu, die Männer trugen große, breitkrempige Hüte. In Colorado machte die Prärie der Wüste Platz: Das Land war bedeckt von dunkelgrünen, zackigen Pflanzen, die Felsen nahmen Farben an, deren Existenz Hanna unbekannt gewesen war, und die Hitze verwandelte die Luft in eine sämige Bouillon. Zum erstenmal sah sie die Rocky Mountains. In Denver wechselte sie von der Chicago-Altona Railroad auf die Rio & Denver, in Durango stieg sie wieder um. Die neue Bahn war schmalspurig und kletterte in schwindelerregenden Serpentinen die Berge hinauf, es war, als schwebe man halb im Himmel. Nach einer Reise von viereinhalb Tagen ohne Unterbrechung kam Hanna mit steifen Gliedern wie zerschlagen in Telluride, Colorado, an.

Kapitel Drei

Hanna kam an einem klaren Tag in Telluride an, als eine erste Ahnung des Herbstes wie ein frischer Kohlensäure-Geschmack in der dünnen Luft lag. Die hohen schneebedeckten Berge, die sich wie gigantische Zuckerhüte über das schüsselförmige Tal erhoben, in dem die von Bergwerken, Sinterwerken und Schlackehügeln umgebene Stadt lag, schienen ihr seltsam bekannt.

Sobald sie aus dem Zug gestiegen war, wußte sie, daß es mit dem Reisen nun ein Ende hatte. Hier würde sie bleiben, solange sie in Amerika war. Wenn sie von hier aufbrach, dann nur, um nach Finnland zurückzukehren.

Hanna sog die kühle Bergluft in tiefen Atemzügen ein, sie war frisch und rein, schmeckte gut und machte sie angenehm schwindlig im Kopf.

Über eine Arbeitsvermittlung für skandinavische Frauen hatte Hanna eine Stelle bei Mrs. Wilson bekommen, die eine Pension für Bergwerksarbeiter betrieb. Mrs. Wilson war Schwedin, die gern die Sprache ihrer alten Heimat sprach. Sie war ein mannhaftes, grauhaariges Frauenzimmer in den Fünfzigern und eines Tages Witwe geworden, als in einer Mine ein nachlässig gesicherter Stempel nachgab und ihrem Mann unter Tonnen herabstürzenden Gesteins jeder Knochen im Körper zerschmettert wurde.

»Und das sag ich Ihr, bei mir kann Sie Ihre Pflicht tun!« erklärte Mrs. Wilson, ehe Hanna auch nur den Hut hatte ablegen können. »Ich habe immer gern Nordländerinnen bei mir gehabt, am liebsten Finninnen, Ihr seid immer rekordierliche Weibsbilder gewesen. Wenn Sie ordentlich und reinlich ist und zu arbeiten weiß, dann werden wir schon übereinkommen.«

Mrs. Wilson erhob einen kräftigen Zeigefinger.

»Schlampen kann ich unter meinem Dach nicht gebrauchen! Hat Sie vor, es mit Mannsbildern zu halten, kann Sie genausogut gleich ins Hurenhaus ziehen! Hat Sie begriffen?«

Hanna nickte, mit blassem, elendem Gesicht, denn sie war so erschöpft von der Reise, daß sie im Stehen hätte einschlafen können.

Jetzt lächelte Mrs. Wilson. »Du Arme, du mußt dich waschen und eine Nacht richtig ausschlafen. Ich zeig dir das Zimmer, und morgen fangen wir an.«

Damit war Hanna in Telluride eingeführt, und in der Bergluft schlief sie besser, als dies seit langer Zeit der Fall gewesen war.

Es heißt, der Name Telluride sei eine Verballhornung des Ausdrucks »to hell you ride«, ob das tatsächlich stimmt, konnte der Erzähler nicht klären. Wie dem auch sei, als Hanna nach Telluride kam, war es eine wildwuchernde Bergwerksstadt mit gut viertausend Einwohnern, noch zu jung, um eine eigene Geschichte zu haben, und nach wie vor erst halb fertig. Die Stadt war während des großen Bergwerksbooms entstanden, der nach den Silber- und Goldfunden in den Rocky Mountains um 1870 eingesetzt hatte, und die Minen prägten Telluride und das Leben seiner Bewohner vollkommen. Die Berge rund um die Stadt waren ausgehöhlt wie Bienenkörbe, überall erhoben sich Schlackeberge, rund um die Uhr hörte man das Seufzen und Stampfen der Dampfmaschinen, das Rasseln des Erzes, das aus den Loren gekippt wurde, das Klappern der Sinterwerke – und hin und wieder das dumpfe Gewittergrollen, das zu erkennen gab, daß man im Felsgestein eine weitere Dynamitladung gezündet hatte.

Neben Gold und Silber wurden in den Minen um Telluride auch Blei und Zink abgebaut.

In neuntausend Fuß Höhe war das Klima hart: heftiger Wind, grimmig kalte Winter mit kräftigen Schneefällen, und ließ der Frost nach, füllte sich das Tal mit Nebel, der tagelang liegenbleiben konnte wie alter Reisbrei. Der Nebel war gefürchtet, da er zusammen mit der Feuchtigkeit in den Minen Lungenentzündungen verursachte, die jeden Winter eine Handvoll frischer Opfer zum Lone-Tree-Friedhof schickten. Ein anderer Feind war der Schnee: Auch die Lawinen forderten ihren Tribut.

Die Minenarbeiter waren junge, starke Kerle, die sich in die Berge hineinbohrten, um Schätze hervorzuholen, auf denen die Berge Millionen von Jahren gehockt hatten und die sie nur widerwillig freigaben. Sie verlangten einen hohen Preis, mit der Schufterei und dem Schweiß der Minenarbeiter gaben sie sich nicht zufrieden.

Lungenentzündungen und Rheumatismus durch die Feuchtigkeit, Bergstürze brachen den Arbeitern die Knochen wie Feuerholz und zerschmetterten ihnen die Schädel. Das Dynamit war unberechenbar und sprengte einen Mann in blutige Fetzen, wenn es zu früh losging. Und wer überlebte, bekam früher oder später Besuch vom düsteren Zinseintreiber der Berge, der unter dem Namen Minenkrankheit bekannt war. Die Silikose zerfraß die Minenarbeiter von innen, sie starben einen langwierigen, qualvollen Tod, husteten ihre versteinerten Lungen in blutigen Klumpen heraus und verfluchten die Rocky Mountains, das Silber und die Bergwerksgesellschaften.

Die Minenarbeiter verbrachten ein Leben ohne Schönheit und mit wenig Wärme, sah man von der ab, die sie sich in den Saloons und den Hurenhäusern kaufen konnten. In Telluride gab es ungefähr zwanzig Saloons und fast ebenso viele Bordelle. An den Samstagen zogen die Minenarbeiter in die Stadt, den Wochenlohn in der Tasche, und ließen sich beim Barbier aufpolieren, ehe sie weiterzogen in die Saloons. Die Nacht endete entweder in einem der Hurenhäuser, im Gefängnis oder im ärgsten Fall in einer Gasse, in der man dem Delinquenten die Taschen ausweidete, falls es nicht noch schlimmer kam. Geläutert, verkatert und bankrott stiegen sie am Montagmorgen zurück in

ihre Grubenlöcher, um den Kampf mit den Bergen wieder aufzunehmen.
»Viele der Bergarbeiter hier kommen aus Finnland«, schrieb Hanna nach Hause. »Unter ihnen sollen über hundert sogar aus Österbotten sein; man kann hier Schwedisch hören, was mich immer wieder an die Heimat erinnert. Das Leben ist hart und die Arbeit in den Bergwerken ist gefährlich, es passieren viele Unfälle. Auch gibt es nur wenige Frauen hier; wenn eine heiraten will, bekommt sie leicht einen Mann. Doch ich nicht – ich habe mich hier gut eingelebt, ja, in Telluride geht es mir gut.«

Merkwürdig war es schon, daß sie sich hoch oben zwischen den Bergen so wohlfühlen sollte, das Mädchen aus den Schären – so weit entfernt vom Meer und dem Flachland, wie nur eben denkbar.

Und dann auch noch in einer Stadt wie dieser.

Denn ein Sodom ist sie wahrlich, ein Gomorrha, vor dem der Gerechte sein Gesicht bedecken und Tränen vergießen muß, die so bitter sind wie der Essigwein, den man unserem Erlöser am Kreuz zu trinken gab. Herr, erbarme dich dieser Sünder und sei ihnen gnädig! Ihre Bibel sind die Spielkarten. Whisky und Bier fließen durch ihre Kehle wie das Wasser im Jordan. Sie begehen Hurerei und Unzucht von vorne und von hinten. Ihre riesige Verderbtheit hat sie blind gemacht, ihre Sinne sind verstockt von Lastern und Trunksucht, in ihrem Rausch schreien sie wie die Esel. Und in dieses Nest hast du also die unschuldige Hanna von Rödskär ziehen lassen, du zynischer Erzähler?

»Nun, so schlimm ist es auch wieder nicht«, mischt sich da Hanna zur Erleichterung des Erzählers ein und weist darauf hin, daß man Gerüchten und Unterstellungen nicht zuviel Glauben schenken sollte. Zwar geht es bisweilen lebhaft zu, und die Existenz der Hurenhäuser kann ebenfalls niemand leugnen, Hanna hat jedoch keinen Grund, über die eigentlichen Vorgänge dort zu spekulieren.

Hanna fand sich zurecht. Sie war fleißig, reinlich und ordentlich und hatte mit Männern nichts im Sinn. Mrs. Wilson war mit ihr zufrieden und meinte sogar, Hanna sei die beste Hilfe, die sie jemals gehabt habe.

Unter den Pensionen von Telluride genoß die von Mrs. Wilson einen sehr guten Ruf. Die Gäste wurden sorgfältig ausgewählt, Trunkenbolden, Schlägern und anderen Rowdies wurde unverzüglich die Tür gewiesen. Das Haus war seit langem Sammelplatz für Nordeuropäer, was dazu beitrug, daß Hanna sich wohlfühlte. Gegenüber den jungen Männern verhielt sie sich vergnügt und energisch, war nicht abgeneigt zu lachen und zu scherzen, konnte jedoch auch fürsorglich sein, wenn Einsamkeit und Heimweh Trost angeraten sein ließen. Sie kannte die Einsamkeit und das Heimweh der Männer, denn es war ihr eigenes, und sie hatte sogar Verständnis, wenn einer ausnahmsweise einmal beim Whisky Trost suchte. Wiederholte sich dergleichen jedoch, galt der Betreffende als Saufaus und wurde erbarmungslos des Hauses verwiesen.

Mrs. Wilson ging regelmäßig zum Gottesdienst. An den Sonntagen begleitete Hanna sie zur presbyterianischen Kirche, die unmittelbar vor der Stadt lag, weniger, weil sie Gottes Wort bedurfte – Hannas Gläubigkeit bestand eher aus Gewohnheit und Erziehung denn aus wirklich tiefer Empfindung –, als wegen der Stimmung im weißgestrichenen Kirchenraum, dessen einziger Schmuck ein grobgeschnittenes Kreuz aus Oregonkiefer an der Schmalseite über dem Altar war; und wegen des schüchternen Choralgesangs, der von einer asthmatischen Orgel begleitet wurde. Der Gottesdienst, ebenso schlicht wie die Ausschmückung der Kirche, bot ihr für eine Weile Entspannung von der täglichen schweren Arbeit in der Pension, außerdem wußte sie, daß Mrs. Wilson sich über ihre Begleitung freute; das war eine Art stillschweigender Schmeichelei, die Hanna sich leisten konnte, zumal sie damit keinerlei Hintergedanken verband.

Sie ging an den Sonntagvormittagen gern neben Mrs. Wilson und war jedesmal wieder erstaunt, daß Herrin und

Dienstmädchen in diesem Land auf so gleichem Fuß miteinander stehen konnten. Sie trug ihr selbstgenähtes Sonntagskleid aus Musselin mit dem hohen, gefältelten Spitzenkragen und der Krause auf der Brust. Das war der einzige Zug sündiger Eitelkeit, dem sie sich hingab, und er gewährte Genuß und ein schlechtes Gewissen gleichermaßen.

Hannas zweiter Winter in Telluride war bitterkalt: Aus den riesigen Eisweiten Kanadas drang eine versteinerte Kälte ein, es hieß, dies sei der ärgste Winter seit den Wolfsjahren Ende der siebziger Jahre. Riesige Schneelawinen blockierten die Eisenbahn. Der Bergwerksbetrieb lag zeitweise darnieder, doch um Weihnachten wurde es plötzlich wärmer, und mit dem Tauwetter kam der Nebel und blieb Tag für Tag hartnäckig im Tal liegen.

Mrs. Wilson wurde krank.

Der Lungenentzündung folgte ein brennendes Fieber, das sie vor Schüttelfrost beben ließ und klebrigen, kalten Schweiß hervorpreßte, in dem sich der Geruch des Todes bereits ahnen ließ. Zwischen den Fieberschüben lag sie halb ohnmächtig da und phantasierte im uppländischen Dialekt ihrer Kinderjahre. Doktor McGrady schüttelte düster den Kopf. Wo aber der Doktor aufgeben zu wollen schien, begann Hanna zu kämpfen, angetrieben von ihrem Eigensinn, jenem zähen Eigensinn, der im Verlauf so vieler Generationen in der schroffen Umgebung der Schären entstanden und veredelt worden war.

Sie nahm sich nicht die Zeit, ausreichend zu schlafen. Sie nötigte Mrs. Wilson Chinin und Zitronenwasser auf, packte ihren glühenden Körper in Handtücher, die sie mit Eiswasser angefeuchtet hatte, und wechselte die durchnäßten Laken des Krankenbetts. Zugleich hing der gesamte Betrieb der Pension an Hanna. Sie erledigte den Einkauf, trieb das Geld ein und bezahlte Rechnungen, putzte, wusch und kochte. Sie war rotäugig vor Müdigkeit und reizbar wie ein Mensch mit chronischen Zahnschmerzen; gegen ihre Gewohnheit fluchte sie heftig und verpaßte einem Neuankömmling, der sich, während sie das Abendessen servierte, ungehörig benahm, eine Ohrfeige, was den ganzen Speiseraum in schockiertes Schweigen versetzte.

Der Tod und Hanna trugen in diesen Winternächten an Mrs. Wilsons Krankenbett einen erbitterten Kampf aus, während der Schnee im heulenden Wind vor den Fenster stiebte und der Frost im Holzwerk des Hauses krachte wie Sprengschüsse, als die Temperatur wieder fiel. Zu guter Letzt trug Hanna den Sieg davon.

Mrs. Wilson erholte sich langsam. Sie war abgemagert und mit erschreckender Geschwindigkeit gealtert. Während ihrer Krankheit schien sie ihre gesamte robuste Geschäftsmäßigkeit ausgeschwitzt zu haben. Für den Betrieb des Hauses zeigte sie kein Interesse mehr. Als Hanna mit ihr über die Finanzen sprechen wollte, hörte Mrs. Wilson uninteressiert zu, und Hanna stellte schließlich fest, daß sie eingeschlafen war.

Mrs. Wilsons Rekonvaleszenz zog sich in die Länge, am liebsten blieb sie in ihrem Zimmer, wo sie in ihrem Lehnstuhl mit einer Decke über den Beinen dasaß und die kurzen Besuche des presbyterianischen Pastors und zwei oder drei älterer Frauen empfing – ihre einzigen Bekannten. Ständig hatte sie eine alte schwedische Bibel vor sich liegen und bat Hanna, ihr daraus vorzulesen. Hanna las langsam und unter Mühen, während Mrs. Wilson mit geschlossenen Augen zuhörte, nickte, ab und zu erschöpft lächelte und hin und wieder dünne Tränen weinte. Gern sprach Mrs. Wilson über Tod, Sünde und Versöhnung. Aus Entsetzen über das so jäh eingetretene Alter und die Erschöpfung graute es Hanna, hinauf zu Mrs. Wilson zu gehen.

Auch weiterhin hatte Hanna für den Betrieb des Hauses zu sorgen. Die Verantwortung lastete schwer auf ihr, schenkte ihr zugleich aber auch das Gefühl tiefer Befriedigung. Sie wurde immer selbständiger und fragte Mrs. Wilson nicht mehr um Rat. Antworten bekam sie ohnehin keine.

Ausdauernd verhandelte sie mit dem Kolonialwarenhändler, der sich von Hannas Jugend täuschen ließ und glaubte, er könne sie übers Ohr hauen. Sie führte sorgfältig Buch und achtete darauf, daß die Mieten bis auf den letzten Cent eingingen. Kleinere Reparaturen erledigte sie selbst. Einmal im Monat ging sie zur Filiale der San Miquel County Bank und zahlte die Monatseinnahmen auf Mrs. Wilsons Konto ein, nachdem sie sich ihren Lohn selbst abgezogen hatte.

Allmählich hatte sie das Gefühl, es sei ihr eigenes Haus. Insgeheim wünschte sie, es möge immer so weitergehen, aber sie wußte, früher oder später würde es ein Ende finden.

Es dauerte bis zum Sommer.

Mrs. Wilson ging wieder in die Kirche, war ansonsten aber noch schwach und hilfsbedürftig. Eines Sonntags, Anfang Juni, befanden sie sich auf dem Nachhauseweg, Hanna stützte die ältere Frau, sie war zufrieden und glücklich und dachte über den Speiseplan für die kommende Woche nach, als Mrs. Wilson ganz unvermutet zu sprechen begann. Zum erstenmal seit sehr lange Zeit sprach sie über ihre Pension.

»Hanna, ich habe in letzter Zeit oft nachgedacht und zu Gott um Rat und Hilfe gebetet. Und mit Pastor Baker habe ich gesprochen. Ich lebe nicht mehr lange. Ich will zurück nach Hause, in die alte Heimat. Ich will in Schweden sterben.«

Die Walfischknochen des Korsetts um Hannas Leib spannten mit einem Mal auf quälende Weise, ihr Herz blieb zwischen zwei Schlägen gleichsam stehen, wie die Feder in einem mechanischen Spielzeug, die sich verhakt hatte.

»Mit anderen Worten: Ich will verkaufen«, fuhr Mrs. Wilson nach einer Pause fort; ihre Stimme hatte wieder etwas von ihrem alten, geschäftsmäßigen Ton angenommen. »Für den Käufer wird das ein gutes Geschäft. Ich habe genug Geld zurückgelegt, und die Zeit, die mir noch bleibt, komme ich gut zurecht, lang wird sie nicht sein, so Gott will.«

Eine weitere Pause.

Mechanisch ging Hanna weiter, die Last von Mrs. Wilsons magerem Körper auf ihrem Arm. Die Berggipfel waren in gelblichblauen Dunst gehüllt, sie schienen ferner als üblich und schwammen in einer Schicht aus trübem Licht. Hinter ihnen läutete noch immer die Glocke der Kirche, die Schläge hallten zwischen den Berghängen wider. Ein Karren, der von einem staubigen Maultier gezogen wurde, rollte mit knarrenden Rädern die Straße hinunter. Die Schwingtüren eines der Saloons klappten hinter zwei Männern zu, die hineingingen. Fliegen summten.

Ich frage mich, ob wir heute nachmittag Regen bekommen, dachte Hanna, die Sinnlosigkeit ihres Gedankens ging ihr sofort auf und stimmte sie weinerlich.

Mrs. Wilson sagte: »Das Haus muß in gute Hände kommen. Und ich glaube, ich habe einen geeigneten Käufer gefunden.«

Hanna hörte ihr kaum zu. Mrs. Wilson war stehengeblieben. Hanna hatte das Gefühl, ihr Mund sei voller herbem, trockenem Straßenstaub. Mrs. Wilson lächelte, Hanna fragte sich unsicher, warum.

»Interessiert es unsere Hanna nicht, wer das Haus übernehmen wird?«

Hanna nickte, oder glaubte es zumindest.

»Ich habe mir gedacht, Hanna soll weitermachen. Hanna hat in den letzten Monaten bewiesen, was sie kann, ja, mit Gottes Hilfe habe ich es gesehen, und eingesehen habe ich es auch, in bessere Hände kann das Haus kaum kommen. Mit den Krediten und so weiter, das kommt schon in Ordnung. Selbstverständlich unter der Voraussetzung, daß Hanna interessiert ist?«

Hannas Gesichtsausdruck ließ Mrs. Wilson in Gelächter ausbrechen, zum erstenmal seit mehr als einem halben Jahr.

Zwei Wochen später war der Kauf perfekt. Als Hanna auf der Bank die nötigen Unterlagen unterschrieben hatte, traten ihr Tränen in die Augen, und sie fiel Mrs. Wilson um den Hals und preßte sie so fest an sich, daß die ältere Frau schließlich protestieren mußte.

Anschließend ging Hanna allein zurück zu ihrem Haus.

Auf der Colorado Avenue blieb sie stehen und betrachtete das Haus mit klopfendem Herzen, als sähe sie es zum erstenmal. Es hatte zwei Stockwerke, war holzverschalt und besaß ein hohes, spitzes Dach. Die Wände waren beige (es müßte bald wieder einmal frisch gestrichen werden, dachte Hanna beiläufig), die Tür- und Fensterrahmen waren schokoladenbraun. Auf der Schmalseite, zur Straße hin, ragte ein Erker vor, in dessen großen Fensterscheiben sich der weiße Sommerhimmel spiegelte. An einer der beiden Längsseiten gab es eine überdachte Veranda, auf der die Gäste während des Sommerhalbjahres Sonntag nachmittags vor sich hin dösten, an Holzstöckchen schnitzten, sich unterhielten und rauchten, die Beine auf das Geländer gelegt, die Stühle gegen die Wand gekippt. Für Hanna waren diese arbeitsamen Männer, die ihren freien Tag mit Nichtstun vergeudeten, das eigentliche Sinnbild Amerikas – eines Amerikas, das nun auch das ihre wurde.

Das Grundstück der Pension wurde zur Straße hin von einem Zaun abgegrenzt, den sie im Frühjahr selbst grün gestrichen hatte. Neben dem Haus wuchs eine Ulme, die bereits so groß war, daß ihre staubigen Blätter ein wenig Schatten zu bieten vermochten, auf der Rückseite gab es Gartenbeete mit Bohnen, Kohl, Erbsen und Tomaten. Und im Hintergrund erhoben sich die ewigen Berge, in letzter Zeit meist verborgen von Wolken, die an graue, zum Trocknen aufgehängte Scheuertücher erinnerten.

Lange stand sie dort. Sie schloß die Augen und öffnete sie nach einer Weile wieder: Ihr Haus stand noch immer dort, der Himmel leuchtete noch immer in den Erkerfenstern. Sie atmete tief ein, fühlte, wie ihr Herz kräftig schlug, hörte, wie das Blut in ihren Ohren rauschte, was sie an das Plätschern des Meeres an einem Sommerabend erinnerte. Sie war zweiundzwanzig Jahre alt und stand auf eigenen Füßen. Sie hatte keine Angst mehr.

Furcht konnte sie sich nicht mehr leisten, wenn alles gutgehen sollte.

Sie ging durch die Pforte, um mit der Arbeit zu beginnen.

Sie ging mit langen, entschlossenen Schritten und geradem Rücken wie eine Schullehrerin, der Saum ihres Kleides wischte über den Weg aus gestoßener Schlacke, den sie am Morgen sorgfältig geharkt hatte. Als sie die Türe öffnete und ihr die Gerüche von Sauberkeit, Bohnerwachs und Essen entgegenkamen wie eifrige Hunde, waren sie ihr wohlbekannt und versprachen ihr Sicherheit.

Kapitel Vier

Der Vater meines Großvaters, August Edvard Näs, der sich in Amerika kurz und knapp Ed Ness nannte, klopfte an einem schwülen Spätsommertag an Hannas Tür in Telluride. Dieser Tag sollte ihr für den Rest ihres Lebens in Erinnerung bleiben, nicht nur, weil sie zum erstenmal den Mann sah, der der Vater ihres Kindes sein würde. Damals setzte sich auch der Dynamitgeruch in ihrer Nase fest, der Geruch nach Schwefel, Eisen und Ozon; wie Salzlake, die in das Holz eines Sprottenfäßchens drang, wie Säuredämpfe, die sich in die Wände einer Gerberei fraßen.

Es war derselbe Tag, an dem sich die gewaltige Explosion in der Liberty-Bell-Grube ereignete.

Aus unbekanntem Grund flog ein mit Dynamit beladener Wagen eine Stunde nach Beginn der Frühschicht in die Luft: Die Explosion tötete die drei Männer, die mit dem Abladen der Sprengstoffkisten beschäftigt waren, und tötete oder verstümmelte noch einige weitere. Ganz Telluride wurde von der Erschütterung geweckt, die Fenster und Türen in ihren Rahmen zittern ließ, Porzellan zum Klirren brachte und an den Möbeln rüttelte wie ein Erdbeben. Lange rollte der Donner zwischen den Talhängen hin und her wie Wellen in einer engen Meeresbucht, dann verwandelte er sich in ein vage grollendes Echo, das nicht mehr aufzuhören schien. Einige Zeit später begann überall ein ekelhafter Gestank nach Detonationsgasen einzudringen, den man einige Tage lang auch durch Lüften nicht entfernen konnte.

Ein unausgesprochener Aufruf, der durch die Stadt ging, lockte Stunden später so gut wie alle Einwohner Tellurides auf den offenen Platz vor dem Sheridan Hotel, wo sie sich blaß und stumm aufreihten, um die Toten und Verletzten zu empfangen, die in einer blutigen Prozession von Liberty Bell heruntergebracht wurden. Große schwarze Truthähne, wie aus dem Nichts, schwebten mit bewegungslosen Schwingen unter dem weißen Himmel. Die düstere Parade war umgeben von bitterer Stille, die nur noch verstärkt wurde vom Jammern der Verletzten, dem Knarren der Karrenräder und vereinzelten Schreien der Aasvögel am Himmel. Erschüttert und gegen Übelkeit kämpfend, kehrte Hanna nach Hause zurück und versuchte den ganzen Nachmittag, den Dynamitgestank durch Lüften zu vertreiben, dann wieder schloß sie alle Fenster und Türen, um das Haus vor ihm abzudichten, wobei sie weder mit dem einen noch mit dem anderen Erfolg hatte.

Als aber die Sonne an diesem Tag des Todes den orangefarbenen Schein einer reifen Apfelsine annahm und von ihrem eigenen Gewicht überwältigt im Westen hinter die San-Miquel-Berge sank, als die Häuser lange blaue Schatten auf die Colorado Avenue warfen, die Grillen mit ihrem abendlichen Zirpen begannen und der Gestank am unerträglichsten war, kam Ed Ness langsam die Straße entlang.

Hanna sah ihn von einem Fenster im zweiten Stock aus, das sie gerade mit Papierstreifen abdichtete, ganz so, als wäre der Winter bereits im Anzug. Sie erkannte sofort, daß er sich auf dem Weg zu ihrem Haus befand.

Er war ziemlich klein gewachsen und untersetzt, seine Schultern waren breit, die Schenkel muskulös wie die eines Ringers, die Hüften schmal. Sein Gesicht war offen und breit mit einer glatten, hohen Stirn, einer geraden Nase, leicht vorstehenden Backenknochen und einem eckigen Kinn; seine Augenbrauen waren fast weiblich lang und bogenförmig, sein Mund breit und sinnlich, sein wolliger, blonder Schnurrbart hatte die Farbe von reifem Roggen.

Er war der schönste Mann, den Hanna jemals gesehen hatte.

Gekleidet war er nach Art der Bergwerksarbeiter: blaue Arbeitshose, kariertes Flanellhemd, Weste und ein verschossener Filzhut. Über der Schulter trug er doppelte Satteltaschen, die so alt und abgescheuert waren, daß sich nicht mehr mit Bestimmtheit sagen ließ, welche Farbe sie einmal gehabt hatten. In der Armbeuge hielt er ein Winchestergewehr.

Er sah müde, staubig und durstig aus. Seine Lippen bewegten sich, als murmelte er in sich hinein, vielleicht sang er auch.

Vor Hannas Haus blieb er stehen.

Bis ins Innerste erregt, mit heftig klopfendem Herzen, das ihr mit jedem Schlag eine Hitzewelle in die Brust schickte, wie der Blasebalg über einer glühende Esse, rannte Hanna die Treppe hinunter und an dem Dienstmädchen vorbei, das verblüfft ihren flatternden Röcken nachsah. Vergeblich versuchte sie sich zu beruhigen, während sie darauf wartete, daß er an die Tür klopfte. Als das Klopfen dann kam, war es höflich, zugleich aber bestimmt, es schien durch das ganze Haus zu schallen, obwohl das Mädchen später behauptete, sie habe kein Klopfen gehört.

Als Hanna die Tür öffnete, hatte sie bereits beschlossen, diesen Mann, der da vor ihr auf der Treppe stand, wieder wegzuschicken. Aus der Nähe schien er noch schöner zu sein. Sein Lächeln ließ die Zähne weiß und fleckenfrei leuchten, als wären es nicht seine eigenen, sondern hergestellt aus bestem Porzellan; ein Netzwerk von Runzeln, fein wie die Fäden eines Spinnennetzes, ging fächerförmig von den Augenwinkeln aus. Seine Blicke strichen mit munter glitzernder Keckheit über sie hinweg, fingen dann ihren Blick ein und hielten ihn fest.

Hanna stemmte die Hände in die Seiten und straffte die Brust wie eine Eiderente, die sich zur Verteidigung ihrer Küken aufplustert. Sein Lächeln wurde breiter. Hanna fühlte, daß sie bis zur Brust hinunter errötete. Und mit einem Mal rann all ihre Entschlossenheit aus ihr hinaus. Sie kam sich vor wie eine Konfirmandin, die sich taumelig vor Scham und unterdrücktem Kichern am liebsten hinter der Tür verstecken mochte.

Er aber beantwortete ihre Verlegenheit, indem er den staubigen Hut abnahm und dabei Haare freilegte, die so blond waren wie sein Schnurrbart. Er vollführte eine spaßhafte Verbeugung.

»Miss! Ich freß 'nen Besen, wenn Sie nicht die schönste Lady sind, westlich von Denver!«

Seine Stimme war sanft und ein wenig rauh zugleich, wie Kiefernstämme, die von Wind und Wellen weich und glatt geschliffen wurden, im Inneren jedoch saftig und frisch sind. Seine Schmeichelei vertiefte ihr Erröten, ihr Gesicht brannte wie ein Bügelgewicht, das man gerade vom Herd genommen hatte.

»'tschuldigung. Ich mache Sie wohl verlegen, Miss«, sagte er, und plötzlich waren Stimme und Lächeln eine aufrichtige Entschuldigung. »Das wollte ich nicht. Könnte ich bitte die Wirtin sprechen? Ich suche ein Zimmer.«

Hanna mußte gründlich Luft holen, ehe sie antworten konnte: »Das bin ich!«

Seine blauen Augen weiteten sich und troffen über vor glitzernder, neuer Munterkeit. Er lachte, und seine Zähne glänzten, in einer halb verlegenen Geste fuhr er sich mit der Hand über das Kinn. Hanna sah, daß die Nägel sauber waren und daß es keine Schwielen und Risse gab, in denen sich Schmutz und Staub festgesetzt hatten. Also kein Bergarbeiter, dachte sie.

Er schüttelte den Kopf, lachte noch immer und schlug sich mit dem Hut aufs Knie.

»Jetzt aber genug, sagt der Schneider. Und ich hab geglaubt, du bist das Mädchen, hab ich tatsächlich geglaubt. Aber nein, da haben wir Frau Östman selbst!« sagte er, und sein unverfälschter Dialekt war Hanna bekannter als jede andere Sprache der Welt.

Ihre Verblüffung stand ihr ins Gesicht geschrieben.

»Jessas! Du bist ja aus Österbotten!«

»Ja, das bin ich! Direkt aus Siklax! Hab nicht geglaubt, daß Mrs. Östman eine so schöne Junge ist, hab ich nicht geglaubt, Sie müssen schon entschuldigen. Ein paar von den boys downtown in Silverton haben Ihre Pension empfohlen, soll am besten und saubersten hier in Telluride sein, haben sie gesagt. Und da denke ich mir, ich frag hier nach 'nem Zimmer.«

Wie immer, wenn Hanna nicht weiterwußte, suchte sie Kraft in der bewegungslosen Mächtigkeit der Berge. Sie versuchte ihre Würde zurückzugewinnen, versuchte ihr hämmerndes Herz zu beruhigen und die Röte im Gesicht abzukühlen. Abwesend strich sie sich mit der Hand über die Schürze und bewegte unruhig die Füße, feucht glänzten ihre Lippen.

»Ich nehm zwei Dollar die Woche für Kost und Logis«, sagte Hanna abwesend, ohne daß er auch nur danach gefragt hätte.

Im Westen brannte der Himmel mit einer geheimnisvollen roten Glut, die Schatten wurden dichter. Wolkenschleier hatten sich zwischen die Bergspitzen im Norden geschlichen, der Widerschein vom Himmel ließ sie ins Violette wechseln. Er schien näher an sie herangetreten zu sein, obwohl er sich nicht bewegt hatte. Hanna spürte seinen Geruch, Schweiß, Tabak, Staub – gute, erregende Gerüche waren das. Ach, Hanna, wie ein Talglicht bist du geschmolzen unter dem Blick seiner blauen Augen und seinem Lachen! Vergessen hast du zu fragen, was das für ein Mann ist, der mit sauberen Händen nach Telluride kommt und ein Zimmer sucht. Es war aber auch gleichgültig; was er auch sein mochte, du hättest ihn nicht fortgeschickt. Verzaubert hat er dich. Ja, mit zitternden Beinen wie ein frischgelecktes Kalb standst du auf der Treppe, die Brust hob sich mit deinem Atem, eine Locke deiner hellen Haare war dir in die Stirn gefallen. Du warst matt von einer Sehnsucht, die du noch nie erlebt hattest.

Und niemals Hanna, niemals warst du stattlicher als in diesem Augenblick!

Ed Ness betrachtete sie erstaunt und lächelnd.

Da aber kam ein leichter Wind. Wieder füllte sich die Luft mit dem stickigen Dynamitgestank.

Kapitel Fünf

Ed Ness war Organisator und Agitator der syndikalistischen Bergarbeitergewerkschaft »Western Federation of Miners«. Mit seinen sauberen Händen war er nach Telluride gekommen, um die Union No. 63 der »WF of M« zu organisieren.

Syndikalist war er im langen, heißen Sommer von 1894 in Chicago geworden, dem Sommer des Pullman-Streiks. Im Jahr zuvor war er, angelockt von der Weltausstellung und dem Ruf der prächtigen Hurenhäuser in The Levee, dorthingekommen. Indessen sollte er weder das eine noch das andere sehen – die Weltausstellung nicht und auch nicht die Bordelle. Der Erzähler hält, wie bereits angedeutet, ein anderes Schicksal für ihn bereit.

Ed Ness war ein Wanderer, womöglich hatte er einen Tropfen Zigeunerblut in sich. Er durchquerte den amerikanischen Kontinent kreuz und quer, zu Fuß, zu Pferde oder als blinder Passagier wie ein richtiger Hobo mit den langen Güterzügen der transkontinentalen Eisenbahnlinien. Seine Wurzeln hatte er eingezogen und in den Rucksack gepackt, auch auf die Weise kommt man zurecht. Allerdings ist für so einen jeder Boden gleich fremd und kalt, ständig muß er die Füße in Bewegung halten, damit sie nicht absterben vor Kälte, sie längere Zeit auf den gleichen Flecken zu setzen, wagt er nicht – das ist der Preis, und dieser Preis ist hoch.

Ed Ness war auf der Flucht. Er floh vor einem Gespenst, das Schwindsucht hieß.

Geboren wurde er in Blaxnäs im Sprengel Siklax. Im Kirchenbuch von Siklax ist in der Spalte »Vater« für ihn verzeichnet »unbekannt«. Die Mutter stammte aus dem Inland, eines Frühlings war sie mit dem Holz gekommen, das für den Holzhändler Bäckman den Älteren den Siklax-Fluß heruntergeflößt wurde, und als die Flößer im Sommer mit der Arbeit fertig waren und weiterzogen, ließen sie sie wie einen ausgelaugten Baumstamm zurück.

Mit sieben Jahren wurde Ed Ness allein und hilflos Zeuge des Todes seiner brustkranken Mutter – trostlos hustend lag sie im Klappbett, als plötzlich etwas in ihrem Inneren platzte und das Blut ihr in einer heftigen hellroten Kaskade aus dem Mund stürzte und nicht zum Stillstand gebracht werden konnte. Mutterlos wurde der Junge zur Pflege gegeben. Im ersten Jahr landete er auf dem Smeds-Hof, wo es ihm recht gutging, denn dort haben immer christliche Menschen gelebt. Im folgenden Jahr kam er nach Långgårds, und das war, als stürzte er in eine Höllenschlucht. Auf Långgårds waren sie genau und geizig mit allem, von Prügeln abgesehen. Er fror, bekam nie genug zu essen, aber man erwartete von ihm, daß er arbeitete wie ein erwachsener Mann.

Da riß er aus.

Er schmeckte die Freiheit und stellte fest, daß sie ihm gut bekam. Zurück sah er niemals, was hätte es dort auch gegeben außer Elend, Trauer und erstarrtem, schwarzem Blut? In seinen Ohren hatte er noch den trockenen Husten der Schwindsüchtigen, ein Geräusch, das Entsetzen und Grauen in ihm entfachte. Der Junge mit dem flotten Namen August Edvard aus Näs in Blaxnäs mußte die Kindheit viel zu früh verlassen. Mit zehn Jahren beschloß er infolgedessen, sich niemals von Kummer niederdrücken zu lassen, sondern vergnügt und sorgenfrei die Zeit, die ihm gewährt war, zu verbringen, niemals wollte er irgendwo festwachsen.

Wie aber flieht man vor dem, was einem im Inneren festgewachsen ist?

Eine Trauer ohne Gestalt und Namen trug er in seinem Inneren, die Erinnerung an eine Mutter und sehr viel Grauen. Und wenn Angst und Sehnsucht sich meldeten, so wie alte Wunden schmerzen, wenn Regen und schlechtes Wetter heranziehen, dann pfiff und trällerte er, so laut er nur konnte, um sich Mut zu machen, wie der kleine Junge im großen Wald, und wieder einmal brach er auf und zog weiter.

Nach Amerika war er Ende der achtziger Jahre als befahrener Jungmann auf der »Allgemeinen Wohl«, einem Schiff aus Kristinestad gekommen, mit dem er Nordsee und Mittelmeer befahren hatte. Des schwankenden Decks und des kleinlichen Schiffers müde, setzte er sich in Boston ab und schlug sich im neuen Land auf mancherlei Weise durch. In Worcester, Massachusetts, arbeitete er in einer Maschinenfabrik, in Pennsylvania als Eisenbahnarbeiter, in Waukegan, Illinois, in einer Stahlmühle; dort bekam er sechzig Cent die Stunde, das war mehr, als er je zuvor gesehen hatte. Doch er mußte weiter. Eine Zeitlang war er Handlanger bei einem Bestattungsunternehmer in Philadelphia, dessen Balsamierer in den gesamten Vereinigten Staaten berühmt waren wegen ihrer Geschicklichkeit, mit Hilfe von Skalpellen, Pumpen und übelriechenden Flüssigkeiten Leichen lebendig erscheinen zu lassen. Doch da verjagte ihn rasch der düstere Formalingestank. In New York war er Rausschmeißer in einem italienischen Restaurant in der Bowery. Was ein abruptes Ende fand, als man ihn mit der Frau des Besitzers im Bett ertappte. Ed Ness stürzte kopfüber, kopfunter aus dem Schlafzimmerfenster und floh über die Feuertreppe, gejagt von den kalabrischen Verwünschungen des Wirts und pfeifenden Pistolenkugeln, mit nichts bekleidet als seinen Hosen.

Er zog nach Westen.

Die Schinderei in den Waldarbeitercamps von Montana und Oregon brachte ihm Muskeln ein, die hart und derb waren wie Hanftrossen – wie üblich aber wenig Verdienst, und bald war er wieder unterwegs. Der wehmütige Klang der Dampfpfeifen von Güterzügen wurde für ihn gleichsam zu einem Lockruf. Ohne zu zahlen auf einem Zug mitzufahren, war eine Kunst. Es kam darauf an, daß man unmittelbar vor einem Eisenbahndepot einen geeigneten Platz fand, wo die Züge noch nicht so stark beschleunigt hatten; daß man sich versteckte, bis die Lok vorübergeschnauft war, damit man vom Führerhaus aus nicht gesehen wurde; daß man aufsprang, wenn ein leerer Güterwaggon mit offener Tür oder ein unbeladener offener Wagen vorüberrasselte. Am besten waren offene Wagen mit einer Holzladung, dort konnte man sich vor den Schlagstöcken der Bremser und Aufseher gut verbergen. Hatte man Glück, konnte man mit den Güterzügen weite Strecken fahren.

Auf einem mit Holz beladenen Zug der Union & Pacific verließ Ed Ness den Walddistrikt. Ein Grund, der zum Aufbruch beitrug, waren die Pokerschulden, die ein Gläubiger mit Hilfe einer Zimmermannsaxt von ihm eintreiben wollte; der starke Duft des frischen Kiefernholzes und das Klopfen der Räder auf den Schienenstößen betäubte Ed Ness, er schlief ein und wachte erst wieder auf, als ein gutes Stück des Tages bereits vorüber war und der Zug zwischen abgeernteten Weizenfeldern irgendwo im Mittleren Westen stand. Er hörte das metallische Ächzen der Lokomotive, er hörte Stimmen und Geschrei, lugte durch die Planken und sah zwei Eisenbahnpolizisten, die einen Hobo von einem der Wagen zogen, ihre Schlagstöcke tanzten auf seinem Rücken.

Ed Ness raffte seine Habseligkeiten zusammen, stahl sich vom Wagen und nahm die Beine in die Hand.

Die Aufseher schrien hinter ihm her, machten sich aber nicht die Mühe, ihn zu verfolgen, sie begnügten sich damit, den anderen zu mißhandeln.

Eine Weile später stand Ed Ness keuchend auf einer Landstraße in der weißen, knochenmehltrockenen Spätsommerhitze, umgeben von Feldern, die gestutzt waren wie Rekrutenköpfe. Er hörte, wie der Zug düster pfiff und sich in Bewegung setzte. Ed hatte keine Ahnung, wo er sich befand. Die Landschaft war völlig flach, nur die Telegraphenmasten entlang der Geleise unterbrachen die Eintönigkeit. Kein lebendes Wesen war zu sehen, von den Fliegen abgesehen.

Er spuckte aus, setzte sich an den Wegrand und fächelte sich mit dem Hut Kühlung zu.

Und genau dort wurde er zwei Stunden später von Wageners Zirkus aufgelesen.

Kapitel Sechs

Als Wageners Zirkus in der brennenden Sommerhitze langsam irgendwo in Iowa über die Landstraße zog, glich er einem besiegten Heer auf dem Rückzug; tiefe Niedergeschlagenheit lastete auf der Wohnwagenkolonne mit ihrem abgeblätterten Anstrich und den Käfigwagen, in denen die wilden Tiere dösten, zu erschöpft von Durst und Hitze, um auch nur winseln zu können.

Seine große Zeit hatte Wageners Zirkus hinter sich. Mißerfolge und Gläubiger waren dem Zirkus auf den Fersen.

Bekanntere Konkurrenten wie Barnum & Bailey, The Ringling Brothers und Buffalo Bill hatten Direktor Gustav Wagener gezwungen, seine Tournee in Kleinstädte des Mittleren Westens zu verlegen, wo er Abend für Abend einem wenig begeisterten Publikum seine schäbigen Attraktionen vorführte: Tiger, Elefanten, Pferde und dressierte Hunde; die Zirkusprinzessin Constance mit ihrem halsbrecherischen Dressurritt; Simson, den stärksten Mann der Welt, den Zauberer Mandraque, den größten Illusionisten Amerikas (»Sie werden Ihren Augen nicht trauen!«); den Seiltänzer Alois, dem die Pariser Gesellschaft zu Füßen gelegen hatte, Messerwerfer, Jongleure, Feuerschlucker und Clowns, die alle ihre besten Tage hinter sich hatten. Der Zirkus bewegte sich artistisch und ökonomisch am Rande des Untergangs, lebte von der Hand in den Mund und hinterließ in jeder Stadt bergeweise unbezahlte Rechnungen. Von Minooka nach Bismarck, von Pesotum nach Ladoga, von Petersburg nach Lebanon schleppte sich der Zug des Zirkus, vor die Wagen hatte man die dressierten Pferde und die Elefanten gespannt, da keine Eisenbahngesellschaft den Zirkus noch befördern wollte und für eigene Zugtiere kein

Geld vorhanden war. Das große Zelt bestand aus Flicken, die Wimpel, die an den Spitzen der Zeltmasten flatterten, waren verschossen und fransig. Bei jeder Vorstellung ging etwas schief. Wenn Direktor Wagener, bewaffnet mit einer Peitsche und einem Sprossenstuhl als Schild, die »Macht des Menschen über die wilden Bestien« demonstrieren wollte, gähnten die bengalischen Tiger nur und fingen an, miteinander in ungehöriger Weise zu spielen. Achmed, dem Feuerschlucker, gelang es, seinen eigenen Bart in Brand zu setzen, brüllend rannte er in der Manege herum, wobei sein ganzer Kopf von knisternden Flammen eingehüllt war. Der Illusionist Mandraque, der wieder begonnen hatte zur Flasche zu greifen, stieß seine magischen Spiegel um, verstreute den Inhalt einer Zauberkiste in den schmutzigen Sägespänen der Manege und schockierte das Publikum durch das Brüllen von Flüchen und groben Unanständigkeiten (immerhin befand man sich in einer gottesfürchtigen Gegend), bis es gelang, ihn wieder hinauszubefördern. Die Pferde der Zirkusprinzessin Constance warfen sie ab, wobei sie sich den Arm brach. Das Publikum buhte, pfiff und warf Popcorn, geröstete Kastanien und Erdnüsse in die Manege, die die Elefanten aufsammelten, bis sie zu satt und aufgeschwollen waren, um ihre Kunststücke vorzuführen. Die Tournee wäre ein völliges Fiasko gewesen, hätte es nicht die »Freaks« und den Todessprung Daredevil Jonathans gegeben.

Die »Freaks« war eine Sammlung grotesker Mißgeburten, die in einem kleinen, schlecht beleuchteten Zelt neben dem großen gezeigt wurden. Hierher zerrten die Landarbeiter ihre Mädchen, die entzückte und erschrockene Schreie ausstießen beim Anblick buckliger Zwerge, Wasserköpfe, siamesischer Zwillinge, Harry, dem menschlichen Seehund, der dünne Häute zwischen Fingern und Zehen hatte, dem Mann ohne Glieder, der Bärtigen Dame (»Ziehen Sie am Bart – er ist echt!«), der Dame ohne Unterleib und dem Katzenmädchen. Das ländliche Publikum liebte diese Freaks, und Direktor Wagener war stolz auf seine Mißgeburten.

Trotzdem kam das Publikum vor allem wegen Jonathans Todessprung.

Ed Ness zog Direktor Gustav Wageners Aufmerksamkeit auf sich, als er auf der Landstraße zwischen den abgeernteten Feldern dahintrottete, und der engagierte ihn vom Fleck weg.

Am vorangegangenen Abend war in Wageners Zirkus eine Vakanz entstanden. Einer der Clowns war es leid gewesen vom Publikum mit Schimpfworten und Speiseresten überschüttet zu werden, er war in die Ställe gerannt und hatte einen Eimer mit Kot geholt, den er vor Zorn brüllend über dem Publikum ausleerte. Die Schlägerei, die daraufhin zwischen den Artisten und den besudelten Stadtbewohnern entstand, war denkwürdig und endete erst, als Direktor Wagener wie ein moderner Hannibal hoch auf einem Elefantenrücken einritt und die Kombattanten aus dem Zirkuszelt jagte. Bei einer anschließenden Inspektion der Walstatt fand man einen Manegenarbeiter, der außerdem noch als Heizer für den »Kalliop« eingesetzt war, mit eingeschlagenem Schädel in den Sägespänen liegen. Er war tot wie ein Feldstein.

»Hallo, mein Bruder!« rief Direktor Wagener Ed Ness zu, richtete sich auf dem Kutschbock des Direktionswagens auf und hob den rechten Arm zu einer gebieterischen Geste. »Bruder, du sollst nicht länger deine Straße ziehen. Nun sollst du dein Leben der Zirkuskunst widmen!«

Die letzten Worte donnerte der Zirkusdirektor mit dem gleichen gewaltigen Stimmaufwand heraus, mit dem er während der Vorstellung die einzelnen Nummern präsentierte. Jumbo, der Elefant, der den Direktionswagen zog, setzte sich daraufhin aus alter Gewohnheit auf sein mächtiges Hinterteil, hob den Rüssel und trompetete wie ein Engel des Jüngsten Gerichts. Ed Ness, der noch nie einen Elefanten gesehen hatte, warf sich aus purem Schrecken kopfüber in den Graben.

Als man ihn herausgezogen und abgeklopft hatte, führte ihm der kurzgewachsene, rotnasige Zirkusdirektor den

Kalliop vor. Ed Ness hatte auch noch nie einen Kalliop gesehen. »Der Kalliop«, erklärte Direktor Wagener, »ist das vornehmste Produkt der Ingenieurskunst des neunzehnten Jahrhunderts, eine gelungene Verbindung von Musik und Maschine, eine dampfgetriebene Orgel!«

Jeder Zirkus, der etwas auf sich hielt, besaß einen Kalliop auf Rädern. Wenn der Zirkus durch eine Stadt paradierte, rollte der Kalliop an der Spitze des Zuges. Es war ein unerhört häßliches Gerät, das eine gewisse Ähnlichkeit mit einer kleinen Rangierlok ohne Tender und Führerstand hatte. Eine quergestellte Palisade aus unterschiedlich langen, fleckigen, verbeulten blechernen Pfeifen krönte den Boiler, der das Orgelwerk über ein kompliziertes Rohrleitungssystem mit Dampf versorgte. Der Organist saß mit seinem Manual auf dem Dampfkessel, während der Heizer den Kessel von einer schwankenden Plattform aus versorgte, die auf der Kohlenbox ganz vorne angebracht war. Der Kalliop verschlang mit frischem Appetit Unmengen von Kohle, und der Heizer hatte alle Hände voll zu tun, wollte er den Dampfdruck halten. Der Organist, Daredevil Jonathan, mit schwarzem Frack und Zylinder ausstaffiert wie ein Bestattungsunternehmer, überschüttete Ed Ness von seinem Pult aus mit einem Wasserfall von Flüchen, während er zugleich in die Tasten griff, als gelte es, die Mauern von Jericho zum Einsturz zu bringen. Der Kalliop dröhnte und brüllte, die Ventile pfiffen und sprühten brühheißen Dampf auf die Zuschauer, die die Straße säumten, das Blech des Boilers krachte und wimmerte unter dem Druck. Jonathans Repertoire bestand aus Märschen und volkstümlichen Melodien: »Yankee Doodle«, »Comrades«, »After the Ball«, »Daisy Bell«, aber auch aus klassischen Stücken: Bachs Toccata und Fuge in C-Dur, begleitet von Dampffontänen, eine Interpretation, bei der sich die musikalischeren Zuhörer die Ohren vor purem Entsetzen zuhielten. Ed Ness schaufelte Kohle, was das Zeug hielt, verbrannte sich die Hände am glühenden Blech der Feuerbüchse und sank schweißdurchnäßt zu Boden, als die Parade vorüber war, das Gesicht schwarz wie ein Neger von Kohlenstaub, während ihm der Kopf vom Lärm des Kalliops dröhnte. Aber den Dampfdruck hatte er gehalten. Von seinem Platz auf dem Kalliop ließ Jonathan ihm eine knappe Anerkennung zukommen, indem er zwei Finger an den Rand seines Zylinders legte und düster grinste.

Ed Ness gefiel das Zirkusleben.

Die schamlose Vermischung von echt und falsch durch den Zirkus sagte ihm zu. Das unstete Leben ließ sich gut mit seiner eigenen Wurzellosigkeit verbinden. Er lernte Konzentration und harte Arbeit, die unabdingbare Voraussetzung für alle Artisten, zu schätzen.

Der Glanz und Pomp, der sich bei näherer Betrachtung als Glanzpapier und bemaltes Holz erwies, der strenge Geruch der Tiere, die Hektik und die offenbar heillose Verwirrung, wenn das riesige Zelt aufgestellt wurde, die zunehmende Anspannung, wenn die Vorstellung näher rückte, die Triumphe und die Enttäuschungen der Vorstellungen, Beifall und Buhrufe des Publikums, all das erlebte Ed Ness mit einer Intensität und einem Gefühl der Teilnahme, wie er es bis dahin nicht kannte.

Zirkusleute gehören nicht zur Gemeinschaft der Seßhaften, sie sind auf die uralte Freimaurergesellschaft der Gaukler angewiesen. Gerade durch den Druck von außen wird ihre Gemeinschaft fest zusammengeschmiedet, Neuankömmlinge werden nicht ohne weiteres aufgenommen. Ed Ness zeichnete aus, daß er vor harter Arbeit nicht zurückschreckte, weder beim Heizen des Kalliops noch beim Aufstellen des Zeltes. Dies wurde genau zur Kenntnis genommen, wortlos und ohne größere Zeremonien wurde er in die Bruderschaft der Zirkusleute aufgenommen.

Ihn trieb die Neugier, die Gesellschaft der Artisten zu suchen. Auch wenn Wageners Ensemble seine besten Tage hinter sich hatte, war noch genug von seiner alten Kunst vorhanden, Hingabe und Präzision beeindruckten ihn. Wie alle Artisten waren sie eitel und geheimnisvoll zugleich. Mit sicherem Instinkt befriedigte Ed Ness ihre Eitelkeit, und im Gegenzug lüftete Mandraque, der Zauberer, den Vorhang, der die hinter seinen Illusionen verborgene Maschinerie verdeckte, während Alois, der Seiltänzer – der unter der uralten Krankheit litt, die er sich in der Pariser Gesellschaft zugezogen hatte –, Linderung suchte, indem er versuchte, Ed Ness das Seiltanzen beizubringen.

Ed Ness' engster Freund sollte jedoch Daredevil Jonathan werden, der große Star von Wageners Zirkus.

Ed teilte den Wohnwagen mit Jonathan, weil niemand anderer das tun wollte. Der Grund war nicht Jonathans Homosexualität – Zirkusleute sind tolerant –, sondern seine Alpträume. Laut stöhnend und schreiend, mit Armen und Beinen um sich schlagend, kämpfte Jonathan Nacht für Nacht mit dem Grauen, dessen tatsächliche Natur allen jedoch ein Geheimnis blieb, da Jonathan stets abstritt, unter Alpträumen zu leiden.

Er war so mager, daß er geradezu ausgemergelt wirkte, seine Glieder waren lang und biegsam, der schmale Kopf saß auf einem stengelartigen Hals, der von knorrigen Adern und geschwollenen Drüsen überzogen war. Ständig schien er am ganzen Körper zu zittern wie ein Straßenköter, unter schweren Augenlidern irrte sein dunkler Blick umher wie eine Fliege, die gegen eine Fensterscheibe prallt. Daß seine Nummer in jeder Stadt das Publikum anzog und fesselte, schien eigentlich unbegreiflich.

Offensichtlich war Daredevil Jonathans Todessprung nicht sonderlich bemerkenswert.

Er vollführte keinen Salto mortale oder andere schwindelerregende Tricks. Jonathan kletterte auf eine Plattform unter der Decke des Zirkuszelts, stand eine Zeitlang unschlüssig da und ließ sich dann mit der Eleganz eines Mehlsacks in eine mit Wasser gefüllte Segeltuchwanne fallen, deren Inhalt in die Manege spritzte. Das war alles. Gleichwohl brüllte das Publikum Abend für Abend vor Entsetzen und Begeisterung auf, niemand, der Zeuge des Todessprungs geworden war, konnte ihn jemals vergessen.

Das galt auch für Ed Ness. Mit zu einem schmerzenden Knoten verkrampften Magen sah er zu, wie Jonathan ungeschlacht die schmale Leiter hinaufkletterte, die immer stärker schwankte, je höher er stieg; schließlich erreichte er die Plattform, während das Brüllen des Publikums zunahm – spring! Spring! SPRING! –, um in einem langgezogenen, schreckerfüllten iiiiIIIIIIHHHH! zu explodieren, wenn Jonathan plötzlich durch die Luft fiel, ganz so, als habe man den schicksalhaften Schritt gar nicht gesehen. Jedesmal war Ed Ness davon überzeugt, Jonathan werde sich zu Tode stürzen, und jedesmal war er erleichtert, aber auch sonderbar enttäuscht, wenn Jonathan tropfnaß über den Segeltuchrand der Wanne kletterte und sich vor dem Publikum verbeugte – um wie ein unseliger Geist unverzüglich hinter dem Vorhang zu verschwinden. Jonathans Todessprung war der Höhepunkt und zugleich die letzte Nummer der Vorstellung. Mehr gab es dann nicht mehr zu sehen.

Eines Abends kam Ed Ness Jonathan auf die Schliche. Die beiden saßen in ihrem Wohnwagen und tranken Whisky, das heißt, Ed Ness trank, und Jonathan gab sich damit zufrieden, ihm dabei mit seinen unsteten, vorstehenden Augen zuzusehen.

»Well, Ness, du bist ganz schön neugierig. Du würdest ziemlich gern wissen, warum ich mache, was ich mache, oder?« sagte Jonathan unvermittelt, seine Augen glänzten metallisch. Jonathan sprach ein sehr gepflegtes Englisch mit britischem Akzent, er behauptete, er habe einmal in Oxford studiert.

»Nachgedacht habe ich darüber schon«, gestand Ed Ness ein.

»Ich habe Höhenangst. Das ist das ganze Geheimnis.«

Ed sah ihn erstaunt an. Jonathan lächelte, es war ein freudloses, leeres Lächeln, das sein mageres Gesicht verzerrte. Mit langen, zitternden Händen gestikulierte er in der Luft, als versuche er Mandraque, den Illusionisten, zu imitieren.

»Ich bin der Stellvertreter der Bauerntölpel da unten, verstehst du? Ich habe an ihrer Stelle Angst. Und so werden sie ihre eigene Angst los. Stellvertretung, darauf läuft jede Kunst hinaus – und die Religion. Jesus Christus ist deshalb am Kreuz gestorben, damit wir von aller Schuld gereinigt werden! Das ist der größte aller Stellvertreter. Wir leben in einer verfluchten Stellvertreterkultur, in der man anderen überläßt, das zu machen, das man selbst nicht zu tun wagt!« Er blickte in das gelbe Licht der Petroleumlampe, auf seinen Lippen standen kleine Speichelblasen. »Ich habe alles Unwesentliche bei meiner Nummer weggelassen. Deshalb geraten die Bauerntölpel so außer sich. Ich nutze meine Höhenangst aus, ich presse jeden Tropfen Angst aus mir heraus wie aus einer verdammten Zitrone. Das ist die Kunst, genau das, die Kunst in ihrer absoluten Form. Niemand wird ein Künstler, wenn er nicht bereit ist, alles zu opfern. Aber, mein Freund, das kann ich dir sagen, es ist die Hölle. Auf diese Plattform klettern und spüren, wie einem alles unter den Füßen schwankt, und sie dort unten schreien zu hören... Zu wissen, daß sie wissen, welche verdammte Angst ich habe. Das ist, als würde man dort oben nackt stehen. Jedesmal will ich wieder hinunterklettern.«

»Und warum machst du das nicht?«

Jetzt schienen Jonathans blutgesprenkelte Augäpfel aus ihren Höhlen quellen zu wollen, auf seinem knochigen Gesicht brannten rote Flecken.

»Ich bin Künstler! Ich muß es tun! Ich stehe unter einem Fluch! Wenn ich es mir aussuchen könnte, dann wäre ich Kantor in irgendeiner gottvergessenen Gemeinde auf dem Land, aber ich kann es mir nicht aussuchen. Ebensowenig wie Jesus. Überkamen ihn nicht Zweifel, bedeckte er nicht im Garten Gethsemane sein Gesicht und sagte: »Mein Vater, ist's möglich, so gehe dieser Kelch an mir vorüber!«

Jonathan begann zu schielen, mit dem Handrücken wischte er sich den Speichel vom Mund. Ed Ness hielt es für das beste, nichts zu sagen.

»Ein verfluchter Künstler«, fuhr Jonathan fort, nun etwas ruhiger. »Abend für Abend muß ich das tun, ich kann nicht damit aufhören. Eines Tages kostet es mich das Leben.«

Er schwieg. Nachtfalter flatterten um die Petroleumlampe, vom Licht verhext, bis sie zu dicht herankamen und mit versengten Flügeln auf den Tisch fielen. Jonathans Kinn begann heftig zu zittern.

»Die warten nur darauf, daß ich mich zu Tode stürze«, flüsterte er. Und genau das wird passieren. Bald.

Das Gespräch fand in den Ozarkbergen statt, wo der Zirkus im Winterquartier lag, nachdem er bis spät in den Herbst hinein auf Tournee gewesen war. Der Winter war ungewöhnlich naß, ununterbrochen fiel trostlos der Regen aus einem Himmel, der so schmutziggrau und verschlossen war wie die Mauer einer Fabrik, er durchnäßte alles und deprimierte Menschen und Tiere. Direktor Wagener erging sich indessen in großen Plänen für die Tournee der kommenden Saison, wobei seine wahnwitzigen Hoffnungen von Bushmiller's Bourbon, den er in großen Mengen konsumierte, angeheizt wurden.

»Wir üben neue Nummern ein!« verkündete er. »Und dann gehen wir nach Norden! Wartet nur, Wageners Zirkus wird auf dem Madison Square und in Chicago auftreten!«

Ein zynisches Lächeln kräuselte die Lippen des Todesspringers. Jonathan und die übrigen Artisten machten sich keine Illusionen mehr. Dennoch ließen weder er noch die anderen alten Zirkuspferde wie Alois oder Constance, die Zirkusprinzessin, Direktor Wagener im Stich – sie hatten keine Wahl. Auch Ed Ness blieb, denn trotz allem glaubte er an Direktor Wagener, außerdem wollte er schon immer lernen, auf einem Seil zu gehen.

Zu Frühlingsbeginn ging Wageners Zirkus auf seine letzte Tournee; sie sollte eine noch größere Katastrophe werden als die des vorangegangenen Jahres. In einem kleinen Nest in Indiana brach Jimmy, einer der bengalischen Tiger, aus, und obwohl Jimmy so gut wie zahnlos war und nur gehacktes, in

Milch eingeweichtes Fleisch fressen konnte, führte sein Ausbruch zu einer Panik. Er wurde von einem großen Aufgebot gejagt, das ihn schließlich aufstöberte und erschoß; der Sheriff wies den Zirkus daraufhin an, die Stadt unverzüglich zu verlassen.

In Bluffton – das Frühjahr war schon weit gediehen, auf den Feldern sproß grün und kräftig die Weizensaat – drohten Artisten und Manegenarbeiter mit Streik, falls sie nicht ihre noch ausstehenden Löhne erhielten. Direktor Wagener versprach hoch und heilig, sie spätestens in Economy zu bezahlen, doch dort angekommen, kehrte der Direktor seine Taschen von innen nach außen und appellierte an die Solidarität und das gute Herz seiner Angestellten. In Freedom verließen die Freaks geschlossen den Zirkus, in Tippecanoe erklärte Wagener seinen Bankerott. Sein unwiderrufliches Ende erlebte der Zirkus in Waterloo.

In Waterloo starb Daredevil Jonathan.

Das Zelt war fast leer. Die Stimmung war gedrückt, mühsam wie ein Kriegsinvalide schleppte sich die amputierte Vorstellung dahin, Direktor Wagener soff ununterbrochen. Jonathan stand länger denn je auf seiner Plattform, schnitt wilde Grimassen und schwankte wie ein ausgelassener Storch mit dem langen Oberkörper vor und zurück.

»Spring endlich!« rief jemand im Publikum, gereizt von Moonshine-Whisky und der schlechten Vorstellung.

Jonathan jedoch sprang nicht. Ed Ness konnte sehen, wie er zögerte, konnte seine Angst spüren. Da brach irgend etwas in Ed Ness entzwei, und in diesem Augenblick wußte er: Was Jonathan vorhergesagt hatte, würde an diesem Abend geschehen. Benommen von Furcht und Verzweiflung rannte Ed Ness in die Manege hinaus, ohne sich um die Verwünschungen Direktor Wageners zu kümmern, und schrie Jonathan zu, er solle wieder herunterklettern.

»Spring!« brüllte das Publikum. »Spring!«

»Nein!« schrie Ed Ness. Seine einsame Stimme ertrank in dem Trommelwirbel, den Direktor Wagener in Ermangelung von Musikern selbst anschlug und der Jonathans Sprung stets vorausging.

»Spring! Spring! Spring!« skandierte das Publikum, ergriffen von dem gemeinsamen Entsetzen, das sich im Zelt verbreitete wie Feuer in einer Scheune.

Oben auf seiner Plattform schlug Jonathan die Hände vors Gesicht und schrie schrill auf – klar und deutlich war dieser Schrei zu hören, und keiner von denen, die sich an jenem Abend in dem Zelt befanden, sollte diesen Laut jemals vergessen.

Dann fiel er.

Die Arme dicht am Körper, tauchte Jonathan mit dem Kopf voran in die Wanne ein und zerschmetterte sich an ihrem Holzboden den Schädel. Mit dumpfem Platschen schlug das Wasser über seinem Körper zusammen, ein endgültiges Schweigen senkte sich über die Manege, man hörte nur einen Laut – den langgezogenen Schrei von Ed Ness, der in den Sägespänen kniete, während ihm die Tränen aus den Augen schossen.

Noch in derselben Nacht verließ Ed Ness den Zirkus. Er zog nach Norden, auf der Zunge einen aufdringlichen Kupfergeschmack und den Magen vor Angst schmerzhaft verknotet. Er ging zu Fuß, wie gewöhnlich, seine Habseligkeiten in einem an einem Stock festgebundenen Bündel über der Schulter. Vor ihm lag die ungewisse Dunkelheit, dick wie mit Teer vermischtes Wasser, erfüllt von den Lauten der Nacht: dem Knarren der Grashüpfer, dem Rascheln der Maispflanzen, wenn ein leichter Nachtwind die Felder auf beiden Seiten der Straße durchkämmte, dem leisen, sanften Murmeln von Wasser in einem Graben. Laut gurgelnd schrie eine Eule, das plötzliche Geräusch ließ ihn mit schreckflatterndem Herzen zusammenzucken.

Ed Ness warf dem Zirkus einen letzten bitteren Blick zu, kein Laut war von dort zu hören, kein Licht zu sehen. Das riesige Zelt war schlecht gestagt, die Leinwand des Chapiteaus wogte im Wind, als trabten noch immer die Elefanten im Kreis der Manege und versetzten die Luft mit ihren gewaltigen Körpern in Bewegung. Das letzte, was er von Wageners Zirkus sah, war der Kalliop, verlassen und kalt stand er im matten Schein des Neumonds, der im Süden auf Dreiviertel hing wie eine frischgeschliffene Sichel, die jemand an eine Schuppenwand gehängt hatte.

Dann drehte er sich um und wanderte auf der Landstraße weiter, leise pfiff er die Melodie eines Gassenhauers vor sich hin, die Jonathan immer auf dem Kalliop gespielt hatte; er erinnerte sich, wie ihm die Hitze ins Gesicht geschlagen hatte, wenn er sich bückte, um die Feuerbüchse mit Kohle zu beschicken, er erinnerte sich an die Gesichter der Stadtbewohner, die in der Maine Street aufgereiht dagestanden hatten, wenn die Zirkusparade vorbeikam. Dunkel und unermeßlich stand die Sommernacht über der Prärie von Indiana. Ed Ness war auf dem Weg nach Chicago.

Kapitel Sieben

Der Sommer 1894 sollte lang und heiß werden, und er sollte nach Pulver, Blut und verfaulenden Tierkörpern in den Schlachthäusern von Chicago stinken, über die man eine Blockade verhängt hatte. Der Pullman-Streik von 1894 war der erste Generalstreik in den Vereinigten Staaten; er war der Höhepunkt jahrzehntelanger Arbeitskonflikte, die erste Machtdemonstration einer Gewerkschaft, die stark und politisch radikal war und, im Gegensatz zu den traditionellen Berufsorganisationen, die die Arbeiterschaft zersplitterten, versuchte, sie zu einigen.

Allerdings war der Pullman-Streik von vornherein dazu verurteilt, ein Fehlschlag zu werden.

Niemand wußte das besser, als der Führer dieses Streiks selbst, der Präsident der Eisenbahnergewerkschaft, Eugene V. Debs, ein Deutscher wie der unglückselige Direktor Wagener. Deutsche schienen das Schicksal von Ed Ness zu sein. Der Streik war eine bittere, verzweifelte Protestaktion von einhundertfünfzigtausend Eisenbahnarbeitern, die selbst dann noch weiterkämpften, als sie erkennen mußten, daß sie verloren hatten. Einer von ihnen war Ed Ness.

Den Pullman-Streik würde er aber niemals als Niederlage sehen, aus seiner Sicht war der Streik ein Sieg. In diesem heißen Sommer kam die Geschichte vor Ed Ness für einen Augenblick zum Stillstand und tippte ihn im Vorübergehen an, als wollte sie daran erinnern, daß für die Geschichte keiner unwichtig ist, daß niemand abseits steht. Der Pullman-Streik traf Ed Ness mit voller Wucht und gab seinem Leben eine neue Richtung. Im Sommer 1894 wurde Ed Ness in Chicago Syndikalist und ein Mann der Gewerkschaft.

»Windige Stadt«, »Hure der Prärie« wurde diese Stadt genannt. Ed Ness konnte bestätigen, wie berechtigt beide

Bezeichnungen waren. Chicago war eine Hure, falsch wie eine Zweidollarmünze, glitzernd, hart, billig und ohne Moral, dazu ein windiges Loch, für die Stürme ebenso offen wie für Korruption und Laster. Im Sommer heiß und trocken wie eine Bratpfanne, in den Wintern gepeinigt von eisigen Nordwinden, die ihre Kraft über den schneebedeckten Weiten Kanadas sammelten, um sich dann auf den Michigan-See zu stürzen und schließlich erbarmungslos durch die Straßen der Stadt zu peitschen. Ed Ness behauptete später, im dunklen Depressionswinter, der dem Pullman-Streik vorausging, habe er gesehen, wie ein Polizist fortgeweht wurde: Der Schneesturm habe ihn gepackt und um eine Straßenecke getragen, während die Schöße seines dunkelblauen Mantels wie zwei Krähenflügel flatterten und sein Helm wie eine leere Konservenbüchse über das Trottoir klapperte.

Voller Begeisterung tischte Ed Ness auf der Veranda von Hannas Pension Neuankömmlingen solche Geschichten auf. Wenn der Wind besonders stark wehte, habe man sich an Laternenpfählen, einem Zaun, oder was man gerade greifen konnte, festhalten müssen, wollte man nicht in den Chicago River geblasen und wie eine Katze ertränkt werden.

Chicago war ein hartes Pflaster, nichts für Flenner und Grünschnäbel, und im Winter dreiundneunzig, vierundneunzig erst recht nicht, als die Depression mit voller Kraft zuschlug, ganz so, als habe es der Herr für richtig erachtet, Chicago wegen all seiner Extravaganz und Hoffart während der Weltausstellung im vorangegangenen Sommer zu züchtigen. Man mußte froh sein, einen Job zu haben. Die Menschen erfroren auf der Straße. Gleichzeitig lebten andere im Überfluß und aßen Beefsteak mit Bratkartoffeln und Erbsen, hüllten sich in Pelze und wohnten in Palästen an der Prairie Avenue, der Straße der Reichen.

Wenn er bei seinen Erzählungen diesen Punkt erreicht hatte, sprach Ed Ness mit zunehmendem Zorn von denen, die in Chicago das Geld und die Macht besaßen. Pullmänner nannte er sie: Marshall Field, der das größte Kaufhaus der

Welt besaß, fünf Stockwerke hoch und vollgepfropft mit Waren. Potter Palmer, der jeden Sonntag Empfänge gab, zu denen mehr Gäste kamen als Menschen in ganz Blaxnäs in Österbotten lebten. Charles B. Yerkes, der die Straßenbahngesellschaften von Chicago und vielen anderen amerikanischen Städten an sich gebracht hatte. Und schließlich George M. Pullman, der Eisenbahnkönig, gegen den Ed Ness in den Streik gezogen war.

Pullman, so sagte Ed Ness immer, war ein richtiger Bastard, von oben bis unten, er war ein Selfmademan, und das sind schließlich die schlimmsten. Pullman wurde berühmt, als er das Tremont House rettete, das vornehmste Hotel Chicagos, das fast im Sumpf versunken wäre, auf dem die Stadt errichtet wurde. George M. Pullman war ein magerer, schweigsamer Yankee-Ingenieur mit zwei großen, ziemlich leeren Händen, sein einziges Kapital war sein unerschütterliches Selbstvertrauen. Keiner glaubte, daß man Tremont House davor bewahren konnte, im Sumpf zu verschwinden.

Pullman untersuchte das Hotel, wischte sich sein Gesicht feierlich mit einem gelben Schnupftuch ab, machte schließlich seinen humorlosen Mund auf und sagte: »Ich mach's.«

Eine gewaltige Wettätigkeit setzte ein. Die Wetter gingen davon aus, Tremont House werde einfach zusammenfallen, falls jemand versuchte, das Hotel auch nur anzurühren. Währenddessen dingte Pullman 1200 Männer. Jeder wurde mit vier hydraulischen Winden ausgerüstet. An der Spitze seines Heers stieg Pullman in den Keller des Hotels. Auf seine Anweisung hin drehten 2400 Hände an 4800 Winden – und Tremont House hob sich langsam aus dem saugenden Lehm, und zwar so unmerklich und leicht, daß nicht ein Gast aus seinem Bett rollte und noch nicht einmal die berühmten Kristalleuchter im Speisesaal klirrten. Von da an stand George M. Pullman die Welt offen.

Seinen ersten Eisenbahnwagen konstruierte er nach einer Zugreise, während der er die ganze Zeit über in seinem Abteil durchgeschüttelt wurde wie eine Erbse in einer leeren Dose, er war davon überzeugt, daß es sich die Amerikaner etwas kosten lassen würden, wenn sie bequemer reisen konnten. Er sollte recht behalten. Die Pullman Palace Car Company wurde eine rentable Firma, ihr Besitzer ein reicher Mann. Nach dem großen Brand von 1871 verlegte Pullman die Werkstätten vor die Stadt und errichtete für seine Arbeiter eine Mustersiedlung, die er ohne falsche Bescheidenheit Pullman City nannte.

Ed Ness wurde als Hilfsarbeiter in den Reparaturwerkstätten angestellt und montierte zehn Stunden täglich – außer sonntags – Blattfedern, hämmerte Radreifen, richtete Achsen und dichtete lecke Wasserklosetts ab – für den nahezu unwahrscheinlichen Lohn von drei Dollar und zwanzig Cent am Tag. Die Arbeit war schwer und eintönig, der Lärm unerträglich. Im Sommer war die Werkstatt stickig-heiß, wenn der farbfunkelnde Herbst sich in den eisigen Winter verwandelt hatte, war sie kalt und zugig. Ed Ness kam sich vor wie ein Gefangener. Nach Chicago war er wegen der Weltausstellung gekommen, doch die Tage vergingen, er plagte sich mit schweren Wagenfedern und Stahlrädern ab, die einem die Beine abschlagen konnten, wenn sie auf einen fielen, ohne jedoch der Weltausstellung näher gekommen zu sein. Er fühlte sich betrogen. Er hatte vorgehabt, nur so lange zu arbeiten, bis er ein Bündel Dollars besaß, dann wollte er sich wie ein Gentlemen ausstaffieren, in einem Restaurant essen und anschließend den Klub der Everleigh-Schwestern besuchen, das feinste Hurenhaus Chicagos. Angeblich ging es dort so vornehm zu, daß man erst in den Zimmern im oberen Stock merkte, daß man sich in einem Bordell befand.

Als Pullman-Arbeiter mußte er freilich in Pullman City wohnen. Dort war es besser als auf der North Side, dafür aber waren die Mieten höher als irgendwo sonst in Chicago. Er mußte im Pullman-Laden einkaufen, wo alles teurer war als anderswo. Gas und Wasser wurde von einer Tochterfirma der Pullman-Gesellschaft geliefert, deren Tarife höher waren als sonst in Chicago üblich. Es gab sogar eine Leihbibliothek und eine Kirche, doch jedes entliehene Buch kostete einen Cent, und die Kirche stand leer, weil keine Gemeinde die geforderte Miete bezahlen konnte. Nun, das machte Ed Ness nicht ganz soviel aus, er war weder ein Bücherwurm noch sonderlich fromm. Was ihn aber empörte, war, wie er später berichtete, die Sache mit dem Abwasser: Durch ein System aus Kanälen und Teichen wurden die Abwässer auf Pullmans privates Landgut geleitet, wo sie beim Anbau von Gemüse als Dünger verwendet wurden – das dann an die Arbeiter in Pullman City verkauft wurde.

»Sogar aus Scheiße hat dieser Kerl Geld gemacht!« brummte Ed Ness. »Da könnt ihr sehen, was das für einer war!«

An Otto Gottliebs Küchentisch begriff Ed Ness den Kreislauf des Schmutzwassers in der kapitalistischen Wirtschaft. Gottlieb war ein älterer Eisenbahnarbeiter, der, nachdem er Witwer geworden war, unverheiratete Arbeiter als Untermieter aufnahm (was nur dann erlaubt war, wenn man sich eine Genehmigung beschafft hatte). Gottlieb war Syndikalist. Er meinte, aus Ed Ness könne noch etwas werden, er sei ein roher, ungeschliffener Diamant, ein Wilder, der zivilisiert werden müsse, er sei aber pfiffig und besitze eine rasche Auffassungsgabe.

Otto Gottlieb begann, aus Ed Ness einen Syndikalisten zu formen.

Samstag abends hielt Gottlieb in seiner Küche Gewerkschaftsseminare ab. Ed Ness hörte deutschen Arbeitern zu, die debattierten, Bier tranken und dazu Bratwurst und Pumpernickel aßen. Politik und ein Schnaps gegen die Kälte, während der Wind über Pullman City pfiff. Es waren radikale Arbeiter, aber keine Sozialisten, Karl Marx war für sie nur ein Name.

Eugene V. Debs war ihr Anführer. Die meisten von ihnen waren jung und ungeduldig; Otto Gottlieb war der Senior der Versammlung, der sie einmal dämpfte und dann wieder anspornte. Über Ottos Küchentisch tobten lange Debatten über berufsständisch orientierte Gewerkschaften contra Industriegewerkschaften.

»Ehrliche Bezahlung für ehrliche Arbeit«, brummte Gottlieb und wischte sich den Bierschaum aus dem Schnurrbart. »Leckt mich... Ungerechtigkeit gegen einen, heißt Ungerechtigkeit gegen alle. Daran kann keiner etwas ändern! Die Produktionsmittel sollten sich im Besitz des arbeitenden Volkes befinden. Es ist doch absurd, daß man Stahlwerke und Eisenbahnkompagnien genauso besitzen kann wie ein Hemd oder einen Hut? Wer Produktionsmittel als sein Eigentum beansprucht, gibt zu, das Volk bestohlen zu haben. Prost!«

Gottliebs Unterricht war gründlich. »Arbeit«, so lehrte er, »ist der einzige Faktor, mit dem man einen Wert schafft. Ohne die Arbeit wären das Erz in den Bergen und die Bäume im Wald wertlos, und ohne die Arbeiter, die sie bedienen, sind die Maschinen in den Fabriken und die Lokomotiven nicht mehr als Schrott. Aber den Arbeitern werden die Früchte ihrer Arbeit gestohlen, also müssen sie die Kontrolle über ihr Eigentum zurückgewinnen. Verstanden? Das geht aber nur, wenn man sich organisiert, und zwar in einer Gewerkschaft! Aber nicht etwa eine für Lokführer, eine für Heizer, eine dritte für Bremser und so weiter, das wäre sinnlos, sondern eine für alle. Einigkeit macht stark. Und die Waffe der Arbeiter ist der Streik. Wenn eines Tages die Arbeiter vereinigt sind und ein Generalstreik ausgerufen wird, dann hat das letzte Stündlein für die Kapitalisten und Plutokraten geschlagen. Da ist das Ziel des Syndikalismus. Prost!«

Gottlieb trank. Gottlieb schmatzte. Gottlieb betrachtete zufrieden die Versammlung der jungen Männer an seinem Küchentisch.

»Und der Anfang dafür ist schon gemacht! Ja! Mit der American Railway Union. Auf die Gewerkschaft, Jungs! Prost! Dieses Land wurde von einer Räuberbande und ihren politischen Komplizen gestohlen. Wie Hehler hocken sie da, die Kapitalisten und ihr Anhang, und wenden ihr Diebesgut hin und her. Ausländische Agenten und Verräter nennen sie uns. Sie nennen uns Subversive, Rote. Aber wenn wir Rote sind, dann waren auch Thomas Jefferson und Abraham Lincoln Rote! Denn wir wollen nichts anderes, als Amerika den Amerikanern zurückzugeben!«

Das war nicht Otto Gottlieb, sondern Eugen V. Debs, der Präsident der American Railway Union, früher Lokomotivheizer bei den Northwestern Railroads und somit eine Art Kollege des früheren Kalliop-Heizers Ed Ness. Debs sprach in einem leeren Lagerhaus auf der North Side, das man für einen Abend in einen Versammlungsraum verwandelt hatte. Es waren so viele Menschen da, daß es keinen Platz mehr gab, auch nur einen Furz zu lassen, wie einer der Gottliebschen Jünger sich ausdrückte. Spruchbänder schmückten die Wand hinter dem Rednerpult, Tabakrauch hing unter der Decke. Debs stand auf einem improvisierten Podium auf der Schmalseite des Raums, ein langer, magerer Mann mit ernstem Gesicht, hoher Stirn und schmalen Lippen. Seine Brille hatte eine Metallfassung, wodurch er mehr Ähnlichkeit mit einem Sparkassendirektor hatte als mit einem Gewerkschaftsführer.

»Organisiert euch, Brüder!« rief Debs der Versammlung zu. »Ihr arbeitet für eure Kinder und für die Zukunft. Nur wenn ihr organisiert seid, könnt ihr eine bessere Vergütung für die Reichtümer fordern, die ihr produziert. Die Union besteht aus amerikanischen Arbeitern. Die amerikanische Arbeiterklasse kennt nur den Blick nach vorn. Und die amerikanischen Arbeiter sind wir!«

Debs sprach intensiv und mitreißend und zugleich einfach und überzeugend, er schien eine eigenartige Wärme auszustrahlen, die jeden einzelnen im Raum erreichte. Ed Ness war tief ergriffen. Schwindlig von dem neuen syndikalistischen Pathos, sah er Debs mit glänzenden Augen an. Er spürte, wie die anderen Männer sich an ihn preßten, er schwankte mit der Masse der Versammelten im Rhythmus von Debs' Rede, war Teil eines kollektiven Bewußtseins. An diesem Abend trat Ed Ness der Gewerkschaft bei.

Am 11. Mai 1894 brach der Pullman-Streik aus, nachdem die Pullman Company die Löhne in den Werkstätten von drei Dollar zwanzig auf einen Dollar zwanzig gesenkt hatte. Die Mieten, die Gas- und Wassertarife und die Preise in den Läden von Pullman City blieben hingegen unverändert. Begründet wurde die Lohnsenkung damit, daß die Pullman-Kompagnie, die bis dahin die Depression recht gut überstanden hatte, einen Verlust von fünfzigtausend Dollar ausgleichen müsse. Zwar hatte die Company mehrere Millionen Reserven, zog es jedoch vor, ihre Arbeiter für die Verluste aufkommen zu lassen.

In den Eisenbahnwerkstätten begann es zu gären. Die Situation nahm bald verzweifelte Formen an, vor allem bei den Arbeitern mit großen Familien. Die Menschen hungerten. Ed Ness sah Arbeiter, die vor Hunger und Erschöpfung ohnmächtig wurden. Familien, die die Miete nicht mehr bezahlen konnten, wurden auf die Straße gesetzt, zugleich verlor der Familienvater seine Arbeit. Ed Ness, an Entbehrungen gewöhnt, kam zwar gut zurecht, ihm entgingen jedoch nicht die Müdigkeit und die bitteren Züge auf Gottliebs Gesicht. Die syndikalistischen Seminare an Gottliebs Küchentisch fanden ein Ende.

Schließlich hielten die Arbeiter in den Eisenbahnwerkstätten eine Versammlung ab und bestimmten eine Abordnung, die der Leitung der Pullman Company ihre Klagen vortragen sollte. Die Abordnung fand die Türen zum Kontor der Company verschlossen vor, bewacht von Männern mit Winchestergewehren und knurrenden Hunden. Als die Deputation unverrichteter Dinge wieder in die Werkstätten zurückkehrte, legten die Arbeiter vollzählig ihre Werkzeuge zur Seite, griffen nach ihren Röcken und Hüten und zogen ins Freie. Der Ausmarsch ging in völliger Stille vonstatten. Dann entwaffneten sie die Wächter, setzten die Ingenieure und Vorarbeiter, die mit Drohungen und geballten Fäusten versucht hatten, sie zurück an ihre Arbeitsplätze zu treiben, an die Luft und verbarrikadierten die Tore. Eine weitere Versammlung wurde abgehalten und eine Resolution verabschiedet, in der man sich bereit erklärte, die Arbeit wieder aufzunehmen, falls die Company Verhandlungen über die Bezahlung der alten Löhne zustimmen sollte.

»Richtet ihnen aus«, antwortete Pullman in seiner Residenz an der Prairie Avenue, wobei er sich seinen langen Backenbart strich, der grau und rauh war wie Stahlwolle, »richtet den Lümmeln aus: Da sie nicht arbeiten, sind sie bei mir auch nicht angestellt. George Pullman hat niemals mit dem Abschaum der Straße verhandelt, und er wird auch niemals mit ihm verhandeln!«

Der Pullman-Streik entwickelte sich zum heftigsten, umfassendsten Arbeitskampf seit dem Streik der Stahlarbeiter in Homstead, Pennsylvania, die im Frühsommer 1892 einen regelrechten Krieg mit den Pinkerton-Leuten und Streikbrechern ausgetragen hatten. Die Zeitungen Chicagos sowie die konservative Presse des ganzen Landes stachelten den Haß auf die Streikenden an, insbesondere auf Eugen Debs; sie spuckten Gift und Galle, schlimmer noch als nach dem Haymarket-Massaker, das 1886 von Anarchisten angerichtet worden war.

Einige erregte, triumpherfüllte Tage lang hatte es den Anschein, als werde der Pullman-Streik siegreich enden. Die Pullman-Arbeiter hatten um Unterstützung durch die American Railway Union gebeten, die ihnen Debs aber nicht gewähren wollte, weil er die Konsequenzen eines sich ausweitenden Konflikts fürchtete. Als die Pullman-Kompagnie sich jedoch weigerte, in der Lohnfrage auch nur einen Zoll nachzugeben, war Debs schließlich gezwungen, sich mit den Streikenden zu solidarisieren und die American Railway Union in landesweite Aktionen gegen die Company einzubeziehen.

Debs erklärte, solange der Streik in den Chicagoer Werkstätten andauere und Pullman sich weigere zu verhandeln, sollten die Mitglieder der American Railway Union Pullman-Wagen nicht mehr abfertigen. Bereits in der ersten Nacht wurden auf dem gesamten Kontinent

Pullman-Waggons abgekoppelt, auf Nebengeleise geschoben und trotz des Ärgers und der Proteste der Reisenden dort stehengelassen. Die Eisenbahngesellschaften erklärten ihre Solidarität mit Pullman und entließen die Angestellten, die sich weigerten, ihre Anordnungen auszuführen, setzten Streikbrecher ein und heuerten zu ihrem Schutz Privatdetektive an, die vorübergehend zu Hilfssheriffs ernannt wurden. Im Gegenzug unterbrach die American Railway Union den gesamten Verkehr von und nach Chicago, selbst die Vorortzüge standen still. Fast umgehend zeigten sich die Folgen dieser Aktionen: Am härtesten waren die riesigen Schlachthäuser betroffen, in denen die Tierkörper in der sommerlichen Hitze verfaulten. Über Chicago legte sich ein widerwärtiger Gestank, der Tag für Tag unerträglicher wurde. Auf den Rangierbahnhöfen am Ufer des Michigan-Sees standen die Güterwagen in endlosen Reihen in der gleißenden Sonne, während ihre Ladung verdarb, in den Lokschuppen drängten sich Lokomotiven mit erloschenen Feuerbüchsen, sämtliche Signale standen auf Halt. Einige Tage lang glaubten die Eisenbahnarbeiter, sie hielten Chicago und einen großen Teil der Vereinigten Staaten in ihrem Griff.

George M. Pullman aber weigerte sich nachzugeben.

Dennoch verlangte Debs von den Arbeitern, sich zurückzuhalten, keinesfalls Waggons zu beschädigen und sich unter keinen Umständen zu Gewalttaten hinreißen zu lassen, während die Arbeitgeber alles taten, um die Streikenden zu provozieren. Die Pinkerton-Leute – viele von ihnen saßen schon einmal im Gefängnis – mit Sheriffsternen auf der Brust, Schlagstöcken in der Hand und Revolver im Gürtel terrorisierten die Eisenbahnarbeiter, störten ihre Versammlungen und mißhandelten Streikposten.

Ed Ness sollte sich für den Rest seines Lebens mit einer Mischung aus Angst und Verklärung an diese Sommertage erinnern, an die Hitze, den Gestank aus den Schlachthäusern, lange Schichten als Streikposten, Gerüchte, Angst... Und an die Scharmützel mit den Pinkerton-Männern und

Streikbrechern. Die Schlägereien wurden immer zahlreicher und heftiger.

Genau das hatten sich die Arbeitgeber erhofft.

Sie appellierten an Präsident Grover Cleveland und forderten, Bundestruppen einzusetzen, um Sicherheit und Ordnung aufrechterhalten zu können, die Postlinien zu schützen und den zwischenstaatlichen Handel zu gewährleisten. Vergeblich protestierte der Gouverneur von Illinois, John Peter Altgeld, dagegen und mußte zurücktreten. Am 4. Juli, am Nationalfeiertag, erließ der Präsident den Befehl zum Einsatz der Bundestruppen.

»Verdammt, jetzt geht alles zum Teufel«, brummte Otto Gottlieb verbittert. »Schaut nur, was sie angestellt haben. Das geht zu weit. Wir haben verloren.«

Ed Ness und Otto hatten einige hundert Streikende und Neugierige auf einem Bahngelände am Rand des Schlachthausbezirks versammelt – wie ein Lauffeuer waren durch ganz Chicago Gerüchte gegangen, man wolle hier mit Hilfe von Streikbrechern den Rangierbetrieb wieder in Gang setzen. Aus allen Richtungen waren Eisenbahner herbeigeeilt, um das Bahngelände zu besetzen. Güterwaggons waren umgekippt worden, andere hatte man zum Entgleisen gebracht, indem man sie über Weichen rollen ließ, die mit Eisenstangen und Knüppeln funktionsuntüchtig gemacht worden waren. Die Streikbrecher und ihre Beschützer von Pinkertons Detektei hatten sich rasch vor den Rauchwolken einer schnaubenden Rangierlok zurückgezogen.

Niemand wunderte sich darüber, wie leicht man diesen Sieg errungen hatte.

Fäuste erhoben sich in die gärende Luft, die süßlich nach verfaulendem Fleisch stank, man fluchte über Streikbrecher, Kapitalisten und Präsident Cleveland, insgesamt jedoch herrschte eine entspannte, geradezu ausgelassene Stimmung. Viele hatten sich untergehakt, um eine Menschenkette über die Geleise zu bilden. Unter den Neugierigen befanden sich viele Frauen und Kinder.

»Well, ich glaube, es sieht nicht so aus, als ob wir diesen Streik verlieren«, sagte Ed Ness.

»Dummköpfe! Ihr seid alle Dummköpfe. Der Streik ist verloren! Verloren! Verloren! Ihr habt das nur noch nicht kapiert!« zischte Gottlieb.

»Erst einmal müssen wir dafür sorgen, daß die Bundesbüttel gar nicht nach Chicago kommen«, sagte Ed Ness. Er war glücklich, er befand sich in einer Gemeinschaft, war Teil der kämpfenden Arbeiterklasse.

Gottlieb schüttelte den Kopf. Der Alte hatte sich verändert, seit der Streik begonnen hatte, seine alte rhetorische Begabung und sein Enthusiasmus waren wie weggeblasen. Er war mager geworden, neue Falten und Linien hatten sich auf seinem Gesicht festgesetzt, er bewegte sich langsam und gebeugt, als wäre er krank. Stets befürchtete er das Ärgste.

»Und was wird aus uns? Wir stehen auf der schwarzen Liste. Dir ist das wohl egal, aber ich bin am Ende. Ich bin alt. Mit mir ist es aus.«

»Soweit ist es noch nicht!« sagte Ed Ness.

»Das Ende kommt bald. Das spüre ich in meinen Knochen«, sagte Gottlieb.

»Habt ihr das gehört?« sagte plötzlich eine junge Frau, die neben ihnen stand.

»Nein, was denn?«

»Seltsam, daß sie Böller loslassen, der Vierte Juli ist doch schon vorbei«, sagte die Frau.

Jetzt hörte Ed Ness es auch: eine Reihe trockener Schläge in unregelmäßiger Folge aus verschiedenen Richtungen. Tatsächlich klang es, als werfe jemand mit Krachern. Irgendwo in der Nähe schnaufte eine Lokomotive. Ein Mann, der die Gleise sperrte, sank plötzlich zu Boden, Ed Ness dachte, er wäre in der Hitze ohnmächtig geworden.

Ed reckte den Hals. Neben dem Mann, der auf den Geleisen lag, kniete ein anderer, die Brust voller Blut.

»Was ist denn da los!« fragte Ed Ness laut.

Dann sah er die Lokomotive.

Eine riesige Lok rollte langsam auf die Menschenmenge zu und stieß grauweißen Dampf in dicken Wolken aus. Blaugekleidete Männer saßen auf dem Kuhfänger, standen auf beiden Seiten des Kessels auf den Laufstegen oder saßen auf dem Dach des Führerhauses. Es dauerte einen Augenblick, bis Ed Ness begriff, daß die Männer Gewehre in den Händen hielten.

Und daß sie schossen.

Panik brach aus. Alle stolperten übereinander, stießen einander zur Seite. Gewehrschüsse krachten. Gottlieb strauchelte, Ed Ness hielt ihn fest und bewahrte ihn davor hinzuschlagen. Etwas Heißes, Hartes strich brummend an seinem Gesicht vorüber.

Er begann zu rennen, schleppte Gottlieb mit.

Weitere Schüsse krachten, die Lokomotive stieß Dampf aus, Schreie, Gedränge. Gottlieb lag schwer auf Eds Arm, sank schließlich zu Boden.

Mitten im Strom der Fliehenden blieb Ed Ness stehen und versuchte, Gottlieb aufzuhelfen. Der Deutsche streckte die Hand nach ihm aus, sein Mund stand halb offen, seine Augen hatten eine sonderbare dunkelblaue Farbe. Er begann zu husten, plötzlich quoll Blut aus seinem Mund, rann über Ed Ness' Arme und Hände.

Eine Frau lag am Boden, Blut lief über ihre Brust. Neben ihr stand ein kleiner Junge, er konnte nicht begreifen, was passiert war. Die Frau war seine Mutter.

Wieder krachten Schüsse.

Jetzt schleppte die Menschenmenge Ed Ness mit. Das rettete ihm das Leben.

Kapitel Acht

Wie eine Bärin in ihrem Bau hatte Hannas große Liebe fast ein Vierteljahrhundert lang in ihrem Inneren geschlummert und hatte geduldig darauf gewartet, daß Ed Ness an jenem warmen blauen Abend im Sommer 1897 die Colorado Avenue von Telluride heraufkam. Die Luft stank nach Dynamit.

Hannas Liebe war von jener seltenen Art, die sich im Verlauf eines Menschenlebens nur ein einziges Mal wecken läßt, dafür aber so stark ist, daß sie ein ganzes Leben lang hält. Es war eine Liebe, die wie das Wetter oder Epidemien keine Grenzen kennt. Ihr fehlten Vernunft und Maß und alle Proportionen, sie war klar und völlig logisch. Mein Urgroßvater hatte kaum eine Chance, Hanna von jenem Augenblick an, in dem er über ihre Schwelle trat, aus dem Weg zu gehen.

Mehr als einmal versuchte er zu fliehen, was ihm aber nie gelang.

Hannas große Liebe erwachte schrittweise. Sie wurde von einer Kraft getrieben, die so stark war wie die Maschinen in den riesigen Dampfern, die in jenen Jahren in der so unglaublich kurzen Zeit von zehn Tagen den Atlantik überquerten. Und so lange, wie es dauerte, die Kessel der Amerikadampfer auf Druck zu bringen, so lange brauchte Hannas Liebe, um ihre ganze Kraft zu entfalten. Es war ein quälender Prozeß.

Die Atmosphäre in der Pension veränderte sich, die Luft wurde rauh und stechend und war aufgeladen mit statischer Elektrizität wie vor einem heranziehenden Gewitter. Ihre Jungen (so nannte Hanna ihre Mieter) klagten über Kopfschmerzen und Schlafstörungen. Selbst Gegenstände wurden davon in Mitleidenschaft gezogen.

Am Morgen nach dem Einzug von Ed Ness zersprang im Erdgeschoß mit scharfem Knall und ohne erkennbare

Ursache eine Fensterscheibe. Die Pendeluhr im Speiseraum, die bis dahin die Zeit exakt angezeigt hatte, begann sich äußerst eigenartig zu verhalten – einmal hatten es die Zeiger auf ihrer unaufhörlichen Reise um das Zifferblatt wahnsinnig eilig, dann wieder waren sie träge wie Faultiere, und das Schlagwerk rasselte und schlug zu den sonderbarsten Zeiten. Dinge verschwanden und kamen an Stellen, wo man sie am wenigsten erwartete, wieder zum Vorschein: Aus den frischgemangelten Laken in der Wäschekammer fiel ein Teelöffel. Als Hanna den Deckel eines großen Eisentopfs in der Küche abhob, fand sie ein Wollknäuel, nach dem sie tagelang gesucht hatte. Eines Morgens lag mitten im Speiseraum plötzlich ein rostiger Hammer auf dem Fußboden. Der Schlüssel zum Nebengebäude verschwand von seinem Nagel neben der Küchentür und tauchte nie mehr auf, so sehr Hanna auch nach ihm suchte.

Anfangs tat Hanna all diese Vorkommnisse als belanglos ab, als Rätsel, von denen das Leben voll ist und für die man niemals eine vernünftige Erklärung erhält. Als es aber in dieser Weise so weiterging, wurde sie nervös und gereizt. Sie schlief schlecht. Zum erstenmal, seit sie zu menstruieren begonnen hatte, war ihre Regel äußerst schmerzhaft; ihr Unterleib krampfte sich zu einem Knoten zusammen, die Schmerzen stiegen bis weit hinauf in ihr Kreuz und verursachten ihr heftige Übelkeit, die durch den scharfen Dynamitgestank, der sich hartnäckig im Haus hielt, noch verschlimmert wurde. Sie stellte Blumen auf, um den Gestank zu vertreiben, doch in der stillstehenden Luft machte sich der Blumenduft ekelhaft bemerkbar. Über dem Tal lag eine ungewöhnlich große Hitze, und mit der Zeit roch das ganze Haus wie eine Friedhofskapelle. Wütend warf Hanna die Blumen weg und schloß sich in ihrem Zimmer ein, preßte ein Kissen auf ihren schmerzenden Bauch und stellte eine Emailschale auf den Nachttisch, in die sie sich erbrechen konnte. Sie war halb aufgelöst von ihren eigenen Schweißströmen und kam sich vor wie ein Wrack, den Tränen nahe vor Verzweiflung und Scham.

Nach mehreren Wochen anhaltender Trockenheit regnete es endlich.

Wie alles andere auch ist der Regen in den Rocky Mountains ohne jegliches Maß und Ziel. Er stürzte vom Himmel, trommelte auf das Dach der Pension, die Fallrohre gurgelten verzweifelt wie Ertrinkende, während das Wasser geradewegs über den Dachrand schoß. Die ausgetrocknete Erde rasselte und knisterte, die Wasserströme rissen tiefe Furchen in die Hänge und trugen Erdschollen und große Mengen Grus mit.

Im Süden der San-Juan-Berge tobte ein heftiges Gewitter, der Donner hörte sich an, als rollte ein riesiger Wagen mit Stahlrädern in einer tiefen, schmalen Schlucht über eine Holzbrücke.

Zum erstenmal seit mehreren Nächten schlief Hanna tief und fest, trotz des Sturms.

Sie träumte vom Vater meines Großvaters, ihre Träume waren nackt und schamlos und warm und feucht wie die Luft vor ihrem Schlafzimmerfenster. In der Morgendämmerung wachte sie auf, ausgeruht, warm und gelassen, ihre Schmerzen waren verschwunden. Als sie aufstand, lächelte sie in sich hinein. Während sie sich wusch, wuchs sich die Berührung ihrer nackten Haut mit dem Schwamm zum reinen, unverfälschten Genuß aus, als sei ihre Haut und selbst die blonden, kleinen Härchen auf Armen und Beinen plötzlich auch für die geringste Berührung aufs äußerste empfänglich.

Sie zog die Vorhänge zurück und sah, wie die kurze sommerliche Morgendämmerung hinter dem Red-Mountain-Paß vordrang und das Tal mit ihrem Licht erfüllte. Der Himmel färbte sich von dunkelrot zu gelb und weiß, dann wurde er zunehmend blauer. Gegen Morgen waren die Regenwolken verschwunden, die Luft war klar und rein wie sorgfältig poliertes Glas, das Tal und die Berge sahen aus wie sauber gewaschen. Mit schmerzlicher Deutlichkeit waren die Einzelheiten zu erkennen: die grünen Kronen der Bäume, die schwarzen Hausdächer, die schiefergrauen Schlackehügel auf dem Talgrund, das gelbliche Maniokgras, das der Regen nicht mehr hatte retten können, die glänzende, dunkelgrüne Buschvegetation weiter oben und schließlich der nackte Fels, der schwarz, grau, braun, sepia, ocker, rot, gelb und rosa schimmerte. Die Hänge waren ein Labyrinth aus Schluchten und Spalten, rein und weiß glänzte der Schnee auf den Gipfeln, es schien, als wären sie von frischgewaschenen, gebleichten Laken bedeckt. Zum erstenmal hatte Hanna Lust, auf einen Berg zu steigen, um festzustellen, wie die Welt sich von dort oben ausnahm.

Ich werde ihn irgendwann fragen, ob er mit mir dort hinauf geht, dachte sie.

Lange stand sie am Fenster. Nackt, aber sicherheitshalber hinter der Gardine versteckt. Die Aussicht veränderte sich, je höher die Sonne stieg und die Feuchtigkeit verdampfte. Die scharfen Konturen lösten sich auf, die Farben flimmerten wäßrig, bald war das Tal erfüllt mit einem blau-, weiß- und gelbschimmernden Dunst, über dem die höchsten Gipfel zu schweben schienen und vor Schwerelosigkeit zu zittern schienen. Die ganze Zeit über dachte Hanna an Ed Ness, der nur einige Räume entfernt war. Er war gerade aufgewacht, war noch warm und schwer vom Schlaf. Sie dachte an seinen Geruch nach Schweiß und Staub, dachte an seine großen, sauberen Hände und daran, wie sie sie berührten. Sacht wie die Dünung an einem windstillen Spätsommer in den Schären zu Hause in Österbotten stiegen Hitzewellen aus ihrem Schoß auf.

Sie schloß die Augen und seufzte.

Zum erstenmal in ihrem Leben beschäftigte sie sich mit ihrem Körper: Sie berührte ihre Brüste und fühlte ihre Schwere, fühlte die weiche Haut darunter und wie die Brustwarzen sich unter ihren Fingerspitzen zusammenzogen, sie berührte ihre Schenkel und ihr Hinterteil, streichelte ihren Bauch und spürte den Ansatz ihrer Schamhaare und war erstaunt darüber, daß diese Strähnchen so hart sein konnten. Zuletzt legte sie vorsichtig und fast erschrocken zwei Finger auf ihre Schamlippen, sie waren geschwollen und feucht und öffneten sich unter ihrer Berührung.

Es war Sonntag, mit dem Frühstück hatte es keine Eile. Das Haus schlief noch. An diesem Morgen sollte es ungewöhnlich lang schlafen. Nackt und ohne Scham trat sie hinaus in den Korridor, der still im pastellfarbenen Dämmerlicht lag, ging auf leichten Füßen die wenigen Schritte bis zu Ed Ness' Zimmer und trat ein. Sie wußte, daß er auf sie wartete.

Kapitel Neun

Mit jener Souveränität über Zeit und Raum, wie sie mir in meiner Eigenschaft als Erzähler zukommt, versetze ich nun dich, geduldiger Leser, dreißig Jahre weiter in der Zeit nach vorn, zugleich drehe ich die Erdkugel eine gute halbe Umdrehung in östlicher Richtung, von Telluride, Colorado, aus gesehen.

Wir landen in den Schären von Siklax.

Genauer gesagt auf Rödskär, in der großen Sommervilla, die mein Großvater Otto Näs gebaut hat. Es ist der Spätherbst 1928, das Jahr, in dem am Nordpol das Luftschiff »Italia« ins Packeis gestürzt ist; Loukola, Nurmi und Andersén haben im Hindernislauf bei den Olympischen Spielen von Amsterdam für Finnland einen dreifachen Sieg errungen. Es war das Jahr, in dem Nurmi Profi wurde und die Hafenarbeiter streikten. Der Sommer war kalt und feucht. Feucht auch in anderer Hinsicht: Das Alkoholverbot galt nach wie vor, und im Jahr 1928 hatte das finnische Volk ungefähr sieben Millionen Liter illegalen Alkohol getrunken.

Jetzt jedoch ist eine stürmische Novembernacht. Der Wind heult und peitscht den Regen. Die Klobbskat-Förde siedet wie ein Salpeterkessel. Die Krüppelkiefern und Erlen auf Rödskär wiegen sich in den Windböen. Die Brandung donnert gegen die Felsvorsprünge an der Nordspitze.

Ottos große Villa liegt verlassen, dunkel und still da. Nein, ganz stimmt das nicht: Das Holzwerk knackt und wimmert, wenn die Sturmböen sich gegen die Wände werfen. Der Wind fegt über das Blechdach. Irgendwo schlägt eine Tür.

Ruhelose Gespenster irren durch die Räume.

Der Lichtkegel der Erzähler-Taschenlampe offenbart die Unordnung in der Villa: Möbel wurden umgestoßen, Stühle zerschmettert, auf dem Küchenboden liegt zerschlagenes Porzellan. Überall wurden Kleider, Papier, Grammophonplatten, Zierat und Angelgeräte verstreut, der Fußboden der Schlafzimmer im oberen Stockwerk ist bedeckt von Daunen und Schilfrohr aus zerfetzten Polstern. Unter den Erzählerfüßen knirschen Glasscherben.

Gewiß, die Polizei hat in der Villa eine Haussuchung durchgeführt. Ohne irgend etwas zu finden. So dumm war Otto nicht, daß er hier seine Buchführung verwahrt hätte. Aber die Kriminalbeamten haben doch wohl kaum ein solches Durcheinander hinterlassen?

Indessen haben wir nicht die Zeit, über diese Angelegenheit weiter zu grübeln. Wir sind hier, um nach einer Fotografie zu suchen. Das Bild von einem Mann und einer Frau, jedoch keine von Ottos französischen Postkarten, die er aus Berlin mitgebracht hatte, der Hauptstadt der europäischen Sünde; das Paar auf diesem Foto ist bekleidet und höchst anständig. Der Erzähler weiß mit Bestimmtheit, daß es sich hier irgendwo befindet. Wir müssen uns beeilen, es geht auf den Morgen zu.

Schließlich finden wir das Foto auf dem Fußboden des Braunen Kabinetts, des Zimmers mit der Tapetentür. Wir betrachten es prüfend im klaren Licht des epischen Realismus.

Also: Es ist ein Foto im Format achtzehn mal achtundzwanzig, ursprünglich sepiagetönt, wie es um 1890 üblich war, nunmehr verblaßt zu einem matten, braungelben Ton. Es ist eingefaßt von einem breiten Rahmen aus Ahornholz mit Blumenmusterausschnitten, der Stil ist unverkennbar amerikanisch. In der unteren, linken Ecke wird es von einem großen lilagetönten Fleck verunziert. Wasser vielleicht, oder Alkohol.

Das Foto zeigt den Gewerkschaftsfunktionär Ed Ness und die Pensionswirtin Hanna Östman beziehungsweise August Edvard Näs und Rödskär-Hanna, die Eltern meines Großvaters. Es wurde an ihrem Hochzeitstag aufgenommen. Auf dem unteren Rand steht: »Byer's Studio, Telluride, Colorado. 1897.«

Ebenezar Byer hat gute Arbeit geleistet. Der Hintergrund des Fotos besteht aus einer bemalten Leinwand, die ein Stück einer dorischen Säule, Weinranken und aufragende Palmwedel zeigt. Die Braut sitzt auf einem Stuhl, der Bräutigam steht schräg hinter ihr.

Hanna trägt ein schwarzes Musselinkleid, ihr weißer Schleier läßt an die schneebedeckten Gipfel der Rocky Mountains denken. Einen Brautstrauß hat sie nicht, so etwas ist noch nicht Mode, jedoch steckt an ihrer Brust eine Blume.

Zweifellos ist sie eine sehr stattliche Braut. Vor allem ihre große Gelassenheit fällt auf: Sie scheint zu wissen, daß sie die Situation beherrscht. Sie lächelt, doch ihr Lächeln deutet sich lediglich in den Winkeln ihres breiten Mundes an, beherrscht, nach innen gewandt, als ziehe sie vor, es für sich zu behalten, oder als befürchte sie, hoffärtig zu sein: Denn du sollst den Herrn, deinen Gott, nicht mit großen Gesten und Gebärden versuchen, auf Stolz folgt Untergang, und Hochmut kommt vor dem Fall. Abgesehen davon, daß man sich vor einer Kamera ernst zu verhalten hatte.

Sieht man freilich genauer hin, stellt man fest, daß der Eindruck von Gelassenheit ein wenig in die Irre führt. Hanna sitzt steif auf ihrem Stuhl, lehnt sich nicht an, den Kopf hat sie ein wenig vorgeschoben, die Halsmuskeln sind angespannt. In ihren Augen erkennt man einen schwer zu deutenden Schimmer, Nervosität vielleicht.

Ihre Anspannung läßt sich womöglich mit der besonderen Bedeutung dieses Tages erklären. Dennoch dürfte das nicht die ganze Wahrheit sein.

Hannas behandschuhte linke Hand ruht beherrscht und sittsam auf der Armlehne. Die rechte Hand hingegen hat sie auf die von Ed Ness gelegt, die auf ihrer Schulter ruht, bestimmt ein Regieeinfall des Fotografen. Sanft umschließen ihre Finger die seinen, fast als wolle sie sich versichern, daß er seine Hand nicht zurückzieht.

Ed Ness steht kerzengerade hinter seiner Braut. Er trägt einen schwarzen Cheviot-Anzug, einen losen Kragen und eine sorgfältig gebundene Fliege. In seiner freien Hand hält er einen weißen, breitrandigen Hut, das Jackett ist aufgeknöpft, die Uhrkette blitzt hervor. Auf dem Jackettaufschlag ist das Gewerkschaftsabzeichen angebracht, ein stattliches Emblem: zwei gekreuzte Sternenbanner auf einem großen Stoffkreis, darauf steht: »Miners' Union No 63 of W F of M. Organized July 28th, 1897.« Sein Kinn hat er ein wenig erhoben, als wolle er irgendeine Äußerung mit einem Nicken quittieren. Er scheint den Atem anzuhalten und sich zu bemühen, völlig unbeweglich dazustehen, während Ebenezar Byer an seiner Kamera hantiert...

Ed Ness hat jedoch nicht die volle Kontrolle über sein Gesicht, das überzogen ist von haarfeinen Falten, unsichtbar für jemanden, der bloß einen flüchtigen Blick auf die Fotografie wirft, unverkennbar aber für jeden, der es unter der scharfen Lupe des psychologischen Realismus betrachtet: Es scheint, als könne sein Gesicht jeden Augenblick in Scherben zerspringen.

Im Gegensatz zu Hanna sieht er nicht direkt in die Kamera, sein Blick weicht aus, als hätte er ein schlechtes Gewissen oder als halte er insgeheim Ausschau nach einer Tür, durch die er im letzten Augenblick verschwinden kann. Sein Blick spiegelt einen Wirrwarr von Gefühlen wider, der sich sogar auf der Fotografie, auf dem schon seit langer Zeit erstarrten Silbernitrat fortsetzt und weiterlebt wie eine Sprotte in einem eingeholten Schleppnetz. Unzweifelhaft ist in seinen Augen Liebe zu erkennen; Ed Ness' Liebe zu dieser Frau, die auf dem Stuhl vor ihm sitzt, ist ganz unverkennbar. In seinen Augen leuchtet die reine, unverfälschte Lust.

Und Furcht.

Mein Urgroßvater, der Gewerkschafter Ed Ness, hat tatsächlich ein wenig Angst vor Hanna!

Und da steht er und scheint sich zu wundern, wie das alles hat kommen können. Die Männer von der Gewerkschaftszentrale in San Francisco hatten ihn nach Telluride geschickt, damit er dort die Bergwerksarbeiter aus Skandinavien, Deutschland, Rußland, Südeuropa und weiß Gott woher von der Notwendigkeit überzeugt, sich zu organisieren, und für die drei Grundforderungen der Union agitiert: größere Sicherheit in den Gruben, besserer Lohn, mindestens einen Dollar täglich, und vor allem für den Achtstundentag. Acht Stunden Arbeit, acht Stunden Ruhe und Erholung, acht Stunden Schlaf. Und was passiert? Er heiratet diese Frau hier, die ihn mit ihrer großen Liebe weich werden läßt wie Wachs. Wie kommt das? fragen seine Augen. Warum hat sie sich gerade mich ausgesucht?

Seine Hand auf ihrer Schulter, fühlt er die Wärme ihres Körpers. Er atmet ihren Duft nach Kölnisch Wasser und Puder ein. Und den noch süßeren Duft ihrer Liebe, der ihn schwindlig werden läßt und ihn in seinen Leisten kitzelt. Ihre Finger schließen sich fest um die seinen. Seine Blicke gleiten an den Atelierwänden entlang. Er denkt an Hanna, an einen achtstündigen Arbeitstag, an nichts.

»Bitte nicht bewegen!« befiehlt Ebenezar Byer. Seine Stimme wird von dem schwarzen Samttuch gedämpft, das hinter der Kamera seine Schultern und seinen Kopf bedeckt. Seine langfingrige Hand fährt über die Seite der Kamera, findet den Gummiball des Verschlusses.

Hinter dem Linsenglas klafft weit offen der runde Verschlußmund. Er saugt Hanna und Ed Ness in den eckigen Bauch der Kamera ein. Silbernitrat und Licht reagieren, die Kamera schließt mit einem leisen Rascheln ihren Mund.

Ebenezar Byer taucht wieder auf, sein kleiner Kopf mit den spärlichen Haarzotteln nickt zufrieden, sehr gut, wirklich sehr gut. Ed Ness atmet mit einem kaum hörbaren Seufzer auf. Hanna erhebt sich, rafft das Kleid um ihre Beine zusammen, streicht den Stoff glatt und blickt in Eds Gesicht. Er lächelt sie an, schön ist sie und warm, und sie errötet, ihr Lächeln läßt ihn schwach in den Knien werden. Noch immer hält sie seine Hand. Diese Hand wird sie nicht loslassen.

Erst wenn der Tod uns scheidet.

Kapitel Zehn

Mein Großvater wurde als erstes Kind von Hanna und Ed Ness geboren. Eilig hatte er es mit seinem Entree in diese Welt nicht: Hanna war fast drei Wochen über die Zeit, als sie schließlich niederkam. Otto wurde mit offenen Augen geboren, sie hatten dieselbe graue Farbe wie das Meer in Österbotten an einem kalten Septembermorgen. Er war ein großes, kräftiges Kind.

Mit einem hastigen Gebet zu den Heiligen durchtrennte die Hebamme die Nabelschnur und gab dem Kind einen Klaps auf den Po. Sofort kniff er seine runzligen, noch feuchten Lider zusammen und stieß einen kräftigen Schrei aus.

»Gott segne dich. Du bist auf die Welt gekommen, um zu leben, das sieht man«, brummte die Hebamme, eine fromme Katholikin aus Irland. »Und ob du nun Bischof, Bandit, Saufbold oder alles zusammen wirst, weiß nur der Himmel.«

Zweimal schlug sie das Kreuzzeichen über ihm und berührte seine Körperöffnungen mit Weihwasser, das sie eigens in einer kleinen Flasche mit sich führte, dann wusch und wickelte sie ihn. Als zusätzlichen Schutz gegen böse Mächte legte sie ihm eine kleine Stahlschere in seine Decke.

So begann im Januar 1898 das lange, abwechslungsreiche Leben meines Großvaters.

William McKinley war seit knapp einem Jahr der fünfundzwanzigste Präsident der Vereinigten Staaten, ein glühender Verfechter von Schutzzöllen und einer amerikanischen Kolonialmacht. Bereits in seinem ersten Amtsjahr sollte er einen Krieg gegen Spanien führen, der damit endete, daß die USA die Philippinen, Guam und Puerto Rico bekamen und Kuba besetzten. In Frankreich wird Major Esterhazy nach einem skandalösen Prozeß freigesprochen, und Emile Zola veröffentlicht sein »J'accuse«. In Deutschland setzt Admiral von Tirpitz das erste Gesetz zum Ausbau einer Kriegsflotte durch (was eine der maßgeblichen Ursachen des Ersten Weltkrieges sein wird). Zusammenstöße bei Fashoda im Sudan bringen Frankreich und England im selben Herbst an den Rand eines Krieges.

»Dein Sohn«, sagte Hanna feierlich zu ihrem Ehemann und reichte ihm das Kind. Das war zwei Wochen später, Ed Ness war gerade von einer Agitationsreise zu den Kohlenfeldern im südlichen Colorado zurückgekehrt.

Unvermittelt liegt Otto in zwei Armen, die nicht wissen, wie sie ihn halten sollen. Mit seinem ganzen Körper nimmt er Ed Ness' Unsicherheit wahr, als liege er auf zwei Baumstämmen. Aus Hannas Umarmung genommen, die warm ist und sicher, schwebt er nun hoch oben in der kalten Luft auf unsicherem Grund.

Das ist ein Verrat erster Klasse.

Er schlägt die Augen auf und sieht in ein riesiges Gesicht, das über ihm schwebt wie eine hellrote Wolke. Eine rauhe Schnurrbartspitze streift seine Wange, ein eiskalter Wassertropfen fällt auf sein Gesicht. Die Wolke läßt ihren Atem auf ihn ab, der Atem hat einen starken, unbegreiflichen Geruch.

Voller Schrecken schloß Otto die Augen wieder und begann aus Leibeskräften zu schreien.

Kapitel Elf

Als Otto drei, vier Jahre alt war, waren die Sonntage der Höhepunkt der Woche.

Hanna und das Dienstmädchen herrschten über ihn an sechs der sieben Tage der Woche, am siebten Tag aber war die Macht des Weibervolks gebrochen. Da füllte sich die sonst so ruhige Pension mit Männern – großen, lärmenden Männern, die von der Arbeit in den unbekannten, gefährlichen Minen ausruhten, Männern in karierten Hemden und Arbeitshosen aus grobem Baumwollstoff, Männer mit knarzenden Lederstiefeln an den Füßen. Ein strenger Geruch nach Schweiß und Tabak umgab sie, und manchmal war noch ein Hauch vom Samstags-Whisky in ihrem Atem.

Die Anwesenheit der Männer verwies die beiden Frauen an die Peripherie. Hanna und das Dienstmädchen waren zwei Schatten, die unbemerkt vormittags in die Kirche verschwanden und ebenso unbemerkt zurückkamen, um das sonntägliche Mittagessen zuzubereiten und aufzutragen.

Im Sommer verbrachten die Männer die langen Nachmittage ihres Ruhetages auf der Veranda, wo sie in ihren Stühlen dösten, die sie gegen die Wand gekippt hatten. Den Hut in die Stirn gezogen, die Füße auf dem Geländer, schnitzten sie unablässig an Holzstöcken, rauchten und betrachteten mit verschwiegener Sehnsucht die wolkenhohen Berggipfel, die sich im Sonnendunst blau färbten. Gemächlich verdauten sie das Essen; ihre spärliche Unterhaltung lief zwischen ihnen hin und her wie ein lahmendes Muli. Der Nachmittag rollte langsam dahin, bis die Dämmerung kam, das Tal mit ihren Schatten überdeckte und das Abendkonzert der Grillen einsetzte. Nun stand einer nach dem anderen von seinem Stuhl auf und ging mit schweren Schritten auf sein Zimmer. Um sieben oder acht Uhr lag die Veranda verlassen da.

So verliefen in der Regel die Sonntage, wenn Ottos Vater unterwegs war.

War er zu Hause, war alles anders.

Ed Ness verfügte nämlich über eine unsichtbare Zaubergerte. Wedelte er mit ihr herum, vollzog sich mit der Veranda eine geheimnisvolle, wunderbare Veränderung. Die großen Karrenräder des Gelächters rollten auf den derben Verandaplanken hin und her. Die Männer erzählten Geschichten, woben Erzählungen mit komplizierten Mustern und schimmernden Farben, und wie gewaltig war dieses Gewebe! Wenn einer zu Ende erzählt hatte, hakte der nächste sofort ein, sie logen und schnitten derart auf, daß sie sich ganz herrlich ausnahmen. Otto liebte diese Männer aus Österbotten, und am meisten von allen liebte er seinen Vater, der dieses Wunderwerk der Worte möglich machte.

Am Männertag schaufelte Otto rasch das Essen in sich hinein: Steak mit brauner Soße, Kartoffeln und Bohnen, Fleischpastete oder Hühnchen, sonntags hatte Hanna immer etwas Besonderes anzubieten. Otto war klein für sein Alter, aber kräftig (»ein richtiger Stubben«, wie sein Vater immer stolz sagte). Seine blonden Haare wurden erstmals an seinem vierten Geburtstag geschnitten, als er auch seine ersten richtigen kurzen Hosen bekam.

Mit seinen kleinen Lungen konnte er laute Geräusche erzeugen, seine starken, kurzen Beine konnten ihn zu Hannas Entsetzen weit vorantragen.

Sobald er mit dem Essen fertig war und sich mit einer Verbeugung dafür bedankt hatte, eilte er hinaus auf die Veranda. Große, schwielige Arbeiterhände waren sofort bereit, ihn hoch in die Luft zu heben.

Otto schrie auf, begeistert und erschrocken zugleich, dann reichte man ihn weiter, bis er schließlich auf dem Schoß seines Vaters landete.

Ed Ness ist zu Hause, er wedelt mit seiner Zaubergerte – und die Tür zur Schatzkammer der Geschichten und Lügen wird weit geöffnet!

Vorher aber ist, wie in der Kirche, ein besonderes Ritual zu absolvieren.

»Nun«, fragt irgendeiner, »was weiß Klein Otto denn heute?«

Und Otto kichert vergnügt in seine kleinen Fäuste, die vom samstäglichen Schrubben noch immer sauber sind.

»Bist du auch die ganze Woche über brav gewesen?« fragt ein anderer.

»Ja, Sir!« antwortet Otto mit tiefem Ernst und ruft damit eine Lachkaskade hervor.

»Was willst du denn mal werden, wenn du groß bist?«

Otto tut so, als denke er nach. »Bergarbeiter! Oder Bandit!«

Doch die Unterhaltung ist schon in Gang, leicht und unbehindert läuft sie, in scharfem Trab. Und sollte sie an Tempo verlieren, ist sofort Ottos Vater zur Stelle. Ed Ness ist kein Freund langen Schweigens. Selbstverständlich sprechen sie über die Minen. Über *fronts* und *shafts*, die in das Herz der Berge getrieben werden, von harter Arbeit, über Bohrer, Erzadern und Dynamit. Über Unfälle. Fast jede Woche gibt es neue Unfälle zu diskutieren. Otto mag das Gerede über die Minen nicht. Die Männer mögen es eigentlich auch nicht. Das schmeckt zu sehr nach Alltag, Felsstaub und Lärm. Es macht ihnen Angst, eine Angst, die sie nicht eingestehen wollen. Denn jeder von ihnen weiß: In der nächsten Woche könnte der Bergsturz, unter den man selbst geraten ist, hier auf der Veranda diskutiert werden. Dann verstummt das Gespräch, man denkt über die Nichtigkeit des eigenen Lebens nach, und für einen Augenblick beugt sich der Tod über das Geländer der Veranda und sieht die Männer aufmerksam an.

Jetzt sagt Ed Ness, der Feind des Schweigens: »Habt ihr den schon gehört, von dem aus Perusbackan in Blaxnäs, der nach New York kommt...«

Das ist das Zeichen!

Alle Hemmungen fallen. Die Verdämmungen werden weit geöffnet. Die sonst so schweigsamen Männer brausen, sie schäumen, sie sprühen vor Worten. Alle scheinen Geschichten auf Lager zu haben und ein unstillbares Verlangen, sie loszuwerden, als sei ihnen die dünne Luft hier oben in neuntausend Fuß Höhe zu Kopf gestiegen wie der perlende Wein aus Kalifornien und habe sie redselig und voller Lügen zurückgelassen.

Die Lüge aber ist die Küchentür der Wahrheit. Lügt man hinreichend, glaubt man schließlich, man sage die Wahrheit.

Die meisten der Männer auf der Veranda sind noch jung, haben jedoch schon vieles durchgemacht; das Auswandererleben fordert seinen Tribut. Sind sie endlich in Fahrt gekommen, wollen sie nicht mehr aufhören. Sie erzählen von Männern, die riesige Goldfunde gemacht haben und binnen einer Nacht zu vermögenden Leuten wurden, von smarten Betrügern, die Goldgräbern am Pokertisch die Grube abgegaunert haben, von menschlichen Geiern, Desperados und Revolverhelden wie dem jungen Billy The Kid, Jesse James und Butch Cassidy, der einmal die Bank in Telluride ausgeraubt hat. Und von sonderbaren Figuren, vor denen es hier nur so wimmelt. Von Italienern, Polen und Mexikanern, unzuverlässigen Figuren, und von schweigsamen Indianern, die durch die Berge streifen und in der Natur lesen können wie in einem offenen Buch. Von glänzenden, phantastischen Großstädten wie Chicago und New York, wo die Straßen vor Menschen nur so wimmeln und wo es Wagen gibt, die sich von allein bewegen, man nennt sie Automobile. Sie erzählen von Häusern, die so hoch sind, daß ihre Dächer bis an die Wolken reichen; in diesen Häusern haben sie kleine Kammern, in denen man durch die Stockwerke nach oben fährt, Fahrstühle nennt man sie. Und sie erzählen von riesigen Redwoodbäumen in Oregon, die über neunhundert Jahre alt sein sollen, und von den Mormonen in Salt Lake City auf der anderen Seite der San-Juan-Berge. Die Mormonen trinken keinen Kaffee und keinen Whisky, Poker spielen sie auch nicht, dafür dürfen sie aber zwei und mehr Frauen haben, was auf der Veranda einiges Nachdenken hervorruft, denn das müssen schon besonders rüstige Burschen sein...

fragt sich, ob sie mit allen Frauen auf einmal... oder ob sie mit einer nach der anderen...

Ed Ness schießt einen warnenden Blick ab: Vergeßt nicht, der Junge hört zu!

Die Veranda hat ihre Regeln: Gewisse Themen sind tabu, solange Otto dabei ist.

Die Männer räuspern sich, einer sendet einen Tabakstrahl in Richtung des Messingspucknapfs, ein anderer dreht sich eine Zigarette, fasziniert beobachtet Otto, wie die groben Finger offensichtlich ganz mühelos einen gleichmäßigen Zylinder aus Papier und duftendem Tabak rollen. An einem Stiefelabsatz wird ein Streichholz angerissen. Blauer Tabakrauch ringelt sich in die Luft.

Die Männer sprechen darüber, wie weit man es bringen kann in diesem Land, im mächtigen Amerika, dem Land der Verheißungen. Auf der Veranda spricht man gern über den Erfolg, über Einwanderer, die Großfarmer in Dakota geworden sind, wo die Erde schwarz ist und fett und noch vor ein paar Jahren praktisch nichts gekostet hat. Und von diesem Sjöberg aus Norrmark, der in den achtziger Jahren an die Westküste gegangen ist, anfing, Fisch einzulegen, und eine Konservenfabrik gegründet hat; eine Stadt ist nach ihm benannt worden. Und von dem aus Blaxnäs, der in den Gruben war und in den Waldcamps, und der jetzt eine große Baufirma hat, wie hieß er doch gleich...

Ja, Möglichkeiten gibt es hier zur Genüge, man darf nur keine Angst vor Arbeit haben. Aber zum Arbeiten sind sie schließlich hergekommen, oder etwa nicht? Eines Tages geht es einem dann so gut, daß man als Herr in die alte Heimat zurückkehren kann, um zu sehen, wie es dort steht, im Anzug, mit einer Uhrkette auf dem Bauch und einer Fünf-Cent-Zigarre im Mund.

Die Träume glänzen in den Augen der Männer.

»Wenn man nur gesund bleibt...«, sagt ein junger Mann, ein Grünschnabel natürlich.

Die anderen tun so, als hätten sie die Bemerkung des Neuankömmlings nicht gehört, Sorgen machen sie sich freilich auch. Die Gesundheit und ihre Kraft sind ihr einziges Kapital. Auch in seiner Unbarmherzigkeit ist Amerika riesig, man muß auf eigene Faust zurechtkommen. Doch daran will keiner erinnert werden. Für einen Augenblick senkt sich Schweigen über die Veranda.

Da greift Ed Ness ein, der König der Geschichten, der unübertroffene Meister der Lügen, der Erzähler aller Erzähler: »Wollt ihr wissen, wie es dem aus Perusbackan ergangen ist, als er nach New York kam und zu seinem Bruder wollte, der in Brooklyn wohnte?«

Alle nicken erleichtert, erwartungsvoll setzt Otto sich zurecht, jetzt wird es wieder lustig, das Lachen lauert schon in den Mundwinkeln der Männer.

»Englisch hat er natürlich nicht gekonnt, der aus Perusbackan, aber die Adresse seines Bruders stand auf einem Zettel. Nun ist New York, wie wir alle wissen, eine grausam große Stadt, und bald hat er sich verirrt. Er fragt die Leute auf der Straße, ob sie wüßten, wie er zu seinem Bruder kommt. Auf Finnisch natürlich. Doch die haben nur den Kopf geschüttelt, und ihm ist ganz schwindlig geworden wegen der vielen Menschen dort und weil er den ganzen Tag nichts zu essen gehabt hat. Zu guter Letzt denkt er, er fragt den Erstbesten, der um die Ecke kommt, und wenn er dann keine Antwort bekommt, legt er sich auf die Straße und läßt sich überfahren.

Na gut. Der nächste, der kommt, ist ein Chinese, gelb und schiefäugig. Denkt der aus Perusbackan, er kann sich schon zu den Toten zählen. Fragen könnte er aber trotzdem. Da verbeugt sich der Chinese und antwortet im reinsten Siklax-Dialekt: ›Na, sollte ich das etwa nicht wissen, wo das Brüderchen, das deinige, wohnt?‹

Da ist der aus Perusbackan in Ohnmacht gefallen. Als er aufwacht, ist er bei seinem Bruder in Brooklyn, der Chinese hatte ihn hingeschleppt. Dem Bruder ist es nämlich in Amerika gut ergangen, und der Chinese war sein Dienstbote. Und damit sie miteinander reden konnten, hat er dem Chinesen den Siklax-Dialekt beigebracht, das war einfacher, als

Chinesisch zu lernen. Ein fixer Bursche muß dieser Chinese schon gewesen sein, den Siklax-Dialekt lernen... Na gut, die Chinesen sind gescheite Figuren, und irgendwann übernehmen sie noch die ganze Welt, ihr werdet es schon sehen...«

Otto verstand nicht alle Geschichten und Anekdoten, aber er lachte mit den Männern, er spielte den Verschworenen, er gehörte ja dazu. Otto konnte sich diese Geschichten immer wieder anhören, und montags trug er dann imaginäre Kämpfe mit Grizzlys aus und Revolverduelle zwischen Sheriffs und Desperados, oder er war ein Indianer, der sich an das Dienstmädchen anschlich, wenn sie Wasser holte, und stieß ein entsetzliches Kriegsgeschrei aus, so daß das leicht schreckhafte Mädchen vor Entsetzen aufschrie und das Wasser vergoß.

Hanna verpaßte Otto dann zwei derartige Ohrfeigen, daß es ihm im Kopf klingelte, und zu Ed Ness sagte sie zornig: »Du sollst den Jungen nicht bei eurem ganzen Geschwätz zuhören lassen, der wird dabei doch ganz verdreht, und Fluchen bringt ihr ihm auch bei!«

Ed Ness aber lachte sie aus. »Der Junge muß hören, was Männer reden, wenn er selbst ein Mann werden soll!«

Kapitel Zwölf

Die Woche über war das Leben in der Pension ruhig und still.

Das Haus roch nach Schmierseife und Essen. Tagsüber waren die Männer fort, kamen sie nach Hause, aßen sie schweigend und verschwanden dann auf ihre Zimmer, die Veranda blieb öde und verlassen. Auch Hanna und das Mädchen – sie hieß Mari und stammte aus Sidjärv – arbeiteten den ganzen Tag und hatten selten die Zeit, sich um Otto zu kümmern, das machte aber nicht so viel aus. Otto mußte hin und wieder Holz und Wasser ins Haus tragen und – als er größer war – auf seine Schwester Ida aufpassen. Tat er, was Hanna ihm aufgetragen hatte, war sie zufrieden. Wenn er aber mit nassen Füßen oder einem zerrissenen Hemd nach Hause kam, schimpfte sie mit ihm, und wenn er hustete, machte sie sich Sorgen. Die Werktage sahen einander so ähnlich wie die Latten in einem Zaun.

An den Werktagen waren Geschichten fehl am Platze.

Hanna und Mari aber sprachen von »zu Hause«, meinten damit aber etwas ganz anderes als das Haus an der Colorado Avenue. »Zu Hause« war dasselbe wie »das alte Land« oder »Finnland«, es lag sehr weit fort, hinter einem großen Wasser auf der anderen Seite der San-Juan-Berge.

Nachmittags stahlen Hanna und Mari sich manchmal eine Pause und setzten sich, ein wenig schuldbewußt, weil sie nicht arbeiteten, mit ihren Kaffeetassen an den Küchentisch. Dann redeten sie über »zu Hause in Finnland«, ihre Augen leuchteten, den Blick gleichsam nach innen gekehrt, ihre Stimmen waren dünn und schwebend, häufig seufzten sie. Sie sprachen über früher, sagten, sie sehnten sich dorthin zurück. Otto konnte nicht begreifen, warum, ihr »Finnland« schien langweilig zu sein.

»Eines Tages fahren wir nach Hause, nach Finnland, und wohnen dort«, sagte Hanna zu ihm.

»Nein! Otto will hierbleiben!«

»Na, wer fragt dich denn, was du willst. Du hast deiner Mutter und deinem Vater zu gehorchen.«

»Otto ist das egal!«

Ihre Ohrfeige explodierte auf seiner Wange, Tränen brannten in seinen Augen. Otto saß auf dem Fußboden und weinte lauthals.

»Du sollst Vater und Mutter ehren, damit du lang lebst in dem Land, das der Herr uns gegeben hat, steht in der Bibel, denke daran!« sagte Hanna mit erhobenem Zeigefinger.

Ottos Vater sprach niemals von »zu Hause« oder »Finnland«. Er erfüllte das Haus mit seinem Lachen und seiner Stimme, er stieg vom hohen Roß des Erwachsenen herab, um mit Otto zu spielen. Er schnitzte aus einem Holzstück schneller ein Gewehr, als Otto seinen Wunsch danach äußern konnte, er wußte, wie man eine richtige Winchesterbüchse lädt, und zeigte Otto, wie man boxt. Er brachte ihm bei, wie man Goldglanz in Steinen erkennt, giftiges Efeu meidet und auf Klapperschlangen achtet.

Ed Ness war der stärkste, mutigste und klügste Mann der Welt, er wußte immer eine Antwort auf Ottos Fragen, hatte alles erlebt, was man erleben mußte, und war fast überall gewesen – außer in China, was er auch zugab. Er konnte eine Zigarette mit nur einer Hand drehen, trank Whisky und kannte bedeutende, wichtige Männer in Denver und San Francisco. Wenn Otto groß war, würde er genauso ein Mann werden wie Ed Ness und nach Denver und San Francisco fahren.

Otto würde sich immer an den Sommertag erinnern, als Ed Ness ihn mitnahm, um mit der alten Winchester Kaninchen zu jagen. Kaninchen schossen sie zwar keine, aber das spielte keine Rolle, schon das Erlebnis, allein mit dem Vater zu sein, einmal sein Leben nur mit ihm zu teilen, erfüllte Otto mit bebendem Glück.

Der Tag war ungewöhnlich heiß. Sie kletterten einen steilen Abhang hinauf, und unter ihnen lag Telluride: die Läden und die Saloons mit ihren Fassaden und Schildern, das »New Sheridan Hotel«, die großen Häuser entlang der Colorado Avenue, darunter ihr eigenes, das Durcheinander schwarzer Dächer und rußiger Schornsteine in den Außenvierteln, das Eisenbahndepot mit dem runden, grüngestrichenen Wasserturm und den Waggons für die Erzladungen. Und etwas weiter entfernt die Gruben mit den Plattformen und Brücken für die Loren, den Tunnelmündungen, die in den Bergen klafften und den von hohen Schlackebergen umgebenen Sinterwerken. Das gesamte Tal schien in gelblichblauen Hitzedunst gehüllt zu sein. Über ihnen aber türmten sich die Berge auf, der Schnee auf den Gipfeln leuchtete blendendweiß im Sonnenschein.

Eds Winchester knallte immer wieder, Otto konnte das schrille Geräusch von Querschlägern hören. Hoch oben zeichnete sich ein Adler schwarz gegen den blauen Himmel ab, die Spitzen der Schwingen waren zerfetzt wie Flickenteppiche. Sie tranken Wasser aus einem Gebirgsbach, das so kalt war, daß es an den Zähnen knisterte, und stießen sogar auf einen verlassenen Grubenschacht voller Fledermäuse, die schlafend unter der Decke hingen.

Otto wünschte sich, dieser Tag solle niemals aufhören. Bei seinem Vater fühlte er sich völlig sicher, solange er da war, konnte Otto nichts Schlimmes zustoßen. Mit Stolz geschwellter Brust saß er auf den Schultern des Vaters, als sie auf dem Nachhauseweg die Colorado Avenue entlanggingen. Die Luft zitterte in der Wärme, wie eine mehlige, trockene Haut saß der Staub in der Nase, der Schweiß klebte das Hemd auf dem Rücken fest, Leute gingen auf den Brettertrottoiren, ihre Schritte klangen gedämpft in der schweren Luft, ein leerer von einem staubigen Muli gezogener Pritschenwagen knarrte vorüber, vor den Läden und den Saloons standen Pferde, die man an die Querbäume gebunden hatte, tranken Wasser aus den Mulden und schlugen mit den Schwänzen, vor Conn's Saloon lag ein Betrunkener schlafend mitten auf der Straße. Sie begegneten Sheriff Bates, der mit Ed Ness ein paar Worte wechselte und Otto munter zuzwinkerte, und Otto blickte fasziniert auf den weißen Revolvergriff, der aus dem Halfter ragte. Immer würde sich Otto an diesen Tag erinnern, als habe er ihn gerade erlebt: die Hitze, das weiße Licht, der Vater, der nach Schweiß, Tabak und Schwarzpulver roch, der Sheriff, der ihm zuzwinkerte, ehe er über die Straße ging und den Trunkenbold vor dem Saloon mit ein paar Fußtritten verscheuchte.

Ja, es war ein Tag, der wert war, daß man sich an ihn erinnerte, ein Tag, an dem Ed Ness zu Hause war.

»Wann ist er zurück?« fragte Otto.

»Bald«, antwortete Hanna. »Bald ist er wieder hier.«

»Wo ist er hin?«

»Nach Denver ist er gefahren. Er muß arbeiten, verstehst du? Aber eins, zwei, drei ist er wieder bei uns.«

»Wann? Morgen? Ist er morgen wieder da?« quengelte Otto.

Hanna verlor die Geduld. »Weiß ich nicht! Hör jetzt auf zu nörgeln!«

Sie waren ein ungleiches Paar, die Eltern meines Großvaters.

Auch nach seiner Heirat blieb Ed Ness Gewerkschafter, lange war er auf Agitationsreisen unterwegs. Wie die Mormonen drüben in Utah hatte Ed Ness zwei Ehefrauen: die Western Federation of Miners und Hanna. Und wenn die Gewerkschaft rief, kam Ed Ness gelaufen.

Hanna hatte sich damit abzufinden.

In Kummet und Deichsel ihrer Liebe konnte man ihn nicht spannen, seine Rastlosigkeit war zu groß, seine Füße mußten in Bewegung bleiben, seine eigenen Interessen ordnete Ed Ness denen der amerikanischen Arbeiterklasse unter.

War er bei Hanna, sehnte er sich fort. War er fort, sehnte er sich nach Hanna. Ed Ness liebte seine beiden Ehefrauen.

Die Frau muß dem Mann untertan sein, so ist es bestimmt. Doch Ed Ness' Abwesenheit zehrte an Hanna. Sie war dann kaum mehr sie selbst, sorgte sich um ihn, ihre Liebe kroch gleichsam in einem leeren Raum dahin. Nachts lag sie wach, lauschte auf die düsteren Klagelieder des Bergwindes und machte sich noch mehr Sorgen.

Ihr Verlangen nach ihm quälte sie.

Auch Otto vermißte ihn. Zeitweise war er unruhig und schwierig, dann wieder schien er seinen Vater völlig vergessen zu haben. Manchmal wachte er nachts weinend auf, kroch zu Hanna ins Bett und legte seine kleinen Hände um sie, als sei sie die einzige, die verhindern konnte, daß er in die Dunkelheit hineingesogen wurde. Sie brachte es nicht übers Herz, ihn wieder wegzuschicken, sein kleiner, warmer Körper tröstete sie in ihrer Einsamkeit, sie hörte seine schnüffelnden Atemzüge und schlief schließlich ebenfalls ein.

So lagen sie da, dicht beieinander, und warteten auf die Rückkehr von Ed Ness.

Und er kam wieder.

Verstaubt und schmutzig stand Ed Ness eines Tages wieder in der Küche und erfüllte sie mit seinem lauten Gelächter; im Winter trug er einen großen Schafspelz und hatte Reif im Schnurrbart. Er sah müde aus und mied Hannas Blick.

Otto stand starr und mit offenem Mund da, sein Herz hämmerte wild. Er schloß die Augen und öffnete sie wieder: Doch, dort stand sein Vater! Dann versteckte er seinen Kopf in Hannas Röcken; die Stille dehnte sich, bis sie ihm weh tat.

»Na, Otto, willst du deinem Papa nicht guten Tag sagen?«

Es war die wohlbekannte Stimme. Noch immer wagte Otto nicht, sich zu bewegen, wagte nicht zu glauben, daß das wirklich wahr sein konnte – und dann kamen seine Beine in Gang und trugen ihn hin zum Vater. Zwei große Hände hoben ihn hoch, er sah, wie die Decke auf ihn zuflog, Hannas Gesicht wirbelte vorüber und der Ofen, die Anrichte, der Küchentisch, dann wieder Hanna. Otto schrie vor Vergnügen und Aufregung. Als Ed Ness ihn endlich absetzte, drehte sich der Raum weiter um ihn, er schwankte wie ein Betrunkener. Dann überschüttete er seinen Vater mit einem Hagelschauer von Fragen und Geplapper. Ed Ness lachte und hob abwehrend die Hand: »Ruhig, mein Junge. Eins nach dem anderen.«

Ed bückte sich und begann in der Satteltasche zu kramen. Als er sich wieder aufrichtete, lag eine kleine schwarze Schachtel in seiner Hand.

In der Schachtel war eine Mundharmonika.

Eine richtige Mundharmonika. Für ihn! Otto schnappte nach Luft. Das war mehr, als er je zu träumen gewagt hätte, ein Geschenk, das fast zu groß war für seinen kindlichen Sinn. Ed Ness zeigte ihm, wie man in die Mundharmonika blies, dann spielt er »The Star-Spangled Banner« und »Daisy Town«. Otto war so überwältigt, daß er sich auf den Boden setzen mußte, immer wieder sah er die Mundharmonika an. Ihre beiden Seiten aus blankpoliertem Blech reflektierten sein Gesicht in einem gekrümmten, kleinen Spiegel, mit dem Daumennagel konnte er die Buchstaben verfolgen, die in das Blech gestanzt waren: »E. Hohner & Co, Chicago, Ill.« – obwohl er noch nicht lesen gelernt hatte. Tränen stiegen ihm in die Augen, aber er schluckte sie in dem undeutlichen Gefühl hinunter, sein Vater wäre enttäuscht, wenn er sie herausließe, Ed Ness würde niemals verstehen können, daß er in seinem großen Glück weinte. Zärtlich wiegte er die Mundharmonika im Arm, erst nach und nach wurde ihm das Schweigen der Eltern bewußt. Bewegungslos standen sie neben ihm, Ed Ness strich sich mit knappen Fingerbewegungen über den Schnurrbart, Hanna atmete rasch durch ihren halbgeöffneten Mund, auf ihren Wangen brannten zwei rote Flecke. Otto sah von seiner Mutter zu seinem Vater, dann wieder zu Hanna.

»Schau, Mutter. Schau, was Otto gekriegt hat.«

Hannas Blick konnte er nicht verstehen. Ihre Augen spiegelten keine Freude, wie er geglaubt hatte, sondern waren betrübt und fast geschwollen. Jetzt, wo sein Vater zu Hause war!

Als Otto an diesem Abend endlich einschlief umklammerte er fest die Mundharmonika, er hatte sich hartnäckig geweigert, sich von ihr zu trennen, als wäre sie ein Talisman, der für Ordnung und Sicherheit garantierte.

Nach ein paar Stunden wachte er auf. Ein dünner Streifen Mondlicht fiel durch einen Gardinenspalt, er konnte hören, wie die Grillen feilten und knarzten. Otto schlief noch immer im Zimmer von Mutter und Vater, seine Eltern waren zu Bett gegangen und sprachen leise miteinander, über unbegreifliche Dinge, so, wie Erwachsene das tun.

»Da bist du also wieder«, seufzte Hanna. »Bleibst du lange?«

»Nein, ich muß bald wieder weg.«

»Es ist schwer, wenn du fort bist, wirklich.«

»Mir gefällt es auch nicht, weg zu sein.«

»Daß du nicht zu Hause bleiben kannst...«

»Nein, das geht nicht. Wir kämpfen für den Achtstundentag. In Aspen wollen die Jungs gegen die Company streiken. Die brauchen alle Hilfe. Das wird hart.«

Hanna schwieg. Otto konnte ihre Atemzüge und das Rascheln der Bettwäsche hören. Und die Grillen im Gras. Und den Nachtwind.

»Gewerkschaft, Streiks, Achtstundentag, davon versteh ich nicht viel. Aber ich mach mir Sorgen, wenn du weg bist.«

»Brauchst du doch nicht.«

»Ja, aber das ist so, so sind wir eben, wir Frauen.«

»Hanna, ich komm schon wieder. Das versprech ich, was auch passiert, ich...«

Jemand bewegte sich im Bett. Hanna seufzte.

»Ich hab dich so gern Ed, so gern.«

Weitere Bewegungen im Bett. Ihr Atmen schien sich zu verändern und wurde irgendwie schwerer. Otto lag starr wie ein Brett da, er begriff nicht, was sie taten, aber was das auch sein mochte, es gefiel ihm nicht.

Hanna wimmerte, als habe sie sich weh getan.

»Komm, Ed, komm...«

Das Bett knarrte. Hanna wimmerte wieder, Ed Ness stieß einen Grunzlaut aus. Otto spähte hinaus in die Dunkelheit, versuchte zu begreifen, was sie taten. Er mußte Pipi, sein kleines Glied schmerzte. Rhythmisches Knarren.

Otto erinnerte sich an sein Geschenk, das er noch immer in der Hand hielt. Er kniff die Augen zusammen und setzte die Mundharmonika an die Lippen. Mit voller Kraft blies er hinein, was einen langgezogenen, giftigen Ton ergab.

Die Geräusche aus dem Bett der Eltern hörten jäh auf. Ed Ness gab einen gedämpften Ausruf von sich, Hanna sprang aus dem Bett. Sie war doch nicht krank.

Kapitel Dreizehn

Als die Schneegänse über das Tal flogen, wußte Hanna, daß ihre Zeit in Telluride zu Ende ging.

Es war, als sei eine Naht im Kleid ihrer Seele gerissen und eine große Trauer dringe in ihr Innerstes ein, zugleich aber stellte sich, dunkel und leise wie ein Priel in den inneren Schären und mit dem Geschmack von blühendem Ziegenporst, eine seltsame Freude ein: das Heimweh.

Es war ein klarer Tag Mitte September, die Berge standen so scharf vor dem reinen, blauen Himmel, daß man glaubte, die Augen könnten Schaden nehmen, wenn man allzu lange hinsieht. Die Luft hatte jene trockene Frische angenommen, die in Colorado den Winter ankündigte. Ein wenig Schnee war bereits gefallen und an einigen Stellen zu schmalen Streifen zusammengeweht worden, die den Berghängen das Aussehen von Hasen gaben, die vor dem herannahenden Winter den Pelz wechselten.

Hanna war mit Otto hinausgegangen, um den schönen Herbsttag zu genießen. Sie gingen nach Norden, zum Lone-Tree-Friedhof.

Es ist Herbst 1902: Weit entfernt, in Südafrika, hat der Führer der Buren, General Botha, vor den Engländern kapituliert, Australien führt das Stimmrecht für Frauen ein, Kuba ist ein Freistaat unter dem Schutz der Vereinigten Staaten, im Bergwerksdistrikt von Colorado wächst die Unruhe, man spricht von einem neuen Streik, ähnlich dem im vorangegangenen Jahr, als in Telluride ein Mann getötet wurde. Die Bergarbeiter sollen nun ihre Forderung nach dem Achtstundentag durchsetzen. Den ganzen Sommer hindurch war Ed Ness unterwegs, kaum kam er nach Hause, machte er in der Tür wieder kehrt.

Und Hanna machte sich Sorgen. In diesem Herbst war sie voller böser Ahnungen.

Sie ging gern dorthin. Hier in Lone Tree liegt eines ihrer Kinder, Ottos und Idas Bruder, der geboren wurde, einige Tage auf der Welt und dann plötzlich wieder fort war, kaum hatte man ihn getauft. Hanna konnte sich fast nicht an seinen Namen erinnern, nur einen Schmerz hatte er zurückgelassen.

Da zog Otto sie an der Hand und zerstreute ihre Gedanken.

»Schau! Die großen Vögel!«

Und Hanna sah die Schneegänse.

Sie kamen aus Norden, es waren viele. Die Vögel flogen in Pflugform, ihre Körper leuchteten weiß, im Flug verständigten sie sich mit schrillen Schreien, wie Kinder, die sich beim Laufen Bälle zuwerfen. Die Schneegänse strichen so niedrig vorüber, daß man die Schläge ihrer Flügel hören konnte.

Hanna erinnerte sich:

Sie ist fünf, sechs Jahre alt und steht am Strand von Rödskär, sie trägt ein Leibchen unter einer zu großen Strickjacke und braune Wollstrümpfe, das blonde Haar ist unsanft zu zwei steifen Flechten zusammengezogen worden, die im Nacken emporragen. Sie friert. Ein grauer, kalter, bewegungsloser Herbsttag. Vor ihr breitet sich glatt, nichtssagend und dunkelfleckig wie ein Ofenblech die Klobbskat-Förde aus. Ein Stück weit draußen liegt der Dampfschlepper, der den Polizeikommissar und die Männer mit dem Fernrohr und den Stöcken mit den Nummern darauf hergebracht hat. Beim Geräusch großer Vögel hebt sie den Kopf und sieht undeutlich, wie die Schwäne mit schweren Flügelschlägen über die Förde streichen – jetzt steigen sie ein wenig, um den gezackten Waldrand von Laxör zu überfliegen, wo rot das Laub der Stranderlen vor der grünschwarzen Nadelwand der Tannen brennt.

Dann sind sie fort.

Hanna starrt so intensiv auf die Stelle, an der die Schwäne verschwunden sind, daß schwarze Punkte vor ihren

Augen tanzen wie ein Mückenschwarm im Sommer. Über ihre runden Wangen rinnen Tränen. Jetzt ruft die Mutter nach ihr.

Einige Male schon hat die Mutter gerufen, ihre Stimme klingt scharf. Sie steht auf dem Anlegesteg, bewegt sich nicht. Das kleine Boot – das einzige, das sie noch haben – ist mit den Dingen beladen, die sie mitnehmen dürfen: Angeln, ein paar Werkzeuge, Bettwäsche, Sachen zum Anziehen, ein Schränkchen, Küchengeschirr. Viel ist es nicht, dennoch liegt das kleine Boot tief.

»Ins Boot mit dir!« befiehlt die Mutter. »Wir müssen ordentlich rudern, wenn wir bis zum Abend nach Stranden kommen wollen!«

Die Mutter hat das Boot schon losgemacht, ihr Gesicht ist verschlossen, die Augen starr und kalt in schweigender Wut. Wie bei einem frischgefangenen Hecht, denkt Hanna. Ihr Gesicht ist voller Risse – als sei sie mit Lack überzogen, der in der Meerluft aufgeplatzt ist.

Alles ist zu Ende. Jetzt fahren wir weg, wie die Schwäne. Aber die können wenigstens über Land und Meer fliegen, und wir müssen rudern, Zug um Zug über bewegungsloses Wasser.

Die Mutter schiebt Hanna grob ins Boot.

Sie schreit auf.

Otto hatte sich vom Anblick der Schneegänse losgerissen, die gerade über den Schlackehaufen im Süden verschwanden, und sah seine Mutter erstaunt an, die mit gespreizten Beinen über der Schlucht zwischen damals und jetzt dastand. Dann machte sie einen Schritt zurück nach Telluride, Colorado, Herbst 1902.

»Wir gehen jetzt bald nach Hause«, sagt sie zu ihrem Sohn.

»Aber ich will noch hierbleiben und die Vögel anschauen«, protestierte er.

Noch immer konnte sie die Vögel in seinen Augen fliegen sehen. Ernst schüttelte sie den Kopf. »Das habe ich nicht gemeint. Wir gehen nach Finnland.«

Als Hanna nach Amerika fuhr, hatte sie ihrer Mutter versprochen, eines Tages zurückzukehren und einen Hof zu kaufen. Sie und die Mutter sollten unter ihrem eigenen Dach sitzen. Und eine Kuh würde im Stall stehen. Da würden die Leute von Siklax aber schauen!

Ihr Versprechen hatte Hanna niemals vergessen.

Es war die treibende Kraft, im übrigen waren die Dollarscheine für sie nur wertlose Papierstückchen. Mit ihrem klaren Verstand war Hanna schon lange in die Geheimnisse der Geldwirtschaft eingedrungen und hatte eingesehen, daß Dollars nur Symbole waren, eine Bestätigung der Kaufkraft. Daß diese grünen Scheine drüben in Finnland noch größere Macht besaßen, erstaunte sie nicht, sie hatte die amerikanischen Städte gesehen, war über weite Ebenen gefahren und hatte atemlos die hohen Berge Amerikas bestaunt, ein solches Land mußte auch eine mächtige Währung besitzen!

Hanna sammelte also Kaufkraft, sie hatte Pläne. Indessen war manches dazwischengekommen, das die Verwirklichung ihrer Pläne komplizierte. Aber, dachte Hanna, was die Kinder anging, für sie wäre es das beste, wenn man nach Hause zurückkehrte, denn welche Zukunft hätten sie in Telluride? Finnland war ihr Land, auch wenn sie zufällig hier geboren und infolgedessen amerikanische Staatsbürger waren. Nur das tote Kind würde hierbleiben, das war nicht zu ändern, auf alle Fälle mußten die Interessen der Lebenden denen der Toten übergeordnet sein.

An Ed Ness wollte sie im Zusammenhang mit ihrer Rückkehr nach Finnland allerdings nicht denken.

Ed Ness war ihre große Liebe und ihre nie versiegende Sorge, und in jedem Augenblick sehnte sie sich nach ihm: Mit seinen Händen und seinem Körper sorgte er dafür, daß sie außer sich geriet vor Genuß und Freude. Er brachte sie zum Lachen, verführte sie zum Leichtsinn und ließ sie über sich selbst staunen. Ihn kann ich zähmen und meistern, mit nach Hause nach Finnland nehmen und dort all unsere Tage glücklich mit ihm leben, hatte sie einmal gedacht. Allmählich war sie zu der Erkenntnis gekommen, daß ihr dies womöglich nicht gelingen werde. Ihre ganze Sturheit reichte womöglich nicht aus, um mit ihm fertig zu werden. Den Gedanken, nach Hause zurückzukehren, hatte Ed Ness immer zur Seite geschoben.

»Amerika ist meine Heimat! Was habe ich noch in Finnland zu suchen?«

Zurückzukehren hieß also, daß sie mit Ed Ness nicht rechnen konnte, doch hartnäckig leugnete sie diesen Gedanken. Sie betete zu Gott, von dem sie nicht wußte, ob sie an ihn glaubte, sie feilschte und versuchte den Preis zu drücken: Lieber himmlischer Vater, mach, daß ich auch meinen Mann mitnehmen kann, ich habe ihn doch so gern, aber nach Hause sehne ich mich auch. Kann es denn richtig sein, das eine aufzugeben, um das andere zu bekommen?

Eine Antwort blieb aus.

Oder waren die Gänse, die sie an diesem Tag gesehen hatte, die Antwort?

Während ihrer ganzen Zeit in Amerika hatte Hanna regelmäßig an ihre Mutter geschrieben.

Briefeschreiben bedeutete eine große Anstrengung für sie. Mit der Stahlfeder mußte sie ihre fliehenden Gedanken aufspießen und sie auf dem Papier fixieren, so wie ein Sammler Schmetterlinge mit Nadeln auf einem Spannrahmen aufspießt. Daß die Buchstaben im Laufe dieser Arbeit schief und krumm gerieten, daß die Kleckse, wenn die Tinte getrocknet und schwarz geworden war, geronnenem Blut glichen, war wenig erstaunlich. Aber ihre mangelnde Schulbildung machte Hanna mit großer Anstrengung wett. Wenn es nötig war, griff sie auch zu einem abgewetzten »Briefsteller«.

Ihre Bemühungen wurden kaum belohnt. Ebenso wie Gott schwieg mittlerweile auch Hannas Mutter.

Auch früher war es mit dem Briefeschreiben der Mutter nicht weit her gewesen. Zwar konnte sie einigermaßen lesen, aber schreiben hatte sie nie gelernt. Wollte sie also an ihre Tochter schreiben, war sie gezwungen, sich die Worte anderer zu leihen. Meist zog sie dazu Johannes Smeds heran, bei dem Hanna vor ihrer Abreise nach Amerika arbeitete. Mit Hilfe seiner Formulierungen, die steif und korrekt waren wie das Protokoll des Kreisgerichts, aber reell wie der Lehm auf der Ebene, offenbarte sie sich in langen Abständen ihrer Tochter, klagte, schimpfte und klatschte.

Dann aber fing Hanna mit der Stahlfeder eine ganz besondere Erfahrung ein, die schönste und schwerste, die sie bis dahin gemacht hatte, und brachte sie so sorgfältig zu Papier, wie sie nur konnte. Sie fand selbst, es sei recht gut geschrieben, und schickte den Brief über den Atlantik.

Da begann das Schweigen.

Nicht einmal, als Hanna mitteilte, sie habe geheiratet, ließ die Mutter gratulierend oder protestierend von sich hören, Hannas Hochzeitsfoto verschwand im Schweigen, ebenso die Nachricht, Hannas Mutter sei mit einem Enkelkind gesegnet worden. Hanna nahm an, daß ihre Mutter noch am Leben war, denn wäre der Tod zwischen sie getreten, hätte sich dies Hanna im Traum oder auf andere Weise offenbart. Das große Schweigen brannte und nagte in ihr, und in ihrer Unruhe schrieb sie schließlich an Johannes Smeds und bat ihn, ihr mitzuteilen, wie es um die Mutter stehe und was der Grund ihres Schweigens sei.

Erst einige Monate später traf die Antwort ein: »Eure Mutter befindet sich bei guter Gesundheit und lebt auch im übrigen in hinreichend zufriedenstellenden Umständen. Eure Briefe hat sie bekommen. Meine Anfrage, warum sie nicht schreiben wolle, beantwortete sie, indem sie sagte, sie meine, keine Ursache mehr zu haben, sich Euch mitzuteilen. Wobei sie hinzufügte, der Grund sei offenbar, und sie beabsichtige nicht, hierüber noch zu sprechen.

Es schmerzt zutiefst, Euch einen solchen Gruß überbringen zu müssen.

Wir leben in einer sehr schweren Zeit. Der russische Generalgouverneur Bobrikov hat sich auf beispiellose Art an Finnlands, von Zar Alexander bestätigten Rechten und Gesetzen vergangen. Die Dinge scheinen sich von Tag zu

Tag zu verschlimmern. Viele junge Männer aus Siklax sahen sich genötigt, vor der ungesetzlichen Wehrpflicht die Flucht zu ergreifen, die die Russen uns aufzwingen wollen. Überall findet man nur Bitterkeit und Sorge. Wir sollen zu Russen gemacht werden. Mit schwerem Herzen bitte ich Euch, dies in Betracht zu ziehen, falls Ihr erwägen solltet, nach Finnland zurückzukehren. Die Entscheidung, ob man Russe oder Amerikaner werden will, dürfte schließlich nicht allzu schwierig zu fällen sein.«

Hanna saß lange mit dem Brief in der Hand vor dem Küchenherd. Es war spät, die Pensionsgäste schliefen. Der Wind von den Bergen eilte ums Haus, rüttelte an Regenrinnen und Fenstern und zog dann weiter. Knisternd brannte das Holz im Ofen, Hanna fühlte die Wärme an ihren Beinen.

Wärme und Kälte. Wegfahren oder bleiben.

Leben oder Tod!

Oh, zwing mich nicht zu dieser Entscheidung. Himmlischer Vater, erspare mir diese Sorge, die mich dort draußen in der Dunkelheit erwartet! Amerikanerin will ich nicht werden und auch nicht Russin. Ich bin Hanna Beata Lovisa Mattsdotter Östman, Rödskär-Hanna, die einzige Tochter des Rödskär-Königs und seiner Ehefrau Anna-Brit, meiner schweigenden Mutter. Eine andere will ich nicht werden und kann ich nicht werden.

Seinem Schicksal entgeht niemand.

Langsam faltete Hanna den Brief von Johannes Smeds zusammen. Sie öffnete die Ofenklappe und schob das Papier hinein. Anfangs schnüffelten die Flammen nur an dem Brief, dann leckten sie zunehmend eifriger, plötzlich verschlang ihn eine hellgelbe Flamme. Übrig blieben nur grauschwarze Flocken, die verwirrt umhertanzten, bis sie in den Abzug gesogen wurden. Behutsam schloß Hanna die Ofenklappe.

Sie ging in ihr Zimmer und zündete die Petroleumlampe an, die ein gelbliches Licht und den behaglichen Duft warmen Öls und rasch erhitzten Metalls verbreitete. Um sie herum das schweigende, schlafende Haus. Die Berge waren weit weg, die Kälte und den Schnee gab es nicht mehr. Die

Welt war begrenzt auf den Lichtkreis der Lampe, in dem auch Platz für ihre Kinder war. Ida lag auf der Seite, Otto schlief mit ausgestreckten Armen wie ein Gekreuzigter, auf dem Kissen glänzte neben ihm die Mundharmonika, die er nach wie vor mit ins Bett nahm.

Hanna war müde, dumpfe Schmerzen breiteten sich in ihrem Rücken aus.

Noch aber war etwas zu tun.

Sie holte Papier und Feder und schraubte das Tintenfaß auf. Auf ihrer Stirn glänzte das Licht. Sie tauchte die Feder in das Tintenfaß und begann zu schreiben. Ohne daß sie sich dessen bewußt war, lugte ihre Zungenspitze wie die Nase eines Wiesels durch ihre Lippen.

»Teure Mutter, mir geht es gut, ich bin bei guter Gesundheit und habe keine weiteren Neuigkeiten zu berichten, außer vielleicht, daß es wieder einen Streik gibt. Die Arbeiter wollen einen Achtstundentag und mehr Lohn. Der Junge gedeiht prächtig, spricht aber meistens englisch. Auch das Mädchen fängt jetzt an zu sprechen. Ich schicke Euch eine Fotografie von ihnen, damit Ihr sehen könnt, daß alles in Gottes Hand liegt. Bald ist wieder Winter hier in Colorado. Viele Grüße von Eurer Euch liebenden Tochter.«

Kapitel Vierzehn

Szene in Schwarzweiß, stumm.

Ein kleiner blonder Junge, bekleidet mit kurzen Hosen, sitzt auf einer Gartentür und bläst eifrig in eine Mundharmonika. Er schaukelt im Takt mit dem Oberkörper. Die Tür schwankt langsam hin und her. Hinter dem Jungen sieht man ein zweistöckiges Haus mit spitzem Dach und Erker zur Straßenseite, im Hintergrund erheben sich hohe Berge, deren Gipfel in Wolken gehüllt sind.

Der Junge hat jetzt die Mundharmonika abgesetzt. Er sieht sich nach einer Frau um, dreht den Kopf, um ihrem Blick zu folgen. Die Frau öffnet den Mund, ihre Augen weiten sich. Sie schnappt nach Luft und legt eine Hand auf ihre Brust.

Eine Gruppe von Männern kommt langsam die Straße entlang. Ihre Hüte halten sie in der Hand. Sie sehen zu Boden. Zwei von ihnen ziehen einen Handkarren, den man in den Gruben zum Transport von Werkzeug, Dynamit und Stempeln verwendet.

Der Junge sieht die Männer und winkt ihnen eifrig zu. Die Gruppe kommt näher.

Der Junge springt von der Gartentür und läuft ihnen entgegen. Die Frau geht rasch die Treppe hinunter zur Gartentür, deren Sprossen sie mit beiden Händen umklammert.

Der Junge läuft zu der Männergruppe und hält dem Mann an der Spitze lächelnd seine Mundharmonika entgegen.

Der Mann sieht weg. Er geht an dem Jungen vorbei, der mit der Mundharmonika in der ausgestreckten Hand stehenbleibt. Der Junge sieht die Männer, die an ihm vorübergehen und den Karren ziehen, verblüfft an.

Die Männer erreichen die Gartentür und halten an. Der Mann an der Spitze hebt langsam den Kopf. Sein Gesicht ist schmutzig und verschwitzt. Er erwidert den Blick der Frau.

Jetzt öffnet sie den Mund.

Sie schwankt, dann bricht sie zusammen.

Dem Jungen fällt die Mundharmonika aus der Hand. Sie landet im Kies neben den Karrenrädern. Die Blechhülle glänzt. Man kann die eingeprägten Buchstaben erkennen: »Hohner & Co, Chicago, Ill.«

Auf der Leinwand erscheint jetzt der Titel: »Der Agitator. Ballade aus dem Leben in vier Akten und drei Zwischenspielen, in der der heroische Kampf der Bergwerksarbeiter von Colorado gegen das Großkapital beschrieben wird. Auch bekannt als ›der Streik-Krieg im Jahre 1903‹. Es spielen: Viola Dana, Robert Walker. Kamera: J. Arnold. Regie: John Collins. Produktion: Edison.

Akt I.

»Der Bundesstaat Colorado gehörte um die Jahrhundertwende nicht zu den Vereinigten Staaten, sondern befand sich praktisch im Besitz der Colorado Fuel and Iron Company, der Victor Company und ihrer Tochtergesellschaften, die die Naturschätze der Rocky Mountains nutzbar machten, indem sie die Arbeiter systematisch ausbeuteten!«

Ein Bergwerksstollen.

Männer mit nackten, schweißglänzenden Oberkörpern schwingen Hacken. Ein Bohrer frißt sich in den Fels. Dynamit wird in das Bohrloch gesteckt. Die Zündschnur wird angezündet. Eine weiße Rauchwolke.

Männer laden Erz auf Loren. Mulis ziehen die beladenen Wagen durch den Schacht. Auf einer Plattform am Ausgang des Schachts wird die Ladung in eine Holzrinne gekippt.

»Männer aus allen Gegenden der Welt arbeiten in den Bergwerken von Colorado. Ihre Arbeitszeit beträgt zwischen zehn und zwölf Stunden am Tag. Die Bergwerke ruinieren ihr Leben und ihre Gesundheit.«

Eine Stollendecke stürzt ein. Einige Arbeiter werden unter den Gesteinsmassen verschüttet. Ihre Kameraden graben verzweifelt.

Ein Mann wird hervorgezogen und ins Freie getragen. Er ist leblos. Ein Arbeiter reißt ihm sein Hemd auf und legt ihm ein Ohr an die Brust. Dann richtet er sich wieder auf, schüttelt den Kopf und breitet die Arme aus. Er nimmt den Hut ab. Auch die Arbeiter, die um die beiden herumstehen, nehmen die Hüte ab.

Eine große Stadt. Ein großes, weißes Steinhaus, Säulen. An einer Fahnenstange auf dem Dach flattert das Sternenbanner.

»Sogar das Parlament und das Oberste Gericht des Bundesstaates hatten die Bergwerksgesellschaften gekauft, als handele es sich um Vieh. Von den Gesellschaften bestochene Richter entschieden, ein Gesetzesvorschlag zur Einführung des Achtstundentages verstoße gegen die Verfassung der Vereinigten Staaten.

In einer Volksabstimmung forderte die Bevölkerung Colorados mit einer Mehrheit von 40.000 Stimmen die Einführung des Achtstundentages. Ohne den Willen der Bevölkerung zur Kenntnis zu nehmen, lehnte das Parlament in Denver den Gesetzesvorschlag ab.«

Eine riesige Menschenmenge. Man schreit und gestikuliert, ballt die Fäuste. Frauen und Kinder. Alle sehen müde aus. Die Kleider sind ärmlich. Viele Kinder weinen.

Gebirgslandschaft.

Hohe, schneebedeckte Gipfel. Ein Gebirgsbach stürzt in einer schäumenden Kaskade über einen Felsvorsprung. Steile Berghänge. Tannen.

Ein Mann kommt über einen Gebirgspaß. Er trägt zwei Satteltaschen über der Schulter, in der Hand ein Gewehr.

»Ein Agitator der Bergarbeitergewerkschaft.«

Der Agitator klettert einen steilen Hang hinauf. Oben angekommen, zieht er sein Hemd aus. Um den Oberkörper hat er die amerikanische Fahne gewickelt. Er nimmt die Flagge ab und befestigt sie an einer Stange. Die Stange steckt er in einen Steinhaufen und keilt sie mit losen Steinen fest.

Einige Zeit steht er da und sieht hinunter in das unter ihm liegende Tal.

Eine Versammlung. Der Agitator steht auf einer Holzkiste. Er redet und gestikuliert. Viele Männer in Arbeitskleidung hören zu, einige von ihnen tragen Hacken über der Schulter.

Die Rede des Agitators ist beendet. Die Zuhörer applaudieren und rufen hurra. Manche werfen ihre Hüte in die Luft.

Die Kiste hat sich in einen Schreibtisch verwandelt, davor stehen Arbeiter in einer Schlange. Sie tragen sich in eine Liste ein.

Ein alter Arbeiter mit einem langen weißen Bart ist an der Reihe. Er hustet. Mit zitternder Hand trägt er sich in die Liste ein. Der Agitator nimmt ein großes, rundes Abzeichen, das auf seiner Vorderseite zwei gekreuzte Flaggen und die Aufschrift »Western Federation of Miners« trägt. Feierlich befestigt er das Abzeichen auf der Brust des Arbeiters. »Dies ist das Abzeichen unserer Union. Trage es mit Stolz!«

Der bärtige Bergarbeiter lächelt. Hustet. Der Agitator umarmt ihn. Die Männer im Hintergrund, die alle das Abzeichen tragen, rufen hurra.

Ein Zwischenspiel.

Ein gemütliches Zimmer. Geblümte Sessel, ein Tisch mit gehäkelter Decke, eine Palme in einem Topf. Der Agitator sitzt mit einer blonden Frau auf einem Sofa, er hält ihre Hand. Die Frau sieht ihn besorgt an.

»Gibt es jetzt einen Streik?« fragt sie.

»Ja«, sagt er. »Die Bergarbeiter in ganz Colorado werden streiken. Wir werden kämpfen, bis sie unsere Forderungen erfüllt haben.«

Die Brust der Frau hebt sich. Mit einer erschrockenen Bewegung legt sie die Hand an den Hals. »Ich mache mir solche Sorgen, Ed.«

Der Mann nimmt sie in den Arm. »Du brauchst dir keine Sorgen zu machen! Du mußt jetzt stark sein! Wir werden siegen!«

Ein kleiner blonder Junge kommt ins Zimmer gerannt. Der Agitator nimmt ihn auf den Schoß. Der Junge legt seine Arme um den Hals des Agitators, er hält eine Mundharmonika in der Hand. Der Agitator nimmt sie und beginnt darauf zu spielen. Der Junge klatscht in die Hände und lacht. Die Frau sieht ihnen zu, ihre Augen sind groß und unruhig.

Akt II.

Ein Dampfpfeife stößt eine weiße Wolke aus.

Ein Schachteingang. Arbeiter strömen heraus. Sie werfen Hacken und Werkzeuge zur Seite.

Dann marschieren sie einen Hang hinunter. Aus anderen Gruben schließen sich ihnen Arbeiter an. Der Zug wird immer länger. Die Männer rufen hurra.

Die Vorarbeiter ballen die Fäuste und versuchen, die Arbeiter aufzuhalten. Sie stellen sich ihnen breitbeinig in den Weg. »Sofort zurück an die Arbeit!« ruft einer von ihnen.

Der Vorarbeiter wird zur Seite geschoben. Er fällt zu Boden. Die anderen Vorarbeiter fliehen. Die Arbeiter erreichen die Stadt.

Geschäftsleute kommen aus ihren Läden, Gäste mit Gläsern in den Händen stehen in den Türen der Saloons, um sich die vorbeimarschierenden Arbeiter anzusehen.

Die Arbeitermenge versammelt sich vor einem zweistöckigen Gebäude. Über der Tür ein großes Schild: »Mining Company Office.«

Einige Männer mit dem Agitator an der Spitze bahnen sich einen Weg durch die Menschenmenge und gehen in das Haus. Sie betreten einen großen Raum mit Jalousieschreibtischen. Kontoristen mit schwarzen Zelluloidschirmen vor der Stirn springen erschrocken auf.

Auf einem Schild an einer Tür steht: »Manager.«

Männer reißen die Tür auf.

Ein Mann in einem Anzug sitzt hinter einem Schreibtisch, er hat eine Zigarre im Mund. Wütend streckt er eine geballte Faust in die Luft: »Wer wagt es, hier einfach hereinzukommen?«

Die Arbeiter stellen sich vor den Schreibtisch, ihre Mienen sind düster. Der Agitator beginnt zu sprechen. Er unterstreicht seine Worte, indem er mit einer Faust in die Handfläche der anderen schlägt: »Ab sofort streiken wir. Wir fordern den Achtstundentag und eine Lohnerhöhung von einem Dollar. Wir arbeiten erst wieder, wenn unsere Forderungen erfüllt sind.«

Der Bergwerksdirektor schlägt mit der Faust auf den Schreibtisch. Sein Gesicht ist wutverzerrt. Er kaut auf seiner Zigarre und schüttelt heftig den Kopf: »Nein! Nein!«

Der Agitator beugt sich über den Tisch: »Nicht eine Tonne Erz wird gefördert, wenn Sie auf unsere Forderungen nicht eingehen!«

Der Direktor schleudert die zerkaute Zigarre auf den Fußboden und tritt darauf herum. »Ihr seid alle entlassen!« brüllt er.

Ein Bergwerk.

Arbeiter gehen hin und her. Sie tragen Schilder: »Streik. Achtstundentag. 4 Dollar pro Tag.«

Männer mit Hacken über der Schulter versuchen in die Grube einzudringen. Streikposten bilden eine Kette und hindern die Männer am Weitergehen. Erregte Diskussionen. Einer der Streikbrecher wird wütend und erhebt seine Hacke.

Mehrere Arbeiter werfen sich auf ihn und entwinden ihm die Hacke. Kurzes Handgemenge.

Der Streikbrecher wird verjagt. Sein Kamerad wirft die Hacke weg und stellt sich zu den Streikposten. Er nimmt ein Plakat und hebt es in die Höhe. Ein Streikposten ergreift seine Hand, schüttelt sie und klopft ihm auf den Rücken. Der Mann lächelt.

Hohe, schneebedeckte Gipfel zeichnen sich vor dem Himmel ab.

Ein tiefes Tal. Bergwerksschächte. Die Eingänge werden von Baumstämmen blockiert.

Eine Lore ist umgekippt worden. Hacken und Spaten lehnen an einer Schuppenwand.

Im Inneren eines Sinterwerks. Die Waschtröge und Sintertrommeln stehen still und sind leer.

Eisenbahngleise. Reihen von Erzwagen.

Zwei Geier ziehen am Himmel ihre Kreise.

Zwischenspiel. New York.

Die Freiheitsgöttin auf ihrem Ziegelfundament.

Schiffe im Hafen. Manhattan mit Hochhäusern, zahllose Fenster glänzen in der Sonne. Straßengewimmel. Ein Straßenschild: »Wallstreet.«

Ein hohes Haus mit Sandsteinfassade. Hinter den Fenstern arbeitende Menschen.

Eine dicke Mahagoni-Tür. Ein Schild: »Direktion.«

Die Tür geht auf. An einem langen, blankpolierten Tisch sitzen Männer in dunklen Anzügen. Sie hören einem jungen Mann zu, der an der Schmalseite des Tischs steht: »Meine Herren! Der Grubenstreik hat uns bis jetzt Verluste von zehn Millionen Dollar beschert!«

Erregtes Gestikulieren der Männer am Tisch. Sie unterhalten sich. Kopfschütteln.

Ein Mann mit Kneifer, gepflegtem Schnurrbart und glänzendem, zurückgekämmtem Haar erhebt sich. »Verhandlungen und ein gewisses Entgegenkommen sind womöglich die beste Methode, um die Produktion wieder in Gang zu setzen.«

»Blödsinn, Mr. Lowry!«

Der Rechtsanwalt schweigt. Die Männer am Tisch wenden sich der anderen Schmalseite des Tisches zu. Dort sitzt ein Mann im Rollstuhl. Er ist sehr alt, glatzköpfig und mager. Seine Augen werden von einer dunklen Brille verborgen. Er hält einen knotigen Stock in den Händen. Hinter dem Rollstuhl steht ein schwarzer Diener. »Ich habe niemals mit dem Pöbel verhandelt und werde es niemals tun«, sagt der Alte und hebt drohend seinen Stock. »Schlagt den Streik nieder, mit allen Mitteln!«

Die Männer am Vorstandstisch applaudieren begeistert.

Akt III.

Schneebedeckte Berggipfel.

Streikende vor einer Grube. Alles scheint ruhig zu sein. Ein Mann eilt herbei, er fuchtelt aufgeregt mit den Händen. »Sie versuchen, Streikbrecher in die Grube zu bringen!«

Aus dem Schornstein einer Lokomotive quillt Rauch. Männer springen von geschlossenen Güterwagen. Fast alle sind Mexikaner mit Sombreros und weiten Hosen.

Aus allen Richtungen kommen Streikende und rufen: »Verjagt die Streikbrecher!«

Eine heftige Schlägerei bricht aus. Mit Schlagstöcken bewaffnete Wächter mischen sich ein. Staub. Männer werden zu Boden geschlagen. Die Streikbrecher fliehen in ihren Zug. Verletzte werden auf die Wagen gehoben. Der Zug setzt zurück. Steinhagel.

Ein alter Mann mit Bart versucht sich Gehör zu verschaffen: »Wir haben noch nicht gewonnen! Sie werden wieder zuschlagen!«

Niemand achtet auf ihn.

Nacht. Eine Bergarbeiterhütte.

Ein Zimmer, ärmlich möbliert. Fünf Kinder schlafen in einem Bett, in einer Wiege liegt ein Säugling. Der Vater und die Mutter der Kinder schlafen in einem anderen Bett.

Mit einem Gewehrkolben wird die Tür eingeschlagen. Soldaten dringen in die Hütte ein. Die Kinder werden brutal aus dem Bett gezerrt. Die Familie wird in die Nacht hinausgetrieben. Die Kinder weinen.

Die Mutter, im Nachthemd, die Haare offen, kniet mit gefalteten Händen vor den Soldaten. »Gnade! Wir sind doch Menschen!« sagt sie.

Sie wird mit dem Gewehrkolben geschlagen. Die Soldaten werfen die Habseligkeiten der Familie aus dem Haus. Weinend sehen die Kinder zu, halten einander an den Händen.

Jemand nagelt Bretter vor die Hüttentür.

Eine Eisenbahnstation.

Bewaffnete Soldaten. Lagerfeuer. Offiziere besprechen sich mit Männern in Zivil.

Eine Gruppe von Menschen, einige von ihnen mit blutendem Gesicht, werden von Soldaten in die Güterwagen am Bahnsteig getrieben.

Eine Frau schreit verzweifelt, sie rauft sich die langen, strähnigen Haare.

Ein weißbärtiger Mann schwankt. Ein Soldat versetzt ihm einen Schlag. Der Mann wehrt sich. Der Soldat hebt sein Gewehr. Rauch steigt aus der Mündung. Der Weißbärtige greift sich an die Brust, er keucht, verdreht die Augen, dann fällt er rücklings zu Boden.

Eine Frau wirft sich weinend über den Mann, trommelt mit den Fäusten auf seine Brust. Ein Soldat zerrt sie fort. Sie wird zusammen mit anderen Frauen zum Zug getrieben.

Ein Stollen. Barrikaden vor dem Eingang. Soldaten schießen auf Bergarbeiter, die das Feuer erwidern. Ein Arbeiter wird getroffen und bricht zusammen. Ein Offizier brüllt einen

Befehl. Die Soldaten stürmen die Barrikade. Mehrere Soldaten werden getroffen.

Eine Hand hält ein Bündel Dynamitstäbe. Ein Streichholz wird an die Zündschnur gehalten. Die Hand wirft das Dynamit.

Eine heftige Explosion. Teile der Barrikade, die aus Baumstämmen besteht, fliegen durch die Luft. Rauch.

Zwischenspiel.

Ein heruntergekommener Saloon.

Ein Hinterzimmer. Um ein Bierfaß, das als Tisch dient, sitzen Männer. Sie sehen verschlagen aus. Bartstoppeln. Einer trägt eine schwarze Klappe.

Ein Mann mit einem weißen Hut spricht mit ihnen und schlägt mit der Hand auf eine Fotografie, die auf der Tonne liegt. Auf seiner Brust glänzt ein fünfzackiger Sheriffstern. »Das ist einer der Streikführer. Erledigt ihn!« Der Sheriff hält das Foto in die Höhe. Es zeigt den Agitator.

Akt IV.

Die blonde Frau bringt den Jungen zu Bett. Beide falten die Hände und beten: »Ich bin klein, mein Herz ist rein, will immer bei dir sein. Und jetzt schlafen wir, in Jesu Namen.«

Der Junge schläft, in der Hand hält er eine Mundharmonika.

Die Frau geht nervös auf und ab. Sie beißt sich auf die Lippe, fährt sich durch die Haare. Ihre Brust hebt sich.

Die Tür wird aufgerissen. Der Agitator tritt ein und wirft seinen Hut auf einen Sessel.

Die Frau fällt ihm um den Hals. »Gott sei Dank, du bist unverletzt!«

Der Agitator küßt sie, dann sagt er: »Die Soldaten haben das ganze Gebiet besetzt. Wir haben Krieg! Die Jungs haben sich in den Gruben verschanzt. Ich muß hin.«

Die Frau kehrt ihm den Rücken zu. Sie hält die Hände

vor das Gesicht. Ihre Schultern beben. Dann dreht sie sich wieder um. »Geh nicht!« bittet sie ihn. »Ich habe solche Angst! Ich habe heute nacht so schlecht geträumt.«

Der Agitator sieht sie ernst an. »Ich kann die Jungs nicht im Stich lassen, Hanna. Beruhige dich, ich komme zurück!«

Die Frau packt ihn am Arm. Ihr Gesicht verrät Panik. Ihre Frisur hat sich gelöst, eine Strähne fällt ihr ins Gesicht. »Nein, sie werden dich umbringen!«

Behutsam macht sich der Agitator von ihr los, küßt sie auf die Stirn und geht. Die Frau eilt ihm nach. Ihr Mund öffnet sich zu einem Schrei. Die Türe wird geschlossen.

Sie bedeckt wieder ihr Gesicht mit den Händen und sinkt zu Boden.

»Break! Zehn Minuten Pause!«

Die Frau erhob sich vom Boden. Mit einer Grimasse strich sie sich die Haare aus dem Gesicht und rieb sich die Rückseite ihres Schenkels.

»Au! Ich hab einen Krampf«, rief sie mit greller Stimme. »Hat jemand eine Zigarette für mich? John, wie war ich?«

»Perfekt, Viola, Darling«, antwortete der Regisseur, ein hellhäutiger Mann mit einem offenen, sommersprossigen Gesicht.

Der Mann, der den Agitator spielte, kam aus den Kulissen geschlendert, er gähnte und verlangte eine Tasse Kaffee. Der Regisseur gab der Frau Feuer. Sie hatte in einem Klappstuhl Platz genommen, auf dessen Rückenlehne »Viola Dana« stand, eine Maskenbildnerin kämmte ihr die Haare. Hammerschläge ertönten. Vier Studioarbeiter schleppten sich mit einer Kulisse ab, die den Schachteingang vorstellen sollte. Der Kameramann, die Schirmmütze verkehrt herum auf dem Kopf, spulte den Film zurück.

Das Licht der Scheinwerfer war scharf, die Luft unangenehm warm. Es roch nach Staub und heißem Blech. Der Regisseur blätterte im Drehbuch. »Okay, Leute. Szene 43«, rief er den Studioarbeitern zu. »Wenn sie den Agitator nach Hause bringen! Auf geht's, los!«

Kapitel Fünfzehn

Ende Mai 1905 ging die noch nicht dreißig Jahre alte Bergarbeiterwitwe und frühere Pensionswirtin Hanna Ness (oder Näs) zusammen mit ihren beiden Kindern im New Yorker Hafen an Bord des königlich-britischen Postdampfers »Campania« der Cunard-Line.

Hanna war blaß und hielt sich sehr gerade. Sie trug ein dunkelgrünes Reisekostüm aus Samt und einen Mühlradhut mit Blumengesteck, den sie vor der Abreise eigens in Denver bestellt hatte. Die lange Zugreise aus dem Westen und die Aufgabe, auf Kinder, Gepäck und Fahrkarten zu achten, hatten sie so sehr ermüdet, wie sie es noch nie erlebt hatte. Der Steward wies ihr und den Kindern eine Kabine zweiter Klasse auf dem C-Deck an.

Endlich befand sich Hanna auf dem Weg nach Hause.

Mit einsetzender Flut legte die »Campania« in der Abenddämmerung ab. Hanna stand mit den Kindern auf dem Achterdeck. Wie eine riesige Drehbühne bewegte sich Manhattan, während das Schiff von zwei Schleppern in den East River gezogen wurde. Der Abend war warm und feucht, an einer Fahnenstange bewegte sich der Union Jack träge wie ein Katzenschwanz in der leichten Brise. Der Wind trug die Geräusche aus der Stadt auf das Wasser hinaus: Hufgetrappel, Räderquietschen, Wagenklappern, Automobilhörner, die wie Enten quakten, das Schnauben und Stampfen von Lokomotiven, das Wimmern und metallische Knirschen, wenn die Züge in einer Wolke aus Dampf und sprühenden Funken an den Stationen hielten, Menschenstimmen, Hundegebell, Polizeipfeifen, Hammerschläge, das Wummern von Maschinen und das Dröhnen der Turbinen. Es war ein Geflecht aus Tönen: Das Leben läßt von sich hören.

In Hannas Augen brannten Tränen.

Sie erinnerte sich, wie sehr diese Stadt sie damals erschreckt hatte. Damals aber war sie natürlich eine andere Hanna gewesen, die nichts gewußt hatte von Trauer und heftigem Schmerz, der eigentlichen Voraussetzung für das Leben. Sie hatte auch nicht diese süße Freude gekannt, die einen dazu verleitet, sich Schmerz und Trauer zu unterwerfen, das, was man in Ermangelung besserer Ausdrücke als Liebe bezeichnet.

Hanna hatte ihre Furcht überwunden, sie hatte sich angepaßt. Sie hatte verstanden, daß das Leben überall auf der Welt ziemlich ähnlich ist. Menschen unterscheiden sich wenig, auch wenn sie unbegreifliche Farben im Gesicht haben und unbegreifliche Sprachen sprechen. Sie fühlte Idas kleine Hand in der ihren, Otto hielt sich an ihrem Rock fest. Die Kinder waren die Erinnerung an das, was dieses Land ihr geschenkt hatte.

Die Abenddämmerung hüllte Manhattan in ihren blauen Dunst, der trübe und sämig war, im Westen brannte der Himmel rot, als stünden die Docks, die Lagerhallen, die Fabriken und die Häuser von Hoboken und Jersey City in Flammen. Manhattan glich einer eigentümlichen Gebirgslandschaft, stark erodiert, durchkreuzt von schattenhaften Spalten und Schluchten. Überall sah man elektrische Lampen, gestürzte Sterne. In kühner Verachtung wölbte sich die Brooklyn Bridge über das schmutzige Wasser des East River. Vor dem dunkler werdenden Himmel erhoben sich die Nadelspitze der Trinity Church und das plateauartige Dach des »Waldorf Astoria«, Hunderte von Wolkenkratzern, Kirchtürmen und Schornsteinen. In besinnungslosem Hochmut reckte sich die Stadt in den Himmel und riß Löcher in sein Gewölbe, die das Licht hereinließen, das es dort oben gab.

Die Schiffssirene ertönte, dröhnte über das Wasser. Sofort antworteten die schrillen Dampfpfeifen der Schlepper, die sich mit Schaumschnurrbärten vor dem Bug auf dem Rückweg zu den Docks befanden. Das Deck bebte, als die bronzenen Schiffsschrauben sich im schmutzigen Wasser der Bucht zu drehen begannen und die »Campania« an Ellis Island und der Freiheitsgöttin vorüberglitt, deren Silhouette sich vor dem roten Sonnenuntergang abzeichnete, einen Arm wie zu einem Schlag drohend erhoben. Zumindest Hanna sah die Freiheitsgöttin in diesem Augenblick so – als Drohung. Denn um die unermeßliche Freiheit Amerikas ertragen zu können, mußte man stark sein, kupferhart. Sonst blieb nur die Flucht.

Oder der Tod.

Hanna sah ihren Sohn an, Tränen strömten über sein Gesicht. Seine Augen waren rund und groß und glänzten wie Talglichter, in seinen schwarzen Pupillen tanzte das wilde, rote Licht des Sonnenuntergangs. Otto umklammerte die Reling so fest, daß es schien, als drängen die Knöchel durch die Haut.

Otto hatte so etwas noch niemals gesehen: In seinen Augen war New York eine riesige, gigantische, komplizierte Maschine, verwandt mit Gegenständen, an die er sich aus seinen Alpträumen vage erinnerte. Er war begeistert und erschrocken zugleich, so wie man in einer klaren Frühlingsnacht, wenn man zum Himmel aufsieht, begeistert ist von den glitzernden Sternen und erschrocken über die endlose Öde des leeren Raums, der zwischen ihnen liegt.

Und nun, während diese wunderbare, schreckliche Traumstadt vor seinen Augen vorüberglitt, schien es Otto, als stürze er hinunter in den Keller der Trauer und der Sehnsucht. Er wollte hierbleiben, um diese Maschine, die sich New York nannte, zu erforschen, wollte all die glitzernden Lichter von Millionen Lampen in sich hineinschlingen. Hannas Finnland konnte das hier niemals übertreffen, etwas Größeres, Schöneres und Erschreckenderes konnte es nicht geben.

Er hielt sich an der Reling fest und wollte den Blick nicht von Manhattan lösen, als könnte er auf diese Weise das Dampfschiff beschwören, zum Dock zurückzusetzen

Hanna zog ihn am Arm. »Wir müssen jetzt reingehen. Es wird kalt.«

»Ich will hierbleiben!«

Hannas Gesicht verhärtete sich, ihr Griff um Ottos Arm wurde fester.

Otto wehrte sich, Tränen rannen ihm übers Gesicht.

»Wenn du jetzt nicht kommst, kriegst du ein paar auf die Ohren, du wirst schon sehen.«

Otto ließ die Reling los, gab auf. Ida gähnte. Sie gingen über die gescheuerten Planken. Otto blieb in der Tür stehen und sah sich ein letztes Mal um. Manhattan verschwand hinter dem Häusergewimmel und den Myriaden von Lichtern Brooklyns. Hanna zog ihn ungeduldig am Arm und sagte etwas in ihrem rauhen, singenden Dialekt. Mit zögernden Schritten ging Otto weiter. Die Tür fiel hinter ihnen zu.

Die »Campania« begrüßte die Atlantikdünung mit sanftem Nicken. Der Wind griff in die Flagge. Steinkohlenrauch stieg zum dunklen Himmel auf. Unter Deck riefen die Gongs zum Abendessen.

Achtern blinkte das einsame Leuchtfeuer auf Sandy Hook: »Lebwohl Hanna! Lebwohl! Wir sehen uns nie wieder!«

Der Schlaf täuschte Hanna, als sie in der Koje lag. Im entlegensten Grenzland der Wachheit irrte sie umher, in einem Land, für das es keine Karten gibt und in dem die menschliche Seele am nacktesten und schutzlosesten ist. In einem Land, das bevölkert wird von bösartigen Einwohnern, deren Namen Erinnerung, Verzweiflung und Angst lauten.

Mit einem Mal gab der Boden unter ihr nach, sie stürzte in einen endlosen Grubenschacht. Das Echo einer Detonation hallte wider, klang nicht wieder ab. Dynamitgestank.

In ihrem Herzen war ein großes Loch; eine abgeflachte Revolverkugel zertrümmerte nicht nur einen Männerschädel wie eine reife Wassermelone, trotz aller Gesetze der Physik flog die Kugel weiter und riß ein schmerzendes Loch in das Herz einer Frau, ein Loch von der Größe eines Silberdollars.

Mit dem Loch in ihrem Herzen muß sie leben bis zu ihrem Tod. Es ist ein Schacht aus hallender Dunkelheit. Und in diesen Schacht stürzte sie, wann immer sie sich im Grenzland zwischen Wachen und Schlaf verirrte, dort roch es stark und grausam nach Dynamit.

Hannas Tote, die schon längst Vergessenen, kamen zu ihr in die Kabine: ihr Vater, der Rödskär-König, und ihre beiden Brüder. Noch immer hatten sie nasse Haare, und aus ihren Kleidern tropfte Meerwasser. Sie setzten sich auf ihre Koje und sagten: Hanna, wir sollen dir Grüße ausrichten.

Hanna setzte sich hellwach auf.

Die Dunkelheit in der Kabine schien undurchdringlich zu sein, nur das Bullauge konnte man ahnen. Hanna fühlte die Schiffsbewegungen, hörte das Atmen ihrer Kinder. Auf dem Korridor ging jemand mit leisen Schritten an ihrer Kabine vorüber. Hanna schaltete das elektrische Nachtlicht am Kopfende der Koje ein.

Ihr Herz klopfte laut, in den Ohren brauste das Blut.

Sie stand auf, zog einen Mantel über das Nachthemd und band ein Tuch um den Kopf. Sie sah nach den Kindern, die tief und fest schliefen, schlüpfte in den Korridor und schloß vorsichtig die Tür. Schnell ging sie auf das Achterdeck hinaus, mit einer Hand hielt sie den Mantel am Hals zusammen, der Saum des Nachthemds flatterte ihr um die Beine.

Die Nacht war klar, über dem Schiff wölbte sich ein prachtvoll funkelnder Sternenhimmel. Das Meer ließ sich als noch dichteres Dunkel in einer brausenden, schwarzen Bewegung erahnen. Der Wind griff nach Hannas Mantel und zerrte an ihm.

Das Achterdeck wurde von weißen Laternen beleuchtet, hinter den Lüftungsschächten und den Winden für die Vertäuungstrossen standen dichte Schatten.

»Ed?« rief sie mit sanfter Stimme. »Wo bist du?«

Licht fiel auf sein totes Gesicht, er sah sie voller Verzweiflung und Angst an. Entsetzt schrie Hanna auf.

Ed streckte die Hände nach ihr aus, sie waren schmutzig von schwarzroter Erde.

Wenn die Toten kommen, muß man sie zuerst nach ihrem Anliegen fragen.

»Ed, was willst du von mir?«

»Ich sehne mich so sehr mich nach der Welt der Lebenden, daß ich dich aufsuchen mußte. Spürst du meine Sehnsucht?«

»Ja...«

Seine Sehnsucht glich einer starken, glasharten Kälte, die alle Kraft aus ihr heraussaugte. Ihr war, als müsse sie sich zwingen, jeden einzelnen Herzschlag zu vollenden, als sei jeder Atemzug schwere Arbeit.

»Ich kann dir doch nicht helfen. Kein Lebender kann das noch.«

»Ein Umherirrender war ich im Leben. Umherirren muß ich auch im Tod. In fremder Erde hat man mich lange vor meiner Zeit begraben. Jung bin ich weggegangen aus dem Land, in dem ich nicht leben konnte. Du warst meine Stetigkeit. Deine Arme waren das einzige Land, in dem ich leben konnte. Du hast mich getröstet. Ich war ganz und in einem Stück. Danach sehne ich mich...«

Ed stand Hanna gegenüber, mit einem Mal konnte sie ihn klar und deutlich sehen, konnte die Verletzungen in seinem Gesicht und an seinem Körper erkennen, denn der Tod und seine Helfer über und unter der Erde gehen niemals behutsam mit uns um. Seine einsame Kälte brannte sie und zog sie an. Einen Augenblick dachte sie, die Kinder würden ihre Mutter verlieren.

Dann erkannte sie, daß sie sich narren ließ. Dunkler Zorn bebte in ihrem Inneren. Sie holte tief Luft und sagte: »Geh weg, du Gespenst. Du bist nicht mehr mein Mann, denn der ist tot und fort. Und wer tot ist, ist tot, und damit gut. Ich habe dich geliebt, ein anderer kommt mir in diesem Leben nicht mehr nahe, und vielleicht sind wir im Himmel wieder zusammen, das weiß niemand, vorher aber läßt du mich in Ruhe. Die Lebenden kämpfen für die Lebenden. Für einen, der tot ist, kann ich nichts tun.«

Hinterher war sie völlig erschöpft. Sie mußte sich festhalten, um aufrecht stehenbleiben zu können. Unter ihren Füßen vibrierte das Deck von den Bewegungen der Schiffsschraube, etwas knarrte, der Wind schlug ihr ins Gesicht, das Meer brauste.

Es war das Leben, das sie wieder begrüßte. Und das Leben hatte nur eine Forderung an sie, es wollte, daß man es lebte, so wie es war.

Hanna sah auf: Er war nicht mehr da.

Dann ging sie noch einmal über das Achterdeck, um sich zu vergewissern, daß es wirklich leer war. Schließlich ging sie langsam zu ihrer Kabine zurück. Wenn es dich gibt, Gott, dachte sie, dann mußt du ein sehr grausamer, verächtlicher Gott sein, wenn du mit uns Menschen ein solches Spiel treibst.

TEIL II

Dollar-Hanna und der Gemeinderat

Österbotten
1905 – 1918

Kapitel Eins

Es war einmal ein riesiger Dampfer mit schwarzgestrichenem Rumpf, blendendweißen Aufbauten und drei hohen Schornsteinen, die mächtige Wolken von schwarzem Steinkohlenrauch ausspuckten. Das Schiff brachte einen kleinen Jungen über ein großes Meer. Der Junge hatte das Meer noch nie gesehen, auch wenn er einen Matrosenanzug trug. Er war in den Bergen geboren worden, hatte in einem tiefen, schmalen Tal gelebt, wußte nicht viel von Horizonten.

Auf dem Meer sah der Junge den Horizont zum erstenmal. Das Erlebnis, sich im Mittelpunkt einer runden Scheibe aus metallisch-glänzendem Wasser zu befinden, die unter einer Kuppel aus hellblauem Glas zu hängen schien, veränderte ihn auf alle Zeit. Stundenlang konnte der Junge auf dem Bootsdeck des Dampfschiffs stehen und die rastlose Landschaft der Wogen betrachten, die sich von einem Augenblick zum anderen veränderte.

Während seiner Reise über den Atlantik lernte er auch das Schiff kennen, er erforschte es vom Bug bis zum Achterdeck. Die Größe des Dampfschiffs und die Perfektion seiner komplizierten Maschinerie verführten ihn. Er verehrte die Offiziere auf der Kommandobrücke, die das Schiff steuerten und genau wußten, wo es sich in dieser Wasserwüste und unter diesem klaren, reinen Himmel befand. Er freundete sich mit den Stewards an und wurde zu Cornedbeef-Sandwiches und Sodawasser eingeladen.

Er war so glücklich, daß es ihm fast weh tat. Jeden Morgen erwachte er schwindlig vor Freude bei dem Gedanken, daß ihn ein weiterer Tag auf dem Meer und dem Schiff erwartete. Er hatte vergessen, daß er einen Vater gehabt hatte und daß es diesen Vater nicht mehr gab.

Aber das Glück des Reisens ist kurz und vergänglich, früher oder später erreicht der Reisende sein Ziel.

Der Junge kam nach Siklax.

Der kleine Junge, der in einem Tal zwischen himmelhohen Bergen gewohnt hatte und dann die Grenzenlosigkeit des Meeres erlebte, war maßlos enttäuscht.

Es war Frühjahr, ein kaltes, regnerisches Frühjahr. Die Felder der Ebene waren von braunschwarzem Wasser überschwemmt. Die Scheunen waren grau und krummrückig und schienen in der Erde versinken zu wollen, die Wohnhäuser waren ebenso grau, ihre schwarzen Fensterscheiben starrten ihn feindselig an. Ein kühler Wind wehte, die noch laublosen Birken wanden und schüttelten sich, als versuchten sie, sich warm zu machen.

Alles erschien dem Jungen so unendlich klein zu sein.

Es gab dort Kinder wie ihn, und er versuchte mit ihnen zu sprechen. Da wurden ihre Augen schwarz wie die Fenster der Höfe. Sie riefen ihm etwas zu. Die Sprache war ihm bekannt, aber er konnte dennoch nicht verstehen, was sie sagten. Dann rannten sie weg, der Junge blieb zurück, den Tränen nahe.

Er wünschte sich zurück in das Tal zwischen den Bergen, in seine Heimat.

Der Junge saß in der Küche seiner Großmutter auf dem Fußboden und spielte mit einer Mundharmonika. Er spielte keine Melodie, sondern drehte und wendete das Instrument in seinen Fingern und versuchte, mit ihrem glänzenden Blech das Licht einzufangen. Er preßte die Mundharmonika an die Wange, um zu fühlen, wie das Blech die Haut kühlte, und schloß die Augen.

Er befand sich wieder in seinem Tal, ritt auf den Schultern seines Vaters einen steilen Hang hinauf. Es war früh am Morgen, und es würde ein schöner Sommertag werden – der Himmel war wie frisch gescheuert, die Berggipfel knisterten im Licht und schienen trotz ihrer Massigkeit schwerelos und fast durchsichtig zu sein. Er fühlte, wie der Vater die Muskeln anspannte, um beim Klettern die Balance zu halten, nahm den Geborgenheit schenkenden Geruch des Vaters nach Tabak und Schweiß wahr und hörte sein Lachen.

Ein gemeinsames Glücksgefühl vereinte sie. Das Glück hieß Hier und Jetzt.

Unter den Stiefeln des Vaters löste sich ein Stein und tanzte in die Tiefe. Sie waren höher oben, als sie es jemals gewesen waren. Sie würden auf den höchsten Gipfel steigen, und zu ihren Füßen würde sich die Welt ausbreiten: die Berge mit ihren Tälern und Pässen, die Stadt, die Gruben, die Schlackehügel und die Denver & Rio Grande-Eisenbahn, die sich über den Talgrund schlängelte, Gebirgsbäche glänzten im ersten Sonnenlicht, die Kiefern, die geröllbedeckten Hänge. Über ihnen wölbte sich der tiefblaue Himmel, und die dünne Luft machte sie schwindelig.

Plötzlich verdunkelt sich der Himmel, der Wind heult. Die Luft ist voller wirbelndem Schnee. Schneeflocken beißen dem Jungen ins Gesicht.

Er sitzt nicht mehr auf den Schultern des Vaters, kann den Vater nirgendwo sehen. Der Junge steht allein auf einem hohen Bergkamm, einem schmalen Felsenband, umgeben von schwindelerregender Tiefe. Er sucht im tosenden Sturm nach seinem Vater. Irgendwo ist sein Vater und braucht ihn! Der Junge versucht zu rufen, aber der Sturm füllt ihm den Mund mit Schnee und Wind. Er muß die Augen zusammenkneifen. Er zittert vor Kälte. Jeden Augenblick kann ihn der brüllende Wind wegfegen, oder Schneemassen, die den Halt verlieren und in die Tiefe stürzen, können ihn mitreißen.

Endlich hört er die Stimme seines Vaters, leise, die Worte werden vom Wind zerfetzt: »Otto, hier bin ich!«

Blind stolpert er durch den Schneesturm, vor Kälte und Tränen bebend.

»Hier! Komm hierher!«

Undeutlich sieht er den Vater, ein Schatten, ganz nah. Der Schatten streckt die Hände nach ihm aus, dankbar wirft der Junge sich durch das Schneetreiben.

Für einen Augenblick klart es auf.

Der, der die Hände nach dem Jungen ausstreckt, ist nicht sein Vater. Zwar trägt das Gesicht die Züge des Vaters, doch es ist eine Maske aus Eis: ein grinsender, lippenloser Mund, die Augen schwarz und tot wie kleine Steine. Gekrümmte Finger tasten nach ihm.

Der Junge schreit vor Entsetzen auf und versucht wegzulaufen.

Plötzlich hat er keinen Boden mehr unter den Füßen.

Er stürzt.

In der ersten Zeit nach ihrer Ankunft wohnten sie bei Hannas Mutter in der Bäcklidsgränd. Die Großmutter machte Otto angst. Noch nie hatte er jemanden gesehen, der so alt war, in Amerika hatte es vor allem junge Männer gegeben.

Hannas Mutter umgab sich mit aus hohen, dicken Blöcken des Schweigens errichteten Mauern. Schweigend hockte die Alte als Gefangene ihrer selbst in ihrer Festung der Unversöhnlichkeit, was sie jedoch niemals erkannte. Sie war überzeugt, sie erdulde das Leiden der Gerechten, und die Gefängniswärter seien ihre Mitmenschen und nicht sie selbst.

Natürlich wußte Otto davon nichts. Er sah aber, wie seine Mutter sich demütigte und vor der Alten in ihrer Festung den Kopf beugte, und er sah Tränen in Hannas Augen. So etwas hatte er noch nie gesehen, es erschreckte ihn.

Wenn die Alte ihn ansah, waren ihre Blicke scharf wie frischgestoßener Kohlengrus. Sie taten weh.

Ich muß fort von hier, dachte er.

Über das Meer waren sie hierhergekommen, also mußte er über das Meer wieder zurück. Der Dampfer hatte einen schwarzen Rumpf, weißglänzende Aufbauten und hieß »Campania«. Er würde ihn zurückbringen in das Tal zwischen den Bergen. Wenn er ihn nur fand.

Otto riß aus.

Während Hanna glaubte, Otto sei auf dem Hof und passe auf seine kleine Schwester auf, kam er auf einem mit leeren

Heringsfässern beladenen Pritschenwagen in Stranden an. Hinter dem Sägewerk hielt der Kutscher an. Otto sprang ab und lief zum Ufer.

Was er dort sah, erstaunte ihn so sehr, daß er in die Hosen pinkelte, ohne es zu bemerken. Zwischen zwei Schlägen blieb sein Herz stehen wie die Feder eines mechanischen Spielzeugs.

In seinem Kopf lärmte und brauste es, ein Geräusch, wie wenn Wasser gegen Eisen prallt, das Geräusch, wenn die Wellen vom Bug eines Atlantikdampfers geteilt werden.

Die Blaxnäsförde öffnete sich vor ihm, weit und blaugrau lag sie da, dampfend vor Dunst. Das Meer! Man konnte Möwengekreisch und die Brandung hören, man konnte Brackwasserdunst und Tang riechen, aus dem Lager des Sägewerks drang der Geruch frischgesägten Holzes. Am gegenüberliegenden Ufer der Flußmündung lagen unweit der Landungsbrücken Schuppen mit Schilfdächern und Gestellen, auf denen Netze getrocknet wurden. Auf dieser Seite lag das Sägewerk, ein langgestrecktes, graues Gebäude mit einem kleinen Anbau aus Ziegeln, aus dessen Dach ein hohes Blechrohr ragte, das dicken, grauweißen Rauch zum Himmel spuckte. Nichts von alledem sah, roch oder hörte Otto!

Denn weit draußen in der Förde, so als schwebte er ein Stück über der Wasseroberfläche, lag ein Dampfer mit schwarzem Rumpf und weißen Aufbauten.

Otto erkannte diesen Dampfer sofort wieder: Die »Campania« war gekommen, um ihn abzuholen.

Kapitel Zwei

In der Hütte tranken unterdessen Hanna und ihre Mutter Kaffee, amerikanischen Kaffee aus einer blauen Tüte: fertiggeröstete Bohnen, dunkelbraun, duftend.

Jede saß auf ihrer Seite des blankgescheuerten Tisches, zwischen sich eine schmale, tiefe Schlucht, angefüllt mit dem gesammelten Schweigen von Jahren.

Ihr Schweigen war zerbrechlich und durchsichtig wie das erste Eis im Herbst, durch das man das darunter fließende Wasser sehen kann, das Seegras und die Schilfstengel, die festgefroren sind, und die Luftbläschen, die vom dunklen Grund aufsteigen.

Hannas Mutter goß den Kaffee ein, vorsichtig und behutsam, als sei es Wein, der sich in Jesu kostbares Blut verwandelte. Dann goß sie etwas davon auf die Untertasse, schnitt mit einer Schere ein kleines Stück vom Zuckerhut ab, hob auf gestreckten Fingern die Untertasse hoch und steckte das Zuckerstück zwischen die Lippen. Sie schloß die Augen und schlürfte, eine alte Frau mit Kopftuch, die laut und genußvoll »Kaffee auf dem Stück« trank, die faltigen Lider geschlossen.

Hinter ihr drang Licht durchs Fenster, rahmte sie ein, sie sah aus wie ein Scherenschnitt. Ja, das ist Finnland! dachte Hanna.

Und sie dachte, Amerika war zwar ein riesiges, mächtiges Land, aber die Frauen dort konnten ihre Untertassen nicht so halten, wie man das in Finnland macht, konnten in all ihrem Überfluß ihren Schluck Kaffee nicht so genießen, wie man es hier tut.

Lachen stieg in ihr auf, es gluckste und knackte wie ein Kaffeekessel, in dem Wasser aufkocht. Die Gegenseite des Lachens aber heißt Weinen, und wenn man das Weinen umdreht, wird daraus wieder Lachen. Hanna lachte und weinte abwechselnd, bis sie schließlich nicht mehr wußte, was von beidem sie tat. Das Glück schmerzte sie sehr, es war der gleiche grenzenlose Schmerz wie bei der Geburt ihrer Kinder, das gleiche mit diesem Schmerz verbundene Glück.

Mutter und Tochter sprachen nur wenig miteinander, was nicht daran lag, daß es keine Worte gegeben hätte.

Das Schweigen sprach unablässig. Elektrische Signale blitzten durch die Luft, über die Schlucht des Schweigens hinweg wurde, hörbar nur für die beiden, ein stummes Zwiegespräch geführt.

Aufgabe von Erzählungen ist es, Worte zu finden für das, was zu unerhört ist, um es auszusprechen. Erzählungen müssen das Schweigen deuten, es faßbar werden lassen.

In der dürftigen, unvollständigen Deutung des Erzählers könnte das schweigende Zwiegespräch zwischen Hanna und ihrer Mutter ungefähr den folgenden Wortlaut gehabt haben:

Hannas Mutter: Du bist also wiedergekommen. Hab nicht gedacht, daß ich dich noch einmal sehe. Hab gedacht, das ferne, riesige Land hat dich verschlungen, so wie ein Hecht kleine Fische verschlingt. Der grausame Gott hätte mir, so wie meine Söhne und den Mann, auch die einzige Tochter genommen.

Hanna: Aber ich habe Euch doch versprochen, daß ich wiederkomme. Und ich habe mein Versprechen gehalten.

Hannas Mutter (nicht ohne Bitterkeit): Du hast in Amerika geheiratet. Und hast dir einen armen Kerl ausgesucht, der auf die Hilfe der Gemeinde angewiesen war, bevor er zur See gegangen ist. Nun, heiraten, das sagt sich schnell, aber das ist nicht alles. Weil du deiner Schwäche nachgegeben hast, hast du jetzt zwei Klöppel am Rock. Und bist Witwe. Da siehst du, wie gut das war! Glaub nur nicht, du kannst dir mein Mitleid erbetteln! Jeder für sich, und Gott für uns alle!

Hanna (zu sich selbst): Vorsichtig bin ich gewesen, mit List und Geschick habe ich Brücken über Schluchten geschlagen. Ich werde demütig sein, als ergebene Tochter vor meiner Mutter das Haupt beugen und sie umstimmen: Laß dein Herz erweichen, vergib mir, woran ich unschuldig bin! Nimm mich auf! Was hätte ich zu bereuen? Daß ich eine Frau bin? Was kann ich dafür? Die Trauer schmerzt so sehr, die Sehnsucht und das Verlangen nach ihm, der für immer fort ist. Nichts aber kann mich dazu bringen zu bereuen. Ich kann nicht zurück. Was geschehen ist, kann man nicht ungeschehen machen.

Hannas Mutter: Stur bist du immer gewesen. Du mußtest unbedingt nach Amerika, und wenn die Steine geweint hätten. Unter keinen Umständen wolltest du auf jemanden hören, der älter und klüger ist als du.

Hanna: Erinnert Ihr Euch nicht, was Ihr zu mir gesagt habt? Ihr habt gesagt: Ich will nichts damit zu tun haben. Jeder muß für sich sorgen. Du mußt selbst entscheiden. Das habt Ihr gesagt, das weiß ich, gut weiß ich das noch. Ich war noch keine zwölf, da war ich schon in Stellung. Noch nicht einmal in die Sonntagsschule durfte ich gehen, obwohl ich es wollte und die Lehrerin sagte, ich hätte den Kopf dafür. Ich wollte in der Welt vorankommen. Darum bin ich gegangen.

Hannas Mutter: Ach, was für ein Hochmut! Der stammt von deinem Vater. Aber man kann nicht vor Gott stehen und groß sein, soviel ist sicher.

Hanna (seufzt): Ihr habt Euch wirklich nicht verändert. Ihr habt nichts vergessen, habt nichts verziehen, habt nichts gelernt.

Hannas Mutter: Ein langes Leben hat mich gelehrt, was ich wissen muß. Glaub nur nicht, ich hätte es immer leicht gehabt, während du weg warst.

Hanna (scharf): Euer tägliches Brot scheint Ihr zu haben. Und Butter aufs Brot auch.

Hannas Mutter: Gott ernährt alle, wenn auch knapp. Ein wenig bekomme ich von denen, die mit ihren Gebresten zu mir kommen. Und Smeds läßt mich hier wohnen, ohne daß ich zu bezahlen brauche. Aber im Überfluß lebe ich wirklich nicht.

Hanna: Ich bin keineswegs gekommen, um Euch zur Last zu fallen. Ich habe gelernt, allein zurecht zu kommen, und ich habe Pläne.

Hannas Mutter (schnaubt höhnisch): Pläne? Was für Pläne kann eine Göre wie du schon haben?

Hanna: Ich bin eine erwachsene Frau und habe ein wenig von der Welt gesehen. Amerika ist eine harte Schule. Wer dort nicht stark ist, geht unweigerlich unter. *(Sie beißt sich auf die Lippe.)* Eines will ich wissen: Warum habt Ihr nicht auf meine Briefe geantwortet?

Von draußen hörte man ein Kind weinen.

Zunächst reagierte Hanna nicht, als müsse das Weinen sich erst durch ihre Gedanken fressen, so wie eine Flamme ein Loch in dickes Papier brennt. Dann aber sprang sie auf und fand Ida in gefährlicher Nähe des Brunnens, bewacht nur vom Hahn, der auf dem Schwengel Posten bezogen hatte.

»Wo ist denn Otto?« fragte Hanna, nachdem sie die ärgsten Tränen des Kindes gestillt hatte.

Schluchzend zeigte Ida in Richtung des Schuppens. Zornig rief Hanna nach Otto. Keine Antwort. Sie suchte nach ihm, er war nirgends zu sehen. Hanna wurde unruhig. Mit festen Schritten ging sie ins Haus und vertraute das Mädchen ihrer Mutter an. Sie duldete keinen Widerspruch.

»Ihr seht jetzt eine Weile nach der Kleinen. Ich muß den Jungen suchen.«

Hanna war schon auf dem Weg nach draußen, als ihre Mutter sagte: »Du mußt hinunter nach Stranden. Dort ist er.«

Hanna blieb auf der Schwelle stehen. »Was sagt Ihr da!«

»Der Junge ist auf dem Wasser, auf den Baumstämmen«, sagte Hannas Mutter.

Glauben ist in mancher Hinsicht mehr als Wissen, denn wer glaubt, geht ein weit größeres Risiko ein als jemand, der sich nur auf das Wissen verläßt. Hanna biß sich auf die Lippe, wollte etwas sagen, zögerte. Ida begann wieder zu weinen.

Hanna sah ihrer Mutter in die Augen, der Blick der Alten war klar und scharf und ging in die Ferne.

Mit flatternden Röcken rannte Hanna nach draußen.

Hannas Mutter blieb sitzen, hielt Ida auf dem Arm. Der kleine Körper spannte und wehrte sich unter Tränen. Hannas Mutter sah ernst in das rotgeweinte Gesicht ihrer Enkelin.

Auf Streicheln und Liebkosungen verstand sich die Alte nicht, Zärtlichkeit hatte sie in ihrem ganzen Leben nur in begrenztem Umfang erfahren, und was man niemals bekommen hat, kann man auch nicht weitergeben. Kindergeschrei läßt sich auch auf andere Art stillen. Sie schnitt ein Stück Zucker ab, goß ein paar Tropfen Branntwein darauf und steckte Ida das Zuckerstück in den Mund.

Ida hörte auf zu weinen, sie saß jetzt auf dem Fußboden und lutschte am Zucker.

Wie Hanna, dachte die Alte.

Sie begann Ida ein Lied vorzusingen. Mit tabakrauher Stimme sang sie ein finsteres Lied von den vier Männern, die ertrunken sind, als sie draußen waren zum Fischen:

»Des Frommen Seele lebt bei Gott
Der sie aus aller ihrer Not
Aus aller ihrer Missetat
Durch seinen Sohn erlöset hat.«

Kapitel Drei

In Gloppet, dem engen Mund, den die Blaxnäsförde fast widerwillig zum Meer hin öffnete, lag die »Campania«.

Das Dampfschiff schien über der Wasseroberfläche zu schweben, weiß glänzten seine Aufbauten im Sonnenlicht, schwarzer Rauch quoll aus seinem Schornstein.

Otto stand am Ufer neben der Dampfsäge, stand Otto. Seine Verzweiflung brannte in ihm wie ein Klumpen aus noch ungeweinten Tränen. Er war gefangen in seiner Kleinheit, Opfer des Fluchs, der über der Kindheit liegt und den man als Machtlosigkeit bezeichnet.

Sein Kopf füllte sich mit einem scharfen, rotierenden Heulen, das in unregelmäßigen Rhythmen stieg und fiel und das in seinem Inneren und zugleich um ihn herum war, harte, unangenehme Töne, die weh taten. Er hielt sich die Ohren zu und schloß die Augen. Die vielbeinigen Ameisen der Hast krabbelten seine Beine hinauf.

Das Meer habe ich gefunden, dachte er, und das Schiff, das mich über das Meer bringen wird, auch. Große Dampfschiffe haben ihre Heimat draußen auf den Meeren. Sie fahren über riesige Wasserflächen und haben es eilig. Im Hafen fühlen sie sich nicht wohl und müssen mit Seilen und Ankern festgemacht werden, damit sie nicht weiterziehen. Eine so riesige Maschine würde doch keine Zeit verschwenden und auf einen Jungen warten, der niemals kommt? Aber wie soll ich dort hinauskommen?

Da sah er die Baumstämme.

In der Flußmündung breitete sich ein riesiges Floß aus. Die Stämme lagen so dicht nebeneinander wie die Flickenteppiche in der Hütte dieser scharfäugigen, strengen Frau.

Für Otto schienen sich die Teppiche bis hinaus zur »Campania« zu erstrecken.

Erleichtert seufzte er auf: Er hatte einen Weg gefunden, der Fluch der Kindheit war gebrochen. Dennoch zögerte er. Auf dem Wasser zu gehen ist trotz allem keine leichte Sache, es setzt einen starken Glauben voraus. Jetzt meinte er ein Flüstern zu hören, die Stimme sprach englisch und hörte sich so an, wie einmal die Stimme seines Vaters geklungen hatte. »Beeil dich!« mahnte die Stimme.

Schon befand er sich bis zur Hüfte im Wasser. Die Kälte zwickte ihn, Tränen stiegen ihm in die Augen.

Die Stämme des Floßes wurden durch starke Rundhölzer festgehalten, eine weitere Sperre verlief bogenförmig quer über die Flußmündung und war mit Brettern versehen, auf denen man wie auf einer Brücke gehen konnte. Otto schwang sich auf den Brettersteg, der über das schwarze Wasser führte. Vom Ufer aus hatte der Steg einen stabileren Eindruck gemacht, als es nun tatsächlich der Fall war, und es schien, als lache er leise, häßlich und lüstern in sich hinein.

Der Junge lief auf die Sperre zu. »Beeil dich, mein Sohn!« mahnte die Stimme erneut. Otto stolperte, wäre beinahe gestürzt, hielt sich aber doch auf den Füßen.

Und als seien diese Füße nicht mehr seine eigenen, bewegten sie sich gleichsam wie von selbst und trugen ihn über den Sperriegel zum Floß. Auf einmal stand er auf einem der runden, schlüpfrigen, schwarzglänzenden Baumstämme, die gegeneinanderstießen, knarrten und knirschten. Möwen kreischen. An den Stellen, wo die Rinde abgeschabt war, war das Holz leuchtendgelb.

Otto schwankte, tanzte mit kleinen Schritten, um den Halt nicht zu verlieren.

Ich falle!

Er stieg mit einen Fuß auf einen anderen Baumstamm. Der Stamm rutschte weg. Mit gegrätschten Beinen stand Otto über dem schwarzen Wasser. Sein Mund öffnete sich zu einem stummen Schrei. Dann stellte er sich mit beiden Füßen auf den Stamm, der anfing, nach vorn zu rollen. Otto trat auf einen weiteren Stamm, der ebenfalls zu rollen begann. Die Stämme drehten sich gegeneinander wie die

Walzen einer Mangel. Der Junge fuchtelte mit den Armen, machte Tanzschritte, sein Herz klopfte, vor seinen Augen bewegten sich Blitze. Die Stämme rieben sich knirschend aneinander.

Ich falle!

Aber er fiel nicht.

Wie ein alter Flößer-Veteran blieb Otto aufrecht auf den Stämmen stehen. Er hüpfte von Stamm zu Stamm, während ihn sein Schutzengel am Kragen festhielt.

Mit sicherem Instinkt und leichten Schritten trugen ihn seine Füße immer weiter hinaus.

Um auf dem Wasser zu gehen, braucht man nicht nur einen starken Glauben, man muß auch schnell sein.

Ein Flößer, ein großgewachsener Stämmeschieber aus dem Inland, der bis zur Hüfte im Wasser stand und Stämme in einen Sortier-Pferch leitete, bemerkte den Jungen.

»Hei! Mitä sa siella teet? Tuu' heti pois!«

Der Flößer schleuderte sein heiseres Gebrüll über die Wasseroberfläche wie einen schweren, flachen Kieselstein, schnell und kräftig fuhr seine Stimme über die Blaxnäsförde; das Echo wurde ans Ufer geworfen, es schien, als riefen nun auch die Granitklippen und die Kiefernstämme nach dem Jungen.

Doch Otto setzte seinen wunderbaren Tanz von Baumstamm zu Baumstamm fort, den Blick auf das lockende Ziel draußen in Gloppet geheftet.

Der Flößer ließ seinen Baumhaken fallen, schwang sich auf den nächsten Sperriegel und lief über das schwankende Holz.

Sein Rufen hatte am Ufer Aufmerksamkeit hervorgerufen. Die Männer, die die Stämme auf das Transportband der Säge wuchteten, hielten in ihrer Arbeit inne, andere, die das Holzfloß in der Förde auflösten, erhoben sich in ihrem Boot und spähten hinüber zum Ufer, Möwen stiegen in die Luft, erregt kreischend wie Zuschauer bei einer Sportveranstaltung.

In diesem Augenblick erreichte Hanna das Ufer.

Oben in Forsby war sie auf Johannes Smeds getroffen, der sich auf dem Nachhauseweg befand, hatte seinen Wagen gekapert und dem völlig verblüfften Landtagsabgeordneten befohlen, unverzüglich nach Stranden zu fahren.

Ihren Hut hatte Hanna verloren, ihre Frisur befand sich in Auflösung. Voller Angst blickte sie immer wieder um sich.

Sie sprang von dem Wagen und rannte hinunter zum Schiffsanlegeplatz. Weit draußen auf dem Wasser entdeckte sie ihren Sohn.

Hanna wäre beinahe ohnmächtig geworden, Johannes Smeds mußte sie stützen, als sie zu schwanken begann. Dann versuchte sie, sich ins Wasser zu stürzen, doch Smeds hielt sie zurück.

»Otto!« rief sie.

Das Wasser trug ihre Stimme weit besser als eben noch die des Flößers, und ihr Ruf erreichte Otto.

Mitten in einem seiner übermütigen Tanzschritte wurden seine Füße wieder ein Teil von ihm. Er wurde langsamer, blieb auf einem sich sacht drehenden Stamm stehen, spürte dessen Bewegung unter den Fußsohlen und begann heftig mit den Armen zu rudern. Er wird nicht nach Amerika kommen. Mit schmerzlicher Deutlichkeit erkannte er, daß das Schiff draußen in Gloppet nicht die »Campania« war, sondern ein ganz normaler Dampfer, ziemlich klein und schmutzig. Otto hatte sich täuschen lassen.

In diesem Augenblick empfand er die abgrundtiefe Leere, die sich öffnet, wenn der Glaube verlorengeht.

Fast rutschte er von dem Baumstamm herunter, dachte: Was spielt das noch für eine Rolle?

Wie in einem Traum war unter ihm alles leer. Nein, es war eisig kalt und schwarz, und es füllte seinen Mund. Sein Vater lachte ihn aus. Es war kein gutes Lachen. Plötzlich hatte er große Angst.

Luft, Himmel. Dicht neben seinem Kopf drehte sich ein Stamm, brausend weiß und schwer. Der Mund war voller Wasser, brannte in der Nase, im Hals.

Das Brausen wurde dunkler, dumpfer.

Ein heftiger Ruck, und der Junge zappelte in den groben Händen des Flößers.

Otto hing zwischen Himmel und Erde und wußte nicht, ob er tot war oder lebendig. Er begann vor Kälte heftig zu zittern, wurde hinübergereicht in ein Ruderboot und an Land gebracht.

Er wurde auf den Dampfschiffanleger gehoben. Dort stand Hanna, rote Flecken leuchteten auf ihrem Gesicht, ihre Augen waren blank wie frischgeputzte Teelöffel, sie packte ihn und umklammerte ihn hart.

»Ach, Otto, warum bist du hierhergelaufen? Du hättest ertrinken können, begreifst du das nicht?«

Was sollte ein nasser, zu Tode erschrockener kleiner Junge antworten? Daß man ihn angeschwindelt hatte? Daß er an nichts mehr glaubte?

Otto schwieg. Wie sehr die Umstehenden auch auf ihn einredeten, sie bekamen keinen Ton aus ihm heraus. Seine Augen aber waren schwarz, und der Schmerz, der tief in seinem Blick lag, war zuviel für sie, und sie wandten sich von ihm ab.

Kapitel Vier

Von diesem Tage an weigerte sich Otto zu sprechen.

Die Stummheit ergriff seine Augen, die kleinen Waldseen im Herbst glichen. Wie sehr man auch ins Wasser sieht, man kann unter der Oberfläche nichts erkennen und hat das Gefühl von Kälte und herannahender Vereisung.

Otto trieb tief in seinem Schweigen. Weder mit Versprechungen noch mit Drohungen konnte man ihn dazu bewegen, seinen Mund zu öffnen.

Ansonsten war er lieb und fügsam. Er tat, was man von ihm verlangte, und versuchte nicht wieder auszureißen. Er schien auch alles zu verstehen, was man zu ihm sagte. Wollte er selbst etwas, so deutete oder gestikulierte er so lange, bis jemand begriff, was er meinte. Es dauerte nicht lange, und er hatte eine primitive, aber brauchbare Zeichensprache entwickelt.

Am liebsten wollte er für sich bleiben. Dann zog er die Mundharmonika aus der Hosentasche. Noch immer aber spielte er nicht auf ihr, sondern drehte und wendete sie nur zwischen den Fingern, als versuchte er, das Licht über der Ebene im glänzenden Blech der Mundharmonika einzufangen und dort für immer festzuhalten.

Oder er stand da und sah lange auf die Ebene, mit der gleichen Geduld, mit der er auf der »Campania« aufs Meer gesehen hatte. Die Ebene war entfernt verwandt mit dem Meer: Sie glich einer weiten Fläche, und die Schuppen und Hütten waren Boote, die in ihrem lehmigen Grund aufgelaufen und gekentert waren.

»Laß den Jungen in Ruhe«, sagte Hannas Mutter. »Der redet schon wieder, wenn er was zu sagen hat.«

Hanna aber fand sich nicht damit ab. Zu guter Letzt brachte sie Otto zu Doktor Norrmén, dem Gemeindearzt.

Der klopfte dem Jungen auf den Rücken, hörte die Brust mit einem Stethoskop ab, zwickte ihn in den Bauch, prüfte Rachen, Augen, Ohren, alles mit großer Sorgfalt, während Otto schwieg und vor Angst zitterte. Dann stellte Norrmén die Diagnose: »Schwindsucht oder andere tuberkulare Krankheiten konnten bei dem Patienten nicht festgestellt werden. Ebensowenig liegen Anzeichen für Rachitis, Anämie oder für einen Bandwurmbefall vor. Der Patient wurde gewogen und gemessen und als normal entwickelt befunden. Seh- und Hörvermögen sind völlig normal, ebenso die Reflexe, weshalb eine Verletzung oder eine Krankheit der Nerven auszuschließen ist.«

Hier legte der Arzt eine bedeutungsschwere Pause ein, zwirbelte seinen Schnurrbart und spitzte die Lippen, als erwartete er einen Kuß. »Leider müssen wir konstatieren, daß der Junge unter einem mentalen Defekt leidet, und dies vermutlich von Geburt an. Das erklärt sein Unvermögen zu sprechen.«

»Mein Otto ist doch kein Idiot!« zischte Hanna aufbrausend.

In ihrer Erregung wurde Hanna laut und schrill, während ihre Augen Funken sprühten. Mit vor Wut und Scham gerötetem Gesicht stürmte sie mit ihrem Sohn durch das Wartezimmer des Arztes, wo ein halbes Dutzend Einwohner von Siklax ihr verblüfft nachgafften und für eine Weile ihre eigenen Plagen und Krankheiten vergaß.

In Siklax aber verbreitete sich rasch, Rödskär-Hanna habe ein Kind aus Amerika mitgebracht, das ein Idiot war: Da konnte man sehen, wohin der Hochmut und diese Amerika-Fahrerei führten! Und als sei Otto ein Brief auf der Poststation von Siklax, wurde er als schwachsinnig abgestempelt. Der Idiotenstempel war das Willkommensgeschenk von Siklax an ihn. Anfangs sollte er sich nicht entfernen lassen.

Auch Hanna erhielt von den Leuten aus Siklax ein Willkommensgeschenk, sie gaben ihr einen Spitznamen: Dollar-Hanna.

Das war wirklich ein passender Name, er blieb an ihr haften wie eine Klette am Rocksaum und sollte sie das Leben hindurch begleiten.

Ihren Spitznamen bekam sie sozusagen als Draufgabe zum Kauf von Stopelalixas Koppel, einem steinigen Landstück in Forsby, dem Kirchdorf von Siklax, dessen Grasbewuchs so mager und dünn war, daß es noch nicht einmal als Schafweide taugte. Der einzige Wert der Parzelle erklärte sich aus seiner Lage an der Kreuzung der sogenannten Torneå-Straße mit der Straße, die hinunterführte nach Blaxnäs und Stranden. Mit anderen Worten: Das Grundstück lag in der Mitte des Kirchspiels Siklax. Daß vor Hanna niemand die Möglichkeiten einer solchen geographischen Lage erkannt hatte, erscheint rätselhaft.

Verkäufer war Voldemar Bäckman, der sich gern als Herr Disponent ansprechen ließ. Ende der achtziger Jahre hatte er mit dem Verkauf von Feuerholz nach Åland begonnen und exportierte später Latten, Sparren und Birkenspaken nach England und Deutschland. Im vorangegangenen Jahr hatte er vierzehntausend englische Kubikklafter exportiert, hauptsächlich Grubenhölzer für die britischen Kohlengruben. Bäckman war Gründer und Hauptanteilseigner der »Dampfsägegesellschaft Blaxnäs«, besaß Anteile an einem Dampfschiff und verfügte über Landbesitz, darunter auch das Landstück, das als Stopelalixas Koppel bezeichnet wurde. Er residierte auf Holmas: vierzehn Zimmer inklusive Seitenflügel und einem kleinen Park am See, einem richtigen Herrenhof so ähnlich, wie dies im Kirchspiel Siklax nur eben möglich war.

Hanna ließ sich auf Holmas anmelden.

Bekleidet mit moosgrünem Rock und einer dazu passenden, hüftlangen Jacke, auf dem Kopf den mit einem Dickicht aus Stoffblumen geschmückten Mühlradhut, auf der Brust eine Kameebrosche, betrat Hanna das holzverkleidete, dunkle Arbeitszimmer des Disponenten, über dem ein trockenes Aroma von Wertpapieren und kalten Havanna-Zigarren lag.

Disponent Bäckman war ein wenig verwirrt. Er zählte sich zu den Männern von Welt, verfügte über eine gewisse Erfahrung. Damen machte man seine Aufwartung, wenn möglich hatte man mit ihnen »Aventüren«, Grundstücksgeschäfte mit Frauen waren hingegen etwas Unbekanntes.

Indes faßte sich der Disponent wieder und bat Hanna, Platz zu nehmen, wobei er sich beeilte, sich zu erkundigen, ob er etwas anbieten dürfe: Kaffee oder ein Glas Likör?

Hanna lehnte ab, saß ganz vorn auf der Stuhlkante und sah dem Disponenten mit entschlossenem Blick in die Augen. In sachlichem Ton trug sie ihr Anliegen vor: Welchen Preis verlange der Herr Disponent für Stopelalixas Koppel?

»Oh! Stopelalixas Koppel! Und wie will die gnädige Frau das Land nutzen, wenn die Frage gestattet ist?«

»Ich will einen Hof bauen.«

»Aha, ach so, ja«, sagte der Disponent.

Es fiel ihm zunehmend schwerer, sich zu konzentrieren. Erinnerungen an gewisse Begegnungen mit jungen Damen anläßlich seiner Geschäftsreisen nach London stellten sich ein, ohne daß er es verhindern konnte, und ihm wurde ein wenig warm, denn auch diese Damen hatten Mühlradhüte und taillenbetonte Kostümjacken getragen.

Er glaubte, etwas Spöttisches in Hannas meergrauen Augen zu erkennen, die nach wie vor auf ihm ruhten, und so alt er auch war, ums Haar wäre er errötet.

»Nun, welchen Preis würde der Herr Disponent Bäckman also verlangen?«

»Ja, hm, nun ja...«, stammelte er und quetschte schließlich die erstbeste Summe heraus, die ihm in den Sinn kam.

»Das ist viel zuviel!« sagte Hanna bestimmt.

Bäckman war es kaum mehr möglich, in Hannas klare Augen zu sehen, und senkte den Blick. Nun ruhte er auf ihrem Busen, der auf interessante Weise unter ihrer Kostümjacke in Bewegung kam, wenn sie einatmete, woraus folgte, daß Stopelalixas Koppel ein wenig billiger wurde. Hastig senkte der Herr Disponent den Blick wieder, und der Preis ging mit. Bäckman starrte nun auf Hannas Oberschenkel, deren Rundungen sich unter dem Rock ahnen ließen, und in seinem Kopf tanzten Erinnerungen an die englische Hauptstadt Walzer, er geriet ins Schwitzen, der gestärkte Kragen am Hals wurde ihm zu eng. Disponent Voldemar Bäckman kapitulierte.

»Was wäre die gnädige Frau denn bereit zu bezahlen?« fragte er und bemühte sich, seiner Stimme Festigkeit zu verleihen, während er mittlerweile die Balken an der Zimmerdecke fixierte.

Hanna bekam Stopelalixas Koppel zu einem äußerst vorteilhaften Preis. Im letzten Augenblick unternahm der Disponent noch den Versuch, seine stark ramponierte Ehre als Geschäftsmann zu retten, indem er eine üppig bemessene Anzahlung forderte.

Hanna zog aus ihrer kleinen Handtasche eine Rolle aus grünen Geldscheinen, geschmückt mit den ehrfurchtgebietenden Konterfeis der Präsidenten George Washington, John Adams und Abraham Lincoln und Devisen wie »In God We Trust« und »Pluribus et Omnium«. Mit einem Ernst, der den Disponenten um ein Haar zerschmettert hätte, fragte sie: »Mit Dollar bezahlen, das geht doch, oder?«

Kapitel Fünf

Mit dem Baubeginn vergeudete Hanna keine Zeit.

In Siklax hatten wir schon viele tüchtige Frauen, und nie war in Frage gestellt worden, daß Frauen Männerarbeit machen können, falls es nötig sein sollte. Dollar-Hanna aber holte den ersten Preis in Unternehmungsgeist und Mannhaftigkeit, hieß es, während der Bau auf Stopelalixas Koppel Stamm um Stamm wuchs.

Hanna hatte das beste Zimmerholz gewählt: Rotkiefer, auf den Kiefernwaldheiden im Inland gewachsen und um Mittwinter geschlagen, wenn die Bäume ruhten, wodurch dem Risiko der Fäule gewehrt wurde. Als Zimmermänner nahm sie Riback-Hindrik und seine beiden Söhne, über Material und Preis verhandelte sie selbst und ließ sich dabei nicht übers Ohr hauen. Hanna beteiligte sich selbst an der Zimmerarbeit, vom Aufbringen der Unterlage auf die Sockelsteine bis zum Anpassen des Korpus. Die Arbeit ging rasch voran, wurde aber dennoch ordentlich verrichtet: Das Lotbrett wurde fleißig benutzt, die Striche mit dem Zimmermannsbleistift sorgfältig gezogen, der Spielraum für Dymlinge und Schwerter genau berechnet. Ruhig und bestimmt sagte sie den Männern, was getan werden sollte, bemerkte sie aber, daß das Wissen der Männer über das ihre hinausging, schwieg sie und hörte zu.

Als der Bau so weit fortgeschritten war, daß der Hof »in timbär« stand, wie man in Siklax sagte, lud sie zum üblichen Richt-Schnaps und nahm auch selbst einen. Sie verzog das Gesicht, Tränen traten ihr in die Augen, aber sie trank das Glas aus und lachte, und die Männer lachten mit ihr, als sie zwischen Schindeln und Barke standen und ihr Werk betrachteten.

Und es für gut befanden.

Die Balken leuchteten rotblond in der Spätsommersonne, die Spalten waren sorgfältig mit Moos abgedichtet. Die Eckpunkte standen exakt in vertikalen Reihen, die Fensteröffnungen befanden sich dort, wo sie sich zu befinden hatten. Es würde ein guter Hof werden.

Zusammen mit Riback-Hindrik und seinen beiden Söhnen, Jossfolks-Hindrik, ihrem Nachbarn, Grosjohan-Erik und denen, die an dem Tag, als der Richt-Schnaps getrunken wurde, sonst noch zur Stelle waren, stand Hanna da, und sie unterhielten sich über die Baukunst, über Amerika und vieles andere und lachten oft. Dank der Schnäpse tanzten die Worte vergnügt und munter vom einen zum anderen. Und sie bestätigten sich gegenseitig, der Bau auf Stopelalixas Koppel sei wirklich rasch vorangegangen.

»Ja, wir machen's wie in Amerika! Wenn die dort etwas machen, dann machen sie's schnell!« sagte Hanna glücklich und ein wenig benommen, in schweißfleckiger Bluse, mit rotem Gesicht, eine Locke klebte auf ihrer feuchten Stirn.

Siklax hörte zu und schaute.

Und spuckte aus.

Und schob die Schirmmütze in den Nacken, um sich an der Stirn kratzen zu können.

Und griff sich ans stopplige Kinn, räusperte sich und äußerte nachdenklich: »Na gut. Hm. Wir werden schon sehen, was das gibt. Bestimmt, ja.«

Mitte November 1905 konnte man im »Vasabladet«, neben Nachrichten über die Nachwirkungen des Generalstreiks und das November-Manifest des Zaren, unter der Rubrik »Meldungen aus den Bezirken« folgende Notiz finden:

»Kraft Genehmigung des Regierungspräsidenten des Regierungsbezirks Vasa, erteilt am 14. d. M. in Nikolajstad, hat die kürzlich aus Amerika in die Heimat zurückgekehrte Witwe Hanna Näs nach Erfüllung der im Wirtschaftsgesetz von 1868 festgelegten Voraussetzungen für Gemischtwarenläden, d.h. Nachweis ihrer Lese- und Schreibfertigkeit und von Kenntnissen in der einfachen Buchführung, nunmehr in

Siklax Forsby in einem zu diesem Zweck eigens errichteten Gebäude auf der sog. Stopelalixas-Koppel einen Laden eröffnet. Feilgeboten werden diverse Viktualien wie Kaffee, Tabak, Kolonialwaren, außerdem Porzellan und Glas, Eisenwaren, darunter Werkzeuge und Petroleumlampen. Frau Näs wurde vom Regierungspräsidenten zudem die Genehmigung zum Verkauf von Waffenartikeln sowie von Sprengmitteln der Klasse II erteilt... Da der neue Laden eine äußerst günstige Lage im Zentrum des Kirchspiels Siklax hat und außerordentlich gut sortiert zu sein scheint, dürfte er sich in der Konkurrenz bewähren. Wir wünschen der rührigen Inhaberin für ihr Unternehmen alles Gute.«

Noch ehe es an dem Tag, an dem Hanna ihren Laden eröffnete, hell wurde, ließen es sich die Neugierigeren nicht nehmen, unter einem Vorwand zu Stopelalixas Koppel zu kommen. Nach und nach wurde der Verkehr dichter. Die Kreuzung Torneå-Straße mit der Straße nach Blaxnäs und weiter nach Stranden schien sich für eine Rauchpause geradezu anzubieten. Man hielt das Pferd an und gesellte sich zu denen, die bereits auf die gleiche Idee gekommen waren. Den einen Stiefel auf die Ladefläche gestellt, die Ledermütze in den Nacken geschoben, zog man an der Stummelpfeife, spuckte nachdenklich aus und räsonierte über den Gang der Welt.

Von dem prächtigen neuen Gemischtwarenladen nahm niemand Notiz.

In der Tat gab es in diesen Tagen einiges, über das man sich austauschen konnte: die Revolution in Rußland, der Generalstreik hier zu Hause und das erst kürzlich erlassene November-Manifest Zar Nikolajs, das die Russifizierungspolitik beendete, die Bürgerrechte wiederherstellte und für das Großfürstentum Finnland eine Parlamentsreform anordnete, die die Abschaffung des Ständelandtags und die Einführung des allgemeinen Wahlrechts vorsah.

Womöglich ging man sonnigeren Zeiten entgegen?

»Nun ja, man weiß natürlich nie, wie es kommt. Der Thron des Zaren wackelt. Daß Nikolaj Reformen zustimmt, zeigt, wie schwach er ist. In Rußland gibt es Aufruhr, die Revolutionäre sind stark, und hier klappt es mit der Zusammenarbeit zwischen den Konstitutionellen und den Sozialisten auch nicht so recht, man wird schon sehen...«, sagte Lehrer Johansson, der neben der Erfüllung seiner Pflichten als Pädagoge auch noch als Zeitungskorrespondent und Fotograf tätig war; mit Veloziped und Kamera hatte er sich an der Straßenkreuzung eingefunden und wartete jetzt ungeduldig auf für eine fotografische Aufnahme geeignetes Licht. »Letztlich aber können wir uns bei den Japanern für das Novembermanifest bedanken, soviel ist jedenfalls sicher!«

Ja, damit konnte Lehrer Johansson schon recht haben. Im Februar des Vorjahres hatten die Japaner ohne jede Kriegserklärung Port Arthur angegriffen und die russischen Panzerschiffe in den Grund gebohrt, waren dann durch Korea marschiert und hatten bei Lioyang die Armee General Kuropatkins geschlagen. Da befahl der Zar seiner mächtigen Ostseeflotte in den Pazifik zu fahren, aber Admiral Togo hatte im Sund von Tsushima auf der Lauer gelegen, überrumpelte und zerschoß die Ostseeflotte und nahm Admiral Roschdestwenski gefangen. Und in Rußland brachen nach dem »Blutsonntag« von Sankt Petersburg, bei dem mehr als tausend Menschen ihr Leben verloren haben sollen, Krawalle und Unruhen aus; in Moskau hatten die Revolutionäre unter der Führung eines gewissen Leib Bronstein, der sich manchmal Trotzki nannte, Sowjets organisiert...

Im abgelegenen Großfürstentum Finnland hatten die überraschenden Mißerfolge der Russen im japanischen Krieg jedoch schon im Vorjahr zu gewissen Erleichterungen geführt. Nach dem Tod Generalgouverneur Bobrikovs wurde der Vollzug des Wehrpflichtgesetzes aufgeschoben, und einige der Verbannten durften wieder nach Hause zurückkehren. Daß die unheilvolle Zeit wirklich vorüber war, wagte man indessen nicht zu glauben, und es war fraglich, ob man auf die Zukunft hoffen durfte. Auch wir hier in Siklax waren berührt, auch wir sollten Russen werden, wenn Bobrikov seinen Willen durchgesetzt hätte.

Als im Frühjahr 1902 das erste ungesetzliche Wehrpflichtigenaufgebot durchgeführt werden sollte, erschien nicht einer der einberufenen jungen Männer; der Gemeinderat hatte keine Aufgebotsbeauftragten gewählt, und Pfarrer Roschier hatte die Verlesung der Wehrpflichtigenbekanntmachung verweigert. Als dann Kaplan Rosenius das am darauffolgenden Sonntag hinter sich bringen sollte, erhob sich die ganze Gemeinde wie ein Mann und stimmte »Ein feste Burg ist unser Gott« an. In seiner Eigenschaft als Vorsitzender des Gemeinderats wurde Johannes Smeds von der Polizei verhört und wegen seiner Obstruktion mit einer Geldbuße bestraft, Roschier wurde die Suspendierung angedroht. Die russische Geheimpolizei Ochrana hatte herumgeschnüffelt, denn auch im abgelegenen Siklax las man eifrig das »Fria ord« und die »Veckans nyheter«. Doch nicht nur verbotene Drucksachen waren in Umlauf, mindestens eine Ladung Waffen war im Herbst auf Rödskär eingetroffen und ein Schützenverein gegründet worden. Das Interesse der Ochrana war also verständlich. Am besten geht man auf solche Einzelheiten gar nicht ein, wenn so viele zuhören, man kann schließlich nie wissen...

Nun aber hat Lehrer Johansson seine Kamera vor dem Gemischtwarenladen aufgebaut; daß in Siklax ein neuer Laden eröffnet wurde, war ein wichtiger Augenblick für die Gegend, ein Augenblick, der festgehalten werden mußte für die Ewigkeit. Lehrer Johansson war vom Gedanken an die Ewigkeit besessen, er träumte davon, den unerschütterlichen Gang der Zeit mit Hilfe von Glas und Silbernitrat aufhalten zu können.

»Nun, das mag sein, wie es will«, brummt der Lehrer. »Aber Sie stehen mir im Weg, Herr Erzähler. Trollen Sie sich, damit ich in Ruhe fotografieren kann!«

Und der allwissende Erzähler kommt dieser Aufforderung eilig nach.

Vor Hannas Gemischtwarenladen wartet man unter zunehmender Spannung.

Der erste Schnee ist bereits da. Der Tag, der gerade anbricht, wird sehr schön werden – einer der seltenen sonnigen Vorwintertage, rein und kalt wie Quellwasser, wenn die niedrig stehende Sonne scharf, aber ohne Wärme auf die Ebene und die Bäume scheint, wenn Zäune und Ställe lange, schiefe Schatten werfen und die Farben fast unwirklich klar sind. Ein eisblauer Himmel, blendendweißer Schnee, schwarzgrüner Wald, silbergraue Ställe und Hütten, sogar der Lehm der Ackerfurchen, die durch die dünne Schneedecke brechen, glänzt sanft wie schwarzer Samt. Die Luft glitzert, Myriaden millimetergroßer, schwebender Eiskristalle fangen das Licht der Sonne ein.

Zu Ehren des Einweihungstages wurden dicke Girlanden aus Tannenreisig, das Otto und Hannas Mutter im Wald gesammelt hatten, an Türen und Fenstern des Ladens angebracht. Die Treppe ist mit Preiselbeerkraut geschmückt, vor der Tür liegt ein Armvoll frisch geschnittener Tannenzweige zum Abtreten der Füße. Ein längliches Schild an der Wand trägt in weißen Buchstaben den Namen der Inhaberin; auf einem wimpelförmigen Blechschild neben der Tür kann man das Wort *Pulver* lesen. Aus einem Fenster grinst der schwarze Lakritzneger der Konfektfabrik Fazer die Menschenmenge auf dem Hof an.

Leben und Bewegung. Zu den Männern haben sich Frauen gesellt, die in kleinen Gruppen zusammenstehen und sich unterhalten, während die Strickstrümpfe in ihren Händen von selbst weiterwachsen. Zwischen Bauernwagen und Karren spielen Kinder, Pferde schnauben und schlagen mit den Schwänzen, Männer spucken Tabaksaft auf den Boden, Lehrer Johansson stellt die Kamera ein.

Man wartet.

Man wartet auf ein Zeichen.

Da kommt auf der Torneå-Straße ein gut gepflegter, kräftiger Hengst angetrabt, er zieht einen gefederten Wagen mit elegant abgerundeten Seiten und einem schön verzierten Rückteil. An der Kreuzung hält der Kutscher an und betrachtet mit gespieltem Erstaunen die Versammlung.

Dann fährt er an den Straßenrand, steigt ab und legt dem Pferd die Zügel um die Vorderbeine. Er geht auf die Menschenansammlung zu und grüßt. Es ist ein recht kleiner Mann. Er trägt eine dicke Lodenjacke, eine Schirmmütze und prachtvolle Lederstiefel, die bei jedem Schritt knarren. Sein Gesicht ist breit und massig, das Geflecht von in der Kälte geplatzten Äderchen, das die Wangen überzieht, und sein wiegender Gang verraten, daß er Bauer ist.

Der Blick seiner braunen Augen jedoch ist scharf und ein wenig kurzsichtig wie bei einem Büchermenschen, auf dem Nasenrücken erkennt man die Abdrücke einer Brille. Von der untersetzten, kompakten Gestalt geht Autorität aus, die Umgebung bekommt sofort den Eindruck, daß dies ein Mann ist, der vieles will und der seinen Willen niemals erschlaffen läßt. Wenn er aber einmal lächelt, ist es ein zurückhaltendes, mit einer Andeutung von Wehmut gewürztes Lächeln, ein Lächeln von der Art, wie man es in Sanatorien antrifft, nicht bei Patienten, die geheilt oder bald sterben werden, sondern bei jenen, denen es weder besser noch schlechter gehen wird, die lebenslang Gefangene ihrer Krankheit bleiben. Ihre Sehnsucht nach Freiheit haben sie noch, und wenn sie lächeln, leckt sie aus ihren Mundwinkeln.

Ein solches Lächeln hat Johannes Smeds: erfolgreicher Landwirt, Landtagsabgeordneter, Vorsitzender des Gemeinderats, Vorstandsmitglied der Volksschuldirektion und unbestrittener Häuptling der Bauern von Siklax.

Sein Urteil über Dollar-Hannas Gemischtwarenladen ist für dessen Zukunft entscheidend.

Zudem ist auch bekannt, daß Johannes Smeds einer der wichtigsten Förderer des kooperativen Gedankens in Südösterbotten ist, weshalb man meint, Grund zu der Frage zu haben, welche Haltung er gegenüber dieser Privatfirma einnehmen wird, die noch dazu von einer Frau betrieben wird!

Der Häuptling läßt sich Zeit, er macht eine Bemerkung über das Wetter, erkundigt sich nach Neuigkeiten. Ein neues Pferd wird fachmännisch besichtigt, er fragt nach dem

Preis und wo es erworben wurde. Er zieht den Handschuh aus und schneuzt sich laut. Johannes Smeds ist Bauer unter Bauern: Das ist Teil der Rolle, die er spielen muß.

Alle Gespräche auf dem Hof sind nun verstummt.

Er hat einen Jungen im Alter von acht, neun Jahren bei sich, seinen ältesten Sohn Erik, der dazu ausersehen ist, in die Fußstapfen des Vaters zu treten. Der Bauernhäuptling und sein Kronprinz prüfen das neue Pferd eingehend, die Öffentlichkeit wartet geduldig.

Schließlich räuspert sich Johannes Smeds, schiebt die Ledermütze zurück, dreht sich um und betrachtet den Gemischtwarenladen, als sehe er ihn zum erstenmal.

»Ach ja, ich brauche noch ein wenig Tabak.«

Mit dem Sohn im Schlepptau entert er die Treppe, tritt sich sorgfältig die Füße an den Tannenzweigen ab und betritt als erster Kunde den Laden von Hanna Näs.

Das Zeichen ist gegeben.

Kapitel Sechs

Als Dollar-Hanna sich als Gemischtwarenhändlerin niederließ, öffnete sich für ihren Sohn eine neue Welt. Im Laden gewann der Junge das zurück, was man ihm seiner Meinung nach für immer geraubt hatte, als er das Tal zwischen den Bergen verlassen mußte: Geborgenheit.

Zwischen den Waren mit ihren unterschiedlichen Gerüchen schien die Zeit gleichsam langsamer abzulaufen, die Tage zogen sich ins Unendliche. Man wartete, aber nicht in Ungeduld. In ungleichmäßigen Abständen klingelte die kleine Glocke im Türsturz, die alten Männer, die auf der Türbank saßen, verstummten, sahen auf und grüßten den Eintretenden, durch den Luftzug schlugen die Petroleumlampen, die an Schnüren unter der Decke hingen, mit einem dumpf glucksenden Geräusch gegeneinander. Der Kunde wurde bedient, ohne daß man sich übereilte oder hetzte. Man unterhielt sich, den ganzen Tag über waren Gespräche im Gang, nachdenkliche Unterhaltungen, die Pausen zwischen den Worten waren großzügig bemessen.

Für die Menschen, die sich in Dollar-Hannas Gemischtwarenladen unterhielten, waren Worte so wichtig, daß sie eingefaßt werden mußten mit dem Gold des Schweigens, damit sie zu ihrem vollen Recht kamen.

Einem Handelsunternehmen drohen allerlei Gefahren. Man kann es mit einem Schiff vergleichen, das unbekannte Gewässer befährt. Hilflos rollt das Schiff in den Wogen der Konjunktur, im Gegenwind der Konkurrenz muß es kreuzen, und wenn es richtig schlimm kommt, kann es in den Malstrom des Konkurses gerissen werden. Seine Besatzung muß vor Feuer, Seeräubern und Haien auf der Hut sein.

Otto war wie eine Schiffskatze, Schutz und Wachsamkeit machte er sich zur Aufgabe. Feuersbrünste im Warenlager mußten verhindert werden, Dieben und Zigeunern mußte man zuvorkommen. Er schlich umher, lauschte und witterte, bewegte sich so leise, daß diejenigen, die sich im Laden befanden, ihn schließlich nicht mehr bemerkten. Sie sprachen über ihre Angelegenheiten, ohne daran zu denken, daß der Junge zuhörte, und das, was er hörte, merkte er sich.

Otto hatte ein sonderbares Verhältnis zu den Waren, über die er wachte, sie gehörten ihnen, ohne ihnen gleichwohl zu gehören, wie Gäste, die auf der Reise zu den Käufern in einer Pension Aufnahme gefunden hatten und mit Vorsicht und Achtung zu behandeln waren. Nichts durfte entzweigehen. Einen Eimer umzukippen oder Kaffeebohnen zu verschütten, galt als Todsünde. Außerdem konnte es das System gründlich durcheinanderbringen.

Alle Waren hatten ihren bestimmten Platz. Otto war davon überzeugt, daß sie nach einem rätselhaften, geheimen System im Verhältnis zueinander und zu einem gemeinsamen Zentrum angeordnet waren. Kam dieses empfindliche Gleichgewicht durcheinander, konnten unfaßbare Katastrophen über den Laden hereinbrechen, vielleicht sogar die ärgste Katastrophe von allen: der schreckliche Konkurs.

Das Zentrum des Systems war natürlich die Theke. Hier thronte die Waage, ein großer, komplizierter Apparat, dessen Stangen und Pendel zwei Metallplatten balancierten, die man durch die geringste Berührung in Bewegung versetzen konnte. Wie ein Trupp Soldaten, die eine komplizierte Kriegsmaschine bewachten, standen die Gewichte der Größe nach aufgereiht neben der Waage. Auf der Theke lagen auch die großen Stoffballen von »Vasa-Baumwolle« und aus der Oravais-Fabrik, darauf lag die Elle aus gelbgebeiztem Holz, mit eingeprägten Zoll- und Zentimeterstrichen. Die Schubladen des Tresens waren Gewürzen und anderen Kolonialwaren vorbehalten, sie waren die Heimat der Düfte, die Otto erregten und seine Phantasie in Bewegung setzten, die ihm weiche Knie bereiteten, ihn schwindelig machten und die Tür zu etwas, das sich in seinem Inneren befand, einen Spaltbreit öffneten, was ihn zugleich lockte und erschreckte. Wenn er sich traute, die Schubladen aufzuziehen und seine Nase hineinzustecken (das mußte geschehen, wenn Hanna nicht hinsah, sonst hätte er eine Ohrfeige zu gewärtigen, die ihm im Kopfe klang), schien ihm, die Düfte sprächen mit unterschiedlichen Stimmen zu ihm: Die Stimme der getrockneten Datteln war sanft und klebrig, der Zimt klang höflich und hochmütig, der Ceylon-Tee predigte wie Probst Roschier, Rosinen und getrocknete Pflaumen flüsterten leise.

Links von der Theke hatten die Petroleumfässer ihren Platz, rechts standen das Sirupfäßchen und die weißen Eisberge der Zuckerhüte. Müde lehnte sich der Kaffeesack gegen die Wand, voller dunkelroter, aromatischer Bohnen, die sich hart und glatt anfühlten wie Porzellankugeln, wenn man die Hand hineinsteckte. An der Wand hinter der Theke gab es Regale für Haushaltsgeräte und kleine Schubladen, die alles mögliche enthielten, von Acht-Zoll-Nägeln bis zu Korken. An der Decke hingen Sielenzeug, Bürsten, Petroleumlampen, Veloziped-Reifen und Stiefel. Schließlich gab es große Gläser voller harter, säuerlicher Fruchtbonbons und Karamellen, die ihren Platz auf einem besonderen Regal am Kachelofen hatten, sie durfte Otto unter keinen Umständen anrühren.

Unmittelbar hinter der Ladentür stand eine Holzbank, die den Mannsbildern vorbehalten war. Keine Angehörige des weiblichen Geschlechtes setzte sich jemals auf diese Bank, wie sehr die Schmerzen in Beinen und Füßen auch toben und brennen mochten.

Hier saßen Oppstu-Ant und Grosjohan-Erik, Alt-Konnin und Gumeskalas-Alfrid, der Nykvistas-Vater und andere alte Männer und scheuerten ihren Hosenboden blank, wälzten Priem zwischen ihren zahnlosen Kiefern hin und her oder lutschten an einer Pfeife, wobei sie das Schicksal der Welt im Großen wie im Kleinen erörterten. Richtig leer war diese Bank nur während der Heuernte oder wenn man drosch und jede Arbeitskraft gebraucht wurde. Keineswegs aber scheuerten nur die Alten Dollar-Hannas Bank blank. Gab es wenig Arbeit auf dem Feld oder im Wald, kamen die Bauern gern zu einer Plauderstunde in Hannas Laden, womöglich auch angezogen von der Aussicht auf die Frau Händlerin persönlich. Denn das mußte man schließlich sagen, daß sie nach wie vor ein flottes Frauenzimmer war, nett und gesprächig, und als uralt konnte man sie doch wirklich nicht...

Nun ja, genug. Die Männerbank in Dollar-Hannas Laden entwickelte sich rasch zu einem selbstverständlichen Treffpunkt. Als die Handelsgesellschaft einige Jahre später in einiger Entfernung einen Laden eröffnete, war gar nicht die Rede davon, diesen Treffpunkt etwa dorthin zu verlegen, obwohl einige von denen, die die Bank am stärksten benutzten, begeisterte Anhänger der Kooperative waren. Die Mannsbilder fühlten sich in Dollar-Hannas Laden wohl, und Hanna mit ihnen.

Die Männer erinnerten sie an Amerika und die langen Sonntagnachmittage auf der Veranda der Pension mit dem Blick auf die San-Juan-Berge.

Hin und wieder konnte es auch so eng werden, daß man das Petroleumfaß, leere Kisten und Eimer als Sitzgelegenheiten nutzen mußte. Und der Rauch von »Proberare«, den »Fünf Blauen Brüdern« und selbstgezogenem Tabak stieg gemächlich zur Decke und zum dort aufgehängten Riemenzeug, zu den Gefäßen und zu den Stiefeln. Die Männer sprachen langsam, verstummten ab und zu, räusperten sich, seufzten, sie kratzten sich im Nacken, schoben die Mütze ein wenig zurück und spuckten Tabaksaft in eine leere Blechdose, die einmal »Hangö Delikatess Anchovis« enthalten hatte, stützten die Ellbogen aufs Knie, meckerten, kicherten ein wenig und schüttelten die Köpfe.

Hannas Laden war das führende Nachrichtenbüro von Siklax, die Informationsbörse, ehe das Telefon kam und sich die Granskog-Schwestern zu einer erfolgreichen Konkurrenz entwickelten; auf der Bank wurde mit Gerüchten, Unwahrheiten, Halbwahrheiten und Verleumdungen gehandelt. Ausländische Ereignisse wurden gegen Klatsch aus den Schären getauscht, kommunale Angelegenheiten wurden diskutiert, intensive politische Debatten geführt, insbesondere zu Wahlzeiten. Wirtschaftsseminare behandelten das zu erwartende Fallen oder Steigen des Roggenpreises oder stellten Prognosen für den Butterexport nach England auf. An Gesprächsthemen fehlte es dort nie.

Manchmal aber klingelte die Glocke über der Tür auf ganz besondere Weise. Dann verstummten die Männer schlagartig, denn die *Geschichte* trat durch die Tür von Hannas Laden.

Die Geschichte konnte zu ihnen kommen in Gestalt von Post-Jannes Zeitungstasche oder eines Bauern, der in Vasa auf dem Markt gewesen war, oder eines Reisenden, der ein Stück Wurst und eine Flasche Zitronensoda benötigte. Mit derselben, kaum unterdrückten Erregung trugen die unterschiedlichen Boten der Geschichte jedesmal ihre Neuigkeiten vor:

Daß in Rußland Minister Stolpyn ermordet worden war.

Daß die »Titanic« untergegangen war.

Daß ein Student in irgendeiner Stadt auf dem Balkan, die Sarov oder so ähnlich hieß, den Erzherzog Franz Ferdinand von Österreich erschossen hatte.

Daß Deutschland den Krieg erklärt hatte.

Ja, dann verstummten die Gespräche auf der Ladenbank, und die Männer waren berührt, als habe die offene Tür einen eiskalten Hauch aus der Welt dort draußen hereingelassen.

Und wir sind daran beteiligt und werden hineingezogen, denn die Geschichte, das sind wir.

Auch in jenem abgelegenen Winkel namens Siklax.

Kapitel Sieben

Und die Zeit geht, ohne daß man genau wüßte, wohin. Werktag kommt nach Werktag, ab und zu kommt ein Sonntag, die Wochen sammeln sich zu Monaten, und eins, zwei, drei ist aus den Monaten ein Jahr geworden.

Als reise man mit dem Zug. Man sitzt in seinem Abteil und döst, und der Zug rattert an einer Station nach der anderen vorbei. Plötzlich kommt man zu sich, blickt aus dem verrußten Wagenfenster und erkennt, daß man sehr viel weiter gekommen ist, als man geglaubt hat.

Es sind die Kinder, die in ihrem unbewußten Mangel an Erbarmen den Lauf der Zeit enthüllen. Eines Tages sieht man, wie groß sie geworden sind, und entsinnt sich, wie klein sie gerade eben noch waren, und man fragt sich, wohin all die Jahre gegangen sind.

Schließlich scheint nichts Besonderes geschehen zu sein, die Tage waren sich gleich.

Gleichwohl haben Veränderungen stattgefunden. Man sieht sich selbst im Spiegel und bemerkt Runzeln um Nase und Mund, unter dem Kinn hängt die Haut lockerer als früher, die Brüste sind schwerer geworden.

Man fühlt den Lauf der Zeit im eigenen Körper, und ein kalter Schauder läuft einem den Rücken hinunter; nun hat man einen Überblick und kann das Ende seiner Tage erkennen. Das Leben ist eben nicht unendlich, wie man bis dahin geglaubt hat.

Das gebieterische Klingeln der Türglocke unterbricht unsere Gedanken, wir sind wieder im Laden, im altbekannten Werktag.

Herein tritt der Gemeinderat Johannes Smeds, allgemein Kommunalarin genannt, das Oberhaupt der Bauern von

Siklax. Mittlerweile ist er Mitglied des neuen Landtags, in dem er die Schwedische Volkspartei vertritt. Die Reichspolitik, die kommunalen Angelegenheiten und die Landwirtschaft beschäftigen ihn stark, dennoch nimmt er sich die Zeit, um hin und wieder in Dollar-Hannas Gemischtwarenladen zu kommen.

Heute trägt er Weste und Lodenhose. Wie es seine Gewohnheit ist, bleibt er in der Tür stehen und wechselt ein paar Worte mit den Männern auf der Bank, spricht mit ihnen über die Aussaat, das Wetter und die politischen Verhältnisse im Großfürstentum Finnland. Dann wendet er sich Hanna zu, die hinter der Theke steht, und lächelt auf seine zurückhaltende, wehmütige Art.

Dieses Lächeln mag Hanna sehr.

Wie üblich wird er von seinem ältesten Sohn Erik begleitet. Erik ist ein blonder Junge, der die untersetzte Figur und das breite Gesicht des Vaters geerbt hat, die schwarze Schülermütze hat er in den Nacken geschoben. Er geht mittlerweile in Vasa auf das Gymnasium und hat Ferien. Freimütig grüßt er Hanna.

»Ist Otto zu Hause?« fragt der Junge dann.

»Ja, natürlich«, sagt Hanna.

Erik sieht fragend den Vater an und erhält ein wohlwollendes Nicken zur Antwort. Schnell läuft er um die Theke herum ins Hinterzimmer, man hört ihn schon nach Otto rufen. Johannes Smeds kann nicht verhindern, daß ihm der Vaterstolz aus den Augen leuchtet. Dollar-Hanna bemerkt es und lächelt.

Was soll das nun wieder heißen? fragt sich der Erzähler, der die Szene erstaunt verfolgt hat.

Er wendet sich an die Männer auf der Bank: »Wie soll ich denn das verstehen? Ist mein Großvater Otto Näs tatsächlich mit dem ältesten Sohn des legendären Bauernführers Johannes Smeds befreundet gewesen?«

Oppstu-Ant und Grosjohan-Erik, Gumeskalas-Alfrid und die übrigen Männer senken den Blick, nuckeln an ihren

Pfeifen und räuspern sich, wie es die Art der Bewohner von Siklax ist, wenn Fremde sich ihnen mit unverschämten Fragen aufdrängen.

»Nun, es ist schon so gewesen, daß die Jungs Kameraden waren, ja...«

Als Gott, der er nun einmal ist, hat der Erzähler das Pendel der Zeit angehalten. Dollar-Hannas Laden ist leer, abgesehen von den alten Männern. Keine Kunden stören, nur der Tabakrauch darf weiter zur Decke steigen. Die Männer scheinen nicht gern darüber sprechen zu wollen. Einzelheiten, ich brauche Einzelheiten! drängt sie der Erzähler.

»Na ja«, sagt Gumeskalas-Alfrid schließlich, »der Erik vom Kommunalarin hat sich mit Dollar-Hannas Jungen angefreundet. Warum, das hat eigentlich niemand begriffen. Wir haben doch geglaubt, Dollar-Hannas Otto sei ein Idiot, der hat doch nicht reden wollen. Erik aber war das egal, der hat Otto verteidigt, wenn die andern ihn ausgelacht haben. Wer den Otto nicht zufrieden läßt, hat er zu ihnen gesagt, der kriegt's mit mir zu tun! Erik war sowas wie ein Anführer bei den Jungs, so wie sein Vater in der Gemeinde. Also war Otto mit Erik zusammen...«

»Erik«, sagen die Männer nachdenklich, »Erik, der war anders als die andern, der war klug für sein Alter, und mit Büchern und Lernen hat er's gehabt, der Vater war ja auch so. Der Junge mußte in die Schule, Advokat oder Arzt sollte er werden. Und wäre nicht das Schicksal dazwischengekommen, er hätte es weit gebracht, begabt war er ja, der Erik vom Kommunalarin...«

»Und dem Otto hat er das Lesen beigebracht und ihn dazu gekriegt, daß er wieder redet. Wo doch alle gedacht haben, er sei ein Idiot«, fügt Grosjohan-Erik hinzu.

Jetzt kommen die Männer in Fahrt und erzählen, wie es zu diesem Wunder gekommen ist.

Johansson, der Lehrer, hatte es natürlich für sinnlos gehalten, den Jungen einzuschulen, nach all dem, was Doktor Norrmén gesagt hatte. Da nahm Erik die Angelegenheit in seine Hände. Die Smeds hatten schließlich viele Bücher, und noch bevor er in die Volksschule gekommen ist, konnte Erik fließend lesen, fast besser als Lehrer Johansson selbst. Besonders liebte er Johan Ludvig Runebergs Gedichte »Fähnrich Stahls Erzählungen«, die meisten konnte er auswendig.

Er nahm Otto mit in den Wald und sagte ihm die Gedichte auf. Otto hörte mit glänzenden Augen zu. Und bevor Erik fortfuhr, zeigte er ihm in seinem Buch die Stelle, die er gerade vorgetragen hatte.

Wieder und wieder traktierte er Otto mit Runebergs Gedichten, seine Geduld war so grenzenlos wie das offene Meer.

So ging es weiter, bis die schwarzen Krakel auf den Buchseiten für Otto allmählich Sinn und Bedeutung bekamen. Die Buchstaben vereinigten sich zu Worten, die Wörter wurden zu ganzen Sätzen gekoppelt. Erik gab sich aber nicht damit zufrieden. Er brachte Otto bei, wie man mit der Feder Buchstaben formt. Von zu Hause brachte er das »Vasabladet« und das »Hufvudstadsbladet« mit, und Otto mußte die Notizen und Artikel zuerst lesen und sie dann abschreiben. Dann mußte er einen Artikel lesen und mit eigenen Worten niederschreiben, was darin stand. Und noch immer war seine Geduld grenzenlos. Als aber die Sprache einmal ihre Geheimnisse preisgegeben hatte, ging es schnell. Zu guter Letzt konnte Otto fließend lesen und genauso schön schreiben wie ein Gymnasiast.

So lernte Otto die Sprache zu gebrauchen.

Das berichten die Männer dem Erzähler, und in ihrer Begeisterung geraten sie ein wenig in Hitze und benutzen Worte, die größer und schwerer sind als die, die man an Werktagen benutzt.

Otto aber versteckte sein neues Wissen, wie die Jungfrau Maria einmal die Worte des Engels in ihrem Herzen verborgen hatte. Er schwieg weiter. Hanna und ihre Mutter hatten sich daran gewöhnt, daß er stumm war wie die Armenbüchse vor der Kirchenpforte. Er schien zu gedeihen, er wuchs und wurde von Tag zu Tag kräftiger. Wenn man es ihm erlaubte, lief er hinaus zu den anderen, rannte mit ihnen um die Wette, trug Ringkämpfe aus und lernte im Fluß schwimmen. Er kletterte auf Bäume, plünderte Vogelnester, warf Steine und spielte, wie Jungen das immer gemacht haben.

Von den anderen unterschied er sich nur dadurch, daß er keinen Ton von sich gab, nicht einmal wenn er sich weh tat, ließ er sich etwas anmerken.

Dann wurde Erik auf die Schule in Vasa geschickt.

Als Otto wieder allein war, schien er seine Lebenslust verloren zu haben. Seine Augen wurden glanzlos und stumpf, er sonderte sich ab und kam nicht mit, wenn die anderen Jungen ihn holen wollten. Er nahm wieder seine Wache im Laden auf. Hanna fiel auf, daß er wieder die Mundharmonika in den Fingern hin und her drehte, diese Mundharmonika, auf der er niemals spielte, so wie in der ersten Zeit, als sie aus Amerika gekommen waren.

Hanna versuchte ihm zu erklären, Erik werde in den Schulferien wiederkommen. Otto nickte stumm und sah wieder über die Ebene, über die der Herbstwind blies und gelbe Blätter von den Birken am Rand von Stopelalixas Koppel riß. Hanna hatte Angst, er könne wieder ausreißen so wie damals, als er zurück wollte in das tiefe Tal zwischen den Bergen.

Otto aber schien auch diesen Willen verloren zu haben.

Gerade als alles nur noch aus Dunkelheit zu bestehen schien, erhielt Otto eine Botschaft von Erik. Es handelte sich aber um keine Botschaft, die auf die übliche Weise vom Mund zum Ohr übertragen wird. Eines Tages sprach eine Stimme zu Otto, niemand sonst außer ihm konnte sie hören. Er erkannte Eriks Stimme sofort, sie sagte: »Mach dir keine Sorgen, ich komme wieder.« Und Erik flüsterte ihm zu, an welchem Tag er käme. Otto konnte Eriks heißen Atem auf seiner Wange spüren.

Otto konnte wieder lächeln, vergnügt lief er durch den Laden und stieß einen Eimer um, der scheppernd über den

Fußboden rollte. Hanna sah von ihrem Kassenbuch auf, die Männer auf der Türbank unterbrachen ihre Unterhaltung, ihre Pfeifen erloschen, so erstaunt waren sie, denn Otto beendete sein langes Schweigen und sagte in reinem, unverfälschtem Siklax-Dialekt: »Mama, am Samstag kommt Erik aus der Stadt!«

Daß Erik und Otto Freunde wurden, kann man zur Not noch verstehen, Kinder scheren sich wenig um Barrieren und Verhaltensmaßregeln, die den Umgang der Erwachsenen beschränken. Was aber soll man zu dem Verhältnis zwischen dem Bauernführer und der Gemischtwarenhändlerin sagen? Warum kam Johannes Smeds so gern in Dollar-Hannas Laden?

Die Männer schweigen. Die Luft ist auf einmal schwer und dick vor Feindseligkeit. Die Männer sehen den Erzähler unfreundlich an, ihre Gesichter sind starr wie aus Maserbirke gehauen.

»Mach, daß du wegkommst, Erzähler! Wir brauchen hier keinen, der herumschnüffelt und herumwühlt!« brüllt plötzlich der Nykvistas-Vater und erhebt sich mit geballten Fäusten. Der Zorn des Alten läßt sich kaum übersehen, seine welken Wangen glühen, seine Augen sind schwarz wie die Mündungen zweier Robbenbüchsen. »Und laß den Kommunalarin in Ruhe! Wenn er mit Dollar-Hanna reden will, dann darf er das auch!«

Ich sehe die anderen Männer an, aber bei keinem erkenne ich Hilfe oder Sympathie. Dann verlasse ich den Laden und laufe sicherheitshalber ein Stück weit die Straße hinunter. Als ich mich umdrehe, sehe ich die alten Männer auf der Ladentreppe stehen. Sie erinnern an einen Wachtrupp, der den Hof vor einem feindlichen Angriff schützen soll.

Kapitel Acht

Mein Gott, mein Gott, warum hast du mich verlassen? Warum schweigst du?

Wenn du dein Antlitz abkehrst von mir, bleibt keine Hoffnung. Im Schatten deines Rückens gibt es große Kälte. Dort ist der Tod.

Und der Tod währet ewig. Leere ist mein Erbteil. Von Ewigkeit zu Ewigkeit.

Warum, o Herr, erweist du mir solche Grausamkeit?

Das ist die Geschichte von Johannes Eriksson Smeds, dem Gemeinderat, den der Herr härter prüfte, als manchen anderen. Nach vollbrachtem Lebenswerk sollte ihm nicht einmal ein guter, ruhiger Tod vergönnt sein. Nein, er starb wimmernd vor Schmerz und Verzweiflung, ehe seine Zeit nach menschlichem Ermessen abgelaufen war, und er starb seines Glaubens und seiner Zuversicht beraubt.

An seinem Sterbebett saß nur Dollar-Hanna, ihre Nähe war sein letzter Trost. Als aber der Tod zu ihm kam, war sie vor Erschöpfung auf ihrem Stuhl eingeschlafen.

Johannes Eriksson war der einzige überlebende Sohn des alten Smeds. Er war nicht nur der Erbe des Glaubens seiner Väter, sondern auch des größten Hofes in Siklax, abgesehen von dem des Patrons Klas Sebastian natürlich.

Der alte Smeds war über vierzig Jahre lang Schöffe beim Kreisgericht gewesen und trug den Titel Kreisrichter. Das Gesetz war ihm heiliger als alles andere, außer seinem evangelisch-lutherischen Herrn und Gott. Die Strenge des Gesetzes machte er zu seiner eigenen, das Gesetz mußte immer seinen Lauf nehmen, wie Gott stand es über den Menschen.

Das hinderte den alten Smeds jedoch nicht daran, Geschäfte zu machen. Gemeinsam mit Patron Klas Sebastian, dem Vater des Disponenten Voldemar Bäckman und einigen anderen gründete er ein Konsortium, das in den achtziger Jahren auf Rödskär Granit abzubauen versucht und Hanna und ihre Mutter auf die Straße gesetzt hatte. Zwar erwies sich der Granitbruch nicht als das glänzende Geschäft, auf das das Konsortium gehofft hatte, und wurde später eingestellt, die anderen Firmen des alten Smeds hingegen waren um so ertragreicher, und mit der Zeit häufte er ein beachtliches Vermögen an. Er bestellte sein Land, sprach Recht, gehorchte dem Gesetz und seinem Gott und wurde allgemein respektiert. Es wäre jedoch vermessen, wollte man behaupten, er sei beliebt gewesen.

Sein einziger Sohn war anders.

Johannes träumte früh davon, Pfarrer oder vielleicht etwas noch Höheres zu werden. Gegen eine gewisse Bildung hatte der alte Smeds nichts einzuwenden: Ein Großbauer mußte die Buchstaben des Gesetzes und Gottes Wort kennen, und eine gewisse Fertigkeit im Umgang mit Zahlen konnte ebenfalls nicht schaden. Und weil er Begabung und Neigung zum Lernen zeigte, schickte man Johannes in die Schule nach Vasa.

Nach fünf Klassen im Gymnasium sagte der alte Smeds indessen Halt: Jetzt habe man dem Jungen genug beigebracht.

Johannes Eriksson flehte den Vater an, ihn wenigstens das Abitur machen zu lassen, und brachte Bescheinigungen von Rektor und Studienräten bei, die seine Begabung bestätigten.

Doch der alte Smeds ließ sich nicht erweichen. Er sagte: »Auf dem Smeds-Hof brauchen wir keine Studenten. Hier wird ein Bauer gebraucht.«

Zum ersten und einzigen Mal dachte Johannes Eriksson da an Aufruhr gegen den Vater. Da sagte der alte Smeds: »Daß ein Sohn sich gegen seinen Vater wendet, ist die größte aller Sünden, fast so, als empöre man sich gegen Gott selbst, wie es einmal der geliebteste aller Engel, Luzifer, tat. Beharrst du darauf, bist du nicht mehr mein Sohn. Dann gehst du fort von hier, für immer.«

In einer langen, schlaflosen Nacht wog Johannes Eriksson die Worte des Vaters gegen seinen eigenen Wissensdurst ab. Am Morgen stand er blaß und übernächtigt vor seinem Vater und sagte: »Euer Wille geschehe. Ich gebe nach.«

Johannes Eriksson lernte das Land zu bestellen und die Gesetze zu achten. Doch er wurde nicht zu einem harten Mann, er war zwar fest, aber nicht starrköpfig wie sein Vater. Er bestand nicht aus Graugranit, sondern aus Kiefer. Sein Holz war frisch und lebendig, und es wuchs.

Mit der Zeit stellte er fest, daß er im Gegensatz zu seinem Vater nicht nur geachtet wurde, sondern auch beliebt war.

Er galt als kluger Mann. Bereits in jungen Jahren bat man ihn, Verantwortung für das Gemeinwohl zu übernehmen. Seinen Pflichten kam er mit Sorgfalt und klarer Urteilsfähigkeit nach. Man sah ihn als einen Führer an, und seine Führerschaft über die Bauern von Siklax sollte ihm zu einem Ersatz für die Gelehrsamkeit werden, die man ihm verweigert hatte.

Bisweilen jedoch überkam ihn Verbitterung. Als er sich hatte biegen lassen, war in seinem Kernholz ein Riß entstanden, der sich schmerzend bemerkbar machte. Dann suchte er Trost und Vergessen bei den Büchern. Auf dem Smeds-Hof lebte man mäßig und in Anstand, man war nicht geizig, noch war man übermäßig verschwenderisch, abgesehen vom Lampenpetroleum, das in großen Mengen verbraucht wurde.

Ein weiteres Mal mußte sich Johannes Eriksson dem Willen seines Vaters beugen.

Eine Zeitlang warb er um die Gunst eines Mädchens im Roggenreich oben im Norden. Es war die Tochter von Gammelgårds-Klara, über deren Vermählung mit dem Knecht Markus auf Spangar es viele Lügengeschichten gibt, als es aber ernst zu werden schien, legte der alte Smeds sein Veto ein. Er hatte bereits mit Långgårds-August seine Verabredungen getroffen, die Höfe waren Feldnachbarn und konnten zu gegebener Zeit zusammengelegt werden. Das war der Wunsch des alten Smeds.

Vater, Euer Wille geschehe!

Bat vom Långgårds-Hof war zwar ganz anmutig anzusehen, und sie war in allem, wie eine Frau sein mußte: Sie arbeitete fleißig in Stall, Küche und auf dem Feld. Freilich war sie etwas schwärmerisch veranlagt und hatte eine Neigung zu religiösen Grübeleien. Einige Zeit ging sie sogar ins Bethaus der Baptisten in Böle, bis Johannes Eriksson ein Machtwort sprechen mußte. Zusammen mit den Baptisten zu beten, das schickte sich wahrlich nicht für die Ehefrau eines aufstrebenden Kommunalpolitikers; von da an mußte sie sich an die evangelisch-lutherische Kirche halten und durfte keine Kirchen haben neben ihr.

Smess-Bat, wie sie mittlerweile genannt wurde, gehorchte. Fügsamkeit war einer der Grundzüge ihres Wesens. Sie erkannte Johannes Eriksson bedingungslos als ihren Herrn an und achtete ihn, so wie es sich für eine gute Ehefrau schickte.

Sie gebar ihm Kinder, doch allen war das Leben nicht vergönnt. Und Johannes Smeds trug seine toten Kinder zu Grabe, es war die schwerste aller Bürden, die ein Mann zu tragen hat. Zwei Söhne überlebten jedoch: Erik Johannes, der Stolz des Vaters, und der rundliche Gustav.

Niemand entgeht der Geschichte. Wir alle sind an ihr beteiligt, es ist unmöglich, sich außerhalb der Geschichte stellen zu wollen.

Generalmajor N. I. Bobrikov brachte das Unheil über Finnland. Im Oktober 1898 wurde er zum Generalgouverneur im Großfürstentum ernannt und legte ein Programm zur vollständigen Russifizierung Finnlands vor. Im Januar 1899 wurde der Entwurf eines Wehrpflichtgesetzes, das finnische Männer dazu verpflichten sollte, in der russischen Armee Militärdienst zu leisten, auf einer außerordentlichen Sitzung des Landtags abgelehnt. Zar Nikolaj erließ daraufhin das Februar-Manifest, das dem finnländischen Landtag das Recht aberkannte, Beschlüsse gegen die Interessen des russischen Reiches zu fassen.

Die Reaktion hierauf war eine Adresse an den Zaren. Binnen einer knappen Woche wurden mehr als fünfhunderttausend Unterschriften unter die Protestnote gesammelt, und eine Abordnung von Vertretern sämtlicher Gemeinden des Landes wurde beauftragt, sie dem Zaren zu überbringen.

Die Bauern von Siklax bestimmten einhellig Johannes Eriksson als ihren Vertreter.

»Wißt ihr, was ihr mir da auferlegt?« fragte er.

»Ja«, antworteten sie ihm. »Und wir wissen auch, daß du Kraft und Mut genug hast, es auf dich zu nehmen.«

Johannes Eriksson kehrte aber mit grauem, zerfurchtem Gesicht aus Sankt Petersburg zurück und sagte: »Nein, ihr habt nicht gewußt, was ihr von mir verlangt. Wir baten um eine Audienz beim Zaren. Wir warteten und warteten. Der Zar nahm die Adresse nicht entgegen. Vielleicht war das nicht seine Schuld, sondern die seiner Berater, die ihn in die Irre führen, und der schlimmste von ihnen ist Generalgouverneur Bobrikov! So mußten wir unverrichteter Dinge wieder nach Hause fahren. Uns stehen schwere Zeiten bevor«, fuhr Johannes Smeds fort. »Als liege ein langer, dunkler Tunnel vor uns, und nur Gott weiß, wann wir das Licht an seinem Ende sehen werden. Vielleicht ist da gar kein Licht, womöglich bleibt alles dunkel. Aber wir dürfen uns nicht erlauben zu verzweifeln. Niemals.«

Die Bauern von Siklax dachten über seine Worte nach, dann sagten sie: »Wenn es so ist, wie du sagst, brauchen wir dringender denn je einen klugen, starken Vertreter. Und dir vertrauen wir.«

Johannes Smeds war stolz darauf, daß die Bauern von Siklax ihm vertrauten, und er war stolz, als die Bauern von Südösterbotten ihn zu ihrem Vertreter im Landtag wählten.

Seinen Stolz legte er in das tiefste, geheimste Kellergewölbe seines Inneren und verschloß es mit doppelten und dreifachen Schlössern, als besitze er einen noch größeren und schöneren Diamanten als den Koh-i-Noor. Oder ganz im Gegenteil, als trage er an einem schweren, schändlichen

Verbrechen. Noch nicht einmal vor seiner Ehefrau – selbst nicht in Augenblicken, in denen ein Mann sich erlaubt, am nacktesten und schutzlosesten zu sein – kam es Johannes Smeds in den Sinn, die Tür zu seinem Innersten auch nur einen Spaltbreit zu öffnen. Auch vor seinem geliebten Sohn – in so vielem anderen ein Vertrauter – sollte diese Tür zu seiner Seele verschlossen bleiben. Mehr als alles andere fürchtete Johannes Smeds, er könne des Vertrauens, das er genoß, verlustig gehen, und er glaubte, dies könne der Fall sein, wenn er sich auch nur einmal erlaubte, sich des Vertrauens seiner Mitmenschen zu brüsten.

Seufzend und mit gut gespieltem Zögern übernahm Johannes Smeds also Verantwortung und kam hierdurch zu noch größerer Achtung. In Landtag und Kommune zu arbeiten war die große Freude seiner Tage.

Sein Gott konnte natürlich in den Giftschrank seiner Seele schauen. Und auch eine einfache Frau besaß diesen vernichtenden Scharfblick: Sie hieß Dollar-Hanna.

Kapitel Neun

Es war die Zeit der Willkür im Großherzogtum Finnland.

Zar Alexander hatte einmal feierlich versprochen, die Gesetze Finnlands zu achten. Nun kamen Männer, die dieses Versprechen brachen und sagten: »Finnländer könnt ihr nicht mehr sein, ihr müßt Russen werden. Eure Söhne müssen den Wehrdienst in der russischen Armee ableisten. Und auch in Finnland muß russisch gesprochen werden.«

In den Gemütern der Menschen entstand Unruhe und großes Dunkel. Man fürchtete sich vor dem morgigen Tag und hatte wenig Hoffnung.

Manche sagten: »Laßt uns den russischen Forderungen zustimmen! Vielleicht gibt der Bär sich damit zufrieden!«

»Nein, die Gesetze sind unser einziger Schutz! Sie müssen geachtet werden«, sagten andere. Einer von ihnen war Johannes Smeds.

In dieser schlimmen Zeit faßte er den Entschluß, seiner Exzellenz, dem Herrn Generalgouverneur im Großherzogtum Finnland, Generalmajor Bobrikov, die Leviten zu lesen.

Als Bobrikov 1904 in Begleitung seines Adjutanten und seines Dolmetschers zur feierlichen Eröffnung des Landtags durch das Ständehaus ging, kam er im Korridor an einer Gruppe schwedischer Vertreter des Bauernstandes vorüber. In diesem Augenblick trat Johannes Smeds zum Entsetzen seiner Standesbrüder vor und versperrte dem Generalgouverneur den Weg.

Johannes Smeds folgte damit keineswegs einem jähen Einfall, er hatte das lange und sorgfältig geplant.

Bobrikov hatte sich herausgeputzt und trug die große Paradeuniform des kaiserlich-russischen Generalstabs: Der Goldbesatz der Schabracken und das Messing und Silber des

Wehrgehänges leuchteten und glänzten, daß es in den Augen schmerzte, die Orden auf seiner Brust klimperten, die Eisen der Stiefelabsätze knallten auf dem Steinfußboden. Und sein Pincenez blitzte wie ein Heliograph die Frage: Was soll denn das bedeuten?

Landtagsabgeordnete, Senatsmitglieder und Beamte waren bei dieser Szene zugegen, außerdem Erzbischof Gustaf Johansson, der nach Aussage eines respektlosen Augenzeugen den Eindruck erweckte, er müsse dringend pinkeln.

Johannes Smeds dagegen stand auf seinen großen Füßen da und sah dem Generalgouverneur freimütig in die Augen. »Hör mal, Herr Generalgouverneur!« begrüßte er ihn mit lauter Stimme und verhielt sich absichtlich bäuerischer, als er es in Wirklichkeit war, wie ein aus der Tiefe des Volkes emporgestiegener einfacher Erbbauer, der sich mit unverstellter Art an die Obrigkeit wendete. »Jetzt mußt du aber dem Herrn Kaiser bestellen, daß Finnlands Gesetze heilig sind und geachtet werden müssen, wie Alexander das versprochen hat! Und finnische Jungen in der russischen Armee wollen wir auch nicht haben, auf keinen Fall. Die Ungesetzlichkeiten und Eigenmächtigkeiten müssen jetzt ein Ende haben. Das ist alles!«

Seine Worte hallten durch die Gewölbe. Ein tiefes, furchtbares Schweigen schloß sich an.

»Chto om skazal?« fragte der Generalgouverneur gelassen den Dolmetscher, dem der Schweiß ausbrach und der nicht wußte, auf welchem Bein er stehen sollte.

»Ich... äh... ich verstehe leider nicht den Dialekt dieses Mannes, Eure Exzellenz«, stotterte der Dolmetscher. »Er kommt aus Südösterbotten, und die Leute aus Österbotten sind... äh...« Der Dolmetscher schloß mit einer ebenso erschöpften wie ehrerbietigen Geste.

Bobrikov sah Johannes Smeds mit großem Interesse an, als handelte es sich bei ihm um irgendein seltenes Ding aus dem fernen, unbekannten Sibirien. Dann zog er mit abgemessenem militärischen Nicken und einem kurzen »Spaziba« weiter, gefolgt von seinem Adjutanten und dem

Dolmetscher, der Johannes Smeds einen Blick zuwarf, in dem Gift und Galle brodelten. Die versammelten Finnländer seufzten vor Erleichterung auf. Johannes Smeds sah dem Generalgouverneur mit dunklem Blick nach.

Die Einwohner von Siklax waren tief beeindruckt. Hätten sie über ein anderes Naturell verfügt, wäre es gut möglich gewesen, daß man Johannes Smeds bei seiner Rückkehr mit Festlichkeiten und Reden begrüßt hätte, mit Freudenfeuern und geschlachteten Kälbern, vielleicht hätte man seinen Weg sogar mit Blumen bestreut, Jünglinge hätten die Pferde ausgespannt und selbst seinen Wagen zum Smeds-Hof hinaufgezogen. So aber sind die Leute von Siklax nun einmal nicht. Der Vorschlag der von vaterländischen Gefühlen entflammten jungen Frau des Probsts Roschier, man solle den Landtagsabgeordneten mit dem gemeinsamen Absingen von Runebergs »Unser Land« begrüßen, wurde mit dem gleichen hilflosen Schweigen aufgenommen, wie man Dummheiten eines kleinen Kindes zur Kenntnis nimmt.

Statt dessen feierte man Johannes Smeds, indem die Bauern die Mütze einen Millimeter mehr aus der Stirn schoben als üblich und die Kniegelenke der Frauen sich zur Andeutung einer Verneigung beugten. Damit sagten die Leute von Siklax: Du hast dich unseres Vertrauens mehr als würdig erwiesen. Wir feiern dich als unseren Häuptling. Und der sollst du bis zu deinem Tod bleiben.

Häuptling und Gemeindevertreter zu sein ist ein schweres, heikles Geschäft, als wolle man die Klobbskats-Förde bei Nordwind überqueren. Man muß genau wissen, wenn man in den Wind laufen kann, ohne daß man sein Segel zerreißt und das Boot voller Wasser schlägt. Man muß auf Untiefen und Klippen achten und die Ruderpinne fest in der Faust halten. Nicht für einen Augenblick darf die Aufmerksamkeit nachlassen.

Die langen Wachen ermüden dich, deine Augen schmerzen, und keinen Augenblick darfst du das Ruder loslassen.

Aber wer kennt die Strömungen und die Winde der Politik besser als du?

Johannes Smeds wurde »Kommunalarin« genannt, das war ein Ehrentitel.

Eine kleine Kammer auf dem Smeds-Hof mußte als Gemeindebüro dienen. Hier verbrachte Johannes Smeds lange Abende, beschäftigt mit den Angelegenheiten der Gemeinde, er schrieb Sitzungsprotokolle ins reine, bereitete Sitzungen vor und setzte Schreiben und Eingaben an den Regierungspräsidenten in Nikolajstad und die kaiserlichen Behörden und Ämter in Helsinki auf.

Die Leute von Siklax wanderten zum Smeds-Hof, um Hilfe und Beistand in allen möglichen Angelegenheiten zu suchen, oder auch nur, um zu räsonieren. Johannes Smeds behandelte jeden von ihnen, wie man es von einem Gemeindevertreter erwarten konnte. Keiner ging ungehört weg, keiner blieb ohne Hilfe, soweit man ihm helfen konnte. Selbst wenn man in einer Angelegenheit abschlägig beschieden wurde, fand man sich im allgemeinen damit ab, denn man war überzeugt davon, daß das Gesuch in der kleinen Kammer auf dem Smeds-Hof gründlich und uneigennützig geprüft worden war.

Ein schlichtes Dankeschön war der einzige Lohn, den Johannes Smeds forderte. Und dieses Dankeschön wurde mit einem knappen Kopfnicken quittiert. Niemand sollte erfahren, daß Johannes Smeds begehrlich nach ihrer Dankbarkeit griff und sie in das Kassengewölbe in seinem Inneren einschloß, wo sie seinen Stolz nährte und düngte. Die Dankbarkeit war sein Opium. Je mehr er bekam, desto mehr verlangte es ihn danach.

Es war die Zeit des Stolzes von Johannes Smeds, und er war sein Sklave.

Eines Abends suchte Dollar-Hanna Johannes Smeds auf.

Es war unmittelbar nach Pfingsten, weiß und gewaltig wölbte sich der Himmel über der Ebene, im Norden aber brannte der Horizont noch dunkelrot wie die erlöschende

Glut eines riesigen Feuers, als schwarzes Sägeblatt stand der Waldrand vor dem Licht. Auf dem Hofplatz blühte die Traubenkirsche, ihr Duft lag süßlich und einschläfernd über dem Smeds-Hof. Durch das Kammerfenster sah der Kommunalarin, wie Hanna stehenblieb und den Kirschduft einatmete. Im abendlichen Dunkel sah ihr Gesicht weißglänzend aus, und es schien, als würde sie schweben.

Dann klopfte sie schüchtern und vorsichtig an die Kammertür.

Die sonst so geschäftsmäßige Hanna machte einen verlegenen, beinahe verstörten Eindruck. Umständlich entschuldigte sie sich für die späte Stunde ihres Besuchs und schlug Kreise und Umwege um ihr Anliegen. Smeds war viel zu erfahren, um sie zu hetzen. Schließlich sagte sie: »Ich muß mit jemand über meine Mutter reden. Ich brauche Hilfe, ich weiß sonst nicht mehr, wie es weitergehen soll!«

Smeds hätte nie erwartet, daß Hanna ihn in einer Privatangelegenheit aufsuchte! Es berührte ihn unangenehm. Ein Gemeindevertreter darf sich nicht mit privaten, sondern lediglich mit öffentlichen Angelegenheiten befassen. Johannes Smeds setzte sich zurecht, der Stuhl unter ihm knarrte. Er nahm die Lesebrille ab und putzte sie.

»Nun, worum geht's?« sagte er dann und hörte selbst, daß seine Stimme ein wenig zu scharf klang.

Hanna begann zu erzählen: Ihre Mutter hatte mit Doktor Norrmén wieder Streit bekommen, was an sich nichts Neues war. Der Gemeindearzt und Hannas Mutter waren sozusagen Konkurrenten und sahen einander schon lange schief an. Nun aber hatte ihr Streit plötzlich ernste Formen angenommen.

Am Tag zuvor hatte der Doktor Hannas Mutter bei Polizeikommissar Jansén wegen Körperverletzung, Beleidigung und Quacksalberei angezeigt. Der Kommissar maß der Angelegenheit große Bedeutung zu und hatte die Ermittlungen aufgenommen.

Johannes Smeds fluchte niemals, der Gebrauch von Kraftausdrücken schickte sich nicht für einen Gemeinderat und Landtagsabgeordneten. Jetzt aber hätte ihm beinahe ein Fluch die Lippen verbrannt, erst im letzten Augenblick konnte er sich besinnen: »Das ist doch... das ist recht schlimm!«

»Ja, und ich muß mir die Augen aus dem Kopf schämen. Ich kann den Laden zumachen und fortziehen!« klagte Hanna.

»Nun, so weit muß es schließlich nicht kommen... Willst du mir nicht erzählen, was passiert ist?«

Bekanntlich hatte die Gemeinde Siklax seit einiger Zeit eine Hebamme. Fräulein Rakel Thodén war an der Entbindungsanstalt in Helsinki ausgebildet worden, hatte eine Krankenschwesternbrosche aus schwarzem Email, eine schwarze Tasche und feste Ansichten. Sie duldete keine anderen Hebammen neben sich, was die lebhafte Billigung Doktor Norrméns fand.

Hannas Mutter beschäftigte sich schon lange mit der Kräutermedizin und hatte schon bei zahllosen Geburten geholfen. Vor allem Schärenbewohner und Alte wendeten sich mit ihren Gebresten an sie, solche, die nicht viel übrig hatten für die modernen Methoden Norrméns und sein Latein. Die Alte kurierte Menschen und Vieh mit wunderlichen Sprüchen, die sie von ihrer Mutter kannte, und mit Heilpflanzen, die sie unter großer Heimlichtuerei pflückte, zubereitete und in Glasflaschen im Eckschrank ihrer Küche aufbewahrte. Sie bestand darauf, in ihrer Kate in der Bäcklidsgränd wohnen zu bleiben, obwohl Hanna sie immer wieder aufforderte, hinunter auf ihren Hof an der Straßenkreuzung zu ziehen. Stets mit sauberer weißer Schürze, die rußige Pfeife zwischen ihren nun fast zahnlosen Kiefern, ein bißchen schrumplig und krumm vom Alter, aber ebenso würdig wie eine Kaiserin im Exil, empfing sie ihre Patienten, stellte ihre Diagnose und behandelte die Krankheit, falls sie heilbar war; im anderen Fall erfuhr der Patient ohne Umschweife, wie es um ihn stand: »Nein, hier kann man nichts mehr machen, in drei Monaten liegst du in der Kiste!«

Sehr oft behielt Hannas Mutter mit ihren Prognosen recht.

Doktor Norrmén rümpfte die Nase über ihre Kuren und knirschte mit den Zähnen, wenn er das Wort Kräuterweib auch nur hörte, aber er konnte Hannas Mutter nicht wegen Quacksalberei anzeigen, da die Konsultationen bei ihr als normale Besuche getarnt waren, in deren Verlauf Krankheiten und Hinfälligkeiten nur nebenbei erwähnt wurden. Und eine Bezahlung zu fordern, kam Hannas Mutter nie in den Sinn. Was aber konnte sie dagegen machen, wenn liebe Mitmenschen einer alten Frau aus purer Freundlichkeit einen Liter Milch, eine Metze Birnen, ein bißchen Salzfleisch oder eine gebeizte Maräne hinter die Tür legten oder ihr ein paar Rubel zusteckten?

Dann aber traf Fräulein Rakel Thodén in Siklax ein.

Ihre felsenfeste Absicht war, der Tätigkeit aller klugen Weiblein ein Ende zu machen. Das resolute Fräulein Thodén erschien in der Bäcklidsgränd, hielt Hannas Mutter eine Strafpredigt und untersagte ihr, sich jemals wieder auch nur mit einer Geburt zu befassen. Sicherheitshalber würzte Fräulein Thodén ihre Ausführungen mit der wiederholten Androhung einer Anzeige beim Kreisgericht und empfindlichen Geldbußen.

Als Antwort blies Hannas Mutter der gebieterischen Wehmutter eine Wolke aus saurem Pfeifenrauch ins Gesicht.

Nun wollte es der Zufall, daß sich auf dem Trågas-Hof Nachwuchs einstellen sollte. Das Wasser war bei Trågas-Elisas-Anna schon abgegangen, der Knecht wurde nach der Hebamme geschickt und fuhr aus alter Gewohnheit zu Hannas Mutter. Die hatte mit der Gebärenden alle Hände voll zu tun, als Fräulein Thodén, glühend vor Zorn, hereingestürmt kam.

»Hinaus! Augenblicklich hinaus, du altes Drecksweib!« donnerte die Hebamme mit ihrer gebieterischsten Stimme und knuffte Hannas Mutter in die Seite.

»Du hast doch keine Ahnung von Geburten, du Pisserin!« schrie Hannas Mutter zurück.

Die Hebamme wurde bleich vor Wut, und da sie eine großgewachsene Frau war, versuchte sie, Hannas Mutter aus der Kammer zu drängen. Hannas Mutter schnappte nach der Hebamme, und es gelang ihr, ihr mit den wenigen verbliebenen Zähnen in den Daumen zu beißen.

Es kam zu einer heftigen Prügelei.

Aufschreiend vor Schmerz versuchte die Hebamme, Hannas Mutter abzuschütteln, die sich wie ein Fuchs in ihren Daumen verbissen hatte. Schließlich versetzte sie Hannas Mutter einen Tritt.

Jetzt kannte die Alte kein Halten mehr. Sie sah sich nach einem Schlaginstrument um, ergriff die emaillierte Waschschüssel, die auf einer Kommode stand, stürzte sich, abwechselnd Gott anrufend und die Hebamme beschimpfend, auf ihre Gegnerin, übergoß sie mit dem blutigen Wasser und schlug ihr anschließend die Schüssel auf den Kopf.

Zum Glück wurde die Wucht des Schlages durch die Kapuze und das volle Haar Fräulein Thodéns gemildert. Ehe Hannas Mutter zu einem weiteren Schlag ausholen konnte, versteinerten die beiden Kämpfenden wie einstmals Lots Frau.

Vom Bett hörte man dünne, wimmernde Schreie. Während sich die Wehmütter prügelten, war Tråga-Elisas-Anna ohne jede Hilfe mit einem gesunden Mädchen niedergekommen.

Gemeindevertreter zu sein ist wahrlich ein schwieriges, heikles Geschäft!

Nachdem sich Johannes Smeds Hannas Geschichte angehört hatte, schwieg er lange und gründlich, wobei er seine Lesebrille mit solcher Heftigkeit putzte, daß ihre Bügel knackten. Jetzt fiel ihm auf, daß es in der Kammer dunkel geworden war, und zündete die Petroleumlampe an. »Es ist vorteilhaft, ein wenig Licht um sich herum zu haben, wenn man zu einem so schwierigen Fall wie diesem Stellung nehmen muß«, sagte er, während er das Streichholz an den Docht hielt.

Der Geruch von Lampenpetroleum und heißem Messing erfüllte die Kammer. Hanna verspürte einen heftigen Sehnsuchtsstich in ihrer Brust, denn es war ein guter, warmer Geruch, der sie an die Abende in ihrer Pension in Telluride erinnerte.

Johannes Smeds aber sagte: »Da hat deine Mutter ein Unglück ohnegleichen angerichtet. Arme Alte! Nun ja, entschuldige, wenn ich es sage, aber sie hatte schon immer ihren eigenen Kopf...«

Wie um sich selbst zuzustimmen, nickte er. Hanna sagte nichts.

»Ich muß mit dem Kommissar, dem Doktor und Fräulein Thodén sprechen. Vielleicht kann man das in Ordnung bringen. Ein so alter Mensch noch vor Gericht... nein.«

Erneut entstand eine Pause.

Was gesagt werden mußte, war gesagt. Hanna fühlte, wie Erleichterung in ihr aufstieg; die Erleichterung hatte sich als riesige Müdigkeit verkleidet, die sie schwer machte und ihren ganzen Körper betäubte.

Ein Nachtfalter, ein kleines, unbedeutendes Insekt nur, hatte sich hinter das dünne Glas der Lampe verirrt. Der Falter flatterte gegen das Glas, während die Flamme ihn versengte, von seinen Flügeln kam ein leises Prasseln, dem die beiden gemeinsam zuhörten. Vielleicht hatten sie in diesem Augenblick denselben Gedanken: Der Mensch ist nicht sehr viel besser als so ein Insekt, auch wir sind Nachtfalter, die in heißen Lampengläsern herumflattern.

Hanna mußte all ihre Kraft aufbringen, um flüstern zu können: »Danke. Vielen Dank.«

Johannes Smeds nickte und hob die Hand zu einer abwehrenden Geste. Zu spät bemerkte er einen Riß im Panzer der Beherrschung, die er sich selbst auferlegt hatte. Vielleicht lag es daran, daß auch er müde war, vielleicht war der Grund ein anderer und tieferer. Für einen kurzen Augenblick entblößte er sich jedenfalls vor ihr, die Tür zum Giftschrank in seinem Inneren stand offen und ließ all den Stolz erkennen, den er dort verwahrte.

Und Hanna sah alles.

Smeds wußte sofort, daß sie ihn gesehen hatte, wie er eigentlich war. Heftige Scham überfiel ihn, sie brannte und ätzte und schmeckte nach Salpeter. Hinterher hatte er Angst vor ihr, er fühlte sich schwach und nackt und fragte sich, woher sie ihren Scharfblick hatte.

Hannas graue Augen ruhten auf ihm, doch Smeds konnte sie nicht ansehen und wandte den Blick ab.

Dann berührte sie ihn.

Es war nur eine kurze Berührung ihrer Fingerspitzen auf dem Rücken seiner Hand, die wie ein verletztes Tier auf dem Schreibtisch lag. Später war er sich nicht sicher, ob sie ihn überhaupt berührt hatte, aber in jenem Augenblick hatte er die Berührung mit seinem ganzen Körper empfunden, ähnliches hatte er noch nie erlebt.

Er fühlte ihre Nähe, fühlte die Stärke ihrer Teilnahme. Weder verurteilte noch bedauerte sie ihn, was ihn erstaunte, er wagte jedoch nicht aufzusehen, um ihren Blick zu erwidern.

Er hörte das Rascheln ihres Kleides, als sie sich schließlich erhob, hörte ihre Schritte und die Tür, die geöffnet und geschlossen wurde. Sie ging, aber sie verließ ihn nicht. Smeds blieb am Schreibtisch sitzen und sah lange auf seine Hand, die Hanna berührt hatte. Weiß und gewaltig wölbte sich vor dem Fenster die Sommernacht über der Ebene.

Kapitel Zehn

Manchmal kann es zwischen zwei Menschen zu einer großen, seltenen Gemeinschaft kommen. Eine solche Gemeinschaft geht über die Liebe zwischen Mann und Frau hinaus, denn sie ist viel größer als die Summe aus ihnen selbst, aus ihrer Körperlichkeit zieht sie keinen Nutzen.

Eine direkte Freundschaft der Sinne, ohne Schranken oder Distanz, sie kommt ohne Worte aus, kann wie die Radiotelegraphie über die Luft Verbindung schaffen. Sie macht die Menschen geradezu hilflos, ist für den Außenstehenden, dem ihr Wesen nicht bekannt ist, häufig erschreckend. Darum muß sie versteckt werden, denn der Unwissende wird sie mißverstehen und herabsetzen.

Eine solche Gemeinschaft zwischen Menschen tritt keineswegs plötzlich auf, nein, sie wächst wie eine Birke vor einer Giebelwand, man bemerkt nicht, daß sie wächst, bis man eines Tages erstaunt feststellt, wie groß der Baum geworden und wie reich und mächtig sein Astwerk ist.

So war die Gemeinschaft zwischen Dollar-Hanna und dem Kommunalarin, eine Gemeinschaft, die an jenem Abend begründet wurde, als sie ihn um Hilfe bat.

Vielleicht erklärt sich ihre Gemeinschaft mit der Kinderfreundschaft ihrer Söhne Erik und Otto, und vielleicht gab es noch mehr Gemeinsames, das in die Zukunft wies, denn die Menschen auf Stopelalixas Koppel und auf dem Smeds-Hof verbanden sich näher miteinander, ihre Schicksale griffen ineinander.

Anfangs war das keineswegs beabsichtigt, aber gegen die vereinigten Kräfte der Liebe und des Schicksals kann ein einfacher Erzähler wenig ausrichten!

Der Kommunalarin hielt sein Versprechen. Mit Schlauheit und großer Geschicklichkeit, die er in zahllosen politischen Angelegenheiten entwickelt hatte, klärte er die Differenzen zwischen der Hebamme und Hannas Mutter. Er überredete Fräulein Thodén und Doktor Norrmén dazu, ihre Anzeige zurückzuziehen, und suchte Hannas Mutter in der Bäcklidsgränd auf und forderte von ihr, sich bei Fräulein Thodén zu entschuldigen und sich fortan nicht mehr mit Geburten zu befassen. Anfangs wollte die Alte nicht mit sich reden lassen und blies, ihrer Gewohnheit getreu, dem Kommunalarin ihren sauren Pfeifenrauch geradewegs ins Gesicht.

Daraufhin zog Smeds gelassen seine eigene Stummelpfeife hervor, stopfte sie mit einer üppigen Portion »Fünf blaue Brüder« und zündete sie an.

Lange saßen sie da und bliesen einander über den Küchentisch hinweg Rauch ins Gesicht. Die Amerika-Uhr an der Wand, die Hanna als Geschenk mitgebracht hatte, maß mit lautem Ticken die Zeit, während der Rauch unter den Deckenbalken immer dichter wurde.

Die selbstgezüchteten Schotenblätter der Alten waren zuerst verbrannt. Zornig klopfte sie die Pfeife an der Ofenmauer aus und zeigte damit ihre Kapitulation an. Brummend akzeptierte sie die Friedensbedingungen. Der Kommunalarin bekräftigte das Abkommen mit einem kurzen Nicken. Er verließ die Alte und machte sich auf in die Snickarsgränd, um mit den Repräsentanten Frau Justitias im Kirchspiel Siklax zu sprechen. Vergnügt schnalzte er dem Pferd zu und fuhr, leise vor sich hin pfeifend, seiner Wege.

Kapitel Elf

So waren Hanna und der Kommunalarin einander nähergekommen, und sie glaubten, ihre Gemeinschaft gut zu verbergen. Johannes Smeds schaute herein, wenn sein Weg ihn am Laden vorbeiführte, und sie plauderten eine Weile miteinander. Meist war es nichts Großartiges oder Bemerkenswertes, was sie zueinander sagten, wichtiger war das Ungesagte. Sie konnten einander sehen, mit verstohlener Zärtlichkeit berührten sie einander, wenn Hanna den Preis für seinen Tabak kassierte. Er lächelte zögernd, hob die Mütze und ging wieder. Das war ihre ganze Gemeinschaft.

Sie brauchten keine großen Gebärden.

Bisweilen erwähnten Hanna oder Johannes Smeds die Kinder des anderen, und es fielen zwischen ihnen Worte, aus denen man hätte schließen können, sie sei sowohl die Mutter der Kinder auf dem Smeds-Hof wie auf Stopelalixas Koppel, und er sei ihr Erzeuger. Als sie sich zum erstenmal dabei ertappten, ergriff sie Verlegenheit und Scham, denn das war doch fast nicht anders, als würde man einen Ehebruch eingestehen. Mit der Zeit erschien es ihnen jedoch natürlich, an die Kinder zu denken, als handele es sich bei ihnen um etwas, das sie auf sonderbare Weise gemeinsam hatten, als hätten Ed Ness und Smess-Bat keinen Anteil an ihrer Entstehung gehabt.

Was Smess-Bat anging, so mochte das mittlerweile zutreffen.

Die Hausherrin auf dem Smeds-Hof hatte das Reich der Schatten betreten, wo nur sie allein Zutritt hatte, es war ein düsteres Reich, über das eine dunkle, bittere Königin herrschte. Das geschah, nachdem das mittlere Mädchen, dem man den stattlichen Namen Ullrika Amanda Teodora gegeben hatte, auf Grund einer unbekannten Krankheit dahinsiechte, auf die sich nicht einmal die Medizinprofessoren in Helsingfors verstanden. An ihrem siebten Geburtstag kehrte das Mädchen in ihre wirkliche Heimat im Himmel zurück, und an diesem Tag verlor Smess-Bat ihr Interesse für die Lebenden.

Von nun an widmete sie all ihre Fürsorge den Toten; sie stieg auf den Heuboden und rief von dort ihre Toten an, sprach mit ihnen, und sie antworteten ihr.

Der Kommunalarin mußte sie jedesmal vom Boden herunterholen, er nahm sie bei der Hand und half ihr die Leiter hinunter. Wie eine leere Hülle schien sie dann neben ihm zu schweben, während Smeds Gesicht zu einer hölzernen Maske erstarrte. Mit der Zeit türmte sich zwischen dem Kommunalarin und seiner Ehefrau ein gewaltiger Berg aus Schweigen auf.

Nur bei Dollar-Hanna konnte er sein Herz erleichtern. »Es ist meine Schuld! Wegen meines Hochmuts hat sie es an den Nerven bekommen!«

»Was sagst du da!« sagte Hanna streng und fuhr offenherzig fort: »Ihre Krankheit ist doch nicht deine Schuld. Wenn du so denkst, machst du alles nur noch schlimmer. Der Mensch ist eine komplizierte Einrichtung, geht etwas schief, dann versteht man nicht ohne weiteres den Grund dafür. Du mußt jetzt Mutter und Vater für die Jungen sein, und dazu brauchst du alle Kraft.«

Es ist keineswegs leicht, Mutter und Vater zugleich zu sein. Hanna half ihm dabei, indem sie ihm Kraft schenkte, auch sie war Mutter und Vater. Smeds liebte seine beiden Söhne mit einer Liebe, die so groß war, daß sie ihn wie eine tiefe Wunde schmerzte. Am meisten liebte er jedoch Erik, den älteren.

Ja, er verteilte seine Liebe ungleichmäßig auf seine beiden Söhne, dagegen konnte er nichts tun.

Erik fiel das Lernen leicht, außerdem besaß er einen starken Willen und große Zielstrebigkeit: Er gab erst auf, wenn er erreicht hatte, was er sich vorgenommen hatte. Im Alter von zehn Jahren hatte er alles Wissen erworben, das Lehrer Johansson in seiner Schule anbieten konnte, und sogar noch mehr, er sprach verständig und ernst wie ein erwachsener Mann.

Seiner Natur nach war Erik ein Führer.

Schon früh hatte er das Kommando über seine Freunde übernommen, und keiner zweifelte seine Autorität an. Er besaß jedoch auch ein Gefühl für Gerechtigkeit und verteidigte die Schwächeren und jene, die man gern schikanierte, auch mit den Fäusten, falls es erforderlich war. So wie der junge Johan Ludvig Runeberg es einmal getan hatte. Runeberg war Erik Johannes großer Held, sein Idol.

Jedoch mußte man über Erik auch sagen: Er hatte einen Kern vom selben Graugranit geerbt, aus dem sein Großvater bestanden hatte. Lange wollte der Kommunalarin glauben, sein Sohn sei eine Kiefer wie er selbst, kein Granitblock, und erst, als es zu spät war, sollte er einsehen, daß er sich geirrt hatte.

Es war der große Wunsch des Vaters, daß sein ältester Sohn jenen Weg betreten solle, den man ihm selbst einmal verwehrt hatte. In der Geheimkammer seines Stolzes bewahrte der Kommunalarin Studentenmütze und Magisterkranz für seinen Sohn auf. Als Erik nach Vasa aufs Gymnasium kam, waren die Hoffnungen des Vaters sein wichtigstes Gepäck. Er enttäuschte diese Erwartungen auch nicht: Erik entwickelte sich zum Klassenprimus und erhielt ein Stipendium.

Der Vater nahm die Erfolge des Sohnes auf, als wären es seine eigenen. Gierig verschloß er sie im Kassengewölbe seines Inneren. Wollte man Erik aber loben, sagte der Kommunalarin in ablehnendem Ton: »Niemand weiß, was die Zukunft noch bereithält.«

Mit Gustav, Eriks jüngerem Bruder, verhielt es sich anders. Gustav war kein Granitblock und auch keine geradegewachsene Kiefer. Man konnte nicht recht sagen, was er wirklich war.

Falls man ihn mit irgend etwas vergleichen konnte, dann möglicherweise mit einer Salweide: Ihr Stamm ist weich und biegsam, ihr Holz weiß und feucht, und im Frühjahr stellt man Pfeifen aus ihr her, die einen reinen, klaren Ton haben.

Gustav war keineswegs dumm, auch wenn sein Talent nicht so deutlich strahlte wie das seines Bruders. Eriks Zielstrebigkeit aber fehlte ihm, und wenn er auf zu harten Widerstand stieß, gab er unverzüglich nach. Er war sehr leicht zu biegen.

Stark war er nur in seinen Träumen.

Wenn er wie eine Dohle auf dem riesigen Kirschbaum an der Giebelwand des Smeds-Hofes saß, lange Sommertage als Kuh-Hirte im Wald auf dem Ribacks-Os verdöste oder über den Schulbüchern saß, wob sich Gustav einen unendlichen Wandteppich aus Träumen und Phantasien zusammen. Seine Träume sprühten vor Farben, sie trugen ihn jenseits von Raum und Zeit, begleitet von Tönen, deutlich erkennbaren Melodien. Gustav besaß die Fähigkeit, mit einem inneren Ohr der Musik seiner Träume zuzuhören. Doch mit der Zeit gab er sich mit dem Zuhören nicht mehr zufrieden, er stellte fest, daß er seine Träume *spielen* konnte. Stundenlang drehte und kardierte er still seine Träume, stickte das Thema, spann komplizierte Stücke und löste die Fäden wieder auf. In seinem Kopf spielten Violine und Orgel, Flöten trillerten und Glocken erklangen, während er mit geschlossenen Augen dasaß, vor sich hin summte und den Takt mit dem Fuß und einem Kopfnicken markierte.

In Gustav wohnte ein Spielmann.

Auf dem Smeds-Hof verstand man sich auf Musik jedoch schlecht. Die Kiefer lauschte nur auf den Wind, der Graugranit lauschte auf gar nichts. Der Kommunalarin sang nur an den Sonntagen während der Hochmesse, und die Töne, die er dabei hervorbrachte, konnten die Grabkreuze auf dem Kirchhof in die Erde versinken lassen. In der ernsten Welt des Gemeinderats Johannes Smeds war für Polkas, Walzer und ähnlichen Leichtsinn nicht viel Platz.

Gustav wollte Kantor werden. Er sah sich schon in der Kirche von Siklax die Orgel spielen und den Chor dirigieren. In dem Frühjahr, in dem er Lehrer Johanssons Schule verließ, trug er dem Vater seinen Wunsch vor.

Der Kommunalarin saß wie gewöhnlich am Schreibtisch in seiner Kammer und schrieb das Protokoll einer Gemeinderatssitzung ins reine. Langsam senkte er die Stahlfeder, und ehe der Vater den Mund öffnete, konnte Gustav in seinen Augen die Antwort lesen.

»Erik geht zur Schule, du übernimmst den Hof. Kantoren brauchen wir auf dem Smeds-Hof nicht.«

Ja, Gustav, vielleicht wäre vieles anders gekommen, hättest du Kirchenmusiker werden dürfen, hättest die Musik ausdrücken dürfen, die in deinem Inneren spielte und klang.

Ersatzmann deines Bruders warst du, mußtest dich mit dem zufriedengeben, was Erik übrigließ. So hast du dich dann auch selbst gesehen. Und das Bild, das man von sich selbst hat, besitzt bisweilen die eigenartige Fähigkeit anzustecken: So wie du dich selbst gesehen hast, sollten dich schließlich auch die anderen sehen: ein Ersatzmann, ein Surrogat, einer, der sich mit dem Holzlöffel begnügen mußte, während der Bruder mit glänzendem Silberbesteck aß...

»Na, und ich?«

Eine grelle, fordernde Jungenstimme unterbricht die sentimentale Betrachtung über Gustav, und ein Pritschenwagen, den ein aufdringliches Aroma nach Dung umgibt, fährt geradewegs in diese Erzählung hinein. Der Wagen wird von einer Mähre gezogen, die der mit den örtlichen hippologischen Verhältnissen wohlvertraute Erzähler sogleich als Lokka vom Smeds-Hof identifiziert.

Auf dem Kutschbock thront Otto.

Otto im Alter von zwölf, dreizehn Jahren. Er ist schmutzig und barfüßig, bekleidet lediglich mit kurzen Hosen und einem Hemdenfetzen. Die Füße sind blaugefroren und wund, das ungekämmte blonde Haar steht in Zotteln ab. Der Rotz hängt in zwei grünen Strängen unter der Nase, ab und zu kommt die Zungenspitze und leckt. Das Gesicht ist streifig von Schweiß und Borkensplittern.

Was soll denn das bedeuten? Wo Hanna doch immer darauf bedacht ist, daß ihre Kinder ordentlich und sauber sind, selbst wenn sie mitten in der Nacht den Waschbottich anheizen muß.

»Pfeif auf meine Mutter!« zischt Otto. »Ich arbeite, und in Sonntagskleidern geht das ja nicht. Ein Erzähler muß das doch begreifen!« Unter seinem schmutzigen Schopf hindurch schielt Otto vom Pritschenwagen herunter. »Na, dann laß hören!«

Was soll ich denn hören lassen?

»Na, du hast dich lang und breit über Erik und Gustav ausgelassen, jetzt mußt auch vom dritten erzählen, schließlich waren wir zu dritt...«

Aber, lieber Otto, in meiner Geschichte ist ein Abschnitt über dich an dieser Stelle nicht vorgesehen, aus literarischen Gründen und wegen der Überschaubarkeit und der Komposition...

»Geschwätz! Erzähl jetzt auch von mir, dann haben wir's hinter uns, ich hab keine Lust, hier lange rumzustehen, ich hab heute noch viel zu tun!«

Weil Otto die Stimme erhebt und mit seiner furchteinflößenden Erscheinung ungebührlich viel Aufmerksamkeit auf sich zieht, gibt der Erzähler jede Rücksichtnahme bezüglich Rhythmus und Komposition auf und läßt es sich angelegen sein, dem Wunsch des Jungen zu entsprechen.

Es trifft zu, daß Otto zusammen mit Erik und Gustav ein Triumvirat bildete. Erik war selbstverständlich der Anführer, Otto sein Waffenträger, Gustav bildete sozusagen die Nachhut.

In Siklax gewöhnte man sich an, sie so zu sehen.

Wenn jedoch Erik in Vasa in der Schule war oder den Vater zu dessen Geschäften begleitete, mußten Otto und Gustav allein miteinander auskommen. Dann war Otto der

Anführer, mit Hilfe der vom abwesenden Erik entlehnten Autorität.

Ja, die Veränderung des Jungen, der früher stumm gewesen war und den Laden seiner Mutter bewacht hatte, war schon bemerkenswert!

Schaut nur, wie er an der Spitze eines Aufgebots von Jungen – Holmas-Eskil, Trågashinrikas-Elis und Nystu-Svenna, Karl und August, die Jungen vom Marisas-Hof und einige andere – an der alten Getreidedarre des Smeds-Hofs vorbei und über die Bör-Wiesen läuft. Bestimmt wollen sie hinunter zum Fluß, die Pflichten zu Hause sind schon erledigt oder vergessen. Vielleicht wollen sie in der sprudelnden Strömung der Mündung des Langås-Bachs in den Siklax-Fluß Hechte fangen?

Ihre Füße tanzen über die ersten zarten Büschel des noch jungen Grases. Sie verständigen sich mit Zurufen wie ein Zug Graumöwen, klettern über einen wackligen Zaun und laufen den Börängsvägen hinunter, der nur aus einer erbärmlichen Radspur besteht, die zum Fluß führt. Der Lehm spritzt ihnen um die Beine, einer der Jungen stolpert und fällt fast auf den Bauch.

Aufgeschreckte Kiebitze steigen aus ihren Nestern am Wiesenrand in die Luft, ängstlich fiepsend flattern sie über der Jungenschar, die weißen Stellen auf ihren Flügeln leuchten in der Frühlingssonne. Aber die Jungen haben keine Zeit, anzuhalten und Vogelnester zu plündern. Das müssen schon bemerkenswerte Hechte sein, wenn sie einen solchen Aufmarsch provozieren!

Die Kohorte bricht in das üppige Weidengestrüpp ein, das an dieser Stelle das Flußufer einrahmt, Otto dirigiert sie hindurch und ruft etwas, das aber unverständlich bleibt. Er erinnert an einen Unteroffizier, der seine Truppe in den Kampf führt.

Plötzlich macht Otto kehrt und läuft denselben Weg, auf dem er gekommen ist, zurück, der Lehm spritzt, er keucht wie ein Stöberhund.

Verstehe sich einer auf Jungen!

Nach einer Weile kommt Otto wieder, im Schlepptau Lokka vom Smeds-Hof, die einen Dungkarren zieht, auf dem Gustav sitzt und am ersten Sauerklee dieses Frühjahrs saugt, vermutlich gehen ihm neue, eigenartige Melodien durch den Kopf...

Die Erklärung solch eigentümlicher Manöver lautet, daß Otto sich auf Geschäfte verlegt hatte.

Otto handelte mit dem Gerber Juoppi-Blinkmatt in Brännorna, auch Tilderöga genannt. Im Frühjahr benötigte Tilderöga große Mengen Weidenrinde für seine Gerbtröge und bezahlte den Jungen, die sie ihm lieferten, manchen Rubel. Die Jungen indessen gingen nicht gern zu ihm, denn er war ein unangenehmer Mensch. Die Kinder von Siklax erzählten sich unheimliche Geschichten von neugierigen Gören, die er in seiner stinkenden Gerberei ertränkt und erst dann wieder aus dem Trog gezogen hatte, wenn sie gründlich ausgelaugt und am ganzen Körper braun wie Kalbsleder waren...

Das Geld, das der Gerber ihnen bezahlte, lockte die Jungen allerdings. Sie kamen in einen harten Konflikt zwischen ihrer Angst und ihrem Verlangen nach Geld, das sich in Hannas Laden in eine Tüte säuerlicher Bonbons oder einen großen Klumpen Kandiszucker umsetzen ließ. Und Otto war es gelungen, zur Zufriedenheit aller aus diesem Dilemma herauszukommen. Seine Lösung war auf der ersten Seite eines schmutzigen, zerfledderten Wachstuchheftes niedergelegt, das er stets in der Gesäßtasche seiner Hose verwahrte:

Geschäftsordnung der
Vaterländischen Siklax-Rindengewinnungs-Aktiengesellschaft
Gegründet zu Siklax am 1. April 1910

1. Die Tätigkeit der Gesellschaft besteht in der Gewinnung von Baumrinde und im Weiterverkauf derselben.

2. Jedes Mitglied der Gesellschaft ist Halter einer Aktie. Die Aktien-Besitzer verpflichten sich, für die Gesellschaft zu arbeiten. Dividenden werden nach Arbeitsleistung ausgeschüttet.

3. Der Disponent der Gesellschaft (Otto), zugleich der Verkaufschef, bildet die Direktion der Gesellschaft und ist für den Verkauf der Produkte zuständig. Hierfür erhält er eine Entschädigung in Höhe der Hälfte (50%) der Einnahmen der Gesellschaft.

Die Geschäftsordnung war von Erik aufgestellt und, wie auch die Aktienbriefe, säuberlich in seiner geschulten Gymnasiastenhandschrift niedergeschrieben worden. Denen, die sie sehen wollten, zeigte sie Otto voller Stolz, achtete aber genau darauf, daß kein unbefugter Blick auf den Rest des Wachstuchheftes fiel. Dort befand sich die Buchführung der Baumrindengesellschaft, und sie barg gewisse Geheimnisse, die Otto nicht gern enthüllt sehen wollte. Soviel kann der allwissende Erzähler jedoch andeuten, daß Otto ein verblüffendes Talent zur doppelten und dreifachen Buchführung besaß; Menschen ohne Feingefühl könnten geradezu behaupten, daß Otto seine Geschäftspartner systematisch über den Tisch gezogen hatte, da er den Berechnungen über seine Vergütung einen völlig anderen Preis zugrunde legte, als denjenigen, den er mit Gerber Juoppi ausgehandelt hatte.

Wie auch immer, jedenfalls sammelten die Jungen in jenem Frühling haufenweise die Rinde von Weidenbirken und verdienten besser denn je, gleichzeitig waren sie vor Tilderöga sicher. Bestimmt gönnten sie Otto sein großzügig bemessenes Disponentengehalt, zumal es der Gesellschaft gelungen war, das Monopol für Lieferungen an die Gerberei zu erhalten. Hierzu war selbstverständlich eine heftige Prügelei mit den Jungen von Åkerbacken erforderlich.

»Ich weiß auch nicht, woher der Junge das hat und so gern handelt«, seufzte Hanna, wenn die Baumrindengesellschaft aufs Tapet kam, zugleich war sie aber auch ein wenig stolz auf Ottos Unternehmungsgeist und lächelte in sich hinein, wenn sie sich unbeobachtet glaubte.

Nicht einmal Otto wußte, wie er auf diese Idee gekommen war. Die *Inspiration* hatte ihm ein heimliches Losungswort ins Ohr geflüstert: Plötzlich hatte er die Vision der Baumrindengesellschaft in allen Einzelheiten vor Augen.

Sein Kopf füllte sich mit Hitze, während sein Bauch sich vor Kälte zusammenzog. Später sollte er diese eigentümliche Mischung von Wärme und Eis noch häufig erfahren, wenn er vor großen, wichtigen Geschäften stand, es war das entscheidende Zeichen, blieb es aus, sagte er Stop, und aus dem Geschäft wurde nichts.

Jedoch waren mit Ottos Einfall keinesweg alle Probleme gelöst, Erik mußte noch seinen Segen erteilen, sonst konnte nichts daraus werden.

Irgendeine praktische Notwendigkeit für Eriks Mitwirkung gab es nicht. Otto wußte das sehr wohl. Ebensogut wußte er freilich, daß er ohne Eriks Segen nichts zustande bringen würde. Otto wäre bitter enttäuscht gewesen, wenn aus der Baumrindengesellschaft nichts geworden wäre, also mußte er dafür sorgen, daß seine Idee die Billigung des Freundes fand.

Wie Otto befürchtet hatte, reagierte Erik zunächst kühl.

»Zu was soll eine solche Gesellschaft gut sein?«

»Gemeinsam verdienen wir mehr!« erklärte Otto eifrig.

»Geld, Geld... Allzuoft sieht man vor lauter Geld nicht das Wesentliche, sagt Vater immer.«

»Ja, schon, aber Geld braucht man doch für alles mögliche«, antwortete Otto und fühlte, daß er bereits unterlegen war.

»Ach was! Der Mensch muß sich über das Materielle hinausbegeben und die Ideale erkennen, sonst ist er verloren!

Judas hat Jesus für dreißig Silberlinge verkauft, da hast du dein Geld! Glaubst du, Runeberg hat an Geld gedacht, oder Mechelin oder all die anderen vaterländisch Gesonnenen, die von den Russen verbannt wurden?«

Erik hatte die Schulmütze in den Nacken geschoben, seine Augen glänzten, dies war sein Lieblingsthema. Unter den Gymnasiasten von Nikolajstad fand sein von den Vätern ererbter Vaterlandssinn reiche Nahrung, und nicht umsonst war er schließlich der Sohn das Abgeordneten, der Bobrikov einmal die Leviten gelesen hatte.

Da kam die Inspiration Otto ein weiteres Mal zu Hilfe. Wie ein guter Adjutant flüsterte sie ihm ihren Rat zu, und plötzlich wußte er, wie er Erik für sein Projekt gewogen stimmen konnte.

»Und eine Gesellschaft zu gründen und Geld zu verdienen, wäre keine vaterländische Tat?« schlug Otto leise vor, und lispelte dabei, um die Wirkung noch zu verstärken.

Erik runzelte die Stirn, der Blick seiner blauen Augen wurde klar und scharf, er bestand auf Antworten, und auch sie hatten klar und scharf zu sein.

»Das mußt du mir erklären!«

»Nun, ich habe mir gedacht, Geld an sich ist nichts, wichtig ist, wozu man es benutzt. Es heißt doch, Finnland ist so arm, aber das finnische Volk muß alles versuchen, um sich zu vervollkommnen, damit es mit Finnland vorangeht und das Land in die Reihe der Nationen aufsteigen kann. Dazu braucht man die Industrie. Irgendwo müssen wir ja anfangen.«

Nun bediente sich Otto Eriks eigener Rhetorik, er war wirklich sein getreuer Schüler. Indessen schenkte die Inspiration Otto Urteilskraft genug, damit er nicht zu weit ging. »Also habe ich mir gedacht, warum nicht mit dem Verkauf von Baumrinde anfangen. Das ist klein und unwichtig, aber ein Anfang ist es wenigstens...«

Erik sah nachdenklich aus. »Und wozu willst du das Geld benutzen, das du verdienst?«

»Verplempern werde ich es bestimmt nicht, das verspreche ich...«, sagte Otto eifrig. »Kapital muß investiert werden, Geld muß arbeiten.«

»Ja, genau das! Genau das!«

Wie hätte er Erik seinen allergeheimsten Traum erzählen können? Otto brauchte Geld, denn er wollte noch immer über das Meer fahren. In seinem Inneren trug er eine phantastische Vision mit sich herum: eine Stadt aus glänzenden Lichtern, deren Türme sich in schwindelerregende Höhen zu schwingen schienen, als ob die Stadt aus Übermut Löcher in den Himmel stechen wollte...

Es war die Stadt, die er schon einmal gesehen hatte. Dorthin wollte er zurück. Und dies war der erste Schritt auf dem Weg. Für diesen Traum aber besaß er keine Worte. Vielleicht gab es keine Worte, mit denen man eine Stadt aus Licht beschreiben konnte, vielleicht konnte er Eriks Hand nehmen, wie er es schon einmal getan hatte, und versuchen, ihm seinen Traum mit Hilfe seiner Pulsschläge und des Rauschens des Blutes in seinen Adern zu vermitteln. Aber er war sich nicht sicher, ob Erik ihn selbst dann verstanden hätte. Otto hatte erkannt, daß seine Vision einzigartig war. Eriks Visionen waren von anderer Art, und nichts konnte diesen Unterschied aufwiegen, nicht einmal die Tatsache, daß sie einander liebten.

»Vielleicht hast du ja recht«, sagte Erik schließlich und nickte.

Otto schwieg, im Augenblick des Sieges ergriff ihn eine große Trauer. In seinem Inneren glänzte die Stadt aus Licht, er fühlte seine Einsamkeit und sehnte sich schmerzlich danach, das Licht mit einem Menschen zu teilen. Doch er konnte es nicht, und er wagte es auch nicht.

Eine Weile später, als Erik die Geschäftsordnung in das Wachstuchheft geschrieben hatte, das von Otto eigens zu diesem Zweck angeschafft worden war, begann er zu lachen. Eriks Lachen dröhnte und quoll blubbernd aus ihm heraus und erfüllte Otto mit einer bestürzten Freude, die seine Trauer verjagte.

»Über was amüsierst du dich denn so?«

»Du bist schon ein Gauner, Otto! Vaterländische Baumrindengesellschaft – du glaubst ja fast selbst, was du da sagst!«

Lachend umklammerte er seinen Freund, und plötzlich fanden sie sich in einem Ringkampf auf dem Fußboden wieder. Otto wehrte sich und versuchte, Erik niederzuzwingen, er spürte, wie Eriks Körper sich spannte, fühlte den Geruch von Eriks Schweiß, und er mochte den Geruch.

Erik lachte noch immer, als er auf Otto lag und seine Schultern mit den Knien auf den Teppich preßte.

Kapitel Zwölf

Kommt, wir wollen uns Lehrer Johanssons Fotografien ansehen.

Johansson ist zwar schon 1922 an Lungentuberkulose gestorben, und seine hinterlassene Sammlung an Glasnegativen, die er in zig Kisten aufbewahrt hatte, ist auf eine bezeichnende Weise zerstört worden. Was für uns allerdings kein Hindernis darstellt. Wo die Wirklichkeit zu kurz kommt, muß die Phantasie einspringen. Durch eine Erweiterung des realistischen Stils über den Rahmen des Möglichen hinaus erschaffen wir eine neue Wirklichkeit.

Nach der Zeit greifen zu wollen, um sie festzuhalten, ist ein gefährliches, aussichtsloses Unterfangen. Die Zeit rächt sich grausam an dem, der sich gegen sie erheben will. So wurden auch Johanssons Träume, die Ewigkeit mit Hilfe von Silbernitrat und Glas aufbewahren zu können, zerschmettert.

Im Frühjahr 1926 wurde sein Nachlaß versteigert. Ein gewisser Eskil Holm aus Blaxnäs bekam für billiges Geld den Zuschlag für die Glasnegative.

Für die Kunst der Fotografie hatte dieser Eskil Holm allerdings wenig Interesse, es ging ihm nur um das Glas.

Eskil Holm war in Amerika gewesen und hatte dort die Kunst kennengelernt, Pflanzen unter Glas zu ziehen. Er stellte sich vor, es müsse möglich sein, selbst in Siklax Tomaten in einem Gewächshaus zu züchten. Mit Hilfe einer Bürste und Benzin scheuerte er dreißig Jahre Siklaxer Geschichte von seinen neu erworbenen Glasplatten. Dann kittete er sie zu einem Gewächshaus zusammen und säte Tomatensamen aus, den er in Amerika bestellt hatte.

Ihrer Gewohnheit getreu, begleiteten die Einwohner von Siklax sein Projekt mit Lachen und Kopfschütteln. Später lachten sie nicht mehr und bauten eigene Gewächshäuser. Heute gilt Eskil Holm als Pionier des Gewächshausbetriebes in Südösterbotten.

Da es sich um einige tausend Glasnegative handelte, gelang es Eskil Holm nicht, jedes einzelne völlig zu reinigen, was zur Folge hatte, daß Reste der Motive an den Gewächshauswänden erhalten blieben: ganze und halbe Menschen, schwarze, freischwebende Gesichter, Oberkörper, Pferdehintern, verblaßte Landschaften. Das Gewächshaus war ein heimatgeschichtliches Archiv, dessen Inhalt bunt durcheinander geworfen worden war: Dollar-Hannas Laden, wie er an jenem Novembertag im Jahr 1905 aussah. Daß gerade diese Aufnahme fast unbeschädigt geblieben ist? Und dort: Die Rückfront von Nygårds-Elisas Ford T von 1914, aus Amerika importiert und, soweit man weiß, das erste Auto im Kirchspiel Siklax. Stranden, mit Seeschuppen und Anlegern. Eine Schulklasse. Die feierliche Einweihung des Krankenhauses von Siklax im Jahre 1911; vor dem Krankenhaus stehen die namhaftesten Förderer des Projekts: der Kommunalarin, Doktor Norrmén im weißen Kittel und Fräulein Rakel Thodén, die Hebamme, allerdings halb weggewaschen... Neben der Tür des Gewächshauses eine Beerdigung. Schnee, viele Menschen, die ein Spalier bilden. Sechs Männer tragen einen Sarg. Die Träger haben weiße Armbinden (auf dem Negativ sind sie selbstverständlich schwarz). Mit anderen Worten: Hier handelt es sich um ein Heldenbegräbnis im Spätwinter 1918.

An der Längswand des Gewächshauses, unten am Boden, befindet sich ein Negativ, das einer eingehenderen Untersuchung wert ist. Der Erzähler muß jedoch den geduldigen Leser bitten, sich auf den Kopf zu stellen, das Glas wurde nämlich verkehrt herum eingesetzt:

Im Hintergrund das stattliche Hauptgebäude des Smeds-Hofes. An der Hausecke ein hoher Kirschbaum. Auf dem Negativ wirkt der Kirschbaum völlig schwarz, als habe man ihn mit einem riesigen Trauerschleier verhüllt. Kehrt man jedoch Schwarz und Weiß um, stellt man fest, daß die Kirsche von Spinnmotten befallen und in das weiße Netz dieses Schädlings eingewoben ist.

Auf dem Hofplatz steht ein Kaffeetisch, bedeckt mit einer frisch gemangelten Leinendecke. Darauf steht eine einsame Kaffeetasse, dazu Zuckerschale, Sahnekännchen und ein Teller mit Zimtschnecken. Vier Menschen sitzen an dem Tisch. Auf einem Stuhl mit hoher Lehne thront der Kommunalarin, neben ihm sitzt eine Frau in einem weißen Festtagskleid, sie hat den Blick gesenkt, ist aber ohne weiteres als Smess-Bat zu identifizieren. Auf einer Bank aus spanischem Rohr sitzt ein junger Mann mit breitem, offenem Gesicht, er lächelt vergnügt und hält die Hand der Frau neben ihm: Dollar-Hanna.

Halt, einen Augenblick!

Dollar-Hanna zusammen mit einem offensichtlich verliebten Jüngling auf einer Bank auf dem Smeds-Hof? Das kann doch nicht sein!

Richtig: Sehen wir genauer hin, erkennen wir, daß das nicht Hanna ist. Die entschiedene Haltung, der hocherhobene Kopf, die Gesichtszüge erinnern zwar an sie, doch die Frau auf dem Bild ist erheblich jünger, fast noch ein Mädchen. Ein Zweifel ist kaum möglich: Es ist Hannas Tochter Ida, die zu einer hübschen jungen Frau herangewachsen ist und ihrer Mutter täuschend ähnlich sieht. Der junge Mann an ihrer Seite ist Gustav. Die beiden sind verlobt.

Aber fehlt nicht jemand auf diesem Familienfoto?

Wo ist Erik, der älteste Sohn des Kommunalarin?

Lehrer Johansson machte diese Fotografie an einem Sonntagnachmittag im Sommer 1917, im letzten Sommer des Großfürstentums Finnland, einem Sommer voller Krieg, übler Gerüchte und Fliegen.

An dem Sonntag, als Lehrer Johansson mit seiner Kamera auf den Smeds-Hof kommt, brennt die Sonne wie üblich weiß und versteinert von einem Himmel, der ebenso heiß und trocken ist, wie ein Ziegeleiofen, der Sommer scheint ungewöhnlich heiß zu werden. Die Heuernte ist schon beendet, die Ausbeute war nur mittelmäßig. Die große Trockenheit hat Roggen und Weizen sehr geschadet, die Pflanzen weisen gelbe Flecke auf, die Äcker sind grau und rissig, auf den Kartoffelfeldern hängt schlaff das von der Hitze versengte Kartoffelkraut. Ein Gerücht besagt, daß die Leute von Blaxnäs bereits ihr Vieh zur Weide auf die Schären bringen, viel früher, als sich irgend jemand entsinnen kann. Ja, es sind sonderbare Zeiten, es will nicht regnen, alles ist gleichsam aus dem Gleichgewicht, draußen in der großen Welt geht der Krieg weiter, und Frieden ist nicht in Sicht...

Sonntagsruhe. Die Einwohner von Siklax sind in der Kirche gewesen, um sich von Probst Roschier den Segen des Herrn erteilen zu lassen (und ein wenig die Kühle im Kirchengewölbe zu genießen), sie haben zu Mittag gegessen, und nun döst Siklax, betäubt von der Hitze und vom Essen.

Nur das Summen der Fliegen und die schrillen Schreie der Turmschwalben hoch in der Luft sind zu hören.

Im Schatten der Fliederhecke sitzen der Kommunalarin und Lehrer Johansson und unterhalten sich, sie sind Parteifreunde, beide schon lange in der Kommunalpolitik. Weder Gastgeber noch Gast haben Lust aufzubrechen, Smess-Bat ist schon lange im Haus verschwunden. Auch Ida und Gustav sind weggegangen, Hand in Hand und vergnügt lachend.

Der Kommunalarin hat seine Pfeife angesteckt, aber bei dieser Hitze schmeckt sie ihm nicht, er hat das Gefühl, als fülle sich sein Mund mit dem Rauch brennenden Kautschuks. Lehrer Johansson hustet hin und wieder, dann hält er sich ein Taschentuch vor den Mund und spuckt manchmal in eine kleine, braune Flasche. Dann sieht man weg. Schwindsucht gibt man ungern zu, damit man sie nicht anzieht.

Fliegensummen. Schwalbengeschrei.

»Wann ist es denn soweit mit der Hochzeit?« fragt Lehrer Johansson.

»Um Weihnachten herum, haben wir gedacht«, antwortet der Kommunalarin zerstreut.

»Ja, Ida ist schon ein tüchtiges, reelles Mädchen, in jeder Hinsicht, sie ist bei mir in die Schule gegangen.«

Plötzlich zögert der Lehrer, der Rest dessen, was er sagen wollte, bleibt in der Luft hängen.

Der Kommunalarin sieht ihn an.

O Gott, wie alt er geworden ist! denkt Johannson plötzlich.

Der Blick des Kommunalarin mag müde sein, scharf ist er nach wie vor. Johansson windet sich auf seinem Stuhl hin und her.

»Ich weiß genau, was die Leute denken«, sagt der Kommunalarin ruhig. »Auf den Smeds-Hof hätte eine richtige Bauerntochter gehört und nicht die Göre von der Krämerin. Aber weißt du, Johansson, ich bin jetzt so alt, daß mir ein solches Gerede mittlerweile gleichgültig ist. Nicht die gesellschaftliche Klasse bestimmt die Qualitäten eines Menschen, sondern etwas ganz anderes. Das habe ich lernen müssen. Und wenn es dann einmal soweit ist, kann der Smeds-Hof keine bessere Herrin bekommen als Ida, sie ist mehr wert als ein Dutzend Bauerntöchter, das wäre auch nicht anders, wenn sie eine Häuslers-Tochter wäre.«

»Du klingst ja beinahe wie ein Sozialist!«

»Nein, Johansson, du weißt, Sympathie für die Sozialdemokraten hatte ich nie, und das bleibt auch so, das wenigstens ist sicher. Aber gab es da nicht mal einen Volksschullehrer, der sich 1905 so begeistert über die Sozialdemokraten geäußert hat...«

»Das war wegen des Generalstreiks damals, viele haben das gemacht. Ich war noch ein junger Kerl, und junge Männer fallen leicht allen möglichen Verirrungen zum Opfer, da wird gegen die väterliche Autorität rebelliert...«

»Stimmt«, sagt der Kommunalarin steif.

Der Lehrer hätte sich die Zunge abbeißen können, jetzt

hat er in diese offene, entzündete Wunde gestoßen! Wie konnte er nur so gedankenlos sein! Er beginnt zu husten, um sich aus der Verlegenheit zu retten, zieht das Taschentuch heraus und die braune Flasche, obwohl das überhaupt nicht nötig gewesen wäre. Dieses Mal aber wendet der Kommunalarin den Blick nicht ab. Es scheint, als wolle er, daß der Lehrer den nackten Schmerz in seinen Augen sieht, der aufblitzt wie ein kleiner Hecht unmittelbar unter der Wasseroberfläche. Es dauert nur einen Augenblick, dann schließt der Kommunalarin wieder den Alltags-Deckel über dem Uhrwerk in seinem Inneren. Erleichtert strecken sich beide nach den leeren Kaffeetassen, der Kommunalarin klappert mit der Streichholzschachtel und zündet die Pfeife wieder an.

»Mit den Jungen kann man heute nicht mehr so verfahren wie früher«, sagt er. »So wie mein Vater mit mir. Heute bahnt sich die Jugend auf eigene Faust ihren Weg. Sie brennen für das, was sie für gut und richtig halten, das ist die Stärke der Jugend. Daß sich aber jemand an den Flammen verbrennen kann, daran denken sie nicht. Vielleicht ist das immer so, daß manche sich verbrennen müssen...« Er zieht an der Pfeife, stößt eine Rauchwolke aus und fährt dann fort: »Seltsam ist das schon. Wenn man jung ist, weiß man genau, wie alles gemacht werden muß. Der Weg ist klar abgesteckt. Aber je älter man wird, desto weniger weiß man...«

Jetzt hört man unten auf der Straße Hufgeklapper. Der Kommunalarin verstummt. Beklommen sehen er und der Lehrer, wie eine russische Dragoner-Patrouille vorbeireitet. Die Soldaten sind verschwitzt und staubig, die Gewehre schlagen gegen ihre Rücken, das Zaumzeug klirrt. Der Unteroffizier, der die Patrouille führt, trägt eine rote Armbinde. Auch hier in Siklax haben die Revolutionäre die Kontrolle über die Armee.

Die Dragoner verschwinden in Richtung Åkerbacken, wie Pulverrauch bleibt hinter ihnen der Staub in der Luft stehen.

»Wieder eine Erinnerung an die Ordnung der Dinge...«, seufzt der Lehrer.

Die russischen Patrouillen sind ein Zeichen für den nun herrschenden Kriegszustand. In mehreren österbottnischen Gemeinden sind Truppen stationiert, auch in Siklax, warum, das weiß man nicht so genau. Vielleicht befürchtet das russische Oberkommando eine deutsche oder schwedische Invasion in dieser Gegend? Die Anwesenheit der russischen Soldaten ist auf mehr als eine Weise bedrückend. Die Versorgung der russischen Truppen mit Lebensmitteln, Heu und Holz fällt den Gemeinden zu. Die kommunalen Behörden erfüllen widerwillig ihre Lieferpflichten und beschränken offizielle Kontakte auf das absolut Notwendige. Die Leute von Siklax bleiben im allgemeinen unter sich, aber auch hier gibt es Russenbräute, Frauen, die sich nicht zu schade sind, mit den Russen zu fraternisieren. Die Handvoll Sozialdemokraten in der Gemeinde, mit dem Gerber Juoppi an der Spitze, hat seit der März-Revolution allerhand in Åkerbacken zu erledigen, und so mancher hätte gern gewußt, was die mit den Russen zu besprechen haben...

»Ja, ja, ich gehe jetzt«, sagt der Lehrer, unternimmt aber nicht den Versuch aufzustehen.

Die Luft über der Ebene zittert in der Hitze, die Scheunen scheinen ein Stück über der Erde zu schweben, der ferne Waldrand scheint in schmutzblauen Dunst gehüllt zu sein. Weit im Osten grollt ein Gewitter.

»Ein Unwetter zieht auf«, sagt der Kommunalarin nachdenklich. »Bald bricht der Sturm über uns herein, du wirst sehen.«

»Ein bißchen Regen könnten wir brauchen«, sagt der Lehrer. Dann begreift er, daß der Kommunalarin eine andere Art Sturm gemeint hat. Doch der geht nicht darauf ein und fährt fort: »Wir müssen froh sein für jeden Tag, an dem es hier ruhig und friedlich ist.«

»Nun, man sollte nicht ganz so pessimistisch sein?« sagt Johansson. »Bis jetzt hat sich Finnland doch herausgehalten.«

»Aber das ist keine Garantie dafür, daß es so auch weitergeht. Zuerst der Generalstreik im Frühjahr in Åbo, im Süden verschlimmert sich die Lebensmittelknappheit, in Helsingfors herrscht ein völliges Durcheinander. Und wie es in Rußland ausgeht, weiß Gott, die Bolschewiken sind auf dem Vormarsch, sie haben Kerenskij gewählt, in der Armee gibt es Unzufriedenheit und Meutereien...«

»Und eins, zwei, drei haben wir Frieden, man spricht doch von Verhandlungen...«

»Nein, ich glaube nicht, daß der Krieg so flugs zu Ende sein wird. Die Amerikaner sind jetzt auch dabei, warte nur ab, bis die ihre Truppen und Flugmaschinen über dem Atlantik haben, zum Schluß kommt es noch so weit und die Deutschen beißen ins Gras. Dann muß Finnland auf das richtige Pferd setzen...« Der Kommunalarin schlägt nach einer hartnäckig summenden Fliege. »Ehe der Krieg zu Ende ist, kommen wir in unserer kleinen Ecke hier auch noch dran. Da kann man nur hoffen, daß dieses kleine Finnland – und mit ihm wir alle – nicht noch niedergemäht wird, wenn die große Mähmaschine kommt...«

Weit entfernt im Osten rollt der Donner.

Kapitel Dreizehn

Auszug aus dem Tagebuch des Jägerhauptmanns Erik Smeds 1914–1918:

2. August '14 (Siklax)

Wurde sehr früh von Vater mit der Nachricht geweckt, Deutschland habe Rußland den Krieg erklärt. Vater hatte die Mitteilung von Redakteur Sundquist vom »Wasabladet« erhalten. Vater macht sich natürlich große Sorgen, ich glaube, er hat heute nacht nicht viel geschlafen.

Ich muß zugeben, ich habe mit einer gewissen Erleichterung auf die Kriegsnachricht reagiert. Endlich sind die Ungewißheit und die Spannung der letzten Wochen vorüber. Die gleiche Befreiung empfindet man, wenn nach einem langen, schwülen Nachmittag endlich das Gewitter losbricht – und der Juli war wirklich drückend heiß!

(Sonntagabend, spät) In der Kirche ungewöhnlich viele Leute. Roschiers Predigt, die offenbar dem Ernst des Tages entsprechen sollte, wirkte, mit Verlaub gesagt, höchst ratlos. Nun, er ist nicht allein mit seiner Verwirrung. Habe mich mit Vater am Nachmittag lange und gut auf unserem Lieblingsplatz unter der Kirsche unterhalten, wir haben geraucht und diskutiert. Wir waren uns einig, daß die Lage insgesamt von Unsicherheit geprägt ist, noch kann man nicht sagen, welche Folgen der Krieg für Finnland haben wird und ob man eventuell von Kriegshandlungen betroffen ist. Vater meint (wie erwartet, bin ich versucht hinzuzufügen), daß ein konsequentes Festhalten am Recht und ein weiterer passiver Widerstand für Finnland die einzig mögliche Handlungsweise ist. Rußland scheint ungewöhnlich stark zu sein, und es ist mit Frankreich verbündet, hinter dem wiederum England

steht. Können die Deutschen Rußland besiegen, oder werden sie von der russischen Dampfwalze ausgelöscht? Wir müssen kühlen Kopf bewahren und so sachlich wie möglich sein, sagt Vater, womit er zur Zeit wohl recht haben mag!

Habe gegen Abend Eversti anspannen lassen, den neuen Hengst, den Vater von Jurva gekauft hat, und bin mit Otto nach Stranden gefahren. Schöner Abend, wir saßen auf dem großen Felsen an der Flußmündung, genau so wie früher, als wir dort heimlich geraucht haben, und sahen dem Sonnenuntergang in Gloppet zu. Otto war still und verschlossen, ich weiß nicht, worüber er nachgrübelte, in seinen Augen spiegelte sich der Sonnenuntergang. Irgend etwas behält er für sich und will es niemandem preisgeben, selbst mir sagt er nichts.

Vielleicht liebe ich ihn gerade deshalb.

Eine eigenartige Stimmung an diesem Abend. Irgendwo scheint es einen Waldbrand gegeben zu haben, in der Luft stand Brandgeruch, fast wie ein Omen. Und die Sonne sank, riesig und blutrot.

Ich zitierte Stagnelius: »*Sieh, die Blutfahne weht!*«

6. August '14

Die Deutschen sind in Belgien einmarschiert, England hat gestern den Krieg erklärt, Frankreich am Tag davor. Finnland befindet sich jetzt im Kriegszustand. Wohin die Sympathien im allgemeinen gehen, ist schwer zu sagen. Was Siklax angeht, behauptet Otto, der ja mit groß und klein zusammenkommt, daß sich die Waagschale wegen der allgemeinen Bewunderung für Frankreich und England und der landläufigen Geringschätzung Deutschlands zur Entente hin neigt – trotz Rußland.

Das stimmt wenigstens mit meiner eigenen Meinung überein! Insbesondere nach der Reise nach London und Paris im Sommer vor einem Jahr würde ich mich als überwiegend ententefreundlich bezeichnen. Der Offizierskult der Preußen und ihr Militarismus hat mir noch nie gefallen. Ach, wann werden die Grenzen wieder geöffnet und reisen wieder möglich sein?

26. August '14

Packe, um nach Helsingfors zurückzufahren, man ist ja jetzt kein Grünschnabel mehr, sondern kehrt als richtiger Haudegen zurück. – Wie naiv und dumm war ich doch noch vor einem Jahr!

Otto war ungewöhnlich verdrossen und still, das schmerzt mich. Mir fällt auf, daß Ida jedesmal, wenn sie mich sieht, rot wird und zu kichern anfängt, es ist ein wenig irritierend. Das Mädchen ist erst fünfzehn, sie hat dieses Jahr »Fortschritte« gemacht, bekommt Formen. Otto behauptet, sie ist ein wenig verschossen in mich. Nichts könnte mich weniger interessieren, bin noch nicht einmal geschmeichelt und denke nur, daß die Kleine pathetisch ist...

12. Oktober '14 (Helsingfors)

Die Deutschen ziehen siegreich durch Nordfrankreich. Wird dieser Krieg wieder damit enden, daß die Preußen die Friedensbedingungen diktieren wie 1871? Auch im Osten scheinen die deutschen Waffen wichtige Erfolge zu erzielen.

28. Oktober '14

Gestern Abend Kneipe bei der »Ostrobotnia«, sehr spät. Heftige Diskussionen für und wider die Entente-Mächte, das und Finnlands Zukunft sind die einzigen Themen, die man in dieser Zeit behandeln kann. Karr behauptete, die einzige Hoffnung Finnlands sei ein deutscher Sieg. Und ich habe Karr früher für einen ausgesprochenen Freund der Entente gehalten. »Bin ich auch gewesen«, hat er gesagt, »aber die Realität hat mich überzeugt.«

7. November '14

Finis Finlandae! Das ist wahrscheinlich der schwärzeste Tag in diesem schwarzen Herbst! Heute morgen stand im »Hufvudstadsbladet« und in den anderen Zeitungen ein »Programm für Finnland, betreffend die Gesetzgebung und anderes«. Die Überschrift hätte ebensogut lauten können: »Das Todesurteil«, aber das hätte den Herren in der Zensur-Kanzlei vermutlich nicht geschmeckt. Dieses Mal sind die Russen weitergegangen als jemals zuvor. Punkt für Punkt zerschlagen die Herren in Petersburg das Selbstbestimmungsrecht Finnlands. Ende der Autonomie, das Großfürstentum wird eine normale russische Provinz, wir werden alle Russen. Und damit basta!

Nein, ich kann nicht mehr darüber schreiben! Habe mich schließlich trotzdem zum heutigen Anatomieunterricht geschleppt, der Seziersaal mit seinem düsteren Formalinodeur ist die passende Umrahmung meines derzeitigen Zustands.

20. November '14

Düsternis. Ich weiß weder ein noch aus! Lange Diskussionen bis spät in die Nacht, übernächtigt zu den Vorlesungen und Laborkursen, manchmal fühlt man sich in schlechterer Verfassung als die, die vor einem auf dem Seziertisch liegen!

22. – 24. November '14

Krank, hohes Fieber, Schüttelfrost, vermutlich die Influenza. Kann nicht denken und noch weniger lesen und schreiben. Allerlei seltsame Fieberträume.

28. November '14

Viel von dem, was man bis jetzt geglaubt hat, muß man in diesen Zeiten über Bord werfen! Das verlangt Mut: Der

Konservatismus ist schließlich die Ideologie der Pessimisten und Furchtsamen. Aber es wäre mit der Jugend nicht weit her, wenn es ihr nicht gelänge, den erforderlichen Mut aufzubringen.

Schuster, bleib bei deinem Leisten, heißt es bekanntlich. Das ist ein guter Rat – für Schuster.

1. Dezember '14

Vater zu Besuch. Mutter geht es schlechter, sie ist wie in sich selbst eingeschlossen, mittlerweile antwortet sie nicht mehr, wenn man sie anspricht. Norrmén ist jetzt nicht mehr so optimistisch. Der arme Vater ist sichtlich gealtert, er versuchte jedoch, ein vergnügtes Gesicht zu machen, und lud mich zum Essen ein. Zu meiner Schande muß ich gestehen, daß Vater und ich uns fast gestritten hätten – zum erstenmal. Das Thema unserer Meinungsverschiedenheiten dürfte nicht schwer zu erraten sein.

Selbstverständlich waren wir uns einig darüber, daß die Situation Finnlands heute ernster ist denn je, doch haben wir bezüglich der Russifizierung völlig verschiedene Ansichten. Vater ist nach wie vor bis in die Fingerspitzen ein Mann des Rechts und setzt sich für eine Verstärkung des passiven Widerstands ein.

Ich meinte, daß sich die passive Verteidigung als aussichtslos erwiesen hat. Diese Zeit ist unwiderruflich zu Ende. Die Russen treten die Gesetze mit Füßen und lachen über unsere pathetischen Versuche, auf sie hinzuweisen. Man braucht nur an die Verhaftung von Svinhufvud im Gericht von Luumäki zu denken! Dem passiven Widerstand droht unweigerlich der Erstickungstod.

Vater: Ich muß sagen, daß mich dein plötzlicher Pessimismus erstaunt! Und was empfiehlst du statt dessen?

Ich (recht aufgebracht, muß ich leider zugeben): Kampf und Tat! Die Russen zwingen uns zum aktiven Widerstand, koste es, was es wolle! Die Alternative ist der totale Untergang. Wer sich nicht verteidigen kann, den verurteilt die

Geschichte unweigerlich zum Tod. Und gegen das Urteil der Geschichte gibt es bekanntlich keine Revision.

Vater: Wer zum Schwert greift, der wird durch das Schwert umkommen.

Ich: Und wer nicht zum Schwert greift, kommt ebenfalls durch das Schwert um!

Vater (gezwungen ironisch): Aha, dann soll also das kleine Finnland mit seinen drei Millionen Einwohnern gegen das ganze russische Reich mit seinen einhundert Millionen aufstehen?

Ich: Ein Aufstand ist womöglich gar nicht so aussichtslos. Der titanische Kampf, der jetzt auf den Schlachtfeldern Europas tobt, ermöglicht es vielleicht Finnland, seine Freiheit zurückzugewinnen, eine Freiheit von anderer und höherer Ordnung als diejenige, die die Befürworter des passiven Widerstands anstreben. Falls wir dazu bereit sind, wenn die Stunde kommt!

Sobald ich sie ausgesprochen hatte, bereute ich meine Worte, aber da war es bereits zu spät. Vater schüttelte seufzend den Kopf, ich befände mich auf dem Weg zum Staatsverbrecher, und das sei das letzte, was er von mir erwartet habe. Der Anblick seines offensichtlichen Schmerzes brannte in meiner Brust, und ich verfluchte die Verirrungen meiner Zunge. Ich hatte mich dazu verleiten lassen, mit Vater so zu diskutieren, wie ich es in der »Ostrobotnia« mit Karr und den anderen tue, und ich kann nicht leugnen, daß ich mich von diesen Diskussionen sehr stark beeinflussen lasse, ich bin fast darüber erstaunt, wie stark! Natürlich habe ich mich entschuldigt, wir haben über anderes gesprochen, haben die Tafel aber in sehr bedrückter Stimmung aufgehoben. Wir sahen dann den Trauerzug Guss Mattssons vorüberziehen, recht prächtig. Habe Vater zum Nachtzug gebracht, alles war fast so wie immer.

Dennoch: Vater irrt sich! Der passive Widerstand reicht nicht mehr aus!

8. Dezember '14

Ich muß mein Tagebuch, das ich seit meinem 12. Lebensjahr führe, für unbestimmte Zeit sich selbst überlassen! Äußerste Vorsicht ist vonnöten, überall lauern die Spione und Denunzianten der Ochrana, die Wände haben Ohren, die Dächer Augen, ja, man traut sich kaum selbst!

2. März '15 (Lockstedter Lager)

Alea iacta est! Setze mein Tagebuch mit diesen schicksalsschweren Worten Cäsars fort, auch ich habe nun also den Rubikon überschritten. Eine Rückkehr ist unmöglich, die Brücken hinter mir sind verbrannt.

Bin vorgestern hier in Deutschland eingetroffen und habe mich, so gut es sich eben machen läßt, hier im Lockstedter Lager eingerichtet. Wir sind zur Zeit ungefähr 150 Finnländer, die die Grundlagen des Kriegshandwerks lernen wollen, in den nächsten Tagen werden noch weitere Neuankömmlinge erwartet. Die Ausbildung begann am 25. Februar, weshalb ich noch nicht allzuviel versäumt habe, zur Vorsicht wurde sie als Kurs für Pfadfinderführer getarnt. Wir sind also »Pfadfinder« und tragen eine Art Pfadfinderuniform: Kniehosen, grauer, mit Brusttaschen versehener Rock, breitrandiger Filzhut, dessen rechte Krempe hochgebogen ist, brauner Ledergürtel, weiter, ärmelloser Mantel. Zwar war der Anblick der in Zivil steckenden neuen Rekruten ziemlich lächerlich – glänzende Zylinder vermengten sich mit Ledermützen und Ohrenklappen, Frack mit Blouson, Lackschuhe mit Finnenstiefeln –, aber in unseren Uniformen sehen wir nicht weniger lächerlich aus!

Das Lockstedter Lager eine Ansammlung trister, aus Ziegeln erbauter Kasernen, die sich auf der ostpreußischen Heide um ein Magazin und Exerzierplätze gruppieren, umgeben von einem hohen Stacheldrahtzaun. Wir dürfen das Kasernengelände nicht verlassen, dürfen keinen Alkohol trinken und kaum Tabak zum Trost und zur

Erquickung rauchen. Ich kann beim besten Willen nicht behaupten, daß ich so etwas erwartet habe, als ich in Helsingfors aufgebrochen bin. In der ersten Nacht unter einer rauhen deutschen Militärdecke fühlte ich die bittere Enttäuschung wie einen schwellenden, brennenden Klumpen im Hals.

Aber ich habe mich nun einmal an dieses Spiel gewagt, also werde ich es ertragen müssen! All meine Kraft konzentriert sich auf einen Gedanken, einen Traum, über den die Klugen und Vernünftigen nur den Kopf schütteln können und der nach dem Buchstaben des Gesetzes als Hochverrat gilt. Ich habe alle Möglichkeiten, einmal ein gesichertes Leben führen zu können, weggeworfen. Gott allein weiß, ob ich meine Studien jemals wiederaufnehmen kann, das Risiko ist sehr groß, daß dieses Abenteuer mit dem Tode endet. Vater habe ich großen Kummer bereitet und womöglich Mutters Krankheit verschlimmert, was mich gequält hat und noch immer quält. Warum also habe ich diesen schweren, unwiderruflichen Schritt gemacht? Eine höhere Pflicht befiehlt es uns! Die Not Finnlands zwingt uns, uns eine freiere, reichere Zukunft für unser Vaterland auszumalen. Wir können und wollen nicht mehr auf alle bedächtigen Warnungen Rücksicht nehmen müssen, jede Zeit hat ihre eigenen Bedürfnisse und Erfordernisse, die niemand vorherzusehen vermag.

Vater liebt und achtet die Gesetze Finnlands, ich, ein wahres Kind der Unglücks- und der Notjahre, kann Finnland bloß lieben!

(Später) Mag sein, daß sich das Obenstehende reichlich pathetisch anhört, aber dieses Gefühl der Aufopferung und der vaterländischen Pflicht teilen wir alle hier! Ich konnte nicht anders, ich mußte »in den Zug steigen«, als das »Angebot« kam.

Der Vollständigkeit halber sollte ich notieren, wie das zugegangen ist: Es war am Samstag, den 20. Februar um fünf Uhr abends, ich wollte gerade zum Abendessen, als Karr und der Nyländer Sigurd Wallin zu mir kamen und mich um ein Gespräch baten, sich von mir jedoch zuerst mein Ehrenwort geben ließen, mit keinem über das, was gesagt werde, zu sprechen, auch nicht mit Vater. Natürlich war ich über diese Geheimniskrämerei erstaunt, aber neugierig, wie ich nun mal bin, stimmte ich zu. Wir gingen dann ungefähr eine halbe Stunde die Kasärngatan auf und ab, in dieser Zeit wurde ich in ihre Pläne zur Befreiung Finnlands eingeweiht. Ich ließ mich sofort begeistern und beschloß, koste es, was es wolle, mich den jungen Männern anzuschließen, die nach Deutschland gefahren waren, um dort eine militärische Ausbildung zu erhalten und vielleicht schon bald mit der Waffe in der Hand für die Freiheit Finnlands zu kämpfen.

Karr wies darauf hin, daß Vater mit größter Wahrscheinlichkeit ein derartiges Handeln verurteilen würde; in den Weihnachtsferien hatten Vater und ich wieder eine Auseinandersetzung gehabt, bei der er ausdrücklich alle »Abenteuerlichkeiten« und aktivistischen Regungen verurteilte und mir das Versprechen abnahm, mich mit Derartigem nicht zu befassen (das ich ihm im Interesse des Haus- und Weihnachtsfriedens halbherzig gegeben habe). Natürlich war Karr die Einstellung Vaters bekannt, nicht aber mein Versprechen.

Karr und Wallin baten mich, mir die Angelegenheit genau zu überlegen, bevor ich mich endgültig entscheide. Viel habe ich in jener Nacht nicht geschlafen, aber keine Bedenken konnten meine Begeisterung dämpfen. Es gibt eine Pflicht, die höher ist als die Rücksicht auf Vater. Das teilte ich Karr auch mit, der daraufhin sagte: »Ich hatte auch nichts anderes von dir erwartet, darum habe ich darauf bestanden, daß du eingeweiht wirst.« Sie nahmen mich mit zu Kokkos Zimmer in der »Ostrobotnia«, wo sich alle, die fahren wollten, trafen. Am 22. fuhr ich zusammen mit Karr und Wallin auf »Studienreise« nach Stockholm. Auf der »Stockholm-Etappe« bekamen wir Pässe sowie Schiffs- und Zugfahrkarten nach Deutschland. Hermann Gummerus, der in Stockholm für all das zuständig ist, wollte auch dafür sorgen, daß man Vater unterrichtete. Am liebsten hätte ich ihm selbst geschrieben, aber ein direkter Briefwechsel ist ausgeschlossen. Hermann hatte auch versprochen, Otto zu benachrichtigen.

24. April '15

Etwas Abenteuerliches hat die Ausbildung, die man uns gewährt, gewiß nicht! Offiziere und Unteroffiziere geben uns von der Strenge des preußischen Militärideals reichlich zu schmecken; jeden Abend fallen wir erschöpft ins Bett, und die Ohren klingen uns von »grinsender Idiot!« und »Tiere!« Ist Hauptmann Bade endlich einmal mit einer Übung zufrieden, bekommen wir von ihm das Wort »saumäßig!« zu hören, das ist das höchste Lob, mit dem man hier rechnen darf.

29. März '15

Aus Helsingfors die Nachricht, Gendarmerie und Ochrana hätten mit Nachforschungen begonnen, was aus den »verschwundenen« Studenten geworden ist. Also ist uns der Rückweg endgültig versperrt, jetzt sind wir als Hochverräter abgestempelt.

2. April '15

Heute gab Major Bayer bekannt, daß die Ausbildung um weitere zwei Wochen verlängert wird. Dann ist definitiv Schluß, hat man jetzt in Berlin entschieden. Das hebt nicht unbedingt die Stimmung! Es wird immer lauter gemurrt und gejammert, wie immer sind es nur einige ungeduldige Querulanten, die sich beschweren, die jedoch sind um so lauter. Hinter der gärenden Unruhe verbirgt sich natürlich nicht die Mühsal des Soldatenlebens, sondern die völlige Unsicherheit unserer Situation insgesamt. Unsere unleugbar prekären Aussichten mögen manche zwar mutlos machen, nun aber kommt es mehr denn je darauf an, fest zu bleiben! Unser aller Pflicht ist es jetzt, jeder Tendenz zu Mißstimmung und Disziplinlosigkeit Einhalt zu gebieten. Unter keinen Umständen dürfen wir uns ungebührlich benehmen, wir tragen eine schwere Verantwortung, denn wir vertreten hier weit mehr als nur uns selbst: Wir sind die Vertreter unseres Landes. Die zukünftigen Chancen Finnlands werden von den Deutschen ganz nach unserem Verhalten hier beurteilt werden. Man kann vor Hindernissen, die sich vor uns auftürmen, zwar nicht die Augen verschließen, aber man muß auf dem Weg zu seinem Ziel an ihnen vorbei. Genau das müssen wir unseren weniger charakterstarken Kameraden vermitteln. Einige von uns tun alles, um die »Pfadfinder« zu sammeln, zu einigen und zu stärken, vor allem Runar*, der die bewundernswerte Fähigkeit besitzt, grenzenlose Zuversicht in uns zu wecken.

24. Juli '15 (Mittsommer)

Wir sind noch immer hier im Lockstedter Lager, noch immer wissen wir nicht, was aus dem ganzen Kurs werden soll...

Heute war es sonnig und warm, in den vergangenen Tagen hatte es fast nur geregnet, In jedem Gebüsch zwitschern Vögel; Karr, der Vogelkenner, sagt, hier gebe es sogar Nachtigallen. An einem Tag wie diesem brennt das Heimweh so stark, daß man weinen möchte. Ich denke an zu Hause, nehme an, daß Vater mich nicht mehr als seinen Sohn betrachtet. Und wie wünschte ich mir, Otto könnte hier sein!

Die Pfadfinder haben Ausgang bekommen, in der Bierstube des Dorfes wird der Johannistag gefeiert.

* Magister, später Oberzugführer Runar Appelberg, gestorben am 22. Juli 1917 im Lazarett von Tuckum an Tuberkulose (Anmerkung des Erzählers).

31. September '15

Major Bayer und sein Stab trafen heute aus Berlin ein und gaben bekannt, daß Seine Majestät nun den Beschluß zur Erweiterung der Truppe unterzeichnet habe. Wir sind jetzt die »Ausbildungsgruppe Lockstedt« und werden auf die Stärke eines Bataillons erweitert, 4 Jägerkompanien, 1 Maschinengewehrkompanie und 1 Pionierkompanie. Wir sind also Jäger in der kaiserlichen Armee; gemischte Gefühle, angesichts dieser Tatsache. Endlich dürfen wir die Pfadfinderhemden wegwerfen und die grüne deutsche Jägermontur anlegen, ich muß sagen, es ist ein schönes Gefühl! Was das angeht, ist alles gut. Jedoch sind wir nun keine »Gäste« mehr, sondern unterstehen deutschem Militärrecht, verstoßen wir dagegen, kann uns ein deutsches Militärgericht verurteilen wie jeden anderen Fritz oder Heinrich auch. Außerdem mußten wir unterschreiben, daß wir im Falle einer Verwundung oder Kriegsbeschädigung im Dienst des deutschen Heers auf jede Entschädigung oder Pension verzichten. Weiß d... T..., wann wir wieder nach Finnland kommen, schlimmstenfalls erwartet uns eine lange Soldatenzeit in Deutschland. Jetzt haben andere das Ruder in die Hand genommen, der Weg unseres Schiffes ist von unserem Willen nicht mehr abhängig. Das Wichtigste jedoch ist, daß die Zeit der Ungewißheit vorüber ist. Wir Freiwilligen dürfen in Deutschland bleiben, unsere militärische Ausbildung ist garantiert.

2. Oktober '15

Wurde heute mit Karr, Wallin, von Schantz und ungefähr dreißig weiteren zum »Gruppenführer« befördert. Wir sind den deutschen Unteroffizieren jedoch nicht gleichgestellt, sondern haben nur über die finnischen Mannschaften Befehlsgewalt – wenn sie denn eintreffen sollten. Natürlich sind wir enttäuscht über diesen Verlauf der Dinge.

(Nicht beendeter Brief, nicht abgeschickt)
Neujahrstag 1916

Lieber O.

Bin heute UvD, mein übliches Pech. In der Kompanie ist es still. Draußen fällt Schnee. Wir sind jetzt 900 Mann, fast jeden Tag treffen aus Finnland weitere Rekruten ein.

Die Werber zu Hause in Finnland leisten wirklich großartige Arbeit! Das ist keineswegs ungefährlich, die Neuankömmlinge erzählen immer die gleichen Geschichten: von der russischen Ochrana, die herumschnüffelt, von Verhaftungen, Verdächtigungen...

Wenn man bloß Grüße von zu Hause bekommen könnte! Worauf aber soll ich hoffen, im Unterschied zu den anderen bin ich gegen Vaters Willen hierhergekommen. Deine Postkarte hat den Weg jedoch zu mir gefunden, sie kam zwischen Weihnachten und Neujahr hier an und machte mich unendlich froh. Es ist schön zu hören, daß alle zu Hause am Leben sind und nicht an körperlichen Krankheiten leiden. Daß Vater noch immer zu den schärfsten Gegnern der Jägerunternehmung gehört, schmerzt mich unsäglich. Und daß er sich aus Sorge um das Vaterland so verhält, ist nur ein schwacher Trost. Leider verhindert er mit seiner Einstellung und seiner Position alle Rekrutierungsversuche in Siklax. Nur ein Kleinbauernsohn aus Norrmark namens Ellfolk ist bei uns eingetroffen, ich habe ihn nicht gekannt. Du schreibst, daß Vater alle Versuche Gustavs, auch hierherzukommen, verhindert hat. Damit hat Vater recht! Ein Sohn, der für Finnland geopfert wird, ist genug! Ich hoffe, daß nicht auch du versuchst herzukommen, von solchen Abenteuern rate ich Dir entschieden ab. Du mußt auf Deine Mutter Rücksicht nehmen, aber es grämt mich, daß ausgerechnet meine Heimatgemeinde von allen Orten Österbottens wahrscheinlich den schwächsten Beitrag zur Befreiung leistet, bisher nur zwei Mann!

Otto, ich denke oft an Dich. Ich würde viel darum

geben, deine Stimme zu hören und einen Ringkampf mit Dir auszutragen, wie damals, als wir noch klein waren.

Ich weiß nicht, ob wir uns jemals wiedersehen. Falls ich nach Hause zurückkomme, wird Vater das gemästete Kalb schlachten, oder bleibe ich der verlorene Sohn?

Nun, es hat keinen Sinn, über Künftiges nachzugrübeln. Wir sind Soldaten und gehen, wohin man uns schickt. Ich glaube, wir alle haben unsere Hoffnungen begraben, bald nach Hause zu kommen und unseren Beitrag leisten dürfen. Der Krieg scheint noch lange nicht entschieden zu sein. Wir brauchen uns nur an die Worte Major Bayers zu erinnern und uns danach zu richten: »Unser Herrgott beeilt sich nicht, und die Weltgeschichte schreitet langsam voran.«

Dennoch wird die Ausbildung der Neuen verstärkt, Gefechtsübungen wechseln sich ab mit körperlichem Training und Ausbildung an der Waffe, wir sind zwölf Stunden am Tag bei nur kurzen Pausen auf Trab, schließlich weiß niemand, wann wir bereit sein müssen.

Auch die Ausbildung der alten »Pfadfinder« geht weiter. Wurde für einen Kurs in Theorie ausgesucht, den Major Bayer selbst leitet, das Programm ist äußerst umfangreich, es scheint eine Ausbildung zum Offizier zu sein. Kann kaum erwarten, daß er beginnt, alles Wissen ist willkommen!

3. Mai '16

Heute vormittag wurde die Mitteilung verlesen, auf die wir alle seit Wochen gewartet haben: »Seine Majestät hat den Mobilisierungsbefehl unterschrieben. Wir sind infolgedessen ab heute Nacht, 12 Uhr, kampfbereit.«

Endlich hat die Einförmigkeit des Kasernenlebens ein Ende! Allgemeine Freude und Begeisterung. Nach Verlesung der Bekanntmachung wurde auf das Vaterland, den Kaiser, das Heer und alles mögliche andere ein Hurra angestimmt. Von Kompanie zu Kompanie, von Kaserne zu Kaserne wurde so laut hurra gerufen, daß die Dorfbewohner ihre Flaggen hißten, weil sie dachten, die Deutschen hätten einen Sieg errungen.

Auszug aus einem Brief an Otto vom 22. Mai

... Wie Du siehst, treffen die Gerüchte, man hätte uns schon lange an die Front geschickt und die meisten von uns seien gefallen, nicht zu. Wahrscheinlich steckt die Ochrana dahinter. Wenn Du Vater und den anderen sagen könntest, daß es mir gutgeht, wäre ich Dir unendlich dankbar...

Jetzt geht's wirklich an die Front! Der Gedanke an den Abmarsch macht mich erstaunlich glücklich, ich sehe ruhig in die Zukunft, meine einzige Sorge ist, ob ich im Kampf auch standhalte? Als Zugführer (endlich hat man uns, am Runebergtag!, zu »richtigen« Offizieren befördert) muß ich ein Vorbild für die Mannschaften sein, nichts von dem, was ich im Innersten fühle, darf nur einen Augenblick durchsickern...

Vater und viele mit ihm werden den Einsatz der Truppe auf fremder Erde sicher kritisch sehen und ablehnen, in Österbotten soll man ja sogar versprochen haben, daß es dazu nicht komme. Wir aber können unseren Einsatz nur als glücklichen Verlauf unseres Kampfes für das Land und die Sache sehen. Wir, die wir von Anfang an hiergewesen sind, wollen nichts anderes. Nun dürfen wir unsere militärische Ausbildung mit Kriegserfahrungen an der deutsch-russischen Front krönen. Befürchtung, daß es sich dabei um etwas völlig anderes handelt, als es unserer eigentlichen Absicht entspricht, nämlich für die Befreiung Finnlands zu kämpfen, gibt es unter uns nicht, wir halten es im Gegenteil für unsere Sache am förderlichsten, überhaupt dabeizusein und »kämpfen, bluten und sterben« zu dürfen. Einige von den Neuen haben jedoch eine andere Einstellung, bei ihnen haben sich leider zahlreiche üble Elemente eingenistet. Nun, mit denen werden wir uns befassen müssen!

... Komme ich nicht wieder, so sollst du wissen, daß ich immer an zu Hause denke, täglich, stündlich denke ich an euch, und die Sehnsucht brennt in meiner Brust... Bitte, bringe Vater den Gruß des verlorenen Sohnes... Ave, morituri te salutant, das heißt: Heil, die Todgeweihten grüßen dich. Es war der Gruß der römischen Gladiatoren, wenn sie in die Arena traten, heute sind wir die Gladiatoren Finnlands, die ausziehen in den Kampf...

8. Juli '16 (Misse-Fluß)

Wieder ein schöner Abend. Die Sonne ist schon untergegangen, es wird dunkel, melancholisch scheint der Halbmond auf die Stellung. In der Ferne hört man Maschinengewehrfeuer, ob von einem der Unseren oder der Russen, läßt sich nicht sagen. Draußen auf dem Feld knurrt ein Wiesenknarrer, im Unterholz quaken Kröten. Ziehharmonikamusik klingt vom ersten Zug herüber, eine finnische Polka. Ich sitze vor unserem Unterstand, rauche und genieße den Abend, nur das verfluchte Wasser stört, man merkt, daß hier Sumpfland ist, trotz des schönen Wetters steigt das Wasser überall, in allen Unterständen tropft es vor Feuchtigkeit.

Auszug aus dem Tagesbefehl der Heeresgruppe vom 2. September:

... in der Nacht vom 17. zum 18. August stürmte Zugführer Smeds mit einer 15-Mann-Gruppe von Freiwilligen des Kgl. Pr. Jägerbataillons 27 russische Gräben, um, soweit möglich, Gefangene zu machen. Zugführer Smeds löste diese Aufgabe erfolgreich, wobei er taktisches Geschick und großen Mut bewies. Die gesamte Besatzung des Stützpunktes, ungefähr dreißig Mann, wurde neutralisiert, die eigenen Verluste beschränkten sich auf einen verwundeten Jäger, der hinter die eigenen Linien zurückgebracht werden konnte... wird Zugführer Smeds für erwiesene Tapferkeit vor dem Feind und die vorbildliche Führung des Sturmangriffs das Eiserne Kreuz II. Klasse verliehen...

Generalleutnant von Pappritz

12. September '16 (Rigaer Meerbusen)

Ein äußerst unangenehmer Vorfall heute... Sechs Mann aus Gruppe I war in der Stellung bei Dilse sechs Stunden Strafexerzieren befohlen worden, doch die Leute weigerten sich, den Befehl auszuführen. Erst als ich meine Pistole gezogen und ihnen angedroht hatte, sie zu erschießen, wenn sie nicht gehorchten, gaben sie ihren Widerstand auf. Das war äußerst unangenehm, nach diesem rohen Auftritt war mir den ganzen Tag über schlecht. Aber ich muß die Leute zum Gehorsam zwingen, gleichgültig, mit welchen Mitteln. Das ist eine der Schattenseiten des Soldatenlebens.

16. März '17 (Tuckum)

Revolution in Rußland! Gestern hat der Zar abgedankt, eine Regierung aus Liberalen und Sozialrevolutionären hat die Macht übernommen! Wie ein Lauffeuer verbreitete sich die Nachricht unter den Männern, natürlich fragen wir uns alle, was diese neue Entwicklung für Finnland bringen wird – und für unser Bataillon. Man denke sich, die Freiheit fällt wie eine reife Frucht vom Baum der russischen Revolution, unser ganzes Unternehmen wäre überflüssig gewesen. Welche Ironie der Geschichte wäre das!

Ansonsten ist hier alles wie sonst. Wir werden gedrillt wie in der ersten Zeit im Lockstedter Lager, den ganzen Tag über heißt es: »Los, los!«, Waffenübungen bei Schneesturm, Parademärsche, Hinlegen, natürlich in die morastigsten Pfützen, die sich in ganz Ostpreußen finden lassen. Unsere Moral ist am Boden, niemand begreift, warum wir exerzieren sollen wie junge Rekruten. Wieder mußten einige Jäger zur Strafkompanie nach Bahrenfeldt in die Obhut Feldwebel Höfelmeyers geschickt werden, dieses Mal jedoch niemand von uns.

Tuckum selbst hat sich als das langweilige Kleinstadtloch erwiesen, wie es der erste Eindruck bereits vermuten ließ.

Appelberg mit hohem Fieber und blutigem Husten im Lazarett. Hoffe innig, daß es nicht die Schwindsucht ist!

6. August '17 (abends)

Heute ist mein 23. Geburtstag. Habe in der letzten Zeit bemerkt, daß das Gesicht, das mich jeden Morgen aus dem Rasierspiegel ansieht nicht mehr das eines 23jährigen ist. Es ist eine Maske, es sieht aus, als gehöre es zu einem bedeutend älteren Mann: auf der Stirn scharfe Falten, tiefe Furchen in den Mundwinkeln, der Mund ist verbittert zusammengekniffen, die Augen sind dunkel, der Blick hart... So hat also das Kriegerleben mich zur Unkenntlichkeit verändert! Ich kann nicht mehr der werden, der ich war, bevor ich hierherkam. Mein Leben ist unlösbar mit dem Jäger-Unternehmen verbunden, ich stehe und falle mit dem Bataillon. Und was geschehen soll, wenn das alles einmal zu Ende sein wird, daran wage ich nicht zu denken. Die Zukunft ist ein einziges Dunkel, ein schwarzes, dickes Herbstdunkel.

12. November '17 (Libau)

Hatte heute nacht einen merkwürdigen Traum: Ich stehe auf dem Deck eines Schiffes und schaue auf eine riesige Stadt. Hohe Gebäude, die Silhouetten von Türmen und Kirchturmspitzen vor dem Abendhimmel. Riesige Brücken wölben sich über breite Ströme. Aus Fabrikschornsteinen quillt Rauch. Überall glänzen Lampen wie gefallene Sterne, weiß, gelb, rot und blau. Mich überfällt eine riesige Sehnsucht, als rufe mich diese Stadt mit vielen Stimmen. In dem Augenblick bin ich aufgewacht, ich lag in meinem Bett, übermannt von der furchtbaren Enttäuschung, daß alles nur ein Traum war. Die Stadt aus Licht ist mir auf sonderbare Weise bekannt, dennoch weiß ich genau, daß ich sie noch nie gesehen habe. Sie ist nicht...

7. Dezember '17

Der Senat hat Finnlands Unabhängigkeit erklärt. Welches Ende wird das nehmen? Schließlich stehen nach wie vor russische Truppen im Land. Banditenhaufen und »Rotgardisten« verfahren überall nach eigenem Gutdünken. Die Ungeduld, nach Hause zu kommen, ist fast unerträglich!

13. Februar '18 (Libau, Mitternacht)

Endlich, endlich, endlich – die Stunde des Aufbruchs hat geschlagen! Die Kompanie sitzt in der leeren, sauber gescheuerten Kaserne, das Gepäck zu Füßen, und wartet auf den Befehl, zum Hafen zu marschieren. Nun geht es also los! Das Herz schlägt wie wild, sobald ich an unsere Heimkunft denke. Wie mag es zu Hause aussehen? Wie wird man uns empfangen? Wir kehren in ein Land zurück, das sich im Kriegszustand befindet. Die Einwohner Österbottens haben die Russen entwaffnet und die Gaunerbanden aus der Provinz gejagt, während Südfinnland mit russischer Hilfe von den »Roten« völlig beherrscht wird.

Wie mag es all denen zu Hause ergangen sein, Vater, Mutter, Gustav, Otto? Haben sie sich alle aus den Stürmen der letzten Zeit mit heiler Haut retten können? Hat man die russischen Truppen in Siklax ohne Blutvergießen entwaffnen können? Wir haben gehört, daß es zumindest vor der Kapitulation der Garnison in Vasa zu einem Schußwechsel gekommen ist. Haben sich Otto und Gustav an den Kämpfen beteiligt, sie sind beide Mitglieder des Schützenkorps? Was wird Vater sagen, wenn wir uns wieder gegenüberstehen?

All dies aber sind Nebensächlichkeiten, verglichen mit der großen Aufgabe, die wir übernommen haben: den Kampf um die Freiheit des Vaterlandes.

Wir sitzen hier wie ein Haufen Zigeuner oder Zirkusartisten, alle haben nämlich diese bunten Anzüge angezogen, die hastig aus Berlin beschafft worden sind, und sehen darin ziemlich lächerlich aus. Wir erinnern uns daran, wie wir uns ausnahmen, als wir im Lockstedter Lager eintrafen, es scheint eine Ewigkeit her zu sein! An Bord bekommen wir neue, saubere Uniformen, dann sehen wir wieder wie richtige Jäger aus, wenn wir in Vasa eintreffen. Wie finnische Jäger.

Seit einigen Stunden sind wir Soldaten der finnischen Armee, ich selbst bin Hauptmann. Um 3 Uhr 30 nachmittags ist das Bataillon auf dem Kasernenhof angetreten, und Ausfeld gab den Befehl zur Auflösung des Bataillons bekannt, dem guten Hauptmann zitterte hörbar die Stimme. Anschließend übernahm Oberstleutnant Thesleff im Namen der finnischen Regierung die Truppe. Da brachen die Männer in ein schallendes Hurra aus, das über den ganzen Kasernenhof dröhnte. Ich stand ganz vorn und glaubte, eine Träne im Augenwinkel des Oberstleutnants gesehen zu haben. Mandelin las den Tagesbefehl mit den Beförderungen vor, die den meisten natürlich bekannt waren, obwohl ich nicht leugnen kann, daß mein Herz einige Schläge zusätzlich machte, als ich die Worte hörte: »... zum Hauptmann in der finnischen Armee wird befördert... Smeds, Erik Johannes...« Doch wie sollen wir uns über etwas so Nebensächliches wie ein Offizierspatent freuen, wenn etwas so Großes und Mächtiges geschieht: Wir kommen nach Hause. Vielleicht nur, um dem Tod zu begegnen. Dann soll es sein! Ich bin bereit! Ich fürchte den Tod nicht!

Ich höre, wie der Melder vom Stab sich im Vorraum die Füße abtritt. Es ist soweit!

Kapitel Vierzehn

Februar 1918: Das Jägerbataillon ist auf dem Marktplatz von Vasa angetreten. Flatternde Fahnen, Gewehrsalut, Blechmusik, grüne deutsche Uniformen in schnurgeraden Reihen, der beißende Wind läßt die Mantelschöße flattern. Dichte Zuschauerreihen, Einwohner von Vasa und aus der Provinz Angereiste. General Mannerheim sprach auf schwedisch und in holprigem Finnisch zu den Jägern. Hinter Mannerheim standen Thesleff, Wenzel, Ausfeld und andere hohe Offiziere und Mitglieder des Senats.

Dann marschierte das Jägerbataillon im Gleichschritt über das Kopfsteinpflaster der Vasaesplanaden zu seiner Unterkunft. Die Zuschauer riefen hurra.

Von einem Kommando nach Seinäjoki zurückgekehrt, hatte der Jägerhauptmann einige Abendstunden frei und streifte durch die Stadt.

In der Strandgatan begegnete ihm zufällig sein Bruder Gustav. Überrascht umarmten sie einander. Der Jägerhauptmann sah seinen Bruder lange wortlos an, dann umarmte er ihn wieder.

Gustav war in Eile, er mußte zum Dienst, man hatte ihn zur Bewachung des Stadthauses eingesetzt. Er hatte an der Befreiung von Vasa teilgenommen, das Schützenkorps von Siklax hatte zu jener Kolonne gehört, die von Sundom über das Eis marschiert war. Bei Vasklot waren sie in ein Gefecht mit den Russen verwickelt worden, ein Junge aus Norrmark war gefallen, zwei waren verwundet worden. Eigentlich war es nichts Besonderes gewesen.

»Du hast dich nicht verändert«, versicherten sie sich gegenseitig und wußten beide, daß das nicht stimmte.

»Und Vater und Mutter?« fragte der Jägerhauptmann, seine Stimme zitterte ein wenig.

»Vater geht es gut, und Mutter...«

»Ist Vater nach Vasa gefahren? Ich habe gedacht, er kommt zum Empfang des Jägerbataillons, aber ich habe ihn nirgends gesehen...«

»Er ist wohl zu Hause.«

»Ich bin nach Seinäjoki abkommandiert worden und hatte keine Zeit, nach Hause zu fahren. Telefonieren kann man auch nicht, nur Militärgespräche werden vermittelt.«

»Ja, so ist das wohl.«

Der Geruch nach Winter und brennendem Birkenholz erfüllte die kalte Luft der Märznacht. In der Stadt herrschte hektische Betriebsamkeit. Vom Bahnhof hörte man das ununterbrochene Schnaufen und Stampfen der Züge. Transporte gingen über Seinäjoki nach Filppula, wo harte Kämpfe tobten.

»Sie heben jetzt Männer aus. Weißt du, ob Otto auch dabei ist?«

»Er war mit dem Schützenkorps hier in Vasa, dann ist er zur Intendantur versetzt worden, wird also noch irgendwo hier sein, genau wie ich.«

Der Jägerhauptmann lachte. »Zur Intendantur, da paßt er hin.«

»Und du, Erik, was machst du?«

»Die Jäger gehören jetzt zur Weißen Armee. Natürlich sind wir enttäuscht, wir hatten gehofft, daß das Bataillon zusammenbleibt, aber beim Stab glaubt man, uns so besser einsetzen zu können. Und Befehl ist Befehl. Ich werde Kompaniechef. Eine ganze Menge Männer aus Siklax kommen in meine Kompanie.«

»Und wann geht es an die Front?«

»Ich weiß es nicht. Die Leute müssen zuerst eine Grundausbildung bekommen...«

»Ich muß gehen, ich bin spät dran. Paß auf dich auf, Erik.«

»Du auf dich auch. Grüße alle, wenn du nach Hause kommst.«

Sie umarmten einander noch einmal. Gustav eilte zur Strandgatan. An der Ecke der Vasaesplanaden drehte er sich um. Der Jägerhauptmann stand noch immer im Lichtkreis der elektrischen Straßenlaterne, das Gesicht im Schatten unter dem Schirm der Uniformmütze. Gustav wollte etwas rufen, machte aber auf dem Absatz kehrt und eilte weiter.

Die kalte Luft riß an seinen Lungen.

Klare, sonnige Märztage: blaue Himmelskuppel, tropfende Dächer. Das muntere Ti-ti-tuti-ti-tu der Kohlmeisen. Morgens lag Rauhreif in der Luft, in der Dämmerung färbte sich der Himmel tiefrot, wenn man zum Pissen ins Freie mußte, biß einen die Kälte in die Nase.

Die Truppe wurde so schnell das möglich war zusammengestellt.

Schwarze Gestalten exerzierten auf dem Eis in der Bucht vor der Stadt. Kommandos, scharf wie Axthiebe. Kleine Jungen ahmten die Männer nach. Nachmittags marschierten die einzelnen Züge nach Gamla Vasa, um dort Schießübungen durchzuführen. Widerwillig reflektierten die Hänge der Sandgrube das Echo der Schüsse.

Aus dem Bahnhof von Vasa dampft ein Zug in Richtung Norden. Nacht. Dampf aus dem Schornstein der Maschine, Funken. Rhythmisch schlagen die Wagenräder auf die Schienenstöße, die Geschwindigkeit nimmt zu: di-dank, di-dank, didank, didankdidankdidankdidank. Knirschen. Schaukeln, wenn die Wagen über Weichen fahren. Der Scheinwerfer der Lok schneidet in das Winterdunkel, stellt schneebedeckte Tannen, Telegraphenmasten, Höfe und Ställe zur Schau. Ein Pfeifsignal der Lokomotive, eine Zugkreuzung. Signal. Station. Bahnsteig, Schuppen. Ebene.

Die Kompanie hatte Glück, die Viehwaggons sind ihr erspart geblieben, die Männer dürfen sich in ein paar Schlafwagen zusammendrängen. Die Luft ist dick, es riecht nach Rauch, Schweiß und feuchter Wolle. Die Jägeroffiziere der Kompanie haben sie aufgefordert zu singen, so wie man es in Deutschland macht.

Wie ein Schaffner wandert eine Flasche Schnaps durch den Wagen und verteilt ein wenig Freude und Mut an die Reisenden. Munter singen die Männer:

»In Schnee auf Klee
Da piß ich ihren Namen in den Schnee
Gepißt hab ich die Worte
Du bist die größte Hure hier am Orte!«

Singend zogen die Männer aus Siklax in den Krieg.

Gegen Morgen hält der Zug südlich von Haapamäki an einer kleinen Station in der Wildnis. Beißende Kälte. Dichte Stille. Nur die Lokomotive ist zu hören: zischender Dampf, ab und zu ein Tschaff! vom Dampfkessel.

Der Jägerhauptmann steigt hinunter auf den Bahnsteig.

Eine einsame Petroleumlampe versucht, die Station zu beleuchten. Es wimmelt von Menschen, der Schnee knirscht unter den Holzsohlen der Filzstiefel. Die Szenerie ist dem Hauptmann gut bekannt. Müde fragt er sich, welche Besonderheit des Krieges Menschen dazu bringt, sich nachts auf Bahnstationen zu versammeln.

Der Hauptmann zündet sich eine Zigarette an. Die Streichholzflamme beleuchtet sein mageres Gesicht, unter den Augen die Stempel von Schlaflosigkeit und Unruhe.

Ein älterer Mann kommt hinkend auf den Hauptmann zu, ein Wachposten. Er trägt eine Koivistomütze, die Ohrenklappen sind heruntergelassen, am Arm die weiße Binde des Schutzkorps, über der Schulter ein Gewehr. Er grüßt schüchtern und fragt, ob der Hauptmann Finnisch spreche.

Der Hauptmann nickt.

Der Mann betrachtet die Uniform des Hauptmanns, sein Blick fällt auf das Eiserne Kreuz auf der linken Brusttasche.

»Jägeroffizier?«

»Ja.«

»Verdammter Krieg...«

Die Lokomotive pfeift. Auf dem Bahnsteig wird eine grüne Laterne geschwenkt. Die Wagenkupplungen klirren, der Hauptmann springt zurück auf die Waggonstufen. Der Alte geht zu ihm hin und drückt ihm etwas in die Hand, es ist eine aus Zeitungspapier gedrehte Spitztüte.

»Nimm das«, sagt der Mann hastig. »Es ist das einzige, was ich einem Jäger geben kann.« Seine Stimme ist heiser von traurigem, einsamem Zorn.

Als der Jägerhauptmann die Tüte aufwickelt und die schmutzigen, kläglichen Zuckerstückchen sieht, überfällt ihn Scham. Trotzdem nimmt er ein Stück, steckt es in den Mund und genießt es.

Er schreibt eine Postkarte nach Hause:

»Schreibe von der Front. Jetzt hat der Ernst begonnen. Was ich getan habe, mußte ich tun. Das Vaterland ist größer als der einzelne, seine Interessen gehen vor. Ich erwarte nicht, daß man mir vergibt. Vielleicht kommt der Tag, an dem wir wieder miteinander sprechen können. Grüße bitte Mutter von mir. Erik«

Tampere. Osternacht.

Ein Mann im Glied, irgendein Soldat. Sechstes Bataillon, vierte Kompanie.

Wachposten in vorderster Linie.

Der Abschnitt der Kompanie beschreibt einen Bogen: Bahnstrecke – Allgemeines Krankenhaus – Friedhof – Russische Kasernen. Oder vielmehr: rußige Gebäudereste und schwarze Kaminschächte, die von der russischen Kaserne erhalten geblieben sind. Der Dreiviertelmond steht schräg und schief am Himmel wie nach einem Schlaganfall. Die Kälte sticht ins Gesicht. Schatten. Von Tammela her hört man Maschinengewehrsalven. Dann ist es wieder still.

Manchmal kann man hinter dem Zaun des Krankenhaushofs die Roten hin- und herlaufen sehen. Ungelenke Hände umklammern Gewehrkolben.

Mit bösartigem Zischen krepiert eine Phosphorgranate in den Tannenwipfeln auf Kalevakangas. Weißes Blendlicht. Mit einem Mal scheinen die Krankenhausgebäude näher heranzurücken. Die von den Maschinengewehren entrindeten Tannenstämme leuchten weiß wie freigelegte Knochen. Auf dem Friedhof umgestürzte Grabmäler und Kreuze, im Schnee Granattrichter, als habe hier eine Auferstehung stattgefunden. Doch den Auferstandenen sind neue Leichen gefolgt, der Schnee, der in der Nacht gefallen ist, hat sie eingehüllt. Sie liegen noch dort, wo sie am »blutigen Gründonnerstag« gefallen sind.

Langsam verlöscht das Phosphorlicht, die Dunkelheit wälzt sich wieder heran. Tack-tack-tack, stottert das Maschinengewehr der Roten. Wie lange noch bis zur Ablösung? Die Zeit kriecht dahin. Man kann sich vor Kälte kaum bewegen. Die Füße sind naß, denn unter dem Harsch verbirgt sich Schmelzwasser. Lust auf Tabak.

Sich ducken und die Augen und Ohren aufsperren sind die Grundregeln für jeden, der heil von der Front zurückkommen will. Außerdem darf man nicht zu neugierig sein, dann hat man die Chance, mit dem Leben davonzukommen.

Eine Granate heult, sie ist harmlos, fliegt in die andere Richtung. Hinter dem verdammten Zaun bellt eine grobe Stimme. Es ist sonderbar, wie wenig wir und sie sich letztlich unterscheiden. Man muß sich nur die Leichen ansehen. Reißt man die rote Armbinde ab, dann läßt sich unmöglich sagen, ob es ein Roter oder Schwarzer gewesen ist. Wie lange noch muß man hier liegen?

Eine weitere Phosphorgranate zischt in die Tannenwipfel.

Über die Osterfeiertage – während die Weiße Armee die Erstürmung Tamperes vorbereitete und Eisenbahnzug um Eisenbahnzug mit Truppen und Material aus dem Norden angeschnauft kam, während Haubitzen und Minenwerfer an die Front geschleppt wurden und Munitionsfuhren über vereiste Straßen knirschten und die Infanterie Handgranatenwerfen und das Eindringen in feindliche Stellungen übte –, während dieser eiskalten Frühlingsnächte träumte der Jägerhauptmann, wenn er erschöpft eingeschlafen war, wieder von der fremden und doch wohlbekannten Stadt aus Licht.

Ihre Türme und Zinnen ragten in den dunkelroten Himmel. Überall waren funkelnde Lichter. Brücken wölbten sich über Ströme. Mit ihren zahllosen Stimmen rief die Stadt nach dem Jägerhauptmann, und schmerzlich sehnte er sich danach, diesem Ruf zu folgen.

Der Jägerhauptmann wacht auf. Er liegt im Bett und lauscht auf das große nächtliche Schweigen. Alles ist in Erwartung. Im Norden steigt eine Phosphorgranate über die Baumwipfel und sinkt langsam ausbrennend zu Boden.

Kapitel Fünfzehn

Hinter der Stirn hämmert ein hartnäckiger Kopfschmerz wie ein klopfender Motor. Eine riesige Müdigkeit hat den Jägerhauptmann überfallen, als sei jeder Hohlraum seines Körpers mit Bleischrot gefüllt. Wenn er doch nur schlafen könnte.

Morpheus verspottet ihn.

In sein Tagebuch, ein mit einem Wachstuchumschlag versehenes Heft von zweifelhafter deutscher Kriegsqualität, schreibt er:

2. April '18 (Unterkunft der 4. Kompanie, Messuby)

Heute Nacht stürmen wir Tampere! Der 4. Kompanie kommt die Ehre zu, an der Spitze des VI. Bataillons anzugreifen! Bin gerade zurückgekommen von der Befehlsausgabe für Kompanie- und Zugführer durch den Bataillonskommandeur, bei der wir auch die Karten mit den Angriffslinien bekamen. Morgen um 2 Uhr 30 wird die Artillerie die Durchbruchsstellen sturmreif schießen. Nach einer halben Stunde wird das Feuer eingestellt, und die Kompanie rückt im Laufschritt von ihrem Sammelpunkt am Friedhof auf der Straße vor, die von Messuby an der russischen Kaserne vorbei ins Zentrum von Tampere führt. Dann rücken wir vor bis zum Museum von Tavastland auf dem Näsilinna-Hügel und besetzen ihn. Was für eine angenehme, kleine Aufgabe! Wenn sich nur meine Männer so halten, wie sie sollen! Wie aber sollte es anders sein, schließlich sind es schwedische Österbottninger. Denkt man an die kurze Ausbildungszeit, die uns zur Verfügung stand, ist die Kompanie eine wirklich gute Truppe. Bleibt nur angespanntes Warten. Wie immer schleppt sich die

Zeit auf bleiernen Füßen dahin. Ich muß an die denken, die sterben werden. Wozu das alles?

Der Hauptmann fuhr sich mit der Hand über die heiße Stirn und betrachtete, was er gerade geschrieben hatte, vor seinen Augen tanzten schwarze Flecken.

Mit einer heftigen Handbewegung strich er den letzten Satz wieder aus. Der Schmerz sägte sich durch seinen Kopf.

Wenn ich doch nur einschlafen könnte. Ich bin müde und ausgelaugt. Dieser höllische Krieg, wie ein Dreschwerk, in dessen lärmende, klappernde Tonne die Menschen gesteckt werden, um gebrochen und durcheinandergeworfen und ausgesondert zu werden, bis nur die Stärksten und Schwersten übrigbleiben, während alle anderen durch die Luke abgelassen werden wie Spreu! Werde ich auch für zu leicht befunden werden, werde ich auch durch die Luke ausgesondert werden?

Wenn ich doch nur schlafen könnte...

Nun muß es aber reichen!

Der Hauptmann schob die Karten und Papiere auf dem Tisch zusammen und erhob sich. Die Flamme der Stearinkerze flatterte erschrocken im Luftzug, wie Derwische tanzten Schatten an der Decke der dürftigen, ausgekühlten Torfkate, die dem Kompaniechef als Unterkunft diente. Der Hauptmann lehnte seine brennende Stirn gegen das kalte Glas der Fensterscheibe. Aus der Küche waren leise, ernste Stimmen zu hören.

Die übrigen Offiziere und Unteroffiziere brieten Plinsen, ein einladender Geruch drang durch die Türritze. Der Hauptmann verspürte die heftige Lust, hinaus in die Küche zu gehen und sich zu ihnen zu setzen, wagte es aber nicht. Ginge er zu ihnen hinein, könnte ihm das als Zeichen der Schwäche ausgelegt werden. Er war schließlich der Kompaniechef, mußte Abstand wahren. Nur seine Gedanken und die tanzenden Schatten an der Kammerdecke durften ihm als Gesellschaft dienen.

Er wollte ins Freie, eine wenig frische Luft könnte die Kopfschmerzen vielleicht vertreiben. Er zog Pelz und Mütze an, trat in die Küche, wo die Stimmen verstummten, informierte den Wachoffizier, daß er eine Stunde weg sei, dann war er im Freien. Mit großen Schritten ging er auf die Straße nach Tampere zu. Er fühlte, daß sein Kopf in der kalten Abendluft bereits klarer wurde.

Noch war es nicht ganz dunkel, blutrot glühte im Westen der Himmel. Der Hauptmann ging an der Kirche vorbei, die bei der Eroberung von Messuby schwer beschädigt worden war. Wie Leichenmünder klafften die Löcher der Granateinschläge in den geschwärzten Mauern, die Dachhaube des Kirchturms war weggeschossen worden, die Rippen der verkohlten Dachsparren ragten in den dunkler werdenden Himmel. An der Straße zur Eisenbahnstation lag das Wrack eines abgestürzten Flugzeugs. Der Straßenbelag, vom Tauwetter tagsüber feucht geworden, war überfroren, das junge Eis knirschte unter den Stiefeln des Hauptmanns. Ein Troßschlitten mit Artilleriegranaten kam ihm entgegen, ansonsten war die Straße leer und erwartete den Aufmarsch der Infanterie, der in einigen Stunden beginnen würde.

Aus einem Haus, in dem eine andere Kompanie des VI. Bataillons untergebracht war, hörte man Gesang. Mühelos konnte der Hauptmann Worte und Melodie wiedererkennen: »Ich bin ein Fremder«.

Männer aus Österbotten!

Zwei Kilometer weiter bog der Hauptmann von der Straße ab und ging hinauf nach Kalevakangas. Überall auf dem Höhenzug sah man die Spuren der Kämpfe, die erst eine Woche zurücklagen: Granattrichter, umgeknickte oder vom Maschinengewehrfeuer entrindete Bäume, leere Granatenhülsen, Munitionsgürtel und -kisten, zerfetzte Uniformteile, Stiefel, Rucksäcke, Metallschrott.

Die Toten hatte man weggebracht, die Weißen zum Sammelpunkt in Messuby und von dort in ihre Heimatorte. Zerstreut fragte sich der Hauptmann, was aus den gefallenen Roten geworden sein mochte.

Er erreichte den Kamm des Höhenzugs, blieb dort stehen, zündete sich eine Zigarette an und sog gierig den Rauch ein. Er lauschte in die Nacht. Kein Schuß war zu hören, es herrschte gespannte Ruhe. An der Papirossa ziehend, ging er auf dem Höhenzug weiter, unter seinen Stiefeln knirschte der Schnee.

Zwischen den Bäumen hindurch konnte man auf Tampere sehen. Vor dem Abendhimmel erhoben sich die Silhouetten von Schornsteinen und Kirchtürmen, ein Gewimmel von Häusern. Man konnte den Wasserfall und die Brücken erkennen, an einigen Stellen sah man Licht, auch wenn man offenbar versucht hatte, die Stadt so gut es ging zu verdunkeln, um der Artillerie der Weißen nicht zu viele Angriffspunkte zu bieten.

Die Stadt aus Licht.

Der Hauptmann schloß die Augen, jetzt konnte er die Stadt aus Licht vor sich sehen, nicht wie Tampere, sondern so, wie er sie in seinen Träumen gesehen hatte, sogar noch schöner, noch überwältigender und noch näher.

Näher denn je.

Er konnte seine Sehnsucht kaum mehr ertragen.

Lange hielt der Hauptmann die Augen geschlossen, so lange wie möglich wollte er die Stadt aus Licht unter seinen Lidern festhalten. Doch man sollte Visionen nicht besitzen wollen, sie schmelzen wie Schneeflocken, die man einzufangen sucht, um ihre komplizierten, schönen Strukturen zu studieren, und im nächsten Augenblick hat man nur einen Tropfen schmutziges Wasser auf der Handfläche. Als der Hauptmann nur noch Dunkelheit vor sich hatte, öffnete er widerstrebend und voller Wehmut seine Augen, die Vision hatte ihn verlassen.

Zu seinem Erstaunen stellte er fest, daß er nicht mehr auf dem höchsten Punkt des Hügels stand, sondern am Abhang vor dem Friedhof, nur einige hundert Meter von der Kampflinie entfernt. Zwischen den Bäumen erkannte er undeutlich einen Teil der Friedhofsmauer, dahinter irgendeinen Schuppen oder ein Nebengebäude. Der Wald war hier dichter als oben auf dem Hügel, zwischen den Kiefern gab es Weidenbüsche und kleine Tannen.

Er glaubte eine Gestalt zu erkennen.

Die Todesangst drückte ihr Bajonett zwischen seine Schulterblätter, sein Herz krampfte sich zusammen. Er ging in die Knie, die Finger zerrten am Verschluß seines Pistolenhalfters.

Er verfluchte seine eigene Dummheit.

Als Veteran hätte er schließlich wissen müssen, daß man nicht im Dunkeln zwischen den Kampflinien hin- und herwandert! Damit machte man sich zur Schießscheibe des Feindes oder lief Gefahr, von den eigenen Leuten erschossen zu werden.

Endlich hielt er die Mauser in der Hand, entsicherte sie und spähte in die Dunkelheit. Vor seinen Augen blitzte es, das Blut brauste in den Ohren.

Er konnte nichts mehr erkennen. Kiefernstämme, dazwischen unbewegliche Dunkelheit. Er beruhigte sich wieder.

Plötzlich spürte er, daß jemand hinter ihm stand.

Er fühlte es mit dem ganzen Körper. Sein Rücken spannte sich in Erwartung eines Schusses oder eines Bajonettstichs. In seinen Schläfen hämmerte der Puls.

Mit eiskalten Fingern umklammerte der Hauptmann den Griff seiner Pistole, er hörte, wie der Schnee unter einem Stiefelpaar knirschte.

»Beruhigen Sie sich, Hauptmann Smeds«, sagte eine Stimme auf schwedisch. »Und stecken Sie Ihre Waffe wieder ein.« Es war eine außergewöhnliche Stimme: gelassen, zugleich aber eiskalt und gebieterisch.

Erstaunt sah der Hauptmann auf seine Hände, die die Pistole ins Halfter steckten, und richtete sich auf unsicheren Beinen auf. Diese Stimme verursachte einem ein Gefühl, als lege man bei zwanzig Grad Kälte die Hand auf einen Felsen, dachte er.

Dann sah er den anderen zum erstenmal: ein großgewachsener Offizier, der sich sehr gerade hielt. Er trug einen grauen Mantel und eine hohe weiße Pelzmütze, um den Arm eine weiße Binde, am Gürtel hing ein Säbel, in der behandschuhten Hand hielt er ein zusammengeschobenes Fernrohr. Trotz der Dunkelheit erkannte der Hauptmann das straffe, von einem Schnurrbart gezierte Gesicht. Er nahm Haltung an und grüßte: »General Mannerheim!«

»Rühren! Hauptmann, folgen Sie mir bitte!«

Der General kletterte den Abhang hinunter, sein langer Mantelschoß schleifte über den Schnee. Der Hauptmann ging hinter ihm her. Auf einer vereisten Stelle rutschte er aus und mußte heftig mit den Armen rudern, um nicht das Gleichgewicht zu verlieren. Das ist nur ein Traum, dachte er. Ein Windstoß fuhr durch die Wipfel der Kiefern. Er trat auf einen Ast, der knisternd unter seinen Füßen zerbrach. Der General erreichte die Friedhofsmauer und ging auf den Schuppen zu, den der Hauptmann vorhin gesehen hatte. Dort drehte er sich um und wartete auf den Hauptmann. »Ich will Ihnen etwas zeigen«, sagte er.

Der Hauptmann kam im Laufschritt auf den Schuppen zu. Er war voll kindlicher Neugier, seine Angst war verflogen. Der General öffnete die Tür des Schuppens, leise quietschten die Türangeln. Er lauschte einen Augenblick, als befürchtete er, das Quietschen könnte einen Wachposten alarmieren, im nächsten Augenblick aber öffnet er die Tür ganz und riß ein Streichholz an. Der Hauptmann konnte jetzt sehen, daß sein Oberbefehlshaber eine Signallaterne dabei hatte, wie man sie bei der Eisenbahn verwendete. Der General zündete die Laterne an, zog die Blechluke auf und richtete den Lichtstrahl in das Schuppeninnere, dann packte er den Hauptmann am Arm. Sein Griff war sehr fest und erinnerte den Hauptmann daran, wie sein Vater ihn einmal so am Arm gepackt hatte, als er noch ein kleiner Junge gewesen war.

»Sehen Sie, Hauptmann!«

Das Licht der Laterne fiel auf tote Männer. Der Schuppen war voller Leichen. Wie ungespaltetes Holz waren sie an den

Wänden gestapelt. Tote Augen reflektierten das Laternenlicht. Weiße Gesichter. Halb geöffnete Münder. Sonderbar gekrümmte Arme, gespreizte Finger. Nackte Füße, mit Stiefeln bekleidete Füße, Füße in zerfetzten Fußlappen.

Der dunkle, erdige Gestank von Tod, getrocknetem Blut und Leichenflüssigkeit schlug dem Hauptmann entgegen, noch niemals hatte er den Gestank des Todes so stark empfunden, nicht einmal in den Schützengräben an der Ostfront. Angeekelt schreckte er zurück und versuchte nicht einzuatmen.

»Gefallene Rote«, sagte General Mannerheim und schloß die Luke der Signallaterne. »Sie bleiben hier liegen, bis der Boden aufgetaut ist, dann kommen sie in ein Massengrab.« Er schloß die Schuppentür, das Quietschen der Türangeln klang wie das Jammern einer Eule. »Es kann für einen Oberbefehlshaber sehr nützlich sein, wenn er sich seine toten Feinde einmal ansieht, Hauptmann. Befehlshaber sein ist ein einsames, schweres Geschäft. Es gibt nichts Schlimmeres, als die Stunden vor einer Schlacht, als an alle die zu denken, die ich in den Tod schicken muß. Meine Befehle entscheiden über Leben und Tod. Wie viele Menschenleben habe ich auf meinem Gewissen?«

Er schüttelte den Kopf und zog eine Taschenflasche aus seinem Mantel, schraubte sie auf und reichte sie dem Hauptmann: »Bitte, Hauptmann. Sie können ein Schnaps brauchen. Wodka, gewürzt mit Wermut und einem Spritzer Gin, meine Spezialmischung.«

Der Hauptmann trank, der Alkohol wärmte ihm Mund und Hals. »Danke, Herr General!«

Der General schnitt eine Grimasse und nahm ebenfalls einen Schluck, dann sagte er:

»Gibt es Schlimmeres als einen Bruderkrieg? Die Roten nennen es einen Freiheitskampf, und wir auch. Beide Seiten haben hohe, edle Ideale. Alle wollen wir eine neue, lichte Zukunft für die Menschheit. Doch was tun wir? Wir streiten darüber, welche Ideale die höchsten und die edelsten sind, töten einander im Namen der Freiheit und einer unbekannten Zukunft. Vielleicht steckt dahinter nur Leere? Vielleicht.« Er schwieg einige Augenblicke. »Ja, Hauptmann, so ist das. Ein Krieg beginnt wegen der Ideale, geführt wird er um unserer selbst willen... Ist er einmal im Gange, wächst er und breitet sich so ungehemmt aus wie eine Krebsgeschwulst. Schließlich kämpfen wir für die Freiheit, und wir werden siegen und die Freiheit erhalten. Aber wir müssen teuer dafür bezahlen. Freiheit, die durch Blut entsteht, ist ein Monster. Der Tod besitzt bereits Anteile an diesem Geschäft, die Aktien des Todes haben Sie gerade gesehen, Hauptmann. Und er nimmt mit dem Gewicht seiner Aktien im Vorstand der Gesellschaft Platz, wenn man es so ausdrücken will.«

Der Hauptmann öffnete zornig den Mund, der General hob eine Hand. »Schweigen Sie, Hauptmann Smeds! Ich weiß, was Sie sagen wollen: Das sei verfluchtes Bolschewikengeschwätz, die Freiheit Finnlands sei der größten und schwersten Opfer wert, die Hauptsache sei, sie zu erreichen. Natürlich haben Sie recht. Aber Sie werden nichts sagen, ein Offizier widerspricht seinem Oberbefehlshaber nicht. Ein General hingegen kann es sich leisten, seine Gedanken ab und zu spazierengehen zu lassen.

Wissen Sie, Hauptmann, Tampere hätte schon vor Ostern wie eine reife Frucht fallen sollen, die Verteidigung war geschwächt, die Stadt stand uns offen. Aber ich mußte die Truppen zurückhalten, die Offensive hatte sie erschöpft. Das Hauptquartier, also ich, hatte die Stärke der Roten unterschätzt. Jetzt muß ich Ihr Leben und das vieler anderer junger Männer opfern. Um jeden Preis müssen wir Tampere in den nächsten Tagen besetzen. Begreifen Sie, Hauptmann?«

Der Jägerhauptmann schwieg.

»Ich brauche vor der Landung der Deutschen in Südfinnland einen entscheidenden Sieg, die Befreiung darf nicht nur als das Werk der Deutschen erscheinen. Wir müssen beweisen, daß wir die Roten allein besiegen können, es ist entscheidend für unsere Zukunft... Politik. Ich muß Sie wegen der Politik opfern. Das ist alles.«

»Nein«, flüsterte der Jägerhauptmann, sein Kopf wäre ihm unter den Stichen des Schmerzes fast zersprungen, vor seinen Augen bewegten sich Blitze. »Nein, nein!«

»Hauptmann, Sie haben den Bogen so stark gespannt, wie es nur ging, haben für Ihre Ideale buchstäblich alles geopfert, Studium, Beruf, Familie. Nach dem Krieg kommen andere, die Realisten, die Geschmeidigen. Die haben keine Zeit für Ihre Ideale. Wie wären Sie denn mit Ihrer Enttäuschung fertig geworden? Was hätten Sie getan, wenn Ihre Ideale zerbrochen wären?«

»Sie lügen!«

»Nein, leider. Generäle lügen zwar zuweilen, aber in diesem Fall sage ich die Wahrheit. Ich weiß, was kommt. Auch ich werde enttäuscht sein. Vielleicht werden Generäle mit ihren Enttäuschungen leichter fertig als Hauptleute. Möglicherweise. Das weiß ich nicht.« Er seufzte. »Wir verstehen uns schon auf die Kunst, uns in etwas hineinzureiten, finden Sie nicht, Hauptmann?«

Der General sah den Hauptmann traurig an, schüttelte einen Klumpen Schnee ab, der an seinem Stiefel haftete, und stapfte los. Als er sich in Höhe des Schuppendachs befand, rief er: »Viel Glück, Hauptmann! Ich weiß, Sie werden heute nacht Ihr Bestes geben!«

Der General verschwand in Richtung Norden, das letzte, das der Jägerhauptmann von ihm sehen konnte, waren die flatternden Mantelschöße und den zu einem Gruß erhobenen Tubus. Dann war da nur noch die Dunkelheit, der Wind, der durch die Kiefern ging, der Schnee. Der Jägerhauptmann fand sich im Schnee liegend wieder, wie lange er dort gelegen hatte, wußte er nicht. Er hörte jemanden weinen, sich selbst.

Der Hauptmann erhob sich und ging über den Hügel zurück, er weinte über die große Trauer in seinem Inneren, weinte über sich selbst. Und über seinen Vater, den Kommunalarin, über seine Mutter, seinen Bruder und über Otto, den er niemals wiedersehen sollte. Es würde zu keiner Versöhnung kommen, kein gemästetes Kalb würde geschlachtet und mit brauner Soße, Kartoffeln, frischgebackenem

Roggenbrot und Dünnbier am langen Tisch unter dem Kirschbaum auf dem Smeds-Hof verspeist werden, unter dem Kirschbaum, der weiß wie die Braut eines Riesen in Blüte stand.

Der Hauptmann stapfte durch den Schnee, er weinte, bis seine Tränensäcke leer und ausgetrocknet waren. Dann sagte er sich, daß er ein Offizier und daß die Pflicht das Heiligste sei, und er wußte, auch diese letzte Prüfung würde er bestehen.

Jetzt war er bereit, wieder den Befehl über seine Kompanie zu übernehmen.

Kapitel Sechzehn

In jener Nacht fuhr ein heftiger Sturm über die Dächer des Smeds-Hofes, der Kommunalarin wachte in seiner Kammer auf. Der Wind jammerte an den Hausecken, pfiff in die Schornsteine, schepperte mit den Drosselklappen und rüttelte an Türen und Fenstern, als wolle er feststellen, ob etwas offenstand und nicht verzurrt war, damit er eindringen konnte.

Eine große Unruhe ergriff den Kommunalarin. Er stand auf und tastete sich in Nachthemd und Trikotunterhosen durch die Kammer, dann ging er in die Stube, von dort in die Küche, sogar in die Speisekammer steckte er seine Nase. Sein Atem ging laut und röchelnd.

Gustav war wach geworden, die Geräusche hatten ihn geweckt, und auch die Magd und den Knecht, die in der Küche schliefen.

Der Kommunalarin blieb am Giebelfenster stehen. Von hier aus konnte man den alten Kirschbaum sehen. Der Sturm hatte seinen Stamm geknickt, in einem Wirrwarr aus abgebrochenen Ästen und Zweigen, die von den Windstößen umhergeworfen wurden, lag die Baumkrone schräg auf dem Hofplatz. Ein knapp zwei Meter hoher Stumpf mit ausgefransten Rändern war alles, was von dem Stamm übrig war.

Der Kommunalarin sah auf die Verwüstung hinunter und preßte die Stirn gegen das eiskalte Fensterglas. Nur die Nacht war Zeuge des Schmerzes auf seinem Gesicht.

Plötzlich begann seine Ehefrau oben auf dem Dachboden zu schreien.

Teil III

Der Kanisterkönig

Norra Kvarken
1922 – 1928

Kapitel Eins

Der Mythos vom Kanisterkönig lebt in den Schären von Siklax noch immer.

Im Mythos ist die Herbstnacht schwarz wie Bilgenöl.

Eiskalter peitschender Regen betäubt und nimmt einem die Sicht. Mit ausgeschalteten Lichtern und dröhnenden Maschinen jagt das ehemals italienische Torpedoboot »Hirundo« mit zweiunddreißig Knoten in nördliche Richtung. An Bord befinden sich zweiundzwanzigtausend Liter Alkohol. Wie Verdichtungen der Dunkelheit tauchen kleine Inseln und Schären vor dem Bug auf, rauschen vorüber, ehe man auch nur blinzeln kann. Weiße Brecher leuchten durch die Dunkelheit, Untiefen versuchen nach dem langen, schlanken Rumpf des Bootes zu schnappen, aber die »Hirundo« fliegt mit schäumendem Bugschwall sicher durch die Nacht.

Sie ist ein Geisterschiff, der Fliegende Holländer des Kvarken. Sie kann sich unsichtbar machen, wann immer es ihr gefällt, nur die Torpedojäger der englischen Flotte sind schneller als sie. Unbeschwert entkommt die »Hirundo« den plumpen Booten des Küstenschutzes. Vom Bug bis zum Achtern ist sie mit Panzerplatten verkleidet und mit schweren Maschinengewehren bestückt. Ihr Salon ist luxuriös eingerichtet, die Wände mit Teakholz verkeidet, Messinglampen, samtüberzogene Sofas und Tische aus Mahagony.

Der Kanisterkönig lacht übermütig, er steht im Steuerhaus, neben ihm der Lotse Röun-Pell, der das Fahrwasser des Norra Kvarken besser kennt als irgendein anderer und das Boot sicher durch die schmale Fahrrinne nach Vasa führt.

Elegant legt die »Hirundo« am Kai der Dampfmühle in Sichtweite des Zollkontors an! Der Kanisterkönig springt an Land, zieht, wie es seine Art ist, eine Whiskyflasche aus der Brusttasche der Schifferjacke und reicht sie den Männern, die mit ihren Lastwagen warten. Sogar die Paßkontrolleure, die vorübergehend erblindet sind, erhalten einen Schluck Johnnie Walker zu Trost und Linderung. »Negerjungen«, Alkoholkanister, die schwarz angestrichen worden sind, damit sie nicht glänzen, werden über die Reling gereicht und in den Lastautos verstaut. Geldbündel wechseln den Besitzer. Mit ausgeschalteten Lichtern rollen die Lastautos auf der Vasaesplanaden davon, unbehindert von Polizeistreifen. Der Kanisterkönig hat dafür gesorgt, daß der Weg frei ist. Dann läuft die »Hirundo« wieder aus, in die Schären, wo es so dunkel ist wie im Inneren eines Schornsteins, um sich eine neue Ladung zu beschaffen.

Man erzählt sich, der Polizeimeister von Vasa habe den Kanisterkönig später angerufen und gebeten, im Innenhafen keine Alkoholladungen mehr zu löschen, das sehe nicht gut aus, ob er das nicht in Sundom tun könne? Und der Kanisterkönig soll herzlich gelacht und gesagt haben, das werde er vielleicht tun, wo doch der Herr Polizeimeister so freundlich darum bittet.

Wir schreiben die zwanziger Jahre. Das finnische Volk ist nun Herr im eigenen Haus, Finnland ist eine freie, selbständige Republik. Die Zeiten werden immer besser.

Es gibt Brot und Butter aufs Brot. Und »Klinkmanns Wurst«, »Elvings Hering« und »Valios Käse« als Belag. Und Branntwein, den man dazu trinkt. Estnischen, deutschen, polnischen. In der Republik Finnland herrscht Alkoholverbot. Der Schmuggelsprit schwappt in einer wahren Sintflut über das Land und reißt die Menschen mit, so wie der Siklax-Fluß im Frühjahr Kisten und Zäune mitreißt.

Diejenigen, die das Alkoholverbot einhalten, kann man an den Fingern einer Hand abzählen. Für die allermeisten ist die Prohibition Ausdruck von Heuchelei und Einfalt. Man verstößt offen gegen das Gesetz, in den Zeitungen macht man sich darüber lustig.

Bessere Herrschaften trinken Schnaps zum kalten Büfett, Rotwein zum Filet, Cognac zum Kaffee und Grog in Gesellschaft. Nicht ganz so gut Gestellte saufen. Die besseren Herrschaften und die nicht ganz so gut Gestellten benötigen die Waren der Schmuggler und Hehler.

Der Kanisterkönig verdient in diesen Jahren soviel Geld, daß es sogar beinahe Gott graust.

Im beliebten Restaurant »Sandviks Villa« feiert er inmitten einer ausgelassenen Gesellschaft den Sommeranfang. Er trägt ein elegantes Leinenjackett, helle Hosen und eine Schiffermütze. Man bedient sich am Smörgåsbord, tanzt. Als das Restaurant irgendwann schließt, geht es mit Motorbooten durch die helle Nacht zur Sommervilla des Kanisterkönigs auf Rödskär. Alle Restaurantgäste werden eingeladen, und für ein stattliches Trinkgeld kommt auch das Orchester mit. Der Branntwein fließt in Strömen, man tanzt Charleston und Black Bottom, spielt um Geld. Eine nur mit Strümpfen und Strumpfbändern bekleidete Tänzerin vom »Wasa-Theater« hüpft auf dem Speisesaaltisch umher. In den Zimmern im oberen Stock kommt es zu noch Schlimmerem, erst am späten Sonntagvormittag endet das Bacchanal. In Stranden wartet eine Taxenkolonne, um die angeheiterten Gäste zurück nach Vasa zu bringen. Selbstverständlich bezahlt der Kanisterkönig alles.

Anschließend geht er in Sommerurlaub in einem Badeort an der Ostsee- oder Nordseeküste oder im sündigen Berlin und wartet darauf, daß die dunklen Augustnächte ihm erlauben, seine Geschäfte sicher wiederaufzunehmen.

Er ist der König der Alkoholschmuggler.

Er beschäftigt mehrere hundert gut organisierte Leute, verfügt über ein Hauptquartier auf Rödskär und über ein weiteres in Vasa. Das Schärengebiet von Siklax ist in Bezirke eingeteilt und mit einem Signalsystem ausgestattet worden, das die Alkoholboote leitet. Ebenso verfügt man über Automobile und Lastwagen, angeblich sollen sogar Flugmaschinen und U-Boote dazu benutzt werden, Alkohol zu schmuggeln.

Zu den besten Kunden des Kanisterkönigs zählen Kreisrichter, Reichstagsabgeordnete und Bankdirektoren, bedeutende, angesehene Bürger. Solchen Kunden stellt der Kanisterkönig die Waren persönlich zu, überall hat er Kontakte und Verbindungen.

Er ist ein ehrlicher, reeller Mann, der keinen schlechten Alkohol verkauft, geschweige denn die Kanister mit Meerwasser füllt, wie es manch andere tun. Man kann sich immer auf ihn verlassen.

Freilich, er hatte bisher märchenhaftes Glück gehabt. Einige Male schon versuchten die Behörden, seiner habhaft zu werden, doch er konnte ihnen jedesmal entkommen. Wenn man seine Boote enterte oder Hausdurchsuchungen vornahm, standen Polizei und Zoll hinterher mit langen Nasen da. Die Informationen von Denunzianten hatten sich als falsch erwiesen, die aufgestellten Fallen schnappten niemals zu.

Manch einer erklärte sich seinen Erfolg damit, daß er seine Seele dem Teufel verschrieben hatte.

Und doch wurde er zu guter Letzt vom Glück verlassen.

Die Polizei glaubte, ihn endlich dingfest gemacht zu haben. In Handschellen und Fußeisen wurde er nach Vasa gebracht. Er grinste die Untersuchungsbeamten an und prophezeite Polizeiinspektor Hoxell, er werde ausbrechen.

Was er auch tat.

Der Kanisterkönig verschwand spurlos, als habe es ihn nie gegeben.

»Er ist tot«, sagten manche. »Der Teufel hat ihn geholt.«

»Mitnichten«, behaupteten andere. »Er ist in Südamerika. Dort hat er eine Bananenplantage, die so groß ist wie der ganze Regierungsbezirk Vasa, er ist reicher denn je und hat zwei Frauen, beide so schwarz wie Lakritze, dazu fünfzehn Kinder und über hundert Enkelkinder.«

»Nach Finnland zurückzukommen, traut er sich nicht, wo er doch auf Rödskär einen Mann erschlagen hat.«

»Das war er doch gar nicht! Zwar hat man ihn verdächtigt, aber es war ein anderer.«

Das konnte man draußen in den Schären von Siklax hören, wenn die Rede auf den Kanisterkönig kam.

Er war mein Großvater.

Kapitel Zwei

Am Fischstrand in Vasa nimmt der Mythos vom Kanisterkönig seinen Anfang.

Es ist das Jahr 1922, ein grauer Oktobervormittag. Dicke Wolken wälzen sich über den Himmel, ein böiger Wind bläst von Süden, es regnet.

Der Fischstrand ist seit alters her der Marktplatz der Schärenbewohner, frühmorgens kommt man mit seinem Fang hierher, aus Replot, Vallgrund, Björköby, Bergö, Granholmarna; es gibt silberglänzende Heringe, Tonnen mit Salzhering, frisch geräucherte, messinggelbe Bücklinge in nach Wacholder riechenden Holzkästen, riesige Lachse, Renken, Barsche und Hechte. Fischschuppen bedecken den Boden. Die Boote der Heringsfischer sind am Ufer entlang am niedrigen Anleger vertäut. Schärenbewohner in Stiefeln und Lodenjacken, die übersät sind von Heringsschuppen und Blutflecken, hantieren mit Waagen und Renmessern und feilschen mit den Kunden. Die Einkäufer der Großhandlungen haben sich bereits bedient, jetzt sind nur noch die Frauen aus dem Vörå-Viertel und anderen fünft- oder sechstklassigen Stadtteilen da, Mägde und »Baumwollengel«, Spinnereiarbeiterinnen aus Brändö und Vikinga, bleich von der Schichtarbeit und dem ständigen Husten wegen des Staubs in den Fabriksälen. Zwei der allgegenwärtigen Hunde streichen herum und lauern auf einen Leckerbissen.

An diesem Oktobertag ist das Geschäft wegen des schlechten Wetters flauer als sonst.

Schon das ganze Jahr über war das Wetter kühl und regnerisch, einige schöne Tage im Juli, das war der ganze Sommer gewesen. Gott sei Dank reichten sie aus zur Heuernte. Anschließend hatte es wieder ununterbrochen geregnet.

»Finnland hat neun Monate Winter und drei Monate keinen Sommer«, sagen Spötter.

Hinzu kommt die Wirtschaftsdepression und der Geldmangel, die Finnische Staatsbank hat die Zinsen erhöht, die Lager der Sägewerke quellen über, obwohl die Verschiffungssaison schon fast vorüber ist. Überall herrscht Mangel an Arbeit, resolute Maßnahmen sind erforderlich, damit die Konjunktur sich bessert. Was soll man aber von dieser Regierung und diesem Reichstag erwarten, mit denen das Land geschlagen ist?

Das bestätigten sich Otto Näs und Skroppar-Gabrels Viktor gegenseitig, während sie im kühlen Wind auf dem Fischstrand stehen und an ihren Papyrossi ziehen.

Sie sind sich zufällig begegnet. Viktor ist trotz der frühen Stunde schon betrunken, sein Gesicht ist rot vom Branntwein, er schwankt und gestikuliert aufgeregt, während er irgend etwas daherschwadroniert. Otto sieht sich nervös um, die Aufmerksamkeit eines Polizisten möchte er zu allerletzt erregen. Er versucht, das Gespräch auf weniger aufregende Themen zu lenken, und erkundigt sich, wie die Herbstfischerei draußen auf den Granholmarna wohl ausfalle, ob denn der Renken auch in diesem traurigen Jahr komme.

Das helle, wettergegerbte Gesicht Viktors öffnet sich zu einem schiefen Trinkerlächeln, einer konturlosen, feuchten Grimasse, die langsam aus seinen Mundwinkeln tropft.

»Ja, das Herbstfischen«, lallt Viktor. »Hab gehört, daß sie ein paar Renken gekriegt haben. Ein paar.« Er kichert.

»Und du selbst fährst nicht raus?«

»Ich hab keine Zeit. Raus fahr ich schon, aber Fisch bring ich keinen mit, das will ich auch gar nicht! Hihi!«

Speichel tropft von Viktors Lippen, Otto bemerkt den Alkoholgestank in seinem Atem, er ist süßlich und warm. Ein wenig Speichel scheint in seinen Augen gelandet zu sein, die Pupillen sind mit dünnen, fettglänzenden Häutchen überzogen.

»Jetzt gehen wir ins Café! Viktor zahlt, ja, das mach ich, wo wir uns doch getroffen haben.«

Otto zuckt mit den Achseln, zu einer Tasse Kaffee sagt man in diesen Zeiten nicht nein. Sie gehen zum »Kafé Österblad«. Das Lokal ist dicht besetzt mit Arbeitern und Kontoristen, die hier ihre Pausen verbringen, die Gespräche rollen durch den schmalen Raum, es riecht nach feuchter Wolle, kalter Fleischsuppe und abgestandenem Kaffee. Pfeifenqualm, »Fennia« und »Klubb 7«, hängt unter der Decke. Mißtrauisch betrachtet die Serviererin Viktors gerötetes Gesicht, dann nimmt sie die Bestellung auf und tippelt in Richtung Küche.

Während die beiden auf ihren Kaffee warten, nutzt der Erzähler die Gelegenheit, um Skroppar-Gabrels Viktor von den Granholmarna vorzustellen, den Fischer, den das Fischen nicht mehr interessiert.

Viktor gehört zu den Östmans, ist also über Hanna mit Otto verwandt; er und Otto sind ungefähr im selben Alter. Skroppar-Gabrel, Viktors Vater, ist ein wohlsituierter Mann, sein Geld liegt auf der Sparkasse von Siklax, die Anteilsscheine des Freiheits-Darlehens in der Schublade. In den Schären heißt es von ihm: »›Nee, Östman verkauft Fisch, wann es ihm paßt‹, sagte Skroppar-Gabrel, als der Einkäufer von Wendelin zu ihm kam.«

Daß Skroppar-Gabrel in solch guten Verhältnissen leben kann, verdankt er ausschließlich dem Krieg.

In jenen Jahren lohnte es sich nicht, die Heringsreusen aus dem Schuppen zu holen, statt dessen machte man sich still und leise über den Kvarken, ohne Lichter und Laternen, bei hoher See. Auf dem Boot befanden sich Amerikafahrer, Leute, die von der Ochrana und den russischen Gendarmen gesucht wurden, junge Männer, die zur Jägerausbildung nach Deutschland fuhren. Die »Granskärslinie« wurde mit der Zeit ein Begriff. Viel Geld konnte man damit nicht verdienen, aber da man nun schon einmal nach Schweden fuhr, nutzte man die Gelegenheit, irgend etwas mit zurück zu nehmen: Naphta, Schellack, Gummi, Leinöl, Kupferdraht und elektrische Isolatoren, Zimt und Kardamom oder das Wichtigste und Gewinnbringendste von allem: Kaffee!

Während der Zar Krieg führte, mußte sich die Bevölkerung des Großfürstentums Finnland mit Zichorie und geröstetem Roggen zufriedengeben, einer sauren, dünnen Hasenpisse, die einem Magen und Stimmung verdarb. Die neutralen Schweden hingegen hatten richtigen Kaffee und verkauften ihn an ihr schlechter gestelltes Brudervolk. Im Gegenzug kauften sie alle Zigaretten, die sie bekommen konnten, die Tabakwaren von Strengberg und Retti schmeckten weit besser als das, was man in Schweden selbst produzierte.

Die Reisen über den Kvarken waren alles andere als gefahrlos: Die Wachschiffe »Wikingen« und »Suomi« lauerten den Gaunern auf, die Russen hatten ihre Leute auf den Vals-Inseln und auf Hästbådan stationiert. Hinzu kam, daß der Kvarken ein tückisches Gewässer ist, das nur ein erfahrener Schiffer befahren kann. Doch der Gewinn wog das Risiko siebenfach auf. Umeå war das Zentrum jenes Handels, und die königlich-schwedischen Behörden mischten sich nicht unnötig in fremde Angelegenheiten ein. Verhandelt wurde im »Stadshotellet« oder im »Blå Avenyn«, die Waren wurden prompt zum Flußufer geliefert. Die Reichsschweden versuchten nicht, einen übers Ohr zu hauen, nur diskret mußte man sein.

Diskretion gehörte indessen nicht zu den hervorstechenden Eigenschaften Skroppar-Gabrels.

Seinen Spitznamen hatte er nicht von ungefähr, zu prahlen und zu schwadronieren war sozusagen seine zweite Natur. Was sich freilich zu rächen pflegt: Zu guter Letzt hatte sich Skroppar-Gabrel glücklich ins Bezirksgefängnis geschwätzt. Da die Zeiten aber nun einmal so waren, wie sie waren, kam er recht glimpflich davon. Seine Lust aufzuschneiden wurde von diesem Fehltritt nicht nennenswert abgekühlt, im Gegenteil, er vererbte sie seinen Söhnen, insbesondere Viktor, dem jüngsten.

Nun aber steht im »Kafé Östman« der Kaffee auf dem Tisch. Viktor lebt auf, unter dem Tisch macht er sich an einer Flasche zu schaffen, aus der er ansehnliche Schlucke in ihre Tassen gießt, sobald die Serviererin ihm den Rücken zukehrt, er trinkt und wird noch lebhafter. »Teufel noch mal, das ist doch prima Ware, die Östmans Viktor hier anbietet, oder etwa nicht? Skål!«

»Mmmh«, räumt Otto nach einem vorsichtigen Schluck ein.

»Kein selbstgebrautes Gepansche! Neenee! Sowas kommt nicht in Viktors Mund, und wenn der Teufel sich ein Bein ausreißt!«

»Und woher kriegt man einen solchen Branntwein? Ich habe gedacht, ihr macht keine Schwedenfahrten mehr?«

Die Frage schien Viktor unsäglich zu amüsieren, er gluckste in sich hinein und verdrehte die Augen. »Na, wo bist du den in der letzten Zeit gewesen? Von dem, was passiert, scheinst du nicht viel zu wissen. Es gibt noch welche, die Kaffee schmuggeln, lohnt sich aber nicht mehr, bringt nichts mehr ein, auch wenn man das ganze Boot voller Kaffeesäcke hat. Der Kaffeezoll soll jetzt auch sinken, dann ist ganz Schluß damit. Verflucht!« Viktor zeigte auf seine Kaffeetasse, beugte sich über den Tisch und flüsterte: »Sprit!«

»Du holst Sprit aus Schweden?«

Viktors Blick ist unsicher, er muß ein Auge zukneifen, um Otto richtig fixieren zu können. Er rülpst, eine schlaffe Hand zeichnet vor Ottos Nase unbegreifliche Figuren in die Luft.

»Man muß doch nicht nach Schweden, wenn man Sprit holen will. Das Gesetz ist verdammt noch mal das beste, das sie sich haben einfallen lassen...«

Endlich haben die großen Sprit-Dampfer, erklärt Viktor, die früher vor Südfinnland gelegen hatten, in den Kvarken gefunden. Der erste hat vor einem Monat vor den Truthällorna geankert, ein Deutscher, den Laderaum voll mit sechsundneunzigprozentigem Sprit in Zehnliterkanistern.

»Man fährt einfach hin und kauft, soviel man ins Boot kriegt. Die Deutschen verlangen zehn Mark pro Liter, ich verkaufe ihn für fünfzig Mark an die Hehler, und die verkaufen ihn für achtzig bis hundert Mark an die Leute. Jeder Liter bringt mir vierzig Mark. Und im Winter steigt der Preis noch. Ich verdiene Geld, jawoll!«

Otto war gebührend beeindruckt, denkt intensiv nach. Eine Idee nimmt in seinem Kopf Gestalt an, noch ist sie vage und unstrukturiert.

Das Zeichen! Sein Kopf brennt, dann wird er eiskalt, dann wieder warm. Ottos Privatsignal, wenn sich eine gute Gelegenheit bietet. Er muß Zeit gewinnen, um in Ruhe nachdenken zu können.

»Man braucht doch Geld, wenn man mit den Deutschen handeln will? Die geben keinen Kredit, denke ich mir.«

»Natürlich braucht man Geld. Ich mach's mit den Brüdern zusammen, ich mach alles, und die schießen Geld zu. Drei Reisen habe ich schon hinter mir.«

»Du vergeudest keine Zeit...«

»Man muß sich ranhalten. Irgendwann ist Viktor der größte Schnapsschmuggler im Kvarken, wart's nur ab!«

Otto nickt, denkt angestrengt nach. Vor Anspannung hat er einen trockenen Mund.

Es kommt darauf an, richtig mit Viktor umzugehen. Otto will Viktors Aufschneiderei nutzen, er beobachtet ihn, versucht einzuschätzen, wie betrunken Viktor ist, und prüft seine Stimmungswechsel wie junges Eis. Viktor darf nicht mißtrauisch werden, er muß ihn zu Fall bringen, bevor es der deutsche Sprit besorgt.

Ein schlechtes Gewissen hat Otto nicht: Skroppa-Viktor war selber schuld, er ist Otto nicht sonderlich sympathisch.

»Und wenn man erwischt wird...«, sagt Otto.

»Viktor und erwischen! Ich hole die Sachen und lagere sie irgendwo, und die, die sie kaufen, müssen sie dort selbst abholen.«

»Schlau bist du schon!«

»Na und ob! Viktor weiß, wie man Geschäfte macht.«

»Also bist du jetzt in der Stadt, weil du verkaufen willst?«

»Nur nicht zu neugierig!« zischt Viktor. »Misch dich nicht in Viktors Angelegenheiten ein, mehr sag ich nicht!«

»Ich habe doch nichts Böses...«

»Da geht's hart zu, man muß sehen, wo man bleibt. Letztes Mal hab ich siebenhundertfünfzig Liter genommen. Zehn Liter für mich, der Rest wird verkauft. Dreißigtausend Mark kriegen wir dafür, mindestens. Satan, das ist viel Geld, jawoll!«

»Dann muß man schon Viktor sein, für solche Geschäfte...«, lispelt Otto.

Viktors Grinsen erstarrt, die Augen werden klar, er runzelt die Stirn. Otto beißt sich auf die Zunge. Ist er zu weit gegangen? Aber Viktors Augen werden wieder trübe, auf den Lippen blubbert der Speichel, er trinkt, Kaffee rinnt über sein Kinn. Otto atmet auf.

Herauszufinden, wo sich der Sprit befindet, fällt Otto nicht schwer.

Die Kanister liegen in zwei Buchten auf der Nordseite der Brudholmarna, markiert mit harmlosen Korkschwimmern. Das sei ein vortreffliches Versteck, dort werde den Sprit keiner finden! Viktor hatte die exakte Position auf Zetteln eingetragen, die er dann den Hehlern verkaufen wollte. Er muß Otto unbedingt diese Zettel zeigen.

Otto lächelt hinter vorgehaltener Hand.

Als Viktor zu seiner Flasche griff und ganz offen zu trinken begann, zog Otto seine Schirmmütze tiefer in die Stirn und schlich sich davon. Viktor achtete nicht auf ihn, er zankte sich gerade mit den Arbeitern am Tisch neben ihm. Otto stellte sich in einen Hauseingang auf der anderen Straßenseite. Nach einer Weile konnte er beobachten, wie zwei Polizeibeamte angerannt kamen, das Café betraten und zusammen mit Viktor wieder herauskamen. Die Polizisten hatten ihm einen Arm auf den Rücken gedreht. Viktor brüllte und schrie, bis einer der Polizisten ihm mit seinem Knüppel einen Schlag ins Kreuz versetzte.

Otto lächelte. Viktor hatte es besser für ihn eingerichtet, als er zu hoffen gewagt hatte.

Er ging hinunter zum Metviken, wo sein Boot lag. Während er ablegte, zündete er sich eine von Viktors Papyrossi an. Otto hatte sich die ganze Zeit über aus dessen Schachtel bedient. Auch darüber machte er sich keine Vorwürfe.

Kapitel Drei

Bevor in jenem Herbst der Frost kam, hatten Otto und sein Kumpan Dåhli-Johan fünf Fahrten zu dem deutschen Sprit-Dampfer machen können. Auf ihrer letzten Fahrt hatten sie zwei Fälboote im Schlepptau und luden so viel ein, daß die Bootsseiten auf gleicher Höhe mit der Wasserfläche waren; über zweitausend Liter Alkohol konnten sie an Land bringen.

Später sollte sich der Kanisterkönig mit Schaudern daran erinnern, welche Risiken sie in ihrer Naivität eingingen. Sie fuhren die Sprit-Ladungen offen durch die Schären, nur notdürftig verbargen die dunklen Herbstnächte das Boot, bisweilen aber auch eiskalte Regenböen oder peitschendes Schneetreiben. Dann versorgten sie ihre Kunden in Siklax. Manchmal fuhren sie am hellichten Tag mit einer Ladung von fünfzig, hundertfünfzig oder zweihundert Litern nach Stranden und Skrattnäs. Wären sie in Södra Gloppet oder Truthällsfjärden auf Zöllner gestoßen, es wäre das Ende gewesen.

Zu guter Letzt wurde das Fälboot jedoch aufgebracht. An einem späten, windigen Abend Anfang Dezember wurde es mitten in der Klobbskatsfjärden von einem blendenden Scheinwerfer eingefangen. Otto war allein, nur ein paar nasse, zerfetzte Renkennetze hatte er dabei, voller Seegras und Tang. Die Zöllner durchwühlten sie wütend und fluchend – ohne Ergebnis. Otto lachte laut auf, als er ihre enttäuschten Mienen sah.

»Verflucht noch mal, lach nur!« Der Zöllner reckte Otto die geballte Faust entgegen. »Wir haben ein Auge auf dich, laß dir das gesagt sein!«

»Ich bin nur ein armer Fischer«, grinste Otto.

»Von wegen! Wir wissen schon, was für eine Art von Fischern um diese Zeit unterwegs ist. Diesmal hast du

Glück gehabt, das nächste Mal kommst du uns nicht so leicht davon...«

Mit Augen, die sich zu dunklen Strichen verengt hatten, sah Otto dem Zollboot nach, das sich wummernd und klopfend ins dichte Herbstdunkel entfernte und sich unbeholfen in den tückischen Brechern der Klobbskatfjärden wiegte, seine Achterlaternen tanzten wie Leuchtkäfer.

Glück?

Möglich. An jenem Abend hätte Otto zweihundert Liter an Mara-August liefern sollen, der in den Finnendörfern hinter Sidjärv einen bescheidenen Handel aufgezogen hatte. Als Otto ablegen wollte, wurde er von einer eigenartigen Unruhe erfaßt, die sich in Magenkrämpfen, einem hämmernden Puls und Stichen am Rückgrat äußerte. Als er den Sprit in das Fälboot geladen hatte, wurde es noch schlimmer. Statt in der dichter werdenden Abenddämmerung in die Klobbskatfjärden hinauszufahren, schlüpfte Otto in eine Bucht auf Norrskär, wo er die an einem Tau befestigten Kanister in die See gleiten ließ. Das andere Ende des Seils verknüpfte er mit einer Segeltuchtasche, die ungemahlenes Salz und einige Korkstückchen enthielt. Wenn sich das Salz aufgelöst hatte, würde die Tasche an die Oberfläche steigen, und er konnte den Sprit wiederfinden.

Unterwegs entdeckte Otto einige Renkennetze, die in Strandnähe trieben. Einer Eingebung folgend holte er die Netze ein, unmittelbar darauf schnitt ihm der Zollscheinwerfer in die Augen.

»Ich möchte zu gern wissen, ob Skroppar-Viktor mich verraten hat oder ob der Zoll nur zufällig dort draußen war«, sagte Otto nachdenklich zu Dåhli, als er nach Rödskär zurückgekommen war, das sie zu ihrem Hauptquartier gemacht hatten.

Ein steifer Westwind war aufgekommen, der melancholisch durch die Ritzen der Hütte pfiff, die sie in Beschlag genommen hatten, sie lauschten auf das Grollen der Brandung.

»Mag es sein, wie es will«, fuhr Otto fort. »Man beobachtet uns. Der Zoll läßt bestimmt wieder von sich hören. Vielleicht kommen die sogar hierher.«

Dåhli ging nervös auf und ab. »Im Süden sollen sie denen, die sie schnappen, die Boote wegnehmen«, sagte er. »Stell dir vor, die nehmen das Boot? Was machen wir dann?«

»Wir sitzen im Bau«, sagte Otto gelassen. »Die nehmen uns nicht nur das Boot ab, sondern auch die Freiheit.«

»Herrgott, zum Teufel, was haben wir uns da bloß aufgeladen!«

»Mach dir keine Sorgen, das schaffen wir schon. Den Sprit haben wir versteckt, hier finden die nichts.«

»Und wenn sie schon heute nacht kommen?«

»Machen sie nicht. Die liegen in irgendeiner Bucht vor Anker, sitzen in der Kajüte, essen Wurst und lassen sich's gutgehen. Vielleicht trinken sie Branntwein dazu? Aber jetzt halt das Maul, ich muß nachdenken.«

Otto stopfte sich eine rußige Stummelpfeife und zündete sie mit Glut aus dem Herd an. Das herbe Aroma des Tabaks vermischte sich mit dem ranzigen Dunst der Karbid-Lampe, die zischend auf dem Tisch stand, vom Herd abgesehen, die einzige Lichtquelle, die sie in der Hütte hatten. Ottos kantiges Gesicht hatte sich gleichsam verschlossen und war voller unbeweglicher Schatten.

Dåhli sah ein, daß es keinen Sinn hatte, weiterzureden, Antwort würde er ohnehin keine bekommen. Er seufzte, schob die rußige Kaffeekanne über das Feuer und holte einen glucksenden Kanister aus einem Versteck unter den Fußbodendielen. Lange blieb er am Herd sitzen, in der Hand den Schnapsbecher, und sah schweigend in die Glut. Draußen jammerte der Wind, das Meer grollte. Die Nacht vor der Hütte war voller stiebendem Schnee.

Als Dåhli in die Koje schwankte, saß Otto noch immer am Tisch, die Karbid-Lampe war fast niedergebrannt. Sein Gesicht lag jetzt völlig im Dunkeln, als sei es verschwunden.

Dåhli erschrak. Er schloß die Augen, lallte etwas, ein kindliches Liebergottmachmichfromm vielleicht oder irgend etwas Sinnloses, die Worte blieben unverständlich. Aber der Schlaf erbarmte sich seiner, und er sank in eine Betäubung, die schwer war vom Alkohol. Und glücklicherweise traumlos.

Als Dåhli am späten Vormittag des folgenden Tags wieder zu sich kam, war Otto verschwunden.

Das Fälboot hatte er mitgenommen, nur die kleine Jolle lag noch am halb versunkenen Anleger, sie zerrte und riß an der Vertäuung, als wolle auch sie fort. Gott hatte ihnen einen grimmig schönen Vorwintertag beschert: Der Sturm in der vorangegangenen Nacht hatte den Himmel saubergefegt, die glasgrünen Wellen zogen mit leuchtendweißen Schaumkämmen dahin. Die Untiefen und überspülten Felsklippen leuchteten schwarz wie frisch geschmiedetes Eisen. Der Schnee lag noch in Felsspalten und hinter Steinen, die niedrigstehende Sonne funkelte in den Eisrändern am Ufer. Dåhlis Einsamkeit wühlte in seinem Unterleib, er suchte Trost bei seinem Sprit.

Als Otto spätabends noch nicht zurückgekommen war, erkannte Dåhli, daß etwas Großes vor sich ging.

Er stellte sich auf eine lange Wartezeit ein. Trotzdem wünschte er, Otto wäre bei ihm. Noch immer hatte er ein wenig Angst vor den Zöllnern. Was sollte er denn sagen, wenn sie plötzlich dastanden und ihm Fragen stellten? Er spähte aus dem Fenster landeinwärts, es war das einzige Fenster, das sie nicht sorgfältig abgedichtet hatten, konnte aber in der undurchdringlichen Dunkelheit natürlich nichts erkennen. Nur sein eigenes Gesicht spiegelte sich in dem fleckigen Glas, es war kein schöner Anblick.

Dåhli hob den verbeulten Blechbecher und prostete sich selbst zu.

Ja, man hätte denken können, ein Zimmermann, der nur über eine grobe Axt verfügte, habe Dåhli-Johans Gesicht in großer Hast aus einer Maserbirke herausgehauen, mit zwei kräftigen Hieben die Wangen ausgehöhlt, ein weiterer Hieb hatte eine bucklige Stirn freigelegt. Unter Mühen war eine Art Nase auf der Vorderseite des Stumpens zustande gekommen, und unter der Nase durfte ein Astloch als Mund dienen. Ganz unten hatte die Axt unglücklicherweise zu fest zugeschlagen, das Stück, das als Kinn gedacht war, fehlte.

Vielleicht hatte ein ungeschickter Lehrling unter den himmlischen Engeln Dåhli-Johans Gesicht geschnitzt, dann aber war der Herr der saumseligen, unbeholfenen Versuche überdrüssig geworden, hatte das Werkstück an sich gerissen und gesagt: »So kann das nicht bleiben.« Und der gute Vater suchte in den himmlischen Verschlägen, bis er die schönsten Augen fand, die man auf Lager hatte, und gab sie Johan: groß und glänzendbraun wie taufeuchte Haselnußschalen, mit Streifen aus tiefem Bernsteingelb. Diese Augen strahlten eine maßlose Traurigkeit aus, wie leidende Kinderaugen, die aus der Tiefe des Krankenbettes aufblicken, der Schmerz und die Verständnislosigkeit schenkten ihnen eine erschreckende Sanftheit. Es waren Augen, die all die Häßlichkeit ausglichen, mit denen dieses Gesicht geschlagen war.

Nur wenige durften indessen die Schönheit und Trauer dieser Augen sehen. Dåhli war ein schüchterner Mann, der die Gesellschaft der Wellen, Untiefen und kreischenden Möwen der anderer Menschen vorzog.

Dåhlis Vater, der ehemalige Totengräber in Siklax, war unter dem Namen Grav-Kal bekannt. Seine Gestalt ließ an einen Menschen denken, der versucht hatte, sich einen Vorschuß auf den eigenen Tod zu holen: Er sah aus wie ein Gerippe, bedeckt von einer weißen, fast durchsichtigen Haut, nur die Augen schienen noch zu leben, in seinem Blick brannte das Licht des Fanatismus.

Grav-Kal war jedoch nicht immer so gewesen. Früher einmal war er ein großgewachsener Mann, ein Zechbruder und Raufbold. Er hatte eine Ehefrau, gegen die er die Hand erhob, sie arbeitete bei den Bauern, er versoff ihren Verdienst. Zu jener Zeit segelten die Bauern von Siklax noch mit Fleisch und Getreide zu nordschwedischen Häfen, und Dåhlis Vater fuhr einmal mit einer Bauernschute nach

Sundsvall. Er ging an Land und fing an zu feiern und zu lärmen. Schließlich lag er zerschlagen und blutend in seinem eigenen Erbrochenen hinter den Bretterstapeln im Hafen, wie üblich hatte er Meinungsverschiedenheiten gehabt.

Da begegnete ihm der Herr.

Er wurde gründlich kalfatert, die Sünden wurden aus dem Säufer herausgeschlagen wie der Schmutz aus alten Flickenteppichen. Der Saufaus wurde mit der zuverlässigen Schmierseife des *Wortes* behandelt und schließlich zum Trocknen und Bleichen in die starke Sonne der *Gnade* gelegt. Im Herbst kam ein neuer, geläuterter Mensch nach Siklax zurück.

Jedem, der es hören wollte, erzählte Dåhlis Vater, wie er bewußtlos dort in Sundsvall gelegen hatte, während der Herr darüber nachdachte, ob er den Frischbekehrten sofort heimrufen oder ihn noch ein wenig auf der Welt lassen sollte. Während Dåhli-Johans Vater auf den Treppenstufen des Todes seine Zeit fristete, hatte er einen flüchtigen Eindruck des Lebens im Jenseits erhalten, es war ein herrlicher Anblick: Er sah eine große, helle Bauernküche, frischgebackene Knäckebrotscheiben hingen auf einer Stange unter der Decke, im Herd brannte das Feuer, die himmlische Hausherrin trug ihre Sonntagsschürze und briet Heringe. Am reich gedeckten Tisch aber saßen in glänzendweißen Hemden seine schon vor langer Zeit gestorbenen Eltern und Geschwister, am Tischende thronte Christus persönlich mit Purpurmantel und goldener Königskrone. Sie winkten ihm zu und baten ihn einzutreten, auch für ihn habe man gedeckt. Der Duft von frischgebratenem Hering weckte einen großen Hunger in ihm, und gerade als er eintreten wollte, packte ihn eine riesige Hand im Nacken und schleuderte ihn zurück ins Leben, als sei er ein schmutziger Handschuh. Eine heftige Trauer erfüllte seine Seele.

Dåhli-Johans Vater versicherte seinen Zuhörern, der Tod sei keineswegs etwas, das man fürchten müsse, im Gegenteil, der Mensch solle sich nach dem Tod sehnen und ihn sich stets wünschen, erst danach beginne das wirkliche Leben.

Das Dasein hier auf Erden sei nur ein kläglicher Schein, ein Schattenspiel, erklärte der ehemalige Säufer und Raufbold. Er selbst wollte so schnell wie möglich sterben, um endlich am himmlischen Tisch Platz nehmen und den gebratenen Hering versuchen zu können. Die Leute von Siklax waren über solche Reden reichlich erstaunt und kamen überein, daß Dåhlis Vater völlig verrückt geworden sei, woraufhin sie ihn ins Irrenhaus bringen wollten.

Indessen machte man ihn zum Totengräber. Mit Freuden betätigte sich das Gerippe im Dienste des Todes. Er hob die tiefsten, besten Gräber aus, die man je in Siklax gesehen hatte, und er bekam den Namen Grav-Kal.

Dåhli sollte sich an seine Kindheit als ein langes, nicht enden wollendes Schweigen erinnern, als ständige Halbdämmerung und den Geruch von Erde, verwelktem Tannenreisig und Schimmel.

Vage erinnerte er sich an eine Frau. Mutter hieß sie, ein anderer Name war ihm nicht bekannt. Sie hatte ihn im Arm gehalten, ihre Hände waren warm gewesen. Und einmal hatte sie ihm vorgesungen.

Aber sie war verschwunden.

Ein Kind bemerkt diese unfaßbare Abwesenheit sofort. Wo ist Mutter? fragt es. Warum ist Mutter nicht mehr bei mir? Besteht die Antwort nur aus Schweigen, hört das Kind schließlich auf zu fragen. Sein riesiger Verlust aber hat in seinem Inneren einen tiefen Brunnen geöffnet, der angefüllt ist mit kühler, rauher Dunkelheit, und ruft man in diesen Brunnen hinein, kommt dünn und erschrocken nur die eigene Stimme zurück. Das Kind erkennt seine Einsamkeit und wird von einem fremden, allzu erwachsenen Schmerz geschüttelt.

Ein Kind konnte Dåhli-Johan nie sein, seine Kindheit wurde sozusagen niemals eingefordert, eine Schuld, die schließlich verfiel und abgeschrieben wurde. Er mußte sich um seinen Vater, das Gerippe, kümmern. Hätte Dåhli ihn nicht ernährt, der Vater wäre verhungert, vermutlich hätte er nackt seine Gräber ausgehoben, hätte sein Sohn ihn nicht gekleidet. Das Gerippe hatte nicht die Zeit, sich mit weltlichen Dingen wie Nahrung und Kleidung zu befassen. Schließlich wartete er ungeduldig darauf, sterben zu dürfen, und er begann, sich mit einem heiligen, großartigen Vorhaben zu beschäftigen. Er baute seinen eigenen Sarg.

Es sollte der beste und dauerhafteste Sarg werden, den man je gesehen hatte, zumindest in Siklax.

Es war nicht Grav-Kals eigene Idee, man hatte ihm diesen Auftrag eines Tages im ausgehenden Frühjahr erteilt, als er das Grab für Nygårdshindrikas-Ester aushob, die an Schwindsucht gestorben war. Die Arbeit war schwer und trostlos, im Frühjahr ist der österbottnische Lehm gründlich durchtränkt und schwerer und unförmiger als sonst. Gerade, als er eine Schaufel voll tropfender Erde heraufholte, bemerkte er einen Mann, der am Rand des Grabes stand und zu ihm hinabsah. Der Mann zeichnete sich schwarz gegen den Frühlingshimmel ab, den Hut hatte er tief in die Stirn gezogen, so daß sein Gesicht verdeckt wurde, über der Schulter trug er eine Axt. Grav-Kal hatte nicht den geringsten Zweifel, daß es sich um den Tod oder zumindest um einen seiner Bevollmächtigten handelte. Innerlich jubelnd und zugleich bebend vor Schreck fiel Grav-Kal am Grund des Grabes auf die Knie und sprach ein kurzes, eindringliches Gebet. Dann erklärte er, er sei bereit zu sterben, und hoffte, man habe ihm dort oben in der himmlischen Küche noch ein wenig gebratenen Hering aufgehoben.

Da brach der Tod in lautes Lachen aus.

Grav-Kal wußte nicht, ob er seinen Sinnen trauen durfte: Daß der Tod zu Scherzen aufgelegt war, hatte er nicht geahnt. Aber dort, am Rand des Grabes, stand der Tod und kicherte und lachte. Und als der Tod genug gelacht hatte, schneuzte er sich mit Daumen und Zeigefinger und brummte, wenn Grav-Kal es so eilig habe, ins Grab zu kommen, solle er sich vorher wenigstens einen anständigen Sarg zusammenzimmern, machte auf dem Absatz kehrt und ging.

Grav-Kal erkannte, daß der Tod mit ihm unzufrieden war, und begann, einen Sarg zu bauen, um bereit und gut gerüstet zu sein, wenn der Tod wiederkam. Anfangs stellte er sich einen normalen, einfachen Sarg vor, von der Art, in der man die Leute aus Siklax immer beerdigt hatte, mit Leim und Kienruß schwarz angestrichen, unter der Leiche Sägespäne. Da ergriff ihn die Hoffart.

Gegen die Hoffart ist niemand immun, selbst ein Gerippe, das sich dem Tode geweiht hat, kann hoffärtig sein.

Grav-Kal setzte sich in den Kopf, sein Sarg müsse aus edlen Hölzern hergestellt sein, und kaufte bei Disponent Voldemar Bäckman Eichenholz und Mahagoni auf Kredit. Sorgfältig fügte er die Bretter zusammen und schnitzte Reliefs und Bilder in das Holz, die die Größe des Todes und seine majestätische Endgültigkeit beschrieben: Gerippe, Gespenster und unselige Geister, Teufel und kopflose Mörder tanzten, angeführt vom Tod persönlich (mit Filzhut und einer Axt über der Schulter). Das alles war recht unheimlich anzusehen, denn Grav-Kal hatte jeden grinsenden Schädel und jede Skeletthand sehr sorgfältig ausgeschnitten. Auf dem Sargdeckel bildete er die himmlische Küche ab, in der die Hausfrau Hering briet, während die Seligen mit Christus um den Tisch saßen, ganz so, wie er es hatte sehen dürfen. Am Kopfende ritzte er einige unverständliche Worte ein, die er beim Pfarrer in irgendeiner Schwarte gefunden hatte und deren Klang ihm sehr zusagte: »Veni, vidi, vici.«

Die Arbeit nahm zwei Jahre in Anspruch, die Kunde über den Sargbau verbreitete sich wie Birkenlaub im Herbstwind, und von nah und fern kamen Neugierige, um das gute Stück zu bestaunen, das auf Böcken in der Hütte des Gerippes stand. Probst Roschier ermahnte Grav-Kal, von diesem ketzerischen Unterfangen abzulassen, die Leute von Siklax sprachen erneut davon, man solle das Gerippe ins Irrenhaus sperren. Eines Nachts warf jemand mit Steinen die Fenster der Hütte ein, der Junge mußte die Löcher mit Lumpen abdichten. Unverdrossen schreinerte Grav-Kal weiter an seinem Sarg, der Junge mußte ihm mit brennenden Talgkerzen leuchten.

Der Sarg wurde in dem Jahr fertig, in dem der große Komet am südlichen Himmel leuchtete. Der weiße Kometenstrich war der glühende Kratzer, den der Daumennagel des Herrn am Himmelsgewölbe zurückgelassen hatte. Für Grav-Kal war es das Zeichen, daß seine Zeit gekommen sei. Er befahl dem Jungen, Waschwasser aufzusetzen, schnitt sich Haare und Bart ab und hüllte sich in ein Laken, dann nahm er den Sarg auf den Rücken.

Wie es dem Gerippe möglich gewesen war, das schwere Ding auf den Öjberg zu schleppen – mit fünfzehn Metern über dem Meer der höchste natürliche Punkt in Siklax –, konnte niemand begreifen, aber er hatte es geschafft, sein Junge mußte vor ihm hergehen und mit einer alten Kuhglocke läuten.

Neugierige strömten herbei, und als Grav-Kal den Öjberg erreicht hatte, hing ihm ein großes Gefolge an den Fersen. Es war ein windiger Abend, die Wolkenberge, die über den Himmel jagten, kündigten ein Unwetter an, hin und wieder konnte man zwischen Wolkenfetzen den Vollmond sehen. Grav-Kal ließ den Sarg zu Boden gleiten, fiel auf die Knie und begann laut seinen Gott anzurufen: »Der Sarg und ich sind bereit! Nun kommen wir!« Dann legte er sich in den Sarg und gab dem schluchzenden Jungen ein Zeichen, ihm beim Schließen des Deckels behilflich zu sein.

Ach, Hoffart, sieh, wozu du einen Menschen verleiten kannst!

Durch einen Riß in der Wolkendecke beleuchtete knochenweißes Mondlicht die Szene: der Sarg, der von den vielen Schichten Klarlack glänzte, der Junge, die Neugierigen, die sich in einiger Entfernung drängten und es nicht über sich brachten einzugreifen. Der Wind lärmte und schien mit jeder Minute zuzunehmen. Am steilen Nordhang, der zum Siklax-Fluß hinunterführte, funkelte das Eis, dort fuhren die Kinder gern Schlitten. Unmittelbar vor diesem Hang hatte Grav-Kal den Sarg abgesetzt.

Der Mond verschwand wieder hinter Wolken. Schnee wirbelte durch die Luft, kleine, harte Eisnadeln stachen den Wartenden ins Gesicht.

Ein entsetzlicher Windstoß ergriff den Jungen und schleuderte ihn mit aller Kraft gegen den Sarg, der den Hang hinunterzurutschen begann.

Als der Sarg sich in Bewegung setzte, konnten die Umstehenden durch den Lärm des Windes hindurch Grav-Kals schrilles Triumphgeschrei hören, ein entsetzliches Geräusch, an das sie sich ihrer Lebtag erinnern sollten.

Der Sarg schlitterte immer schneller den Abhang hinunter, prallte auf einmal gegen einen großen Stein und kippte um. Der Deckel öffnete sich, und Grav-Kal rollte heraus, direkt unter eine Birke. Der schwere Sarg und der Deckel rasten weiter den steilen Hügel hinunter, krachten durch das Eis und verschwanden in der Dunkelheit.

Grav-Kal verlor endgültig den Verstand.

Es gab keinen anderen Ausweg, als ihn endlich in die Irrenabteilung des Armenhauses zu sperren, wo man ihn des Nachts schreien und jammern hören kann. Der Tod scheint sich nicht mit ihm befassen zu wollen, er lebt noch immer dort, darf die himmlische Küche immer noch nicht betreten.

Freundliche Menschen nahmen sich des Jungen an.

Grav-Kals prächtiger Sarg blieb verschwunden, obwohl viele Leute, die an dem Holz interessiert waren, im Siklax-Fluß nach ihm tauchten.

Kapitel Vier

Der Erzähler befindet sich gerade auf dem Dachboden des Smeds-Hofes und raschelt mit vergilbten Exemplaren des »Vasabladet«. Ganze Jahrgänge, von der Jahrhundertwende bis zur Mitte der zwanziger Jahre, wurden aufgehoben, denn während der Lebzeiten des Kommunalarin wäre es undenkbar gewesen, Sundquists Zeitung zum Ofenanzünden oder als Abtrittpapier zu benutzen, dazu mochte das »Hufvudstadsbladet« aus Helsingfors taugen. Die Zeitungsbündel wurden auf dem Dachboden verstaut und lagen dort fast sechzig Jahre lang, bis wir sie bei der Renovierung des Hofes dort fanden.

Rascheln, der trockene Geruch alten Papiers, Staub. Der Erzähler niest und beginnt in der Ausgabe vom 26. August 1924 zu lesen:

Nachrichten aus Siklax

»Die Nächte sind wieder dunkler geworden, und damit wurde nach einer nur allzu kurzen ›Sommerunterbrechung‹ auch der Sprit-Verkehr wieder aufgenommen. Die Hehler haben alle Hände voll zu tun, was man daran erkennt, daß schnelle Motorboote mit ausgeschalteten Laternen durch die Schären brausen und Branntweintransporte so gut wie jede Nacht über die Landstraßen rollen. Pferdefuhrwerke, Velozipeds, Motorräder und Automobile werden zu diesen Transporten herangezogen, mittlerweile werden sogar große Lastwagen benutzt. Man kann davon ausgehen, daß an verschiedenen Stellen der Siklax-Schären erhebliche Mengen Sprit angelandet wurden, wovon der größte Teil vermutlich weiter nach Vasa oder zu durstigen Kunden im Inland gegangen sein dürfte. Die Schmuggler, so wird allgemein vermutet, verfügen über eine gute Organisation. In den Schären wurden an verschiedenen Stellen Beobachter postiert, die über die Bewegungen des Zolls genau unterrichtet sind und die Sprit-Boote mit Hilfe von Lichtsignalen informieren, welche Fahrrinnen als sicher gelten können. In den Schären und in einigen Ufergemeinden scheinen die Schmuggler über eine starke Bastion zu verfügen, die von einem oder mehreren »Kanisterkönigen« dirigiert wird. Als Folge hiervon ist eine wahre Sintflut an geschmuggeltem Sprit über Siklax hereingebrochen. Verschiedentlich wurden illegale Kneipen eingerichtet. Greift die Ordnungsmacht jedoch ein, wird im Nachbarhof sofort eine neue eröffnet. Unter Jungen und Älteren ist ein maßloser Alkoholmißbrauch im Schwange, und das Bedrückendste ist, daß mittlerweile auch die Frauen trinken. Diese Frauen sind wahrlich schlechte Vertreterinnen der Siklax-Mädels, die ansonsten im Ruf stehen, solide und ordentlich zu sein!

Jeder anständige Bürger dürfte angesichts dieser Entwicklung nachdenklich geworden sein. Es ist keine Übertreibung, wenn man behauptet, daß ein Chaos eintritt, wenn der Sprit weiterhin auf diese durch nichts behinderte Art fließt. Wir bestehen auf unserem Recht, von den Behörden effektive Maßnahmen zu fordern. Die Schmugglernester müssen gesäubert, dem illegalen Gewerbe muß ein Ende gesetzt werden. Jeder einzelne kann zum Kampf gegen den Alkohol beitragen, indem er kriminelle Handlungen, die er beobachtet, unverzüglich den zuständigen Behörden meldet.«

Das sind Worte, keine Lieder! Der Erzähler wirft die Zeitung weg und bittet den Leser, ihm auf eine Exkursion zu folgen, um den Wahrheitsgehalt dieses düsteren Berichtes aus Österbotten zu überprüfen. Kommen Sie bitte mit!

Es ist ein früher Abend im August 1924, die Sonne steht niedrig und gießt buttergelbes Licht über blonde Roggen- und Weizenfelder, der Wald liegt in bläulichem Dunst, die Telegraphenmasten werfen lange Schatten auf die Torneå-

Straße, die nach einem sparsamen Bauern benannt wurde, der, als der Straßenverlauf im Gemeinderat diskutiert wurde, sich die Frage erlaubte, ob die Straße »denn bis hinauf nach Torneå führen solle«.

Rauchgeruch hängt in der Luft. Die Stallschwalben sitzen nebeneinander aufgereiht auf den Telefondrähten wie Wäscheklammern, die man auf der Leine vergessen hat, in den Gräben steht, vertrocknet und braun, verblühter Wiesenkerbel, die Vogelbeeren leuchten bereits.

Die Telefondrähte summen.

Hört euch einmal an, wie die Leitungen an diesem stillen Sommerabend das Hohe Lied der Kommunikation singen! Hört es euch an, dieses Summen, Pfeifen, Knistern von Worten und Gesprächen, die mit der Geschwindigkeit der Elektrizität durch die Drähte eilen (und die ruhenden Schwalben an den Füßen kitzeln)!

Schnallt euch die Steigeisen an die Füße, liebe Leser, wir steigen jetzt auf den Mast dort und hören heimlich dabei zu, was sich die Leute aus Siklax an einem Samstagabend im August 1924 zu sagen haben, wenn die Arbeitswoche zu Ende ist und die Kühe gemolken und für diesen Abend ruhig sind... Man schlägt das rechte Steigeisen mit einer bestimmten Drehung des Fußes in den Mast, schaukelt ein wenig, um sich zu vergewissern, daß das Eisen richtig sitzt, wiederholt diesen Vorgang mit dem linken Fuß, löst den rechten Fuß mit Hilfe einer Drehung des Fußgelenks und schiebt ihn ein Stück höher. Auf der Spitze des Mastes ist ein Kopfhörer, ein magischer, bemerkenswerter Kopfhörer, denn er ermöglicht uns nicht nur, das mit anzuhören, was gesagt wird, sondern auch das Ungesagte, das Gedachte, Gemeinte, das, was nur angedeutet wird.

Ein mächtiger Stimmenchor ertönt, ein Choral, dessen Stimmen sich miteinander vermischen und sich überlagern, Gesprächsfetzen, einzelne Worte:

»... Komm morgen nachmittag zum Kaffee...«

»... Hallo, ja...«

»... Norrmén hat ihn untersucht, aber was ihm fehlt, weiß er auch nicht, irgendwas, ist doch so grausam dünn gew...«

»... vielleicht in Norrmark...«

»... Norrmén will also, daß er nach Vasa geht und dort untersucht wird, damit sie wissen, was es ist...«

»... wie es in Psalm 39 heißt: ›Siehe, meine Tage sind einer Hand breit bei dir, und mein Leben ist wie nichts vor dir. Wie gar nichts sind alle Menschen, die doch so sicher leben!‹« donnert Probst Roschier mit seiner besten Gottesdienststimme, er übt natürlich für das Hochamt am nächsten Tag.

»Plaksnäss seitsemän!« verlangt eine finnische Stimme aus weiter Ferne.

»... beantragt also Lehrer Boström einen Alkoholausschuß. Alkoholausschuß! Was soll der denn ausrichten? Kostet die Gemeinde nur Geld, das hab ich ihm auch gesagt...«

»Und was hat Boström gesagt?«

»Hat nicht nachgeben wollen, der doch nicht. Hat nur über seinen Ausschuß geredet und gesagt, wir brauchen eine Bürgerkundgebung gegen die Sauferei. Na, von mir aus. Der Kommunalarin hat nichts gesagt, hat nur mit dem Hammer auf den Tisch gehauen und gemeint: ›Stimmen wir ab.‹ Sieben gegen zwei, der Långgårdas-Elis hat mit Boström gestimmt.«

»Aber daß der Kommunalarin nicht gesagt hat, was er denkt...«

»Ist nicht mehr der alte, so müde und still, und mager ist der...«

»Mit dem Kommunalarin geht's zu Ende«, flüstert eine Stimme. »Seit der älteste Sohn bei Tammerfors gefallen ist, und Smess-Bat hat's an den Nerven, den Jüngsten hält er wie einen Knecht. Seine Zeit ist zu Ende, andere warten schon...«

»... Hallo?... Hallo?...«

»... Ist er denn krank?«

»... krank, krank, krank«, brausen die Stimmen in den Leitungen. »Seine Zeit ist vorbei, der hat den Tod im Leib...«

»... wieder ein Fest bei Bäckman, bestimmt haben die Krebse...«

»... Herr, der du alles in deiner Hand hast, vor dir ist alles nur wie ein...«, poltert Probst Roschier.

»... mitnichten hat das Verbotsgesetz Schiffbruch erlitten! Ganz im Gegenteil! Mit aller Kraft müssen wir an diesem Gesetz festhalten, um zu beweisen, daß die finnische Regierung und der finnische Reichstag es ernst meinen mit dem Alkoholverbot. In einem Jahr ist der Alkoholstrom eingedämmt, glauben Sie mir...«

»... Dollar-Hanna, Dollar-Hanna«, flüstern die Stimmen, »trägst du noch immer Liebe in deiner Brust? Vieles mußt du betrauern, Dollar-Hanna, vieles, vieles.«

»... vor meinen Augen sehe ich eine Stadt aus Licht...«

»... Otto Näs, nimm dich in acht, man ist hinter dir her!«

»... Anna? Das ist doch die Frau von Lehrer Boström...«

»... Hallo?... Ja?...«

»... ein Lied von Liebe und Tod singe ich, hört, wie ich singe, ein Lied von Liebe und Tod...«

»... Dollar-Hanna...«

»... und jetzt der Kommunalarin?«

»... mit dem ist es aus, seine Zeit ist abgelaufen...«

»...schützt das Verbotsgesetz... verfolgt die Schmuggler... Otto Näs...«

».... hallo, hallo, hallo!«

»Was treiben Sie den da oben auf dem Telefonmast?« Eine schrille, zornige Stimme unten auf der Landstraße.

Der Erzähler ist so erschrocken, daß er den Halt verliert und herunterfällt. Er sitzt im Straßenstaub, mit blauen Flekken und verwirrter Miene, argwöhnisch betrachtet von einer Frau in einem altmodischen, langen Rock, weißer Schürze und schwarzer Haube; sie ist von ihrem Veloziped gestiegen, ihre Lippen spitzen sich mißbilligend, mit der Schuhspitze berührt sie den Kopfhörer, der auf der Straße liegt.

»Was soll denn das heißen? Am Telefon mithören, ist doch wohl verboten? Oder etwa nicht?«

Wenn sich irgend jemand in dieser Angelegenheit auskennt, dann sie. Es ist eine der Granskog-Schwestern, die die Zentrale der »Telefongenossenschaft Siklax und Umgebung« in Forsby betreiben.

Der Erzähler vermag indessen nicht anzugeben, ob es sich um Anna oder Edith handelt, die wir hier mit zornig erhobenem Zeigefinger vor uns haben. Die Granskog-Schwestern sind Zwillinge und sehen einander so ähnlich wie zwei Preiselbeeren. Stets tragen sie die gleichen schwarzen Röcke und Schürzen, und ruft man die Telefongenossenschaft an, kann man nicht erkennen, welche der Schwestern mit einem schrillen »Zentrale!« antwortet.

Die Telefonzentrale in der Snickarsgränden ist nunmehr das erste Nachrichtenbüro am Platz. Unglücksfälle, Brände, Heiratsanträge, Zänkereien, Krankheitsfälle, Skandale und durchgegangenen Pferde, alles wird unverzüglich aufgeschnappt, zu einem aussagekräftigen Bulletin verarbeitet und zu einer Schar ausgewählter Empfänger befördert, die ihrerseits für die weitere Verbreitung sorgen. Nicht nur durch das gewissenhafte Abhören des Telefonverkehrs wird die Redaktion mit Material versorgt, sondern auch durch investigativen Journalismus. Während eine der Schwestern am Schaltpult Wache hält, befindet sich die andere ununterbrochen in Bewegung. Kommt es im Sägewerk zu einem Unglück oder prügeln sich Säufer vor Piss-Annas illegaler Kneipe in Kroken – eine der Schwestern ist sofort zur Stelle, die dringend erforderlichen Informationen zu beschaffen.

In Siklax geschieht nichts ohne ihr Wissen, kein Gerücht, nicht der geringste Klatsch entgehen ihnen. Ihre Fähigkeit, ins Zentrum der Ereignisse vorzudringen und sich an mehreren Orten gleichzeitig aufzuhalten, ist fast unheimlich. Sie wissen alles, und ihr Wissen teilen sie großzügig jedem mit, der sie danach fragt.

»Warum kletterst du dann auf Telefonmasten?« schreit Anna (oder Edith) Granskog wütend den Erzähler an. »Als ob ich dir nicht alles sagen könnte, was du über Ottos Handel und Wandel wissen willst!«

Kapitel Fünf

»Ja«, sagt Anna (oder Edith) Granskog. »Ich weiß noch, als die Polizei und die freiwilligen ›Schnüffler‹ in Stranden eine Razzia machen wollten... Die haben geglaubt, sie könnten Otto Näs festnehmen. Mitten in der Nacht sind sie gekommen, mit Automobilen. Aber es ist anders gekommen, als die Polizei es sich vorgestellt hatte. Ist schon ein richtiger Schlawiner, der Otto!«

Kanisterkönig wird er genannt, weiß der Himmel, wer auf diesen Namen gekommen ist. Dollar-Hanna, seine Mutter, war sicherlich voller Sorge um ihn. Es war bestimmt schwer, die Mutter des Kanisterkönigs zu sein. Aber Dollar-Hanna sagte kein Wort, nie hat sie sich über ihren Sohn beschwert.

Otto hatte sich verändert, als er im Herbst 1918 aus dem Krieg zurückgekehrt war. Er war verschlossen und still, wollte nichts unternehmen und lag meist in der Kammer oder blickte lange aus dem Fenster.

So ist er, seit Erik gefallen ist, damals, als sie Tammerfors angegriffen haben. Otto war in der Etappe, wurde aber als Sanitäter zu einer Feldambulanz abkommandiert. Dorthin haben sie Erik gebracht, er hat noch gelebt, ist aber in der Nacht gestorben, da war nichts mehr zu machen, so schwer verwundet, wie er war. Ja, das war schon arg.

Der Herbst 1918 war eine traurige Zeit. Krieg und Blockade, es gab nichts, keinen Kaffee, keinen Zucker, keinen richtigen Tabak. Sogar das Petroleum ist zu Ende gegangen, es war, als senkte sich die ägyptische Finsternis über Österbotten. Und die spanische Influenza ist umgegangen, viele sind daran gestorben. Aus Vasa und sogar aus dem Süden sind die Menschen hierhergekommen und haben Mehl, Butter und Speck gekauft, alles, was sie nur kriegen konnten.

Was die Zukunft bereithielt, wußte niemand. Draußen in der Welt war Waffenstillstand, Finnland sollte einen König kriegen. England und Frankreich hat das aber nicht gepaßt, also mußten die Herren in Helsinki es sich anders überlegen. Mannerheim wurde zum Reichsverweser gemacht und mußte mit den Engländern verhandeln. In Rußland waren die Bolschewiken an der Macht. Ja, das war ein Durcheinander und ein Elend, man hätte glauben können, das letzte Stündlein hätte geschlagen und die Engel bliesen jeden Augenblick auf der Posaune.

Otto hatte sich dann mit Dåhli-Johan zusammengetan, vor dem Krieg waren sie oft draußen auf Rödskär. Dåhli-Johan ist ja schon immer ein bißchen wunderlich gewesen und hat sich meist von den Menschen abgesondert, irgendwie sind Otto und er sich aber doch einig geworden. So einer ist er, der Otto, mit fast allen wird er einig. Vielleicht nimmt er sie ernst. Über sich selbst aber sagt er nie etwas, man weiß nicht genau, wer er ist.

Die beiden haben sich ein Boot beschafft und zusammen gefischt. Vielleicht sind sie auch ein paarmal nach Schweden gefahren, damals haben doch alle Schmuggelkaffee getrunken. Otto ist oft wochenlang dort draußen auf Rödskär geblieben. Ab und zu ist er nach Vasa gefahren oder nach Siklax und ist ein, zwei Tage geblieben, hat sich in Dollar-Hannas Laden zu den Männern auf die Bank gesetzt und ihnen zugehört, er selbst aber hat nie etwas gesagt. Und eins, zwei, drei war er wieder fort, für einen Monat oder länger. So ist es zwei Jahre lang gegangen.

Ich glaube, Otto hat gewartet.

Wie eine Eidechse, die stundenlang zwischen Steinen sitzen und auf Beute lauern kann, ohne auch nur zu blinzeln. So hat Otto da draußen auf Rödskär gesessen und auf seine Gelegenheit gewartet. Glaube wenigstens ich.

Mehr als nur ein paar Augenbrauen haben sich gehoben, als Otto sich im Winter ganz unverhofft in Siklax gezeigt hat – am Steuer eines Automobils und herausgeputzt in Ledermantel, Knickerbocker und einer schräg sitzenden Schirmmütze! Man hat kaum seinen Augen getraut. Manche behaupteten, er betreibe zusammen mit einem gewissen Nordkvist aus Vasa eine Holzhandelsfirma, Bäckman soll von dieser Konkurrenz aber nichts gemerkt haben. Schon von Anfang an hatte man das Gefühl, die beiden interessierten sich für etwas ganz anderes als Stempel und Bretter.

Jedenfalls hatte Otto Skrattar-Elis' Hof in Stranden gemietet, der seit dem Frühjahr 1921 leerstand, und ein paar Bretterstapel dorthin geschafft, damit es so aussah, als handelten sie mit Holz. Tag und Nacht brannte das Licht, Automobile fuhren vor, Leute kamen und gingen. Nachts fuhren Motorboote mit ausgeschalteten Laternen durch die Schären. Otto war viel unterwegs, manchmal einige Tage lang. Er hatte ein Telefon ins Haus legen lassen, ständig riefen Leute aus Vasa, Närpes und dem Inland an, aus Storkyrko und Jurva und Seinäjoki. Und bestellten Bretter. Um fünf Uhr morgens!

Es heißt, Otto sei hochgekommen, weil er sich damals, im Herbst 1922, dem Teufel verschrieben habe.

Ach, es wird soviel geredet.

Aber als Otto beinahe vom Zoll erwischt worden wäre, hat er lange und gründlich nachgedacht. Wenn sich die Schmuggelei lohnen und dabei möglichst gefahrlos sein sollte, überlegte er, dann mußte man sie besser organisieren. Dafür aber brauchte man Geld. Also ist Otto nach Vasa gefahren, um mit dem größten Sprithändler der Stadt darüber zu sprechen, was er vorhatte.

Damals war ein gewisser Nordkvist der Spritkönig von Vasa, ein Mann mit großen Geschäften und vielen Verbindungen. Ohne sich bei ihm anzukündigen, ist Otto zu ihm gefahren, er dachte, es sei günstiger, Nordkvist zu überraschen. Typisch Otto!

Der Hof des Spritkönigs lag still und verlassen da, die Fenster zur Straße waren mit Laken verhängt. Es begann, dunkel zu werden, der Sturm tobte in den hohen, schwarzen Tannen hinter dem Hof. Otto klopfte an die Tür, und als niemand aufmachte, ging er hinein und betrat eine grauenhaft unordentliche und schmutzige Küche.

Am Küchentisch saß der dickste Mann, den Otto je gesehen hatte. Er thronte auf einem Stuhl und stützte sich auf einen Spazierstock, er sah aus wie ein nasser, aufgequollener Sack voller Weizen. Sein Gesicht war völlig weiß, wie mit Kartoffelmehl eingepudert, die Wangen hingen an beiden Seiten neben dem Schnurrbart herunter, die Lippen waren rot und wulstig wie Fahrradschläuche, auf dem Kopf nicht ein einziges Haar, nicht einmal Augenbrauen. Das Häßlichste aber waren die Augen, eiskalt und gefühllos wie die eines Hechtes.

Otto zögerte, Ernst Zeipel, wie er angeblich hieß, war der scheußlichste Kerl, den man sich vorstellen konnte. Als Zeipel ihn mit seinen kalten Hechtaugen fixierte, kam Otto sich vor wie ein Stück Vieh, das man auf dem Markt besichtigte.

Aber Otto wollte sich nicht abschrecken lassen und fragte nach Nordkvist.

Wortlos deutete der Dicke mit seinem Spazierstock auf eine Kammertür.

In der Kammer herrschte düsteres Halbdunkel. Als Otto die Tür öffnete, flackerten zwei Stearinkerzen auf, Schatten tanzten über die weißen Laken, die vor den Fenstern hingen. Es roch unangenehm. Eine Frau und ein schluchzender Junge von vielleicht zehn, zwölf Jahren standen vor einem offenen Sarg, der mitten im Zimmer auf einem Tisch stand. Darin lag die Leiche eines Mannes, das Gesicht war gelb und starr. Es sah beinahe so aus, als grinste die Leiche Otto an.

Verblüfft blieb Otto eine Weile in der Tür stehen, dann schloß er sie wieder.

»Das ist Raimo Arthur Nordkvist«, sagte der Dicke und erzählte, der liebe Raimo sei infolge eines tragischen Unglücks allzufrüh dahingegangen und hätte die untröstliche

Witwe und einen minderjährigen Sohn zurückgelassen. »Äußerst tragisch«, sagte er immer wieder, schüttelte den Kopf, schmatzte und versuchte traurig auszusehen. Dann fragte er Otto ohne Umschweife, ob er seine Geschäfte mit ihm besprechen wolle, jetzt, wo Nordkvist sozusagen verhindert sei. Er, Zeipel, hätte die Geschäfte nämlich übernommen, erklärte er und sah Otto mit seinen sonderbaren Hechtaugen an.

Was sollte Otto dazu sagen? Am liebsten wäre er aus der Küche gerannt, aber er wollte ja Geschäfte machen. Er dachte nach und sagte: »Na gut, wir werden sehen.«

Zeipel kam erstaunlich rasch und gelenkig auf die Füße, bedachte man, wie fett er war, legte Otto den Arm um die Schulter und schlug vor, zum »Ernst« zu fahren und etwas zu essen, er besitze ein Automobil mit Chauffeur, sie würden sich schon einigen.

Und Otto hatte sich mit Zeipel geeinigt und ist einer der ganz Großen geworden. Sagt Edith (oder Anna) Granskog.

Weiter kommt die gesprächige Telefonistin, mag es sich nun um Anna oder Edith handeln, jedoch nicht, der geduldige Erzähler sieht sich genötigt, sie zu unterbrechen: »Das ist eine ernste, seriöse Geschichte, loses Geschwätz ist hier wirklich fehl am Platz! Nehmen Sie Ihr Veloziped und trollen Sie sich! ›Es geht auch ohne‹, sagte das Mädchen, als ihr der Großbauer einen Heiratsantrag machte.«

Selbstverständlich hat niemand in Vasa je den geheimnisvollen Herrn Zeipel gesehen, und an einen so unförmigen, fetten Mann sollte man sich doch wohl erinnern. Und was einen gewissen Raimo Nordkvist anbetrifft, einen Alkoholhehler und alten Stammkunden der Polizei, der wurde bereits im Frühjahr 1922 von einem Automobil überfahren, als er bei der Brücke von Brändö betrunken auf die Fahrbahn schwankte. Otto kann also kaum als unfreiwilliger Gast bei seiner Totenwache gewesen sein.

Unstrittig aber ist, daß Otto sich in kaum mehr als einer Nacht als Großschmuggler etablieren konnte. Und hierzu war mehr Kapital erforderlich, als er zu jener Zeit zur Verfügung hatte.

»Gewisse Kreise finanzieren den verbrecherischen, verheerenden Alkoholhandel!« brüllt der Volksschullehrer und Vorsitzende der Alkoholkommission Vidar Boström und schlägt mit der Faust auf den Tisch, daß das Porzellan klirrt. »Dieser Näs ist selbstverständlich nichts anderes als ein Handlanger und Laufbursche mächtiger Interessenten, die genau darauf achten, daß sie im Verborgenen bleiben. Nach außen läßt man den Kanisterkönig auftreten und das Risiko tragen, während man selbst in Ruhe und Frieden den Gewinn einstreicht.«

Boström fuchtelt mit der Gabel, als wolle er einen

unsichtbaren Gegner angreifen. »Aber wir werden dem organisierten Schmuggel zu Leibe rücken. Zu gegebener Zeit werden wir Näs und all den anderen Kanisterkönigen den Garaus machen. Ins Gefängnis mit der ganzen Bande! Der Kampf ist hart, aber das Ziel ist es wert: ein nüchternes, gesundes Volk und eine Jugend, der der Fluch des Alkohols unbekannt ist! Ein solches Ziel lohnt alle Opfer. Der letzte Kampf steht bevor!«

Mit gerötetem Gesicht sticht der Lehrer wie wild um sich, als gelte es, die Angriffe einer Vielzahl von Kanisterkönigen abzuwehren. Jetzt aber bedeutet ihm seine Ehefrau steng, er solle sich wieder beruhigen, als handele es sich bei dem Abstinenzkämpen um einen ungehorsamen Jungen aus einer der unteren Volksschulklassen. Der Lehrer verstummt und widmet sich mit verdutzter Miene seinem gedünsteten Renken mit weißer Soße und Kartoffeln...

Anna Boström lächelt geheimnisvoll und streicht eine Locke ihres roten Haares aus der bleichen Stirn, ihr Gatte sitzt wie üblich hilflos und verwirrt da und vergißt den Bissen hinunterzuschlucken, den er gerade in den Mund gesteckt hat, und denkt: »Daß diese Frau unter allen Männern sich gerade mich ausgesucht hat, das ist wirklich ein Wunder Gottes!« Schmerzliches Glück, aber auch eine mattglänzende Traurigkeit erfüllen den Volksschullehrer, er schlägt die Augen nieder und erwidert den trüben Blick des Renken, der ihn mit seinen gekochten Augen von der Servierplatte aus ansieht.

Ach ja, eine eingehende Schilderung des ehelichen Lebens der Boströms muß vorerst auf sich beruhen. Vor einer ganzen Weile ist die Sonne draußen im Kvarken untergegangen, die Abendröte wird fahl, jetzt kommt die Augustdunkelheit.

Wir begeben uns nun nach Holmas, wo Disponent Voldemar Bäckman in der offenen Balkontür steht und an einem Glas Whisky nippt, während er der Köchin zusieht, die große Platten mit roten, frischgekochten Krebsen zu den Tischen unter den Apfelbäumen im »Unteren Park« trägt.

Alles ist wohlvorbereitet für das traditionelle Krebsessen der Honoratioren: Brot, Butter und Käse ist in reichlichen Mengen vorhanden, an Schnüren, die zwischen den Bäumen gespannt wurden, schaukeln bunte Papierlämpchen in der leichten Abendbrise. Isak, der Knecht, klirrt mit den Korbflaschen voll Bier. Geeister Akvavit und kühler Rheinwein wurden in Mineralwasserflaschen umgefüllt, im Billardzimmer warten Cognac und Punsch zum Kaffee. Der Anstand erfordert es, daß das Saufen wenigstens anfangs mit Diskretion betrieben wird.

Unter den Eingeladenen befinden sich Kreisrichter Sölfverarm, der eine Sitzungswoche in Siklax hinter sich hat, Doktor Norrmén, Probst Roschier, Vermessungsingenieur Bärlund, der Apotheker, der Veterinär und einige Geschäftsfreunde des Disponenten aus Vasa und Kaskö. Auch der Reichstagsabgeordnete Smeds ist eingeladen, hat aber abgesagt. Er ist zwar kein Abstinenzler, hält aber das Verbot aus Achtung vor dem Gesetz ein, was ihn bis hinunter nach Helsingfors bekannt gemacht hat. Die Scharade mit den Mineralwasserflaschen wird mit Rücksicht auf den Probst und den Polizeikommissar durchgehalten, die jedoch früh aufbrechen, woraufhin sich die Stimmung erheblich lockert. Wie üblich endet das Fest mit Drinks, die aus sechsundneunzigprozentigem Schmuggelsprit zubereitet worden sind, Streitereien über Politik, Erbrochenem im Garten und frivolen Studentenliedern, die a cappella von Kreisrichter Sölfverarm, Doktor Norrmén und Moje Bärlund vorgetragen werden.

»Auf das erhabene Recht Finnlands und seinen klugen Reichstag!« sagt Disponent Bäckman, schneidet eine Grimasse und hebt sein Glas zur dunkler werdenden Blaxnäsfjärden hin. »Und auf die Gauner, diese guten, nützlichen Menschen!«

Der Disponent läßt sich seinen Alkoholbedarf von Otto Näs liefern, der erst kürzlich einige Extraflaschen Haig & Haig dagelassen hat. »Die sind für den Patron, weil er ein so guter Kunde ist.«

Der Whisky wärmt gut. Vielleicht kann er einen Teil des Überdrusses vertreiben, mit dem der Disponent mit den Jahren nur allzugut Bekanntschaft geschlossen hat.

Er hebt wieder sein Glas, das tiefe Geckern einer Fischmöwe dringt aus der Dunkelheit zu ihm, ein unruhiger, melancholischer Laut, dessen Unruhe sich auf Bäckman überträgt. Es wird übellaunig und schließt die Balkontür.

Die Möwe aber fliegt über die Blaxnäsfjärden in die zunehmende Dunkelheit hinaus aufs Meer, das glatt und stahlgrau daliegt wie das Deck eines Panzerkreuzers. Inselchen und Schären sind dunkle, unregelmäßige Klumpen. Ein Wolkenschirm zieht im Nordwesten am Horizont auf, der Wind wird stärker. Weit draußen blitzt das Feuer von Hästbådan.

Die Möwe bemerkt, wie sich auf Rödskär etwas bewegt. Rasch läßt sie sich fallen, streicht dicht über das Wasser und die leicht unebenen Strandklippen, fliegt über die knorrigen Erlen und den aufgelassenen Steinbruch hinauf zur Feuerbake auf der Nordspitze. Dort lauert ein Mann, ausgerüstet mit einem Fernrohr, wie es die Robbenjäger verwenden.

Es ist Dåhli-Johan.

Rödskär ist Ottos eigentliches Hauptquartier, die Insel liegt strategisch günstig mitten in der Klobbskatsfjärden und ist verhältnismäßig hoch, was Sicht auf umliegende Fahrwasser und somit die Möglichkeit gewährt, herankommende Boote und Schiffe rechtzeitig zu bemerken.

Dåhli-Johan ist einer von Ottos Aufsehern, zum erstenmal in seinem Leben trägt er Verantwortung (daß er als Kind seinen verrückten Vater am Leben erhalten hatte, zählt für ihn nicht), und er kommt seinen Pflichten mit großem Eifer und Redlichkeit nach. Daß sie niemals näher umrissen wurden, spielte keine Rolle.

Dåhli-Johan hat sich auf bemerkenswerte Weise verändert. Er sucht nicht mehr Trost bei seinem Spritkanister, trinkt nur noch selten und mit Maßen. Er setzte die verfallene Vorarbeiterhütte aus der Epoche des Granitkonsortiums instand, sie erhielt einen neuen Fußboden und neue Fenster.

Der halb verfaulte Anleger wurde durch einen neuen ersetzt. Dåhli muß auch nicht mehr gegen die Versuchung ankämpfen wegzulaufen, sobald ein Boot am Ende des aus Granitblöcken aufgeschichteten Wellenbrechers sichtbar wird.

Der Aufseher auf Rödskär ist ein wichtiges Glied in der Signalkette, die der Kanisterkönig aufgebaut hat.

»Siehst du, Johan, man braucht Augen und Ohren«, erklärte ihm Otto. »Man kann sich nicht nur auf sein Glück verlassen. Das Glück ist ein Schelm, und wenn man es am wenigsten ahnt, läßt es einen im Stich. Statt daß jeder sich nur um seine Angelegenheiten kümmert, schließt man sich zusammen. Das habe ich in der Nacht, als die Zöllner mich festnehmen wollten, begriffen. Verstehst du, was ich meine?«

Johan nickte. Wie in alten Zeiten saßen sie einander am Tisch der Hütte gegenüber, es war eines der seltenen Male, daß Otto ein wenig Zeit auf Rödskär verbrachte. Otto war ungewöhnlich redselig gewesen, in den Bechern war kein Schmuggelsprit, sondern deutscher Cognac, von dem Johan schwindlig wurde.

Deshalb sind seine Erinnerungen an diesen Abend auch unzusammenhängend und unscharf wie mißlungene Fotografien, doch es sind keine stummen, sondern sprechende Bilder.

Auf einem von ihnen ist Otto zu sehen. »Zusammenarbeit, Organisation, schnelle Verbindungen«, sagt er. »Das ist die Zukunft des Schnapsschmuggels. Wer das nicht begreift, fährt zum Teufel.«

Er trinkt und lacht, ein heiseres, rauhes Lachen, ein Kanisterkönig-Lachen. Es gefällt Johan nicht.

Auf einem anderen Bild in Dåhli-Johans Erinnerungsalbum predigt Otto über die Segnungen des Alkoholverbots. Es hat dem Schärengebiet Wohlstand beschert! Er deutet mit dem Zeigefinger auf ein drittes Bild: »Warum soll man sich darum kümmern, daß die Ware an Land kommt? Wenn man dafür sorgt, daß sie zu den Kunden kommt, hat man den dreifachen Verdienst! Oder den vierfachen! Teufel auch,

Johan!« Und er lacht sein heiseres Kanisterkönig-Lachen, es gefällt Johan noch immer nicht.

Auf dem letzten Bild, dem unschärfsten, läßt der Kanisterkönig den Kopf hängen. Auf seinen Lippen blubbert Speichel, er rülpst.

»Ja, oft muß man so viel opfern, Feinde kriegt man, aufpassen muß man, kann sich auf keinen mehr verlassen, außer auf dich, Johan, man muß aufpassen, wohin man tritt, ein Fehler, und alles ist kaputt, zum Teufel«, lallt Otto, trinkt, wischt sich den Mund ab. »Manchmal glaube ich, ich sehe eine große Stadt. Sie ist voller Licht, und die Lichter glänzen und spiegeln sich im Wasser. Dorthin will ich, darum mache ich das alles... Johan, Johan, hörst du mir zu?«

Johan ist am Tisch eingeschlafen, das Gesicht in einer Pfütze aus Cognac und Sabber. Der Kanisterkönig hob ihn hoch, trug ihn schwankend zur Pritsche und legte ihn hin. Dann holte er ein Handtuch, wischte das häßliche Gesicht ab und zog die Decke über ihn. Er ging zum Tisch zurück, setzte sich wieder hin und brummte in sich hinein.

Seitdem haben sie nicht mehr zusammen getrunken.

Nun aber liegt eine große Augustdunkelheit über Schären und Inseln, das Meer murmelt, der Wind rauscht im Erlenwald und zerrt an den Tannenspitzen auf der geschützten Südseite, durch einen Riß in den Wolken glitzern kalt und fern ein paar Sterne. In der Bake wartet Dåhli-Johan, er raucht und späht in die Dunkelheit. Die Wärme des Tages hält sich noch hier oben. Johan zieht an der Pfeife. »Otto läßt mich nicht im Stich, er vertraut mir«, sagt er zu sich. »Heute bringen sie eine Ladung Sprit an Land, die größte bis jetzt. In Stranden warten Lastwagen, direkt vor der Nase von denen, die auf Holmas feiern. Otto, das ist der richtige Mann! Aber man muß aufpassen, kein Glied in der Kette darf brechen, wir sind alle voneinander abhängig.«

Dunkelheit, Wind, Meer. Warten.

Auf Blaxsnässkatan wird ein Automobilscheinwerfer einige Male aus- und wieder eingeschaltet. Johan steht auf dem Felsen, richtet eine Signalpistole zum Himmel und drückt ab.

Mit einem dumpfen Knall und eifrigem Zischen fährt die Ladung in die Luft. Hoch oben entzündet sich eine grüne Kugel. Vergnügt wie ein kleiner Junge tanzt Dåhli in der Dunkelheit. Die grüne Phosphorkugel sinkt langsam durch die Dunkelheit, wird fahl und verlöscht schließlich ganz.

Als die Boote einige Zeit später vorüberfahren, sind sie kaum zu erahnen. Dåhli-Johan hört das Klopfen von Motoren und erkennt undeutlich Bugwellen. Hastig blitzt eine Lampe zweimal auf.

Otto grüßt! Er vergißt ihn nicht.

Dann ist Johan wieder allein mit der Dunkelheit und dem Wind. Er geht langsam zur Hütte hinauf, endlich kann er sich einen Kaffee mit Schnaps leisten.

Kapitel Sieben

»Aber vergiß nicht zu erzählen, wie Inspektor Hoxell und Lehrer Boström den Kanisterkönig verhaften wollten«, keckert plötzlich eine schrille Stimme, die Granskog-Schwestern in der Telefonzentrale haben sich in die Erzählung eingeschaltet. Weil der Erzähler meint, er könne ohne ihre Hilfe auskommen, haben sie natürlich gelauscht.

Der Erzähler hat keineswegs die Absicht, die Razzia der Sprit-Polizei in Stranden zu übergehen. Die Behörden wollten damals nicht nur Otto an den Kragen, ganz allgemein sann man auf Rache an den Bewohnern von Stranden. Seit 1921 hatten die Behörden noch ein Hühnchen mit ihnen zu rupfen, als so gut wie alle erwachsenen Leute dort vor dem Kreisgericht landeten, nachdem der Frachter »Lemminkäinen« auf Grund gelaufen war.

Anfang Mai, als der mit amerikanischem Weizenmehl beladene Lastkahn nach Vasa bugsiert wurde, riß bei hartem Wetter die Bugleine. Der Lastkahn lief auf Ytterbådan auf, und da man es unter den obwaltenden Umständen für unmöglich hielt, ihn freizuschleppen, überließ man ihn seinem Schicksal. Als der Wind so weit abgenommen hatte, daß man einen Bergungsversuch unternehmen konnte, stellte sich heraus, daß der Laderaum bereits leer war.

Die vom Polizeikommissar in Siklax angestrengte Untersuchung ergab zunächst keinerlei Resultate. Allerdings hatten die Behörden einen Verdacht. Zu guter Letzt wurde aber die Hartnäckigkeit der Polizei belohnt, als unter einer Getreidedarre in Stranden ein leerer Mehlsack aufgefunden wurde, der sich zweifelsfrei mit der verschwundenen Ladung der »Lemminkäinen« in Verbindung bringen ließ. Eine gründliche Inaugenscheinnahme in Stranden führte zum Auffinden weiterer leerer Säcke.

Kommissar Jansén versuchte nun herauszufinden, wem die eigentliche Plünderung des Wracks anzulasten war, und bot jenen, bei denen Säcke gefunden wurden, Strafnachlaß an, wenn sie im Gegenzug bereit waren, die Namen der Wrackplünderer anzugeben. Andernfalls würden sie alle zur Rechenschaft gezogen, auch seien Schadensersatzforderungen zu erwarten. Die Schuldigen nebst Zeugen hätten sich am folgenden Tag um neun Uhr bei ihm einzufinden.

»Der Hofplatz ist schwarz vor Leuten!« verkündete das Dienstmädchen aufgeregt, als sie Kommissar Jansén und seiner mageren Ehefrau am folgenden Morgen den Kaffee servierte.

Fast hundert Personen, die meisten von ihnen Männer, aber auch einige Frauen, hatten sich auf dem Hof des Kommissars versammelt. Fransén trat ins Freie und verlangte zu erfahren, was das bedeuten solle.

»Wir wollen ein Geständnis ablegen!« rief die Menschenmenge.

Angeführt von dem betagten Skrattar-Elis, der von seinem jüngsten Sohn gestützt werden mußte, betraten alles in allem achtundneunzig Personen das Büro des Kommissars und erklärten, an der Plünderung des Lastkahns »Lemminkäinen« schuldig zu sein. Jeder von ihnen gab an, drei Sack Getreide an sich genommen zu haben, nicht mehr, nicht weniger. Einen Anführer hätten sie nicht gehabt.

Bis weit in den Nachmittag hinein wurden die nötigen Protokolle aufgesetzt. Aus ganz Siklax kamen Neugierige her, um die Wanderungsbewegung durch die Tür des Kommissars zu beobachten. Jansén selbst saß in Hemdsärmeln da, stärkte sich mit Kaffee und fluchte auf alles, was mit Stranden zu tun hatte.

»Hör mal, Herr Kommissar, den Teufel anrufen und den Namen des Herrn mißbrauchen, das darfst du aber nicht«, sagte vorwurfsvoll Skrattar-Elis, der den Baptisten anhing. Der Kommissar warf ihm einen dunklen Blick zu, hätte um ein Haar etwas gesagt, besann sich aber und schwieg.

Es gab keinen anderen Ausweg, sämtliche Personen mußten bei der nächsten Sitzung des Kreisgerichts angeklagt werden. Die Verhandlungen mußten wegen der großen Anzahl von Angeklagten und Zuhörern in das Jugendhaus nach Forsby verlegt werden. Selbst in Südfinnland erregte der Prozeß große Aufmerksamkeit, sowohl das »Hufvudstadsbladet« als auch der »Helsingin Sanomat« schickten Berichterstatter nach Siklax.

Die Beschuldigten erhielten Gefängnis- und Geldstrafen auf Bewährung.

»Wenn ich doch bloß begreifen könnte, warum ihr das tut«, sagte Kreisrichter Sölfverarm, als er die Urteile verlas. »Einen solchen Zusammenhalt von Einwohnern habe ich noch nie erlebt. Es ist euch gelungen, diesen Prozeß in eine juristische Farce zu verwandeln, man weiß nicht, ob man lachen oder weinen soll. Aber zumindest habt ihr Siklax in ganz Finnland bekannt gemacht.«

»Herr Kreisrichter, es steht geschrieben: ›Der eine trage des anderen Last‹«, sagte Skrattar-Elis mit ruhigem Altmännerernst von der Bühne des Festsaals herunter, wo man die Angeklagten untergebracht hatte. »Und das haben wir getan. Aber das verstehst du sicher nicht, Herr Kreisrichter, denn wir sind anders als ihr, wir teilen alles, in guten wie in schlechten Zeiten.«

Ja, so sind sie, die Einwohner von Stranden, sie bleiben gern unter sich und nehmen ungern Fremde bei sich auf. In den anderen Dörfern von Siklax betrachtet man die Leute aus Stranden mit Mißtrauen.

Hier also hat der Kanisterkönig eine seiner Operationsbasen aufgebaut. Es gibt Grund zur Annahme, daß viele Einwohner von Stranden ihm bei seinen lichtscheuen Geschäften behilflich sind. Um die Wahrheit zu sagen: Stranden ist eines der übelsten Sprit-Nester an der ganzen Küste Südösterbottens. Daß der Schmuggel floriert, erkennt man nicht zuletzt an der großen Anzahl von Booten mit glänzenden Wickström-Motoren, die man sich in der letzten Zeit in Stranden angeschafft hat.

Der Kanisterkönig weiß, hier kann er mit Unterstützung und Verschwiegenheit rechnen. In Stranden gibt es keine Denunzianten, auch wenn der Staat mittlerweile denen große Belohnungen verspricht, die zur Verhaftung und Verurteilung von Sprit-Schmugglern beitragen. Otto wird hier akzeptiert, obwohl er von »dort oben« kommt. Wie mag das nur zugegangen sein?

»Vielleicht hat Näs sie irgendwie in der Hand?« brummte Albert Hoxell, der Chef der neueingerichteten Zentrale der Kriminalpolizei des Regierungsbezirks Vasa. Es war eine kalte, sternklare Märznacht, mit einem Handschuh wischte Hoxell die Windschutzscheibe des Automobils ab.

»In Stranden gibt es Inzucht, darum halten sie zusammen«, meinte Konstabler Jylhä, der am Steuer saß.

»Wir werden ja gleich sehen, wie weit der Zusammenhalt geht.«

Konstabler Jylhä trat auf die Kupplung und schaltete herunter, das schwarze Polizeiauto rutschte mit klirrenden Schneeketten an den Rädern um eine Kurve und fuhr in Stranden ein, hinter ihm eine weiteres Polizeiauto, zwei Gefangenenwagen aus Vasa und zwei Privatwagen.

Hoxell riß die Tür auf und sprang hinaus, noch ehe der Wagen zum Stehen gekommen war. Am schwarzen, klaren Himmel funkelten Sterne, die Eisdecke der Blaxnäsfjärden glänzte blauweiß im Licht des Halbmonds. Still und friedlich lag das in Schneewehen eingebettete Dorf da. Nirgendwo sah man Licht.

Ein Hund war von den Automotoren alarmiert worden und begann zu bellen.

»Beeilt euch!« zischte Hoxell.

Mit gezogener Pistole und mit Konstabler Jylhä und zwei weiteren Beamten im Schlepptau, ging Hoxell auf einen sorgfältig vom Schnee befreiten Hof. Ein Automobil, dessen Motorhaube mit Säcken abgedeckt war, stand in der Öffnung des Schuppentors. Mit zwei Schritten war Hoxell die Eingangstreppe hinaufgeeilt und riß die Tür des

Vorraums auf. Die Küchentür war verschlossen, es bedurfte aber nur eines kräftigen Trittes, um sie zu öffnen.

Zu Hoxells Erstaunen war die Küche aufgeräumt und sauber geputzt. Der Fußboden war mit Flickenteppichen bedeckt, Topfpflanzen standen auf den Fensterbrettern, die Kappe des Herdes war kürzlich frisch geweißt worden. Hoxell riß die Vorhänge des Küchenbetts auf, ein Mann in Trikotunterhemd und langen Unterhosen und eine Frau blinzelten verschlafen in das Licht von Hoxells Stablampe.

Hoxell packte den Mann am Hemd und riß ihn aus dem Bett. »Wo zum Teufel ist Näs?«

»Hier«, antwortete eine Stimme hinter dem Rücken des Inspektors.

Hoxell fuhr herum. Otto stand auf der Schwelle der Kammer, in Hemdsärmeln, die Hosenträger hingen herunter. Aus irgendeinem Grund trug er eine Schirmmütze auf dem Kopf. Die Hände hatte er mit den Handflächen nach oben ausgestreckt, als wollte er beweisen, daß sie leer waren. Die Geste ließ an die Farbdrucke von Jesus vor seinen Richtern denken, die die reichsschwedischen Kolporteure zu verkaufen pflegten.

»Steht nicht da wie blödes Vieh!« schrie Hoxell die beiden Polizisten an, seine Stimme war heiser von plötzlich aufsteigender Wut. »Legt diesem Satan dort Handschellen an und bringt ihn her! Und dann stellt ihr das Haus auf den Kopf!«

Mit gefesselten Händen setzte man Otto auf einen Sprossenstuhl. Der Mann und die Frau wurden in den kalten Vorraum geschoben. Jylhä schaltete die Küchenlampe ein, dann stellte er sich hinter Ottos Stuhl.

Hoxell schwieg einen Augenblick. Er sah Otto in die Augen und versuchte, irgendwelche Anzeichen von Angst, Zorn oder Trotz zu entdecken. Er fand nichts, als habe Otto eine Jalousie vor seinem Blick heruntergelassen. Hoxell kniff den Mund zusammen, um zu verhindern, daß ein Lächeln heraussickerte. Einer, der versuchte, den harten

Jungen zu spielen. Es war leichter, Typen zu knacken, die wenigstens ein bißchen Gefühl zeigten.

Hoxells Ton war beherrscht, fast freundlich, als er sagte: »Du bist verhaftet, mein Freund. Mit deinen Geschäften ist es vorbei. Am besten sagst du uns gleich, wo du den Sprit versteckt hast. Wir wissen, daß es hier irgendwo eine größere Fuhre gibt.«

»Ach, das wißt ihr?«

Aus der Kammer hörte man Schläge und Kratzgeräusche, die Polizisten begannen mit der Hausdurchsuchung.

»Glaubt ihr, ich habe Sprit unter dem Bett versteckt?« fragte Otto.

»Versuch jetzt nur nicht witzig zu sein.«

»Habt ihr wenigstens einen Durchsuchungsbefehl? Den braucht ihr nämlich.«

Hoxell schlug ihm mit dem Handrücken auf den Mund. Es war ein leichter Schlag, eine Art Aufwärmen. Otto wurde von dem Schlag überrascht, sein Kopf zur Seite geschleudert, die Schirmmütze fiel herunter.

»Solche wie du sollen bloß nicht ankommen und von Durchsuchungsbefehlen reden. Und mich sprichst du mit Herr Inspektor an, verstanden?«

»Ja, Herr Inspektor! Scheren Sie sich zum Teufel, Herr Inspektor!«

Hoxell schlug wieder zu, diesesmal fester. Otto wäre mit dem Stuhl umgefallen, hätte Jylhä nicht hinter ihm gestanden und den Stuhl wieder nach vorn gekippt.

»Hab nur kein so großes Maul, kapiert? Sag uns jetzt, wo du den Sprit versteckt hast.

»Im Arsch, Herr Inspektor.«

Hoxell schlug Otto wieder auf den Mund, während er ihn mit verächtlicher Neugierde betrachtete. Ottos Lippe begann zu bluten. Hoxell erwartete einen Funken in seinen Augen zu sehen, die ersten Anzeichen eines Risses. Früher oder später war das bei diesen Kerlen immer so.

»Wir werden dich knacken wie eine Laus, du Satan. Du singst und zwitscherst uns noch was vor, das kannst du mir ruhig glauben«, zischte Hoxell und versetzte Otto einen gewaltigen Schlag in den Bauch. Otto stöhnte auf, und der Inspektor schlug ihm erneut ins Gesicht.

»Na, wo hast du den Sprit?«

Otto spuckte Blut. Hoxell schlug wieder zu.

Schwarze Flecken tanzten Hoxell vor den Augen. Er biß die Zähne zusammen, daß es in den Kiefermuskeln knackte, und hob den Arm zu einem weiteren Schlag.

Er hielt inne.

Otto grinste ihn mit blutendem Mund an, er hatte einen Vorderzahn verloren. Hoxell sah Otto in die Augen und stellte fest, daß die Jalousie noch immer heruntergelassen war. Noch nicht einmal seinen Schmerz gönnte er Hoxell.

Der Inspektor begann, wie besinnungslos auf Otto einzuschlagen. Jylhä mußte schließlich seinen Vorgesetzten zurückhalten. Hoxell kehrte Otto den Rücken zu und sagte zu den beiden Polizisten: »Seht zu, daß ihr den Sprit findet! Durchsucht das ganze verdammte Dorf, aber findet mir diesen verdammten Sprit.«

Hoxell stand in der Kälte auf dem Hofplatz und paffte eine »Klubb 7«, er war noch immer außer sich vor Wut, seine Beine zitterten. Der Mond war untergegangen, die Sterne schienen näher gerückt zu sein und zitterten am schwarzen Himmel. Die Polizeibeamten standen in einer dunklen Traube um Hoxell herum.

Sie hatten nichts gefunden, gar nichts.

»Teufel auch, ich war mir so sicher.«

»Der einzige Alkohol, den es in ganz Stranden geben dürfte, ist ein Schluck in einer Flasche bei Peko-Fia, und den benutzt sie zum Feuermachen«, sagte Kommissar Jansén in einem Ausbruch finsterer Redseligkeit.

»Anzeigen, verdammt noch mal!«

»Der Kreisrichter lacht sich tot. Die Alte ist zweiundsiebzig und Baptistin.«

Was für ein verfluchter Idiot bin ich nur gewesen, dachte Hoxell.

»Er hat uns reingelegt, dieser Kerl.«

»Aber die Informationen über den Sprit schienen doch sicher zu sein«, sagte Boström, der in seiner Eigenschaft als »Schnüffler«, so nannte man die freiwilligen Alkoholpolizisten, an der Razzia teilgenommen hatte.

»Klar waren sie das.«

»Ja, aber...?«

»Vermutlich sind sie von Näs selbst gekommen. Während wir uns hier ausgetobt haben, ist bestimmt eine große Ladung ins Inland oder nach Vasa geschickt worden.«

»Das ist doch...«, sagte Lehrer Boström.

Damals wurde die Polizeimacht gründlich besiegt, aber die eingefleischten Strandbewohner gaben sich damit noch nicht zufrieden.

Als Inspektor Hoxell an der Spitze seiner enttäuschten Truppe die Heimfahrt antreten wollte, weigerten sich die Automobile zu starten. Konstabler Jylhä und die anderen Chauffeure drehten die Startkurbeln, Motorhauben klapperten, als die Motoren für eine Überprüfung freigelegt wurden, Flüche schallten durch die Winternacht. Alles vergebens. Schließlich wurde festgestellt, daß jemand Zucker in die Benzintanks der Autos geschüttet hatte.

Hoxell hob die Faust, verfluchte Stranden und seine verdammten Einwohner und schwor, die Schuldigen aufzuspüren, und wenn er alle Einwohner Strandens vor die Schranken des Gerichts zerren mußte, keiner dieser Satansbraten würde davonkommen, zum Teufel noch mal.

Ein unangenehm berührter Polizeikommissar Jansén mußte einschreiten, um den Inspektor zu beruhigen. Dann marschierten sie alle nach Kroken, wo Pferde und Schlitten beschafft werden konnten.

Am nächsten Tag ertönte überall schallendes Gelächter in dem ansonsten so ernsten Siklax.

Der Kanisterkönig aber war wieder verschwunden, wo er sich aufhielt, wußte niemand. Das Gerücht ging um, er sei übel zugerichtet worden und wolle sich erst wieder zeigen, wenn sein Gesicht verheilt sei. Womöglich wußte Dåhli-Johan draußen auf Rödskär etwas, aber der schwieg.

Durchfroren und mit finsterem Gesicht war Lehrer Boström in der blaßgrauen winterlichen Morgendämmerung zu seiner Ehefrau zurückgekehrt. Auch in den folgenden Tagen legte sich seine Niedergeschlagenheit nicht, er glaubte, alle, sogar seine Schüler in der Volksschule, machten sich hinter seinem Rücken lustig über ihn. Er verlor den Appetit, behauptete, unter Brustbeschwerden, Schüttelfrost und aufsteigendem Fieber zu leiden.

»Was haben wir nur getan, als wir nach Siklax gegangen sind?« jammerte er. »Hier will man etwas zum Fortschritt des Menschen und der Landschaft ausrichten, und was ist der Dank? Sie lachen mich aus, halten mich zum Narren! Das ist ein rückständiges, verhärtetes Volk. Ebensogut können wir auswandern, Anna...«

Boström griff sich an die Brust, dann legte er sich ins Bett, da er eine Lungenentzündung befürchtete.

Seine Ehefrau seufzte, sie erlebte das nicht zum erstenmal. Auch wenn die Flamme des Idealismus in ihrem Gatten klar und rein brannte, er war ein enthusiastischer, unermüdlicher Vorkämpfer für Freisinn, Bildung und Nüchternheit. Aber Vidar Boström war in der Stunde der Widrigkeiten keineswegs ein Fels, Kritik und Widerstand vertrug er schlecht, vor Prüfungen verzagte er leicht. In den Jahren, die sie verheiratet waren, hatte Anna häufig den unmäßigen Bedarf ihres Gatten an Ermunterung und Trost erlebt, aber ihm Trost zukommen lassen zu wollen war, als wolle man ein Sandkorn ins Meer werfen.

Dennoch liebst du deinen Gemahl und stehst ihm in guten wie in schlechten Zeiten zur Seite, bis daß der Tod euch scheidet. Oder etwa nicht, Anna?

Ach, wie deutlich erinnerte sie sich ihrer ersten Begegnung! Es war während des großen finnlandschwedischen Sängerfests in Vasa 1912, auf dem Julius Sundblom mitten in seiner Festrede vom Polizeipräsidenten unterbrochen wurde, weil ihm seine Rede ein wenig zu vaterländisch klang.

Zu dieser Zeit waren Anna und Vidar noch Seminaristen, er in Nykarleby, sie in Ekenäs. Großgewachsen und blond, mit hoher, klarer Stirn und glänzenden blauen Augen stand Vidar Boström oben bei den Tenören und sang im achthundert Stimmen starken Festchor mit, unten, im Sopran, drehte sich Anna ab und zu um, um einen Blick auf ihn werfen zu können. Bestimmt erkannte sie seine Stimme, wenn die Worte Runebergs zur Musik von Pacius stark und trotzig über das frühsommerlich schöne Vasa brausten:

»Land, unser Land,
du Vaterland!
Kling laut, du teures Wort!«

Idealismus, Vaterlandsliebe, Schwedentum! Teure Worte!

Nur durch zielstrebige Arbeit vermögen wir den Fortbestand des schwedischen Volksstammes in Finnland zu sichern! Für verbesserte Lebens- und Erwerbsmöglichkeiten insbesondere in der Provinz zu wirken, ist notwendig, um dem schicksalhaften Aderlaß der Emigration zu wehren. Durch die Verbreitung von Kenntnissen über Hygiene können wir unseren Todfeind, die Schwindsucht, am besten bekämpfen. Die Abstinenzler- und Jugendarbeit gehen Hand in Hand im Kampf für Kultur und geistige Zucht. Stets müssen wir unser nordisches Erbe bewahren und schützen, denn das germanische Bevölkerungselement in diesem Land ist das stärkste Bollwerk gegen die Barbarei.

Und im Sommerwind erhoben sich die Flaggen. Wollige Wölkchen trieben am blauen Himmel. Das zarte Grün der Birken, die die Estrade schmückten, leuchtete, berührte man es, fühlte es sich rauh und ein wenig klebrig an.

Der Dirigent schlug die Stimmgabel an und bedeutete dem Chor ein E, der es willig übernahm.

»Am blauen Himmel steht die Heimatsonne
warm tanzt der Südwind übers Land
Klee verströmt Sommerduft
in alle grünen Dörfer.«

Das Jahrestreffen des schwedischen Abstinenzlerverbandes von Finnland fand während des Sängerfestes statt. Mit vor Empörung glühenden Wangen verurteilte der junge Seminarist Vidar Boström den Widerstand gegen das Inkrafttreten des im Landtag mit großer Mehrheit verabschiedeten Alkoholverbotsgesetzes. Seine Rede wurde mit donnerndem Applaus gefeiert, und er wurde zum Beisitzer im Vorstand des Abstinenzlerverbandes gewählt. Annas Haare leuchteten rot in der Sonne, als sie das Menuett in Brages Volkstanzvorführung tanzte. Vidar stand im Publikum und sah ihr zu. Hinterher aß man unter freiem Himmel an langen Tischen Fleischsuppe mit frischgebackenem Roggenbrot, dazu wurde schäumendes Dünnbier getrunken.

Im bleichen Dunkel der Sommernacht wanderten die jungen Menschen am Strand entlang nach Gustavsborg. Anna und Vidar unterhielten sich eifrig, pötzlich packte er sie und küßte sie. Hinterher schämte er sich. Anna aber legte ihm die Arme um den Hals, ihre Herzen klopften wie wild, und sie preßten ihre Körper aneinander.

Die Dunkelheit war voller Gespenster, es raschelte in den Büschen. Zwischen den Tannen glänzte das unbewegliche Wasser des südlichen Stadsfjärden wie ein weißes Zinntablett.

»Und mit der Liebsten wandre ich Hand in Hand
über Klee und Blumenwiesen
über Felder im Sonnenschein
zu blauem Flusses Strand.«

1916 hatten sie im gemischten Seminarchor in Kronoby gesungen. Im schicksalsschweren Jahr 1917 waren sie mit dem Veloziped nach Västerhankmo gefahren. Als 1919 das nächste Sängerfest in Närpes abgehalten wurde, war Finnland endlich selbständig, und sie waren verheiratet. Es war ihre beste Zeit, weder vorher noch nachher sind sie einander so nahe gewesen. Er kam willig zu ihr, sie nahm ihn auf. Er erfüllte sie, sie trug ihn. Er war eine nordische Tanne wie der Dichter Jarl Hemmer.

Und immer begleitete sie das Lied:

»Österbotten, Österbotten, Hundertmeilenland
Deine off'nen, großen Weiten,
des Meeres freier Strand
Weit das Herz und hoch der Sinn
Stets für große Ziele brennen!
Stets für große Ziele brennen!«

Kapitel Neun

Högåsen, 29. April '25

Liebe Ida!

Endlich lasse ich von mir hören. Du mußt entschuldigen, daß der versprochene Brief auf sich warten ließ, aber in den ersten Tagen hier war ich nicht in der Stimmung; Briefe zu schreiben erschien mir ganz undenkbar. Ich hatte das Gefühl, ich hätte der Welt den Rücken gewandt, als ich schließlich hier eintraf. Ich wollte mich nur den Tränen der Verzweiflung hingeben, wenn ich an Vidar, an Dich und an die Kinder in der Schule dachte, von denen ich so überstürzt wegfahren mußte. Warum gerade ich? Diese Frage bohrt immer wieder in meinem Inneren.

Ja, in den ersten Tagen muß ich wirklich eine sonderbare Erscheinung gewesen sein. Gut, daß ich allein war und Vidar und Du mich nicht sehen mußtet!

Aber der Mensch ist ein sonderbares Tier und scheint sich an alles zu gewöhnen. Nach und nach sah ich die Dinge auch etwas heiterer. Vielen, die hier sind, geht es weit schlechter als mir. Manch armer Teufel ist zum dritten- oder viertenmal hier, und man hat ihm einige Male die Lunge punktiert, es soll eine besonders schmerzhafte Operation sein. Aber trotz allem Leiden ist Högåsen nicht Heimstatt völliger Finsternis, wie man glauben könnte. Unter den Patienten, die meisten davon jüngere Leute, herrscht eine Art von Ausgelassenheit, ja, eine bessere Bezeichnung kann man kaum finden! Hier wird gelacht, gescherzt und gealbert. Wir geben uns den Anschein, als nähmen wir die Krankheit nicht ganz ernst...

Viele liebe Grüße
Deine Anna

Högåsen, 10. Mai '25

Teure Ida!

Von Herzen Dank für Deine Postkarte! Sie kam heute hier an, und ich beeile mich, sie zu beantworten. Du sollst wissen, daß ich mich sehr freue, weil Du Dir die Zeit genommen hast, bei Vidar vorbeizuschauen, obwohl Du mit den Kindern, dem Haushalt und dem Vieh auf dem Smeds-Hof vollauf zu tun hast. Vidar hat völlig den Mut verloren, als Doktor Norrmén ihm sagte, wie es um mich steht. Er leidet doch so schnell unter Düsterkeit! Zu allem anderen auch noch eine kranke Frau zu haben, ist nicht leicht für ihn...

Högåsen, 16. Mai '25

Liebste Ida!

Du bist also wieder nach Hause gefahren, und ich bin in das Einerlei des Sanatoriumslebens zurückgekehrt. Wie willkommen war mir doch Dein Besuch! Aber hast Du eigentlich die Zeit, um in halb Südösterbotten herumzufahren, nur um ein paar Stunden mit einer armen Schwindsüchtigen zu verbringen? Du hast nicht erzählt, wie Du hierhergekommen bist, ich habe tatsächlich vergessen, Dich danach zu fragen.

Unsere Gespräche und unsere Spaziergänge im Tannenwald – ist es hier nicht schön? – werde ich in meinem Herzen bewahren, um sie in den Wochen, die noch vor mir liegen, immer wieder wie einen Schatz hervorzuholen. Für mich war es in doppelter Hinsicht ein Feiertag. Aber erst, als ich in den Pavillon zurückkam, erinnerte ich mich, daß wir heute ja die Befreiung Helsingfors' von den Roten feiern. Darum wurde geflaggt! Da kannst Du sehen, was aus mir geworden ist, wie konnte ich so etwas vergessen!

Wie hastig die Zeit vergeht! Ich mußte tatsächlich nachrechnen, wie viele Jahre seit dem Krieg vergangen sind. Im Jahr zuvor habe ich die Stelle in Siklax bekommen und Dich kennengelernt. Ich weiß wirklich nicht, wie ich die erste Zeit und besonders diesen furchtbaren, dunklen Herbst 1918 überstanden hätte, wärst Du nicht gewesen.

Weißt Du, Ida, manchmal habe ich das Gefühl, Du wärst die Ältere und Klügere von uns beiden, obwohl Du in Wirklichkeit die Jüngere bist. Du besitzt eine Kraft, um die ich Dich, um die Wahrheit zu sagen, beneide. Heute ist mir, als wäre ich Dir nähergekommen als jemals zuvor. Verzeih, daß ich es so ausdrücke, aber ich mußte es sagen!

Es kommt mir hier so vor, als sei ich aus dem Leben herausgetreten und betrachte es von der Seite. Hier kann man sehen, wie zerbrechlich und zufällig das Menschenleben in Wirklichkeit ist. Vieles, das mir früher wichtig erschien und meine Tage beanspruchte, verliert gänzlich an Bedeutung. Ich frage mich, ob ich die Zeit, die mir bis jetzt vergönnt wurde, auf die beste Weise genutzt habe...

Ja, es ist schon wahr, daß die stürmischen Gefühle und Leidenschaften der Jugend mit den Jahren verblassen. Nichts ist mehr mit »Weit das Herz und hoch der Sinn« und »Stets für große Ziele brennen!«. Daß Vidar noch immer voller Enthusiasmus ist, erstaunt mich nach wie vor. Auch Dein Gustav geht im Schützenkorps völlig auf! Vielleicht sind die Männer und wir Weibsbilder in dieser Hinsicht unterschiedlich beschaffen, vielleicht ist es uns nicht vergönnt, die »spielerische Laune« zu behalten. Ich weiß es nicht. Dennoch wünschte ich mir, auch ich hätte noch immer große Ideale!

Manchmal denke ich, vieles wäre vielleicht anders gekommen, wenn ich Vidar Kinder hätte schenken können. Bedenkt man, daß ich schon über dreißig bin, müssen wir jedoch beide eine solche Hoffnung aufgeben. Ich glaube, Vidar ist enttäuschter, als er sich anmerken läßt. Aber er sagt nichts und macht mir keine Vorwürfe, er ist großherzig. Daß ich früher traurig war, weißt Du, denn als »halbe« Frau herumzulaufen, ist nicht gut, und ich weiß sehr wohl, was andere Frauen über die denken, die keine Kinder bekommen können. Damit meine ich natürlich nicht Dich, liebe Ida! Aber so, wie es jetzt ist, kann ich nicht unbedingt sagen, daß ich mich beschwere. Stell Dir vor, wie es für unsere Kinder gewesen wäre, eine Mutter im Sanatorium zu haben! Du hast das Glück, Kinder zu haben und bei ihnen sein zu dürfen!

Högåsen, 3. Juni '25

Liebe Ida!

Wie schmerzlich zu erfahren, daß auch ihr auf dem Smeds-Hof von Krankheit nicht verschont bleibt! Man fragt sich wirklich, warum gerade Dein Schwiegervater mit diesem Leiden geschlagen sein muß, nachdem er doch schon so vieles durchmachen mußte. Grüße ihn von mir! Vielleicht ist doch nicht alles so hoffnungslos, die Wissenschaft hat große Fortschritte gemacht, heute können die Ärzte viele Fälle heilen, die man früher als aussichtslos angesehen hat. Ich verstehe sehr gut, daß Du unter diesen Umständen nicht die Zeit und Möglichkeit hast, mich wieder zu besuchen. Denke nicht mehr daran, Ida!

Ich hoffe, bald von hier wegzukommen. Sie haben neue Röntgenbilder gemacht, und glaubt man dem Oberarzt, der gestern mit mir sprach, so hat sich die befallene Stelle in meiner Lunge mittlerweile völlig eingekapselt. Der Oberarzt glaubt, ich kann nach Mittsommer entlassen werden, wenn nichts Besonderes hinzukommt. Eine weitere freudige Nachricht kam von Vidar, er schreibt, die Schuldirektion sei der Ansicht, ich könne im Herbst wieder unterrichten, wenn ich ein Attest über meine Heilung vorlegen kann. Vidar soll in gut einem Monat an einem Kurs des Abstinenzlerverbandes in Helsingfors teilnehmen. Wenn man mich bis dahin entlassen hat, gehe ich mit...

Helsingfors, 20. Juli '25

Liebe Ida!

Grüße aus einer sommerlichen Hauptstadt! Du ahnst nicht, wen ich gestern hier gesehen habe!

Ich bin so stark und gesund wie schon lange nicht mehr. Wir haben warmes, herrliches Wetter (armer Vidar, den ganzen Tag muß er auf der »Schulbank« sitzen), und ich flaniere wie eine richtige Touristin über die Esplanaden, beobachte das Treiben der Leute und genieße einfach das Leben. Obwohl es mitten im Sommer ist, wimmeln die Trottoirs vor Menschen, Automobile drängen sich unter anhaltendem Hupen in den Straßen, die Trambahnen klingeln. Die Damenwelt von Helsingfors kleidet sich selbstverständlich nach der neuesten Mode: geradegeschnittene Kleider oder Kostüme, lange Perlenketten um den Hals und Glockenhüte, die die »geschlingelten«, kurzgeschnittenen Haare bedecken. Die Röcke sind in dieser Saison weiter an den Beinen emporgekrochen, die mit glänzender Seide bedeckt sind. Die Damen von Helsingfors machen einen sehr mondänen Eindruck, wenn sie in den Gartenrestaurants sitzen und mit ihren rotgeschminkten Lippen Limonade durch Strohhalme saugen. Heutzutage ist es Frauen offenbar gestattet, in der Öffentlichkeit zu rauchen! In den Cafés spielen die Orchester eine neue Art von Musik, sie kommt aus Amerika und wird Jazz genannt (so wird es, glaube ich, geschrieben). Vidar sagt, es sei ein entsetzlicher, dekadenter Lärm. Nun, Vidar hat ja über alles seine eigenen Ansichten...

Anfangs kam ich mir hier vor wie eine richtige Landpomeranze! Aber der vorherrschende Leichtsinn steckt an. Jetzt habe ich mir auch die Haare abschneiden lassen! Wahrscheinlich erkennst Du mich nicht wieder, wenn ich nach Hause komme. (Vidars Gesicht hättest Du sehen sollen...)

Wie schon erwähnt, begegnete ich gestern zufällig einem Bekannten, ich will Dich nicht länger raten lassen, um wen es sich handelte. Hast Du gewußt, daß Otto nach Helsingfors reisen wollte? Wir sind auf Skillnaden zufällig im Menschengewimmel zusammengestoßen und konnten ein paar Worte miteinander wechseln. Und eins, zwei, drei hatte er mich zu Kapellet geschleppt, wo er mich zu Kaffee und Gebäck einlud! Kannst Du Dir vorstellen, daß ich im Kapellet sitze, mit Deinem Bruder Kaffee trinke und der Oberkellner sich verbeugt und das Orchester musiziert? Ich muß sagen, daß Otto wie ein richtiger Gentleman aufgetreten ist, so weltgewandt und kultiviert, daß ich regelrecht verblüfft war. Er erzählte, daß er in Holzgeschäften hier ist und auch in Reval und Riga war! Er beschrieb diese Städte so anschaulich, daß ich mich dorthin sehnte, und im Nu war fast eine Stunde vergangen.

Als ich erwähnte, ich wolle an Dich schreiben, bat er mich, Dich herzlich zu grüßen. Er hat vor, Ende August wieder nach Österbotten zu kommen.

Ich muß jetzt schließen, Vidar kommt. Er hat heute nachmittag frei, und wir fahren mit der Fähre nach Sveaborg. Das wird bestimmt interessant, Vidar kennt sich wie üblich aus und weiß alles über Ehrensvärd, die Schärenflotte und dieses »Gibraltar des Nordens«.

(Nicht abgeschicktes, undatiertes Brieffragment)

Ich glaube nicht alles, was man sich über Deinen Bruder erzählt. Die Leute sind neidisch und reden viel! Sollte etwa ein Gauner so höflich und aufmerksam sein? Du mußt entschuldigen, daß ich es so offen sage, aber ich weiß ja, wie wenig Hanna und Dir dieses ganze Elend gefallen hat.

Ein richtiger Spaßvogel ist Dein Bruder aber schon! Mich einfach ins Café zu schleppen! Ich traue mich gar nicht, es Vidar zu erzählen, er würde es nicht verstehen...

Otto erinnerte mich in vielem an Dich, Ida. Ich hatte das Gefühl, ihn schon immer gekannt zu haben...

Heute nacht hatte ich einen merkwürdigen Traum. Ich sah eine riesige Stadt, viel größer als Helsingfors. Es war Abend, die Häuser waren hoch und weiß, ihre Kupferdächer fingen die letzten Sonnenstrahlen ein und glänzten dunkelrot. Überall funkelten elektrische Lampen. Riesige Brücken wölbten sich über das Wasser, man konnte Automobile mit eingeschalteten Scheinwerfern darüberfahren sehen. Im Hafen lagen schöne Dampfschiffe. Die Brust wurde mir eng vor Wehmut und Sehnsucht, und diese Sehnsucht erfüllte mich noch immer, als ich im ersten, bleichen Licht der Morgendämmerung aufwachte...

Kapitel Zehn

Der Erzähler aber jagt hinter dem Kanisterkönig her.

Ja, ich muß zugeben, daß ich Ottos Spur verloren habe. Mein letzter Anhaltspunkt ist seine zufällige Begegnung mit Anna in Helsinki.

Ottos Hang, irgendwo aufzutauchen und gleich wieder zu verschwinden, ist nachgerade berüchtigt. Einmal befindet er sich in Stranden, ein andermal in den Schären, dann taucht er wieder in Vasa auf. Er scheint sich einen Sport daraus zu machen, die Behörden an der Nase herumzuführen. Im Frühjahr versuchte Inspektor Hoxell, Ottos Hauptquartier in Stranden überwachen zu lassen. Das war zwar eine starke Belastung der dünnen Personaldecke der Kriminalpolizei, Hoxell aber glaubte, diesmal erfolgreich sein zu können.

Die Beamten hielten sich in einem alten Schuppen gegenüber Skrattar-Elis' Hof auf; nach ungefähr einer Stunde traf der Kanisterkönig mit dem Automobil ein. Er parkte an der Stalltür und ging ins Haus. Eine ruhige Nacht schloß sich an. Auch am folgenden Tag war keinerlei Bewegung auf dem Hof festzustellen; der Abend kam, aus dem Abend wurde Nacht, und noch immer stand der Packard des Kanisterkönigs auf dem Hof.

Am Vormittag des zweiten Tages traf Inspektor Hoxell auf einem Motorrad in Stranden ein.

Er bremste vor dem Schuppen so stark, daß der Kies spritzte. Hoxell stieg ab und begann die diensthabenden Beamten zu beschimpfen, die Flüche hüpften aus seinem Mund wie schleimige Kröten.

»Ihr verfluchten Idioten! Ihr Schwachköpfe! Heute nacht hat ein Sprit-Auto in Pörtom eine Straßensperre durchbrochen!« brüllte er. »Die Männer dort schwören, daß dieser verdammte Näs am Steuer gesessen hat. Sie haben ihn durch

Närpes gejagt, ihn dann aber verloren, als sie mit ihrem Motorrad im Straßengraben gelandet sind. Nygaard liegt jetzt mit einer Gehirnerschütterung und einem gebrochenen Bein im Krankenhaus! Verdammt!«

»Aber er hat das Haus bestimmt nicht verlassen, Herr Inspektor! Noch nicht mal aufs Scheißhaus ist er gegangen.«

»Zum Teufel! Ihr habt doch nur Pisse im Hirn!« knurrte Hoxell und lief mit der Pistole in der Hand los.

Auf Skrattar-Elis' Hof befand sich keine Menschenseele. In seinem Zorn fegte Hoxell einige Teller vom Geschirregal, sie zerbrachen auf dem Fußboden. Lange kickte er mit der Stiefelspitze gegen die Scherben. Die Polizisten, die den Hof überwachen sollten, standen in der Küchentür und sahen ihm stumm zu. Hoxell steckte die Pistole ins Halfter und versetzte einer letzten Scherbe einen Fußtritt, dann ging er wieder nach draußen.

Wie üblich machte der Kanisterkönig Anfang Juli Sommerferien; in den hellen nordischen Sommernächten Alkoholladungen an Land bringen zu wollen, wäre der reine Wahnsinn gewesen. Wie üblich wußte niemand, wo er sich aufhielt. Sein Bau in Stranden war leer und verrammelt, wahrscheinlch hatte er ihn aufgegeben.

Ausnahmsweise wußten auch die Musen des Erzählers, die Granskog-Schwestern in der Telefonzentrale, nichts. Draußen auf Rödskär lud Dåhli-Johan den Erzähler zu Kaffee und Schnaps ein, verfügte im übrigen aber kaum über Informationen. Was der Erzähler eigentlich von Otto wolle?

Der Erzähler stellte eine Gegenfrage: Was wußte Dåhli-Johan über einen Zwischenfall in den Schären von Siklax im vergangenen Mai, als es zu einem Handgemenge gekommen war und Schüsse abgefeuert wurden?

Dåhli-Johan schwieg und steckte seine schiefe Nase tiefer in den Schnapsbecher.

Von der Bewirtung auf Rödskär noch ein wenig benommen, begibt der Erzähler sich wieder aufs Festland. Auf dem Smeds-Hof treffe ich Ottos Schwester Ida, die sich noch nicht einmal die Zeit nehmen kann, mich wegzuscheuchen: »Gustav ist im Sommerlager des Schützenkorps in Kristinestad, ich bin hier allein mit den Kindern und dem Vieh, dem Kommunalarin geht es wieder schlechter, er liegt in der Kammer und beißt die Zähne zusammen wegen der Schmerzen, und Rosa kann jeden Augenblick kalben. Gott sei Dank hat meine Mutter versprochen, am Nachmittag ein wenig zu helfen. Otto? Auf den scheiß ich, das kann ich dir sagen, Erzähler!«

Angesichts der entschlossenen Miene in Idas schweißglänzendem Gesicht tritt der Erzähler den Rückzug an.

In Vasa konnte ich schließlich Ottos Spur wiederaufnehmen.

Der unermüdliche Hoxell saß im Polizeipräsidium in Hemdsärmeln über Akten und Dossiers, mit den Fingerspitzen fuhr er sich über die Schläfen, als wolle er seine Gedanken anspitzen, dann blätterte er wieder die Papierstapel auf seinem überladenen Schreibtisch durch, zog schließlich einen Bericht des Polizeichefs von Mariehamn auf Åland hervor und reichte ihn dem Erzähler.

Aus dem Bericht ging hervor, daß man Näs kürzlich in Mariehamn gesehen habe, zusammen mit einem gewissen »Major« Georg Damberg, einem bekannten Schmuggler aus Südfinnland, den man dort in der letzten Zeit jedoch nicht gesehen hatte. Näs und Damberg hielten sich in einer Pension auf und schienen nichts weiter vorzuhaben, offenbar machten sie Ferien. Einige Male jedoch hatte man das Duo in der Gesellschaft des berüchtigten Schmugglers Algoth Niska gesehen, der sich ebenfalls in Mariehamn aufhielt...

»Sieht tatsächlich so aus, als hätte Näs Erfolg«, sagte Hoxell trocken und widmete sich wieder seinen Akten.

Ja, weiß Gott!

Bebend vor Eifer verfügte sich der Erzähler nach Åland, nur um dort festzustellen, daß die Vögel ausgeflogen waren.

Zusammen mit Damberg hatte der Kanisterkönig nämlich das Schiff nach Stockholm genommen, doch haben sich die beiden lediglich einen Tag in der schwedischen Hauptstadt aufgehalten, die Spur führte weiter über Malmö und den Kopenhagener Hauptbahnhof nach Hamburg, von dort nach Danzig und Riga, wo sie sich am Westufer der Düna in einer kleinen Pension einmieteten.

Sie wanderten durch die gewundenen Gassen der Rigaer Altstadt und besichtigten den Pulverturm und das Schwarzhäupterhaus. Major Damberg las aus Touristenbroschüren vor und gab Erklärungen ab, Otto schaute und gaffte. Sie unternahmen Ausflüge nach Mezaparks, Brivdabas mäzejs mit ihren livländischen und lettischen Bauernhöfen und zu den Badeorten an der Rigaer Bucht: Bulduri, Edinburgo, Vecdubulti, blendendweiße Sandstrände, Kiefernwäldchen, träge in der Sonne glänzende Wogen, die über lange, flache Sandbänke rollten. Ob Otto daran dachte, daß Erik fast zehn Jahre vorher hier in der Nähe mit dem 27. Jägerbataillon gelegen hatte?

Damberg und Otto soupierten in pittoresken kleinen Restaurants, tranken in einem der Restaurantgärten an der Brivibas bulvars einen Cognac oder ein Glas Rigaer Balsam und gingen in Nachtclubs. Der Erzähler konnte beobachten, wie sie im samtweichen, warmen Sommerdunkel am Pilséta-Kanal entlanggingen, jeder eine Dame am Arm, deren Bekanntschaft sie im »Lido« gemacht hatten. Damberg, ein sprachenkundiger Mann, unterhielt beide auf Deutsch, Otto schwieg, die Damen kicherten, und ein lauer, mit Seegeruch gesättigter Wind raschelte in den Baumkronen...

Aber sie waren nicht nur wegen der Sehenswürdigkeiten hier.

Wer ist eigentlich dieser Reisegefährte auf der Odyssee des Kanisterkönigs rund um die Ostsee?

In Hoxells Akten wird er unter dem Namen Pehr Uno Damberg geführt, er bezeichnet sich gern als Major, in manchen Kreisen ist er unter dem Spitznamen »Puppe« bekannt. Er stammt aus Helsingfors, ein Kind besserer Leute, das früh auf Abwege kam. Schon als Schüler war er in eine peinliche Affäre verwickelt, die eine verschwundene Konventskasse betraf, allerdings hatte man ihm damals nichts nachweisen können. Als Student widmete er sich mit größerem Eifer dem gesellschaftlichen Leben und kameradschaftlichen Zusammensein im Studentenbund »Nylands Nation« als Prüfungen oder Handbüchern; der Freiheitskrieg war seine Rettung. Es gelang ihm, aus dem roten Helsingfors herauszukommen und sich in Vasa als Freiwilliger zu melden. Für die Beteiligung an der Erstürmung von Tampere und an den Kämpfen in Karelien wurde er ausgezeichnet. Als im Mai 1918 Frieden geschlossen wurde, hatte er es zum Unteroffizier gebracht und am Soldatenleben Geschmack gefunden. Er begab sich auf die andere Seite des Finnischen Meerbusens und meldete sich als Freiwilliger bei den Weißen im estnischen Bürgerkrieg.

Nach eigener Aussage wurde Damberg in Estland zum Major befördert, er befehligte eine fliegende Abteilung an der Narva-Front, General Laidoner soll ihn für seine Leistungen ausgezeichnet haben. Allerdings fand auch der estnische Bürgerkrieg sein Ende, und wieder drohte ihn der Friede zu langweilen. Das Alkoholverbot in Finnland war seine Rettung.

Damberg verlegte sich auf den Alkoholverkehr zwischen den beiden Ländern, zu deren Rettung vor der Herrschaft der Roten er beigetragen hatte, und verhielt sich ein wenig zwielichtig, was einen Alkoholgroßhändler dazu verleitete zu behaupten, er habe ihn betrogen. Da obendrein die Konkurrenz unter den Schmugglern im Finnischen Meerbusen hart war, hielt Damberg es für besser, sich zumindest zeitweise in den Norden zu begeben, wo er in den Gewässern des Norra Kvarken bessere Möglichkeiten zu finden hoffte.

Er sollte sich gründlich täuschen. Damberg war Besitzer eines größeren Motorboots mit dem Namen »Bror« und hatte einen Lotsen angeheuert, einen gewissen Skroppar-Viktor aus Granskär, der damit prahlte, sich mit den Fahrrinnen im Schärengebiet von Siklax besser auszukennen als jeder andere. Sie brachten indessen nur eine erfolgreiche

Reise hinter sich. Als die »Bror« mit neunhundert Litern an Bord in Tuthällsgloppet einlief, durchschnitt ein scharfer, blendender Scheinwerfer die dünne Dunkelheit der Mainacht, eine Stimme brüllte ihnen zu, sie sollten für eine Zollinspektion beidrehen. Warnschüsse knallten, der Lotse erschrak und sprang über Bord. Jetzt griff Damberg selbst ins Ruder, zog zugleich seine Pistole und versuchte, auf den Scheinwerfer zu schießen. Die Schüsse waren ebenso erfolglos wie seine Steuerversuche: In Scheinwerferlicht getaucht, lief die »Bror« krachend auf eine Sandbank auf. Der Stoß schleuderte Damberg über das Deck, und er schlug mit dem Schädel gegen eine Luke. Das Scheinwerferlicht explodierte in einem Funkenregen, dann war es tiefdunkel.

Später war da ein Motor, dessen langsames Klopfen ihm in den Schädel drang, was entsetzlich schmerzte.

Ein furchtbar häßliches Gesicht schwebte über ihm, ein Troll. Das Trollgesicht begann sich zu drehen, anfangs langsam, dann immer schneller. Ihm war schlecht, wieder wurde alles um ihn herum schwarz.

Als er schließlich aufwachte, stellte er fest, daß er auf einer schmalen Pritsche in einem unordentlichen Zimmer lag: ein schmutziger Tisch, ein rußiger Eckherd, in dem ein Feuer aus Treibholz knisterte, Wände aus ungehobelten Brettern. Wellengemurmel und ferne Möwenschreie. Zwei Männer betrachteten ihn, einem von ihnen gehörte das häßliche Gesicht. Der andere sah aus wie ein Mensch, er trug eine Schirmmütze und einen schmutzigen Pullover. Eigenartige Zöllner haben die hier oben in Österbotten, dachte Damberg.

»Teufel auch, ich habe geglaubt, der wacht gar nicht mehr auf«, quakte der Häßliche.

»Na, wirst du wieder Mensch?« fragte der andere Zöllner.

»Fahrt zur Hölle!« stöhnte Damberg.

»Reiß bloß deine Klappe nicht so weit auf.« Der Mann mit der Schirmmütze und dem Pullover holte sich einen Schemel und setzte sich an die Pritsche. »Wir haben einiges zu besprechen, du und ich.«

»Ihr seid gar nicht vom Zoll«, sagte Damberg, dem ein Licht aufging.

»Stimmt.«

»Was habt ihr mit meiner Ladung gemacht?«

»Die ist auf dem Weg an Land. Da war einer, der wollte mehr, als wir heute abend zur Hand hatten, und da kam uns dein Sprit gerade recht. Du kriegst zwanzig Mark pro Liter, das ist mehr, als du sonst bekommen hättest.«

Damberg traute seinen Ohren nicht, vor lauter Verblüffung verschwanden seine Kopfschmerzen. Ungläubig glotzte er den Schirmmützen-Mann an. War er denn kompletten Idioten in die Hände gefallen?

»Was soll das heißen? Erst kapert ihr mein Boot, nehmt mich gefangen, verkauft die Ladung, und dann wollt ihr mich bezahlen.«

»Ich laß mir doch nicht von dir den Markt verderben. Und Skroppar-Viktor hat schon lange eine Lektion verdient. Also habe ich mir gedacht, wir tun so, als wären wir Zöllner. Ich war mir sicher, daß du nicht freiwillig nachgibst, und das hab ich gesehen. Ich denke, so einen könnten wir brauchen. Wie wär's also mit Zusammenarbeit statt Konkurrenz?«

»Und wenn mir eure Zusammenarbeit nicht gefällt?«

Ottos Gesicht wurde fast quadratisch, die Lippen strafften sich, die meergrauen Augen musterten Damberg, sehr ruhig, geduldig und kühl. Damberg wußte, daß die Augen der meisten Menschen wie Fensterscheiben sind, durch die man geradewegs in den erleuchteten Raum des Schädels sehen konnte, wo sich das befindet, was man als Seele des Menschen bezeichnet. Hinter diesen Fenstern jedoch waren Gardinen vorgezogen, nicht einmal ein kleiner Spalt stand offen. Damberg erkannte, daß Otto seine Unsicherheit bemerkt hatte, und ärgerte sich über sich selbst.

»Du wirst doch nicht so dumm sein und nein sagen, das kann ich mir nicht vorstellen. Könnte sich lohnen für dich. Rauch erst mal eine und denk über die Sache nach, es eilt nicht.« Otto steckte sich eine Papyrossa in den Mund und warf Damberg eine zu. »Kannst du gut Finnisch? Wäre sehr hilfreich, ich mache viele Geschäfte mit den Finnen. Nicht minä puhe Suome alls, weißt du.«

Otto lachte in sich hinein. Er zündete seine Zigarette an und hielt Damberg das brennende Streichholz hin. Damberg drückte sich mit den Ellbogen in die Höhe, hob die Papyrossa auf und sah zuerst die Zigarette, dann Otto an. Schließlich steckte er sie in den Mund und ließ sich von Otto Feuer geben.

So ist es zur Zusammenarbeit zwischen dem Reicheleutekind aus Helsingfors und dem Sohn einer Krämerin aus der Gemeinde Siklax in Österbotten gekommen, ein wirklich ungleiches Verhältnis!

Ihre ungeschriebene Vereinbarung beruhte auf gegenseitigem Mißtrauen, jeder Handel war sorgfältig zu quittieren. Eine Klausel sah vor, daß beide Partner das Recht hatten, das Abkommen ohne Vorwarnung zu kündigen.

Von Anfang an machte Otto Damberg klar, wer von beiden zu bestimmen hatte, Damberg hatte sich damit abzufinden.

Seinen ehemaligen Lotsen Skroppar-Viktor bekam Damberg flüchtig zu sehen, als man ihn wie einen Kartoffelsack am Anleger von Rödskär in ein Boot verlud. Ein Auge war zugeschwollen, ansonsten hatte man ihn offenbar nicht weiter malträtiert. Zuerst dachte Damberg, diese beiden österbottnischen Schmuggler seien Weichlinge, unten im Finnischen Meerbusen hätte sich Viktor glücklich schätzen können, wenn er mit dem Leben davongekommen wäre. Später sollte Damberg aufgehen, wie wirkungsvoll Otto mit Viktor umgegangen war. Sie fuhren nach Granskär und luden ihn in Gegenwart einiger Bewohner an Gabrel-Viktors Anleger ab. Viktor zu demütigen war sehr viel wirkungsvoller gewesen als eine Tracht Prügel. Gebrochene Rippen und eingedrückte Nasenbeine verheilen, Wunden in der Seele heilen nur langsam, falls überhaupt.

Damberg begriff, daß er es mit keinem gewöhnlichen Kleinhändler zu tun hatte, und bekam, wenn auch widerwillig, Respekt vor Otto.

Und Otto hielt sein Wort: Es erwies sich als äußerst einträglich, für ihn zu arbeiten. Damberg war deshalb recht zufrieden, als die hellen Nächte kamen und eine Unterbrechung ihrer Geschäftstätigkeiten notwendig machten. Auf Dambergs Vorschlag hin reisten sie hinunter nach Mariehamn, um ein wenig das Leben in einem Badeort zu genießen. Vor allem Damberg genoß das Leben: in der Sonne liegen, schwimmen, ein wenig Tennis, verbotene Drinks und abends Tanz im Kurhotel, eine Sommerliebe, angenehm und ohne jede Verpflichtung. Otto hingegen war rastlos. Er wanderte in der Stadt umher, schaute und lauschte. Als Agi Niska sich persönlich in Mariehamn einstellte, gelang es Otto, mit ihm ins Gespräch zu kommen, eine ganze Nacht lang tranken sie Whisky und redeten. Otto verstand sich darauf, Niskas Eitelkeit zu reizen, Niska war entzückt und verbreitete sich über die Kunst des Schmuggelns und die Aussichten für die Zukunft. Er stellte Otto einigen interessanten Persönlichkeiten vor, Otto sprach wenig, hörte aber um so besser zu und hinterließ einen ausgezeichneten Eindruck.

Der Polizeichef von Mariehamn war weniger glücklich über diese Ansammlung von Alkoholschmugglern, die in seinem Bezirk Urlaub machten, und das polizeiliche Interesse ließ Otto einen diskreten Aufbruch vorschlagen. Für sich und Damberg hatte er falsche Pässe beschafft, ausgestellt auf einen Ingenieur Möller beziehungsweise Assessor Blomqvist. Damberg sah allmählich ein, daß Otto in erster Linie Geschäftsmann war und ständig nach neuen Möglichkeiten Ausschau hielt.

»Die Kunst eines erfolgreichen Geschäftsabschlusses besteht darin, sich veränderten Umständen anpassen zu können«, sollte Otto später häufiger sagen. Im Rauchsalon an Bord der »Konow« sagte er: »Ich glaube, es brechen neue Zeiten an.«

»So, das glaubst du«, brummte Damberg abwesend und dachte an die bedauerliche Tatsache, daß er seine Beziehung zu diesem kleinen Fräulein aus Grankulla hatte abbrechen müssen, ehe er die Früchte seiner hartnäckigen Aufwartung hatte ernten können.

»Ja, die faulen Tage sind zu Ende, wirklich«, prophezeite Otto und klang fast zufrieden.

»Aha.«

»Siehst du, die Finnen und die Reichsschweden wollen ein Abkommen unterzeichnen, daß sie alle Sprit-Dampfer im Bottnischen Meerbusen kapern, auch wenn sie sich außerhalb der Drei-Meilen-Zone befinden. Dann trauen sich die Dampfer aus Deutschland nicht mehr über Åland hinaus.

»Mmm.«

»Wir brauchen dann anständige Boote, mit denen wir den Sprit transportieren können, mit den kleinen Dingern und den Motorbooten geht das dann nicht mehr.«

Endlich war Dambergs Interesse geweckt worden, und er vergaß alle Fräulein aus Grankulla.

Sie waren sich einig, daß sie im Ausland ein besseres und billigeres Boot bekämen als zu Hause in Finnland. Otto wollte etwas ganz Besonderes haben. In Stockholm entfaltete Damberg eine lebhafte Tätigkeit: Er telefonierte und stattete Männern, die in schäbigen Kontorräumen an Skeppsbron und auf Norr Mälarstrand residierten, Besuche ab. Er verfügte über viele Kontakte, die die beiden in die Häfen auf Värmdö und nach Södertälje führten und von dort zu einer Werft im Kopenhagener Stadtteil Amager.

»Nein, das will ich nicht.« Jedesmal schüttelte Otto den Kopf. In Hamburg schließlich erfuhr Damberg von einem Mann in Riga, einem Advokaten namens von Veh, der etwas wirklich Interessantes haben sollte.

»Wir fahren nach Riga«, sagte Damberg. »Du mußt etwas von der großen Welt sehen.«

Otto zuckte die Achseln, und sie fuhren nach Riga.

Der Erzähler muß wiederum einen groben Schnitzer gestehen: Während er mit seiner Darlegung beschäftigt war, haben sich die beiden Gauner ein weiteres Mal verflüchtigt.

In der Pension in Angelskans hob die Wirtin, eine rundliche, freundliche Frau mittleren Alters, bedauernd die Hände: »Ach, die beiden finnischen Herren sind heute morgen abgereist. Nein, wohin weiß ich nicht...«

Erkundigungen bei den Kutschen- und Automobildroschkenchauffeuren von Riga erbrachten zumindest etwas: Die beiden Herren, die der Beschreibung des Erzählers entsprachen, hatten sich am Vortag auf der Esplanade laukum einen Wagen genommen. Die Fahrt war ins Villenviertel gegangen. Der Chauffeur hatte seine Fahrgäste vor einem stattlichen Haus abgesetzt, die von hohen Ziegelsteinmauern umgeben war. Man bat ihn zu warten. Der Besitzer der Villa? Hierüber wußte der Droschkenmann sofort Bescheid, nachdem ihm der Erzähler einen größeren Geldschein in die Hand gedrückt hatte: »Ein gewisser Herr von Veh, einer von diesen verdammten Deutsch-Baronen.« Ein Advokat, noch immer vermögend, obwohl man seine Güter 1921 enteignet hatte. »Hätten wir erschießen sollen, die verdammten Barone, an die Wand stellen, das ganze Pack, peng, peng, peng, dann wären wir sie jetzt los.« Ungefähr eine halbe Stunde später seien die beiden finnischen Herren in Begleitung des Barons persönlich aus der Villa gekommen, ein unförmiger, fetter Kerl, auf dem glänzenden Schädel nicht ein Haar, mit eiskalten, häßlichen Augen.

Mit einer Stimme wie aus Feuerstein hatte er dem Chauffeur die Anweisung gegeben, nach Milgravis zu fahren, zum Industriehafen von Riga. Es war ein unwirtliches Viertel: Lagerhäuser, Kohlenberge, Bretterstapel, Gleise mit leeren, vergessenen Eisenbahnwaggons. Ihr Ziel war eine kleine Werft, die eher wie ein Schrottplatz aussah. Es wurde schon dämmrig, das ganze Viertel schien ausgestorben zu sein. An der Dünamündung kreischten Möwen. Es stank nach Brackwasser, Kloake, Öl, verfaulenden Tauen. Erleichtert ließ sich der Chauffeur bezahlen und fuhr ins Zentrum zurück, seine Fahrgäste gingen durch das Werfttor.

Und genau hier, auf einer kleinen Werft in Milgravis, fand Otto endlich sein Boot. Er nickte bedächtig und lächelte.

Kapitel Elf

»Mein Gott hat mich verstoßen, seinen Himmel hat er mir verschlossen. Mein Gott hört mich nicht an, wie ich von meinem Schmerzenslager nach ihm rufe. Er soll seine Hand ausstrecken und meinen Lebensbaum fällen.

Mein Leib kennt nurmehr seine eigene Qual.

Riesig war meine Sünde.

Ich war ein hoffärtiger Tor.

Siehe, nun muß ich die bitteren Früchte ernten!

Ja, mein Gott hat mich allein gelassen in den Tälern der Qualen und der Nöte. Er erhört meine Rufe nicht.«

»So darfst du nicht reden, Johannes«, flüstert Hanna. »Unser himmlischer Vater läßt seine Schöpfung nicht im Stich.«

Sie wischt Johannes Smeds mit einem Handtuch den kalten Schweiß von der Stirn, nimmt seine Hand. Durch den stählernen Schirm des Schmerzes dringt ihre Wärme zu ihm.

Sie bietet dem Kommunalarin den Trost, den ein Mensch dem anderen schenken kann.

Wieder erwacht dieser entsetzliche Hecht, der sich in seinem Bauch eingenistet hat, und schlägt seine Kiefer in ihn. Er kann sich nicht in der Gewalt halten, ein leises Wimmern dringt über seine aufgesprungenen Lippen. Der Kommunalarin schämt sich; daß er hier liegen und sich vor ihren Augen quälen lassen muß, ist seine größte Demütigung. Nur der Tod wird ihm Ruhe und Vergessen schenken...

»Tut es wieder sehr weh?«

»Du solltest gehen, Hanna.«

»Laß Norrmén kommen, damit er dir eine Spritze gibt, es hilft vielleicht.«

Er aber schließt die Augen und dreht sich um zur Wand, wendet sich von ihr ab und beißt vor Schmerz fest die Zähne zusammen.

Hanna bleibt mit dem zusammengeknüllten Handtuch in der Hand sitzen. Schwarz und undurchdringlich steht der Herbstabend vor dem Fenster der Kammer, als sei die Scheibe mit Schmieröl bedeckt worden. Die Wanduhr mißt die Zeit mit langsamem, würdigem Knacken: Tick. Tack. Tick. Tack.

Unerbittlich wird Stunde um Stunde von seiner verbleibenden Zeit abgezogen. Ist alle Zeit verbraucht, wartet der unbarmherzigste aller Gläubiger, denn der Mensch hat seine Zeit auf Erden nur geliehen, und der Tag kommt, an dem die Schuld eingefordert wird.

Tick. Tack. Tick. Tack.

Der Mensch lebt nur für kurze Zeit hier auf Erden und ist voller Sorge, er wächst und verwelkt wie eine Blume. Er kann seine Zeit nicht zurückerhalten, seine Taten kann man nicht ungeschehen machen. Die Überlebenden werden über ihn zu Gericht sitzen.

Manche sitzen auch über sich selbst zu Gericht, während sie noch leben.

Tick. Tack.

Ein Wimmern reißt Hanna aus ihren Gedanken. Der Kommunalarin ist in schmerzerfüllter Betäubung zusammengesunken, wieder glänzt Schweiß auf seiner Stirn, unter der fast durchsichtigen Haut spannen sich die Kiefermuskeln. Hanna trocknet ihm mit dem Handtuch vorsichtig die Stirn, sein Atem geht flach und keuchend.

Plötzlich schlägt er die Augen auf. Seine Stimme läßt noch immer etwas von ihrem früheren Klang erahnen, als er befiehlt: »Ihr müßt Erik verständigen. Er muß jetzt nach Hause kommen.«

Seine Augen verdunkeln sich in einem so tiefen, intensiven Schmerz, daß Hanna zurückschreckt. Er versucht, sich in den Kissen aufzurichten, hat aber keine Kraft und sinkt wieder zurück. Zu Hannas Erleichterung wird er wieder bewußtlos.

»O Gott!« denkt Hanna bitter. »Hast du ihn denn nicht genug gequält! Was bist du für ein Gott, der Vergnügen daran findet, ihn zu so quälen?«

An der Wand knackt das Uhrwerk. Tick. Tack. Tick. Tack.

Die Krankheit hatte Johannes Smeds ausgehöhlt. Er war kleiner geworden, alles, was er nicht zum Sterben benötigte, wurde nach und nach abgeschält. In seinen Augen zeigte sich ein eigentümliches Licht, ein stilles, klares, hohes Licht wie an einem Wintertag, es hatte einen fast erwartungsvollen Schein, als begrüßte es seine Qual und seinen Tod.

Die Krankheit des Kommunalarin wurde allzuspät festgestellt.

Beispiellos und entsetzlich ist der Krebs. Er ist das besondere Werkzeug des Teufels, um den Menschen zu quälen und zu peinigen, er erfüllt den Menschen mit Schmerzen, erniedrigt ihn durch Gestank und Fäulnis, läßt keinen Ausweg. Wie eine Katze mit einer Maus, spielt der Krebs mit seinem Opfer, verschlagen macht er ihm Hoffnungen, schließt es ein und greift aus dem Hinterhalt an, er verbreitet sich auf den Äckern des Menschenkörpers wie der Flughafer und der Wiesenwurm. Vor der Unerbittlichkeit des Krebses ist die Wissenschaft machtlos, wirkungslos verklingen die Gebete.

Im September sollte der Kommunalarin von Professor Aspegren in Helsinki operiert werden. Sein Magen war voller harter, blutender Geschwülste, die bereits in die Schleimhäute vorgedrungen waren und ihre todbringenden Wurzeln in Leber und Galle vorschoben. Der Professor konnte nichts mehr unternehmen. Man schickte den Kommunalarin wieder nach Hause, damit er sterben konnte.

Der Smeds-Hof verfiel in einen eigentümlichen Zustand des Wartens. Das Hauptgebäude selbst schien sich zu spannen, es knackte und knisterte in Balken und Zwischendecken, Türen wurden schief, nachts hörte man Lärm in den Schornsteinen. Anfangs leugnete der Kommunalarin seine Krankheit, er zog sich in sich zurück und machte sich wie ein Aussätziger zu einem Unberührbaren. Von Doktor Norrméns Visiten wollte er nichts wissen.

Mit Hanna verhielt es sich anders. Aber auch wenn sie ihn besuchte, schwieg er am liebsten. Sie, die ihn wirklich kannte, hütete sich davor, ihn zu bedrängen, versuchte nicht, ihn zu trösten oder zu bedauern. Meist saß sie schweigend neben ihm.

Allein durch ihre bloße Anwesenheit konnte sie zu ihm sprechen.

»Hier bin ich. Falls du es wissen willst«, sagte sie.

Sie fühlte seine Qualen.

Eine Zeitlang versuchte er, den Gesunden zu simulieren, indem er sich an den Arbeiten auf dem Hof beteiligte und wie früher zu den Versammlungen des Gemeinderats ging. Widerwillig sah er sich jedoch am ersten Dresch-Tag bereits nach einer Stunde gezwungen, Gustav den Platz des Hausherren am Förderband des Mähdreschers zu überlassen. Bei der Sitzung des Gemeinderats Anfang Oktober fiel ihm schließlich der Hammer des Vorsitzenden aus der Hand. Vor den erschrockenen und erstaunten Blicken der übrigen Mitglieder stürzte ihr Häuptling, geschüttelt von einem heftigen krampfartigen Anfall, zu Boden. Besiegt mußte er sich von Doktor Norrmén und Lehrer Boström nach Hause transportieren lassen. Von da an blieb er in seiner Kammer liegen.

Doch noch ein letztes Mal war er gezwungen, von seinem Krankenlager aufzustehen, um Hanna vor ihrem eigenen, großen Zorn zu retten.

Als erster Kunde hatte der Kommunalarin Dollar-Hannas Laden zu einem glücklichen Start verholfen. Hannas Laden behauptete sich erfolgreich gegen die Konkurrenz der Genossenschaft und den Warenmangel der Kriegszeit und überstand die Depression der ersten Nachkriegsjahre; jetzt, wo die Zeiten besser wurden, hatte Hanna Sortiment und Ladenlokal vergrößert, sogar einen Gehilfen hatte sie einstellen müssen.

Ihren Erfolg verdankte Hanna ihrem Verstand und ihrer Ehrlichkeit, den ihr aber nicht alle gönnen wollten, auch in Siklax lebten und arbeiteten die Trolle mit den Namen Neid und Mißgunst, verfälschen die Sicht der Menschen und machten sie engstirnig. Um das Gerede hinter ihrem Rücken hatte sich Hanna niemals gekümmert. Das trifft uns von Zeit zu Zeit alle, sagte sie sich. Es hieß, sie habe in Amerika ihr Geld auf wenig anständige Weise zusammengebracht, aus der Heirat Idas mit Gustav Vorteile gezogen...

Auch über Otto erzählte man sich viel. Viel zu viel. Gauner. Großschmuggler. Kanisterkönig. All diese Namen gab man ihm.

Hör nicht auf das Gerede, sagte sich Hanna. Kehr ihm den Rücken zu und stell dich taub. Aber es gelang ihr nicht.

Otto erwähnte sie selten, tat so, als verleugne sie ihn. Doch sie konnte ihn nicht verleugnen.

Niemand, der Anspruch darauf erhebt, auch weiterhin als Mensch bezeichnet zu werden, kann sein Kind verleugnen.

Hanna schämte sich für Otto, aber sie liebte ihn, sie konnte nicht anders. Doch großer Zorn und große Trauer erfüllten sie, und der Zorn und die Trauer lagerten sich in ihr ab, niemand wußte, wie stark sie waren, bevor es fast zu spät war.

In den letzten Jahren hatte Hanna Otto nicht sehr oft gesehen, vielleicht ahnte er, wie es um sie stand, und war vernünftig genug, sich vor ihr zu schämen. An einem regnerischen Tag im Oktober jedoch, es ging schon auf den Nachmittag zu, klingelte das Glöckchen im Laden, die Tür wurde aufgerissen und herein trat Otto.

Das Gespräch auf der Männerbank im Vorraum wurde abrupt unterbrochen, Pfeifen erloschen, Tabaksaft verblieb unausgespuckt im Mund. Hinter der Theke sah Hanna vom Kassenbuch auf. Sie erstarrte, ihr Blick wurde dunkel.

Der Luftzug ließ die Petroleumlampen an der Decke mit dumpfem Klappern gegeneinander schlagen.

Der Kanisterkönig war nicht allein gekommen, ein Mann, der Paletot und Filzhut trug, mit schneidigem, hartem Gesicht und gepflegtem Schnurrbart, begleitete ihn.

Vergnügt begrüßte Otto die Männer und klopfte Regentropfen von seiner Schirmmütze ab. Laut kommentierte er die Wetterlage und spekulierte, wie der Winter werden würde. Keiner der Männer antwortete, später indessen wurde lang und breit darüber diskutiert, ob Otto nicht ein wenig betrunken gewesen war. Sein Begleiter schwieg, hatte noch nicht einmal den Anstand zu grüßen.

Otto schlenderte zur Theke hinüber, zog einen braunen Umschlag aus der Brusttasche seiner Lederjacke und sagte zu Hanna: »Ich mußte mal reinschauen. Lange her, daß ich nach Euch gesehen hab. Ich hatte so furchtbar viel zu tun.«

Als die Männer später die Ereignisse in Hannas Laden besprachen, waren ihre Beobachtungen hinsichtlich dessen, was Hanna gesagt und getan hatte, sonderbar widersprüchlich. Alle aber erwähnten dieses plötzliche Schweigen.

Das Schweigen kann von unterschiedlicher Natur sein: Es gibt ein großes, bedeutungsvolles Schweigen und ein einfaches, alltägliches, es gibt ein Schweigen, das sich in Bewegung befindet und darauf wartet, gebrochen zu werden, und es gibt ein Schweigen, das unbeweglich und sich selbst genug ist. Und dann gibt es noch ein anspruchsvolles Schweigen und ein gleichgültiges Schweigen.

Das Schweigen in Hannas Laden war das längste und schlimmste, an das sich die Männer erinnern konnten, es war so groß, daß es in seinem eigenen Inneren klingen und hallen mußte, um existieren zu können, es erfüllte den Laden und alle, die dort anwesend waren, mit seiner Kraft.

Otto wollte das Schweigen durch Lachen verscheuchen, doch aus seinem Lachen wurde kaum mehr als ein klägliches Meckern, das bald von dem Schweigen verschlungen wurde.

Otto wedelte mit dem braunen Umschlag und sagte etwas, an den Wortlaut konnte sich hinterher keiner der Männer erinnern, jedenfalls ging es um Grundbucheinträge und Geld. Otto war in Vasa gewesen und hatte Rödskär aufgekauft, jetzt war er der Besitzer der Insel, auf der Hanna geboren war. Die ganze Zeit über rieselten die Worte aus ihm heraus wie Wasser, das durch feinen Sand rinnt.

Mutter und Sohn standen einander gegenüber, zwischen ihnen die Theke.

Hannas Schweigen wurde schlimmer, beinahe unerträglich.

Gumeskalas-Alfrid behauptete hinterher, keiner der Männer auf der Bank habe es gewagt, Hanna anzusehen, ihnen wäre es dann bestimmt so ergangen wie der Frau Lots, die zur Salzsäule erstarrte. Hanna war nur ein Schatten in ihren Augenwinkeln. Otto ging vor der Theke in die Knie, wie jemand, dem man zu viele Bretter auf die Schulter gepackt hatte.

Er ging zwar in die Knie, aber er fiel nicht hin.

Er ließ sich nicht besiegen, konnte sich losreißen. Einige der Männer sagten, er habe gegen die Theke getreten, bevor er mit dem Umschlag in der Hand zurück zur Tür wankte.

»Damberg, komm. Wir sind hier nicht so willkommen, wie ich geglaubt hatte«, sagte er und riß die Tür auf.

Das Glöckchen klingelte, ein fremder, dünner und zugleich starker Ton, der die Männer auf die Füße und hinaus aus dem Laden brachte. Dort standen sie im Regen, um Ottos Abfahrt zu beobachten. Otto duckte sich hinter das Lenkrad des Packards, die Hinterräder drehten durch und spritzten feuchten Kies in die Luft, die Männer ergriff eine allgemeine Erleichterung, eine Erleichterung, in der sie sich zugleich schuldig fühlten.

Schuld und Scham sind unser gemeinsames Erbteil.

Über dem Laden aber lag weiter Hannas zorniges Schweigen, sein trostloses Echo schlug die Männer in die Flucht, und zum erstenmal, seit Hanna ihren Laden eröffnet hatte, stand die Bank für einen ganzen Nachmittag leer.

Als Trågas-Elis, der eine Ladung Holz nach Norrmark gebracht hatte und von all dem nichts wußte, auf dem Nachhauseweg eine Schachtel Sechs-Zoll-Nägel kaufen wollte, schlug ihm beim Öffnen der Ladentür Hannas Schweigen mit solcher Kraft entgegen, daß er zurückschreckte und beinahe die Eingangsstufen hinuntergestürzt wäre. Die Granskog-Schwestern erfuhren schnell, was vorgefallen war, und mit Hilfe das Blasebalgs der üblen Nachrede verwandelten sie glühende Kohlen in loderndes Feuer. Allerlei Gerüchte verbreiteten sich über Siklax, das schlimmste behauptete, Hanna liege in ihrem Laden ermordet hinter der Theke, nach ihrem Sohn werde gefahndet.

Gegen Abend hörte es auf zu regnen, der heftige Wind riß die Wolkendecke auf.

Mehr Leute als sonst führte ihr Weg zu Hannas Laden, sie blieben jedoch auf dem Platz davor stehen, keiner brachte es über sich einzutreten. Hinter den Wolkenfetzen versank die Sonne, ein ersticktes, dunkelrotes Licht erfüllte für einen Augenblick die Luft, nachdem es verloschen war, brach rasch die Herbstdämmerung herein. Der Wind wurde stärker. Frierend traten Menschen und Pferde auf der Stelle, um sich Bewegung zu verschaffen. Im Laden wurde kein Licht eingeschaltet, wie es sonst üblich war, schwarz blickten die beiden Fenster auf die Straße.

Dann traf der Komunalarin ein.

Erstaunte Stille begrüßte Johannes Smeds, ihn hatte man zuletzt erwartet. Auf Gustav gestützt, stieg der Kommunalarin vom Wagen und ging auf die Ladentreppe zu. Man wich zur Seite, und man bezeugte doppelte Ehrfurcht – vor seinem Häuptling und vor dem Tod.

Der Kommunalarin grüßte die Umstehenden, gab mit kaum hörbarer Stimme einen Kommentar über das Wetter ab und erkundigt sich nach der Ernte, so wie er es immer tat. Große Trauer erfüllte die Leute, sie wußten, es war das letzte Mal, daß ihr Häuptling zu ihnen kam.

Johannes Smeds und Gustav gingen die Treppe hinauf, öffneten die Ladentür.

Einen Augenblick lang blieben sie stehen, eingehüllt von der Dunkelheit, die aus dem Laden drang.

Gut möglich, daß Gustav kehrtgemacht und hinausgelaufen wäre, wäre nicht Johannes Smeds gewesen. Plötzlich hatte es den Anschein, als werde Gustav vom Vater gestützt und nicht umgekehrt. In der Stille klangen Johannes Smeds

Atemzüge lauter und angestrengter, Gustav meinte, die riesigen Qualen des Vaters hören zu können. Dennoch spürte er etwas von der früheren Kraft im Arm des Vaters, der ihn festhielt, als wäre er ein kleiner Junge.

In diesem Augenblick hatte er ein unglaubliches Verlangen nach einem Schnaps.

Hanna stand in der Dunkelheit hinter der Theke, Gustav konnte sie nicht sehen, spürte ihre Verzweiflung jedoch ebenso deutlich wie kurz zuvor die Schmerzen des Vaters.

»Du hast es furchtbar dunkel hier, Hanna. Mach das Elektrische an, damit ich dich sehen kann«, sagte Johannes Smeds.

Hanna zögerte mit ihrer Antwort, dann sagte sie mit heiserer, leiser Stimme: »Hättest nicht kommen sollen.«

»Ich brauche aber Tabak.«

Sie wußten beide, daß das nicht stimmte, Johannes Smeds hatte sich seit Anfang September keinen Pfeifenstiel mehr in den Mund gesteckt.

»Es ist nicht gut, wenn man sich im Dunkeln aufhält«, sagte er dann. »Der Mensch ist dazu geschaffen, im Licht zu leben. Die Dunkelheit ist für die Toten da. Aber du mußt leben, Hanna.«

Sie antwortete nicht.

»Hol mir einen Stuhl.«

Es dauerte eine Weile, dann hörte man, wie ein Stuhl über den Fußboden schabte. In dem schwachen Lichtschein, der durch eines der Fenster fiel, konnte Gustav Hanna für einen Augenblick erkennen, sie half Johannes Smeds auf den Stuhl, der sich mit einem Seufzen setzte.

»Danke, Hanna. Gib mir deine Hand. So. Jetzt sind wir für eine Weile still.«

Schweigen. Gustav begann zu schwitzen.

»Ich bin deinetwegen hier, Hanna, aber auch meinetwegen«, fuhr Johannes Smeds nach einer Weile fort, die Gustav unerträglich lange erschienen war. »Ich muß sagen, was ich zu sagen habe. Mach nicht den gleichen Fehler wie ich.«

»Was hätte ich denn tun sollen?« flüsterte Hanna kaum hörbar. »Ich bin nur eine einfache Frau. Hab ich ein Kind in die Welt gesetzt, um mich für es schämen zu müssen?«

»Mag sein. Du mußt aber verzeihen. Siebenundsiebzigmal mußt du verzeihen, und dann noch einmal siebenundsiebzigmal. Versöhne dich mit ihm, solange du es kannst.«

»Und woher nehme ich die Kraft? Sag's mir, woher soll ich die Kraft nehmen?«

»Die Kraft hast du in dir, Hanna!« antwortete Johannes Smeds, seine Stimme war ebenso leise wie ihre. »Alle haben wir Dunkelheit in uns, aber du darfst der Dunkelheit in dir nicht nachgeben, denn dann wirst du mit Haut und mit Haaren verschlungen, und es gibt keine Hoffnung mehr. Sich zu versöhnen, ist der einzige Ausweg, den der Mensch hat, wenn Gott sein Antlitz abgewendet hat.«

Er mußte die Zähne zusammenbeißen, um die unerträglichen Schmerzen ertragen zu können. Hanna wollte etwas sagen, aber Johannes Smeds fuhr fort: »Jetzt rede ich! Ich habe nicht gewußt, daß ich mich versöhnen mußte, ehe es dazu zu spät war. Als Erik nach Deutschland fuhr, wollte ich ihm nicht verzeihen. Er wußte, daß es gegen alles ging, was ich für Recht und richtig hielt. Trotzdem ist er gefahren. Sie können so grausam zu uns sein, unsere Kinder, und sie können uns so schrecklich weh tun. Ich habe mir gesagt, Erik ist nicht mehr mein Sohn, er ist Jäger, es war seine Entscheidung. Er hat sich versöhnen wollen, wollte zumindest mit mir reden. Gelegenheit hätte ich gehabt, als die Jäger im Winter achtzehn in Vasa waren. Aber ich bin hart geblieben, wäre mir gedemütigt vorgekommen. Dann ist er im Sarg nach Hause zurückgekehrt, und es war zu spät. Mein Stolz...« Schwer und mühsam rang er nach Luft. »Du bist hart, Hanna, auf deine Art. Aber laß die Härte nicht die Oberhand behalten. Demütige dich, solange du noch kannst. Du und deine Kinder, wie sie auch sein mögen, gehört zusammen. Auch wenn es unmöglich erscheint. Du mußt, so gut du kannst, leben, mehr können wir nicht tun, jetzt, wo Gott uns verlassen hat. Und jetzt schalte das Elektrische ein, Hanna, und sei ein Mensch! Deine Kunden warten!«

Seine ganze verbliebene Kraft hatte der Kommunalarin in seinen letzten Befehl gelegt. Hanna gehorchte ihm, zuerst mit den schlurfenden Schritten des Zweifels, dann immer entschiedener.

Im Schein der Lampe konnte sie sehen, daß der Kommunalarin sehr litt, sie kniete sich neben seinen Stuhl, legte die Arme um ihn und preßte ihn an sich, ohne sich um Gustav, ihren Schwiegersohn, zu kümmern. Johannes Smeds ließ es zu.

Kapitel Zwölf

Eine Woche später war der Kommunalarin tot.

Der Tod kam als Erleichterung. Obwohl er unverzüglich nach der Rückkehr aus Hannas Laden den Gemeindearzt rufen ließ, konnten Norrméns Morphiumspritzen seine Qualen nur wenig lindern. In den letzten Tagen wachte Hanna bei ihm. Hartnäckig weigerte sie sich, den Stuhl neben seinem Bett zu verlassen. Schließlich schlief sie erschöpft ein.

Sie träumte, sie befinde sich wieder im Tal in den Rocky Mountains. Ed Ness kam zu ihr, langsam ging er die Colorado Avenue entlang, blieb vor ihr stehen und sah sie an. Seine Augen blitzten vor Sehnsucht nach den Lebenden. Der Traum roch schwer und scharf nach Dynamit.

Gegen Morgen wachte sie auf, den Dynamitgestank noch in der Nase. Sie war allein. Der Tod hatte Johannes Smeds geholt, während sie schlief. Sein Kopf war zur Seite gesunken, die Mundwinkel hatten sich ein wenig verzogen, was an ein Lächeln erinnerte. Als habe ihm gefallen, daß sie schlief, während er starb.

Vorsichtig drückte sie dem Toten die Augen zu und legte den ausgemergelten Körper im Bett zurecht, unter das Kinn legte sie ein Gesangbuch, um den Unterkiefer zu fixieren.

Sie ging zur Uhr und hielt sie an.

Eine Zeitlang blieb sie auf dem Stuhl an seinem Bett sitzen und betrachtete ihn. In ihrem Inneren war eine große Leere. Dann hörte sie Idas Schritte in der Küche.

Unter der Rubrik »Nachrichten aus Siklax« schrieb Lehrer Boström im »Vasabladet«:

»Am vergangenen Sonntag wurde in der Kirche von Siklax die Trauerfeier für den Bauern, Reichstagsabgeordneten und Gemeinderat Johannes Eriksson Smeds abgehalten, der, wie bereits mitgeteilt, nach langwierigem, schweren Leiden im Alter von 68 Jahren verstorben ist. Zahlreiche Gemeindemitglieder begleiteten den Dahingeschiedenen zu seiner letzten Ruhestätte. Die Beisetzung, die auf Wunsch des Verstorbenen schlicht und einfach vonstatten ging, war eine ergreifende Huldigung dieses Sohnes unserer Heimat... Mit dem Ableben von Gemeinderat Smeds ist eine Epoche von Siklax unweigerlich zu Ende gegangen. Er hinterläßt eine große Lücke, die wohl kaum so bald zu füllen ist... Am Grab sprach für die Schwedische Reichstagsgruppe Professor Ernst Estlander, der auf die großen Leistungen des Abgeordneten Smeds für unsere Heimat und für die Landwirtschaft hinwies und betonte, welch aufrechte Haltung Smeds in den Jahren der Prüfungen und des Unrechts stets bewiesen habe...«

In der Nacht nach der Beerdigung brannte der Glockenturm ab.

Hannas Mutter hatte eine Vorahnung der Feuersbrunst und schlug Alarm. Die Alte, die mittlerweile auf Hannas Hof gezogen war, hatte von einem bestickten Taschentuch geträumt, ähnlich dem, das Johannes Smeds Gesicht bedeckt hatte, als er im Sarg lag. Das Tuch schwebte durch die Luft und wurde dabei immer größer, es segelte zum Kirchhügel, senkte sich über den Glockenturm und hüllte ihn ein. Hannas Mutter fühlte einen schweren Druck auf der Brust und wachte auf, es war zwei Uhr, der Wind hatte aufgefrischt. Durch das Kammerfenster drang ein flackernder, dunkelroter Lichtschein.

Zur Rettung des Glockenturms konnte nichts mehr unternommen werden.

Brausende Flammen, sengende Hitze. Funken, Rußflocken. Rauch, der zum schwarzen Nachthimmel aufstieg. Schatten flatterten über den Friedhof. Dumpf knallend zersprang heißes Holzwerk. Männer kamen mit Wassereimern gerannt, Schreie, Kommandorufe, glänzende Gesichter im Feuerschein. Die neue Feuerspritze der

Gemeinde wurde gebracht, Pferde bäumten sich auf, ihre Augen leuchteten weiß vor Angst. Der Wind peitschte das Wasser zurück zu den Männern an der Feuerspritze, die völlig durchnäßt wurden.

Dann gab der Glockenträger nach.

Mit schwerem Dröhnen stürzte die Glocke in das Turminnere, das Geräusch schien nicht enden zu wollen, und zersprang auf dem Steinboden in zwei Teile. Das war das Ende, kurz darauf stürzte der Glockenturm ein.

Von denen, die in jener Nacht dabei waren, wird niemand das Geräusch vergessen, als die große Glocke fiel.

Kapitel Dreizehn

Welchen Gewinn hat der Mensch von aller Mühe, die er sich unter der Sonne macht?

Er errichtet das Haus des Lebens auf losem Sand. Ein eitles Jagen nach Wind ist sein Streben. Sein Nachruhm wird ins Wasser geschrieben sein, flüchtig wie der Rauch aus einer Getreidedarre ist sein Werk.

Grausam ist das Spiel, das Gott mit den Menschen treibt, grausam ist das Blendwerk, mit dem er sie narrt, das Blendwerk, das wir Leben nennen, im Übermaß zu lieben.

Mythos und Wirklichkeit passen ineinander wie gut zugehauene Balken eines Dachstuhls. Zu guter Letzt läßt sich die Wirklichkeit nicht mehr vom Mythos unterscheiden, und der Mythos nicht mehr von der Wirklichkeit. Was kann ein einfacher Erzähler dagegen tun? Illusion und Narrenspiel ist alles, was ich zu bieten habe. Über die Wahrheit weiß ich wenig.

In den folgenden Jahren stand dem Kanisterkönig bei seinen Gaunereien das Glück bei. Er war der unangefochtene Herrscher in den Schären von Siklax und galt als einer der drei, vier größten Schmuggler in den Fahrwassern des Norra Kvarken. Im gleichen Maße nahm der Mythos vom Kanisterkönig zu, bis er schließlich alle Grenzen der Wahrscheinlichkeit überschritt.

Leider läßt sich der Umfang von Ottos illegaler Tätigkeit nicht bis in alle Einzelheiten angeben. Zu viele der Beteiligten sind nicht mehr am Leben, und das Erinnerungsvermögen des Menschen ist höchst unzuverlässig. Die, die noch am Leben sind, schweigen lieber, als schämten sie sich für ihre Taten in der sogenannten Sprit-Zeit. Zielstrebig und erfolgreich ist es ihnen gelungen zu vergessen.

Nur die Mythen sind geblieben.

Zwar hat Otto über seine Transaktionen Buch geführt, so wie er einmal über die Geschäfte der Vaterländischen Rindengewinnungsgesellschaft Buch geführt hatte, doch diese Aufzeichnungen blieben nur in rudimentärer Form erhalten. Kurz vor seiner Verhaftung im Herbst 1928 war Otto so geistesgegenwärtig gewesen, fast alles zu verbrennen. Zudem waren seine Aufzeichnungen in einer Art Geheimcode abgefaßt, dessen Entschlüsselung unmöglich war.

In den Tagen seines Erfolgs führte Otto die Behörden verschiedentlich hinters Licht, solche Streiche waren natürlich ein Nährboden für die Phantasie der Menschen.

Einmal, am Tag vor Mittsommer 1926, gelang es ihm sogar, mit Hilfe des Zolls eine größere Alkoholladung an Land zu bringen. Otto war in Eile, in Stranden wartete schon der Käufer. Am hellichten Vormittag fuhr er über die Norrfjärden, die die Hästbådan, die Svartöarna und die anderen äußeren Schären von den eigentlichen Siklax-Schären trennt, aus irgendeinem Grund hatte er sich entschieden, für diesen Transport Dambergs alte »Bror« zu verwenden. Selbstverständlich versagte der Motor, als sich das Boot in der Mitte des Fahrwassers befand. Weder Gebete noch Verwünschungen konnten ihn wieder zum Leben erwecken.

Die Leuchtturmwärter auf Hästbådan bemerkten die Lage, in der sich die »Bror« befand, und das Zollboot »TV 12«, das gerade an der Anlegebrücke lag, fuhr zu dem Havaristen hinaus. Die Zöllner gingen an Bord und wollten wissen, ob Otto Alkohol dabei habe.

»Nein, nur eine Flasche Whisky«, antwortete er.

»Was Sie zum eigenen Bedarf haben, interessiert mich nicht«, sagte der Zollmeister, er hieß Björk und war ein netter Kerl. »Aber ich weiß ja, was Sie für einer sind, Näs, also müssen wir das Boot wohl durchsuchen.«

»Bitte sehr«, lachte Otto.

Die »Bror« wurde gründlich durchsucht, nur Ottos Flasche Johnnie Walker kam zutage. Zollmeister Björk war, wie gesagt, ein netter Kerl und bot an, den Havaristen in Schlepp zu nehmen. Nach einigem Zögern ging Otto auf das Angebot ein. Ein Tau wurde vom Zollboot herübergereicht, und man nahm Kurs auf Rödskär.

Später berichtete Otto, die ganze Zeit über sei er angespannt gewesen und habe Angst gehabt, der Rudergänger des Zollboots, der sich glücklicherweise allein an Deck befand, könne auf die Idee kommen, einen Blick nach Achtern zu werfen. Sobald das Zollboot Fahrt aufnahm, zeigten sich nämlich vier schwarzglänzende Zylinder im Kielwasser der »Bror«. In Rödskär angekommen, wurde das Tau gelöst, und als die »Bror« still dalag, sanken die Torpedos wieder ins Wasser zurück. Otto winkte den Zöllnern zum Dank zu, und er und Dåhli konnten wenig später in aller Ruhe ihre Ladung bergen.

In erster Linie betrachtete Otto sich als Geschäftsmann. Es mag sein, daß es sich so verhielt, wie manch einer behauptete, und er sich an den Teufel verkauft hatte. Aber jeder, der Geschäfte macht, muß sein Gewissen oder Teile davon einer Macht überlassen, die viele Namen trägt: Teufel, Mammon, Kapitalismus oder schnöde Gewinnsucht. Und wie leicht vermag ein allzu empfindliches Gewissen das merkantile Urteilsvermögen zu beeinträchtigen.

Otto hatte seine Tätigkeit in Gebiete verlegt, wo ein gewisses Dämmerlicht es erschwert, den schmalen Pfad zu erkennen, der Recht von Unrecht trennt, jedoch ließ er sich keineswegs als Betrüger und Gangster bezeichnen.

Ohne zu zögern, wies er darauf hin, daß er den Disponenten Voldemar Bäckman mit Alkohol belieferte, ebenso den Kreisrichter Sölfverarm und viele anständige Leute, die tranken und gegen die Gesetze verstießen. In Finnland, dem Land des Alkoholverbots, tranken alle, Männer und Frauen, Direktoren und Arbeiter, Studenten und Bauern. Sogar die Reichstagsabgeordneten tranken. Die Mehrheit des finnischen Volkes war gegen das Gesetz. Tagtäglich wurden die Bevormundung und die Dummheit in den Zeitungen gegeißelt. Sollte es da tatsächlich kriminell sein, den Alkohol zu liefern, den alle offensichtlich haben wollten?

Nein, beantwortete Otto seine eigene Frage.

Mittlerweile ging der Kanisterkönig sehr maßvoll mit Alkohol um. Gelegentlich trank er einen Cognac, das war aber auch alles. Draußen auf Rödskär mußte Dåhli seinen Schnaps zum Kaffee allein trinken.

Das Meerbusen-Abkommen zwischen Schweden und Finnland vertrieb die deutschen Alkohol-Dampfer aus dem Kvarken und erschwerte den Schmuggel. Otto bedauerte diese Entwicklung keineswegs, denn sie brachte eine Erhöhung des Alkoholpreises mit sich. Dank des Bootes, das er in Danzig gekauft hatte, war er für die veränderte Situation gerüstet.

Bei dem Boot handelte es sich um einen ehemaligen italienischen Torpedojäger aus dem Weltkrieg, zweiundachtzig Fuß lang, schlank, mit langem Steven, gepanzertem Steuerhaus und zurückgelegtem Schornstein und Mast, was zu seinem eleganten Aussehen beitrug. Zwei Fiat-Motoren mit je hundertfünfzig Pferdestärken verliehen ihm eine Geschwindigkeit von bis zu vierunddreißig Knoten, und es war damit erheblich schneller als jedes finnische Zollboot. Es konnte vierzigtausend Liter Alkohol laden.

Das Boot hieß »Hirundo«, es war der Name einer Schwalbenart, die es in Japan geben soll. Otto behielt den Namen bei, er gefiel ihm, außerdem weiß jeder, daß es Unglück bringt, wenn man ein Schiff umtauft.

Die »Hirundo« war an der Küste Österbottens, von Sideby im Süden bis nach Tankar im Norden, rasch berüchtigt und bereitete dem Zoll und Inspektor Hoxell ständiges Kopfzerbrechen. Sie war ein Geisterschiff, das aus der nächtlichen Dunkelheit auftauchte, seine Ladung löschte und mit grollenden Motoren wieder aufs Meer verschwand. Otto hatte sie grau streichen lassen, damit sie sich so wenig wie möglich gegen die herbstliche See abhob. Die Fenster des Steuerhauses waren mit Blenden aus Stahlblech versehen, die vorgezogen werden konnten, falls sie beschossen wurde (tatsächlich wurde sie im Herbst 1927 in Skiftet vom Zoll mit Maschinengewehren beschossen). Auf dem Achterdeck gab es eine Nebelmaschine, die mit Hilfe von Altöl dicken, stechenden Qualm produzieren konnte. Ihr Salon war geräumig und komfortabel, wenn auch nicht luxuriös, die Kombüse war gut ausgestattet, Otto vertrat nämlich die Meinung, eine Besatzung, die gut zu essen bekam, sei auch eine zufriedene Besatzung. Die »Hirundo« war leicht zu manövrieren und lag gut in der See, ein besseres Boot konnte sich ein Kanisterkönig nicht wünschen.

Stolz kommt vor dem Untergang, und Hochmut geht vor dem Fall.

Von Hochmut wurde schon viel geredet, als Otto seine Sommervilla auf Rödskär baute!

Das zweistöckige Haus stand auf dem höchsten Punkt der Felsenanhöhe, die die Südspitze der Insel bildete. Ein runder Turm mit Balkon bot eine wundervolle Aussicht über die Klobbskatfjärden und die umliegenden Inseln. Das Dach war mit galvanisiertem Blech verkleidet, was schon allein sehr viel gekostet hatte, und es gab ein Wasserklosett, das ins Meer entleert wurde. Am bemerkenswertesten aber war, daß die Villa in einem Schuppen auf dem Hofplatz über ein eigenes Elektrizitätswerk verfügte, der Dynamo wurde von einem Wickström-Motor angetrieben.

Als die Herrlichkeit im Frühsommer 1927 fertig war, lud Otto Hanna, Hannas Mutter und Ida zur Besichtigung seines Hauses ein. Hanna war perplex, denn das hätte sie nun doch als letztes erwartet, sie zögerte lange, dann sagte sie zu. Sie redete sich ein, in ihrer Eigenschaft als Mutter dorthin zu fahren. Die Alte freute sich auf das Wiedersehen mit Rödskär, wo sie mehr als vierzig Jahre lang nicht mehr gewesen war.

Mit dem Wetter hatten sie Glück, es war ein sonniger, schöner Sonntag, heiß wie mitten im Hochsommer. Hanna trug ein neues, geblümtes Baumwollkleid. Ida hatte die Kinder mitgenommen, Erik Johannes, der neun Jahre alt war, die Zwillinge Arne und Greta und Astrid, die Kleinste. Ida war wieder schwanger. Otto holte sie in einem Automobil ab, einem neuen, dunkelblauen Lincoln, er trug einen Leinenanzug und eine Vega-Mütze und sah aus wie ein richtiger Disponent in der Sommerfrische. Von Stranden aus fuhren sie in einem kleinen Motorboot nach Rödskär hinüber.

Steif und aufrecht betrat Hanna die Insel, auf der sie geboren war. Ihrer Mutter war vor lauter Erwartung und Eifer die Pfeife ausgegangen, schnell wie ein Strandpfeifer sauste sie, verfolgt von einem vergnügt kreischenden Erik, über die Klippen. Hanna befürchtete, die Mutter könnte stolpern und sich die Beine brechen. Die Alte murrte über die tiefen Wunden, die der Steinbruch hinterlassen hatte, kicherte über die Villa und tat das Wasserklosett als »Spinnerei« ab. »Als ob geschrieben steht, daß Christenmenschen in solche Wassertassen scheißen sollen«, nörgelte sie. Otto lachte vergnügt.

Der Tag verlief sehr gut. Hanna entspannte sich ein wenig, obwohl sie ihre Unruhe nicht ganz los wurde. Die Villa stand wie eine schweigende Erinnerung an Ottos Broterwerb da. Die Unruhe rollte in Hannas Magen wie Klappersteine hin und her; als Otto zum Essen bat, hatte sie kaum Appetit. Sie sah Johannes Smeds vor sich, erinnerte sich an jenen unglückseligen Abend in ihrem Laden, als von seinem Leben fast nichts mehr übrig war und er ihr Trost spendete.

Du mußt dein Leben leben, wie es ist, hatte er gesagt. Und: Deine Kinder gehören zu dir, dagegen kannst du nichts machen.

Von draußen hörte man das Geschrei der Möwen und das Murmeln des Meeres, Erik Johannes plapperte mit Otto, der Junge interessierte sich sehr für Flugmaschinen, und Otto schien viel darüber zu wissen. Hannas Mutter hatte einen Schluck Likör bekommen und paffte zufrieden an ihrer Pfeife. Ida lächelte in sich gekehrt, die Hände über dem Bauch gefaltet. Hanna hätte am liebsten geweint, wie Farbe und Leinöl vermischten sich in ihrem Inneren Freude und Sorge, das eine ließ sich nicht vom anderen trennen, ihr war, als lege ihr Leben eine kurze Pause ein. Nichts war falsch, über nichts mußte man sich Sorgen machen. Mit einem Mal war das Dasein einfach und überschaubar. Wichtig waren nur die Stimmen der Kinder, die Geräusche des Meeres und das Geschrei der Vögel.

Noch häufig sollte sie an diesen Augenblick denken.

Als sie schließlich zurückkehren mußten, meldete sich wieder ihre Unruhe mit voller Kraft.

Hannas Mutter war müde geworden. Otto brachte die Alte hinunter zum Hafen. Noch immer war es sonnenhell, im Westen aber zog ein dunkelvioletter Wolkenschirm auf, ein Windstoß verdunkelte die Wasseroberfläche. Unvermittelt sagte die Alte: »Otto, du mußt vorsichtig sein. Auf dem Boden ist Blut.«

»Was redest du da?«

»Mach, daß du wegkommst, solange noch Zeit ist.«

Sie standen auf dem Anleger um die Alte herum, ihr eingesunkener Mund war verkniffen, ihre Augen glänzten vor Müdigkeit. Den Kindern fiel auf, daß sich die Stimmung verändert hatte, alle waren bedrückt und unruhig.

Hinter dem Nebengebäude bewegten sich die Wacholderbüsche. Dåhli-Johan, der Troll von Rödskär, schlich sich leise weg.

In jenem Sommer 1927 hielt der Kanisterkönig auf Rödskär rauschende Feste ab.

Die Villa war erleuchtet wie ein Atlantikdampfer, an der Uferlinie brannten im warmen Dunkel der Augustnacht kleine Pechpfannen. Selbst aus Vasa trafen Boote mit Gästen ein, alle möglichen Persönlichkeiten waren eingeladen, sogar Direktor Wendelin, Kreisrichter Sölfverarm und Doktor Haasiosalo, der zweite Stadtarzt, besuchten in jenem Sommer Rödskär, abgesehen von Alkoholhändlern, Schmugglern, Restaurantkellnern mit Oberkellner Hansson von »Ernst« an der Spitze, Künstlern vom »Wasa-Theater«, die für den Sommer Theaterferien hatten, Kontorgehilfinnen, allerlei Fräulein, die kamen und gingen und deren Namen man sofort wieder vergaß...

Die Herren trugen Strohhüte und rauchten Zigarren, die Röcke der Damen waren kniekurz, die Seidenstrümpfe glänzten, sie rauchten Zigaretten mit Zigarettenspitzen. Bis weit nach Sonnenaufgang wurde gesoffen und gelärmt. Die Musik dröhnte, manchmal holte man sogar ein Orchester aus Vasa. Landräte, Schmuggler und Kontorfräulein warfen die Beine zu Charlestonklängen. Damen und Herren wankten in die Wacholderbüsche, um sich zu übergeben. Klirrend gingen Gläser zu Bruch. Die neue Tänzerin am »Wasa-Theater« zog ihr Kleid aus und tanzte unter dem Jubel der berauschten Gäste auf dem Tisch im Speisesaal Cancan. Paare schlichen sich die Treppe hinauf in die Zimmer im oberen Stockwerk, durch die Türen konnte man Seufzer und Keuchen hören.

Ja, es war schon so, daß die Schweine am liebsten geheult hätten, wie man in Siklax sagt.

Die Feste gaben Rödskär einen neuen Namen: Bullerskär, Lärm-Skär, so heißt die Insel noch immer.

Den Gastgeber aber sah man nie betrunken. Er ging herum, die Zigarre im Mund, und klopfte den Gästen auf den Rücken, war mit Landräten, Direktoren und Alkoholschmugglern per du, und griff Fräulein Olsson unters Kinn. Aber dabei blieb es. Häufig stand er unter der Wohnzimmerlampe und betrachtete seine Gäste mit einem ebenso amüsierten wie scharfen Blick. Bei solchen Gelegenheiten umgab ihn eine besondere Einsamkeit, wie ein Leerraum, der jemanden umgibt, der gerade einen nahen Angehörigen verloren hat.

Fräulein Olsson versuchte, ihn zu verführen. »Wie traurig du aussiehst, und das auf deinem eigenen Fest«, gurrte sie mit ihrer sanftesten Stimme und legte die Arme um ihn. »Komm, wir tanzen!«

Er wollte nicht.

»Was für ein Langweiler«, sagte Fräulein Olsson dann und entfernte sich mit wiegenden Hüften.

Manch einer bemerkte die Blicke des Gastgebers und fühlte sich für einen Augenblick unangenehm berührt. Dann aber vertrieb man das Unbehagen sofort und dachte sich, es liege wohl am Überdruß. Jemand wie der Kanisterkönig mußte sich wahrscheinlich mit dem einen oder anderen Gespenst herumschlagen, und was war besser als Lärm und Licht, um diese Gespenster zu verjagen? Dann forderten sie Fräulein Olsson auf, mit der alle tanzen wollten.

»Du nimmst die Dinge zu ernst!« sagte Damberg zu Otto. »Sauf und sei vergnügt! Und nach uns die Sintflut...«

Auf einem dieser Feste fand die Zusammenarbeit Ottos mit Damberg ihr Ende.

Ihr Partnerschaft war mit der Zeit immer fadenscheiniger geworden. Manchmal sah Otto seinen Partner mit seinen meergrauen Augen forschend an. Damberg hatte dann das Gefühl, Otto habe ihn durchschaut. Damberg war recht bequem geworden und ging ungern Risiken ein, er trank zunehmend mehr, der Alkohol hatte ihn aufgeschwemmt und unberechenbar gemacht, weinerlich und reizbar. Er sprach davon, er wolle wieder seine alten Jagdreviere aufsuchen, dazu kam es aber nicht.

Dann wurde die »Bror« durch sein Verschulden beschlagnahmt.

Im August sollte Damberg eine Ladung zu den Granholmarna bringen, ließ die »Bror« aber im Sandösund auf Grund laufen. Als er mit einem Schlepper zurückkam, lag der Zoll bereits neben dem havarierten Boot. Damberg konnte mit knapper Not entkommen, die Behörden aber beschlagnahmten Boot und Ladung, Damberg wurde zur Fahndung ausgeschrieben.

Zum Glück war die Ladung unbedeutend gewesen, von Otto hörte er nicht einen Vorwurf, und Damberg durfte sich auf Rödskär verstecken.

Dann gab es wieder ein Fest: Lachen und Geschrei, Landräte und Kontormädchen, Musik. Damberg war betrunken und hatte schlechte Laune, fing dann an, sich mit irgend jemandem zu streiten, worum es ging, hatte er sofort vergessen. Er versuchte ein niedliches kleines Pfläumchen mit ins obere Stockwerk zu nehmen, aber die Kleine ließ ihn abblitzen, dieses verfluchte Luder. Damberg ging mit seinem treuesten Freund ins Freie, er hieß Johnnie Walker. Der Sommer war schon lange vorüber, die Nacht ein wenig kühl, am Himmel funkelten Sterne.

Damberg genehmigte sich einen ordentlichen Schluck aus der Flasche und lallte: »Verdammte Scheiße! Verfluchtes Luder! Zum Teufel mit allem!« Dann stolperte er über Dåhli-Johan.

Wann immer ein Fest sich ankündigte, verschwand Dåhli-Johan. Mit Landräten und Theaterleuten wollte er nichts zu schaffen haben, er hielt sich unmittelbar am Rand des Lichtkreises auf, lauschte auf den Lärm und das Gelächter, an dem er ein sonderbares Vergnügen fand.

Dåhli war das Opfer von Dambergs Wut, ein Schlag traf seinen Kopf. Dåhli versuchte in die Wacholderbüsche zu entkommen, aber Damberg brachte ihn mit einem Tritt zu Fall.

Irgend etwas in Damberg, das ein wenig nüchterner war, war erstaunt über die Wut, die in seinem Inneren brannte und zischte. Damberg hatte sich jedoch nicht mehr in der Gewalt, zerschlug die Johnnie-Walker-Flasche an einem Stein und griff mit dem abgebrochenen Flaschenhals Dåhli an. Der riß schützend den Arm hoch, der Flaschenhals brachte ihm eine üble Schnittwunde auf dem Handrücken bei.

»Jetzt schneid ich dich in Streifen, du Teufel, du bist so verflucht häßlich«, lallte Damberg.

Eine harte Faust entwand ihm den Flaschenhals, im Lichtschein, der aus der Glasveranda fiel, erkannte er Otto.

»Laß ihn in Ruhe, er hat dir nichts getan.«

Damberg versuchte, Otto ins Gesicht zu schlagen, seine Faust ging ins Leere. Auf einmal explodierte sein betrunkenes Bewußtsein in einer Lichterkaskade, ein Schlag in den Bauch ließ ihn nach Luft schnappen.

Es tat furchtbar weh, er konnte seine Beine nicht mehr fühlen, stürzte zu Boden.

Otto fing an, nach ihm zu treten.

Damberg lag wimmernd da und übergab sich. Otto packte ihn beim Kragen und drückte sein blutiges Gesicht in das Erbrochene. Damberg würgte und übergab sich noch einmal.

»Dåhli bringt dich nach Stranden«, zischte Otto. »Du verschwindest von hier. Wenn du dich noch einmal hier zeigst, bist du tot. Hast du mich verstanden?«

Otto versetzte ihm einen letzten Tritt und wollte wieder zum Fest gehen, blieb jedoch stehen. Licht fiel auf sein Gesicht, der Mund war dünn und verkniffen. Er blickte auf seine Hände, als wären sie nicht seine eigenen. Sein Mund verzog sich zu einer häßlichen Grimasse, er spuckte in die Hände und wischte sie an seiner Hose wieder ab.

Er nickte Dåhli zu und kehrte zurück ins Licht.

Kapitel Vierzehn

Im Schärengebiet von Siklax erzählt man sich noch immer die Geschichte von der Meerfrau – oder der Sjöråda oder Ran, sie hat mehrere Namen.

Die Meerfrau erscheint als schönes Mädchen, sie sitzt auf einer regennassen Klippe und läßt ihre weißen Füße von den Wellen umspielen, während sie mit einem goldenen Kamm ihre wallenden, roten Haare kämmt. Sie summt ein Lied.

Der wehmütige Gesang der Meerfrau ist ohne Worte und Melodie, er klingt wie der Schrei der Seevögel in den Frühlingsnächten.

Die Meerfrau ist schön und stattlich, aber nur auf ihrer Vorderseite, auf dem Rücken hat sie Schuppen und Flossen wie ein Renken. Wenn sie die Seefahrer anlockt, ist ihr Gesang einsam und voller Sehnsucht.

Eines Tages wirst du sie gewahr.

Sie ruft nach dir. In ihrem Gesang hörst du deine eigene Sehnsucht.

Du hebst sie in dein Boot, sie ist klein und zittert ein wenig.

Lange schweigst du mit ihr, ein gutes Schweigen.

Nur das langsame Klopfen des Motors und das Zischen des Wassers an den Bootsseiten ist zu hören, langsam und sanft bewegt sich das Boot in der Dünung der Klobbskatfjärden. Dunst liegt über dem Wasser. Vorsichtig wird es Tag, dem Licht selbst fehlt noch Substanz. Ein grauer Himmel liegt auf grauem Meer. Das Dunkelgrün der Wälder auf den Inseln scheint ins Wasser hinauszutreiben. Die Klippen glänzen schwarz, gemächlich bricht sich die Dünung auf den Untiefen.

Die Meerfrau sitzt dir gegenüber, ihre roten Haare sind feucht, ihre Augen spielen ins Grüne.

Langsam hebt sie ihren Blick und sieht dich an, wie du an der Ruderpinne sitzt, die Pfeife im Mund.

»Weißt du selbst, wer du bist, Kanisterkönig?« sagt sie.

Es war ein kläglicher Sommer damals, 1928, es regnete und nieselte ununterbrochen, der Wiesenwurm befiel das Heu, der Schwarzschimmel legte breite Trauerränder um die Kornfelder. Wahrscheinlich war der einzige Trost, daß die Alkoholpreise hoch blieben. Über seine Geschäfte konnte der Kanisterkönig nicht klagen.

In dem Jahr verschwand er nicht in die Sommerferien.

Zur Freude Dåhli-Johans blieb der Kanisterkönig auf Bullerskär, von einer sonderbaren Rastlosigkeit getrieben, ging er auf den Klippen auf und ab. Er lauschte auf das Klüpp-klüpp-klüpp der Vögel, wußte nicht, wohin mit sich selbst, stand mit dem Fernrohr im Turm der Villa und sah hinüber nach Gräggörn, ohne im abnehmenden Licht etwas zu erkennen. Auf den Klippen trillerte eine Schnepfe: Klüpp-klüpp-klüpp.

Wie einen riesigen, silberglänzenden Renken hatte man im Frühjahr den Zeppelin über dem Waldrand im Süden sehen können. Der Renken hatte einen Namen, mit großen Buchstaben hatte man ihn auf die silberfarbenen Seiten gemalt: »ITALIA«.

Der Renken schwamm durch das Luftmeer über Österbotten nach Norden, er wollte die Geheimnisse des nördlichsten Lichtes erforschen.

Gering aber sind die Fähigkeiten des Menschen, nur Stückwerk sind alle seine Bemühungen.

Die Geheimnisse des Lichtes dort im Norden waren so überwältigend, daß noch nicht einmal der stattliche Zeppelin sie ertragen konnte. Mit einem Mal verlor er die Kraft und sank auf das Polareis, wo er liegenblieb und wie ein leerer Mehlsack im Wind flatterte. Die Männer, die ihn gelenkt hatten, entließ er in eine weiße, eisige Wüste.

Ein gewaltige Suche wurde in Gang gesetzt.

Schiffe und Flugzeuge wurden nach Norden geschickt. Auch die Junkers »Turku« der finnischen Luftverkehrsgesellschaft flog nach Spitzbergen. Im Radio schilderte man die Suche nach den verschwundenen Polarfahrern. Tag für Tag lauschte der Kanisterkönig in seinem Turm den Stimmen aus Motala, Oslo, Hilversum und London, die in den Kopfhörern krächzten.

Viele Stimmen sprachen fremde Sprachen, er verstand sie nicht.

Aber die verlassenen Männer dort auf dem Packeis konnte er gut verstehen. Auch er war in einer Wüste aus Schnee und Eis gestrandet. Auch er wollte gefunden werden.

Dunst, Regen, Möwengeschrei.

Die lärmenden Feste waren zu Ende, Schauspielerinnen und stellvertretende Landräte wurden nicht mehr in die Villa auf Bullerskär eingeladen, der Kanisterkönig amüsierte sich nicht mehr.

Das Holzwerk der Villa knackte und klopfte vor Sehnsucht und Langeweile.

Otto wußte sehr gut, daß sich die Meerfrau in diesem Sommer auf Gräggörn aufhielt, ebensogut wußte er, daß er sich dort nicht hinausbegeben sollte.

Die Meerfrau wartete.

Ihre Haare waren naß, sie war allein auf der Klippe, langsam brachen sich die Wellen über ihren weißen Füßen. Er glaubte, niemals etwas Schöneres gesehen zu haben.

Sie lächelte.

Otto sagte, er müsse unbedingt feststellen, ob es zutraf, was die Leute sagten, daß sie Fischschuppen und Flossen auf dem Rücken habe wie ein Renken.

Da müsse er selbst nachsehen, antwortete sie.

Jetzt sah er, daß sie große Angst hatte.

»Ja«, sagte sie, »ich habe Angst. Aber du hast viel mehr Angst als ich.«

»Angst gehört doch zum Menschen«, gestand er ein.

»Leben gehört zum Menschen«, sagte die Meerfrau.

»Aber so wenige wissen, wie man richtig lebt. Leben heißt, ein Ziel für seine Sehnsucht zu suchen. Das Wichtige ist nicht das Ziel, sondern die Suche. Leben heißt auch, den Mut zu haben, seine Angst zu überwinden. Das Überwinden ist nicht das Wichtige, denn ein Leben ohne Angst ist unmöglich. Das Wichtige ist das Wagnis.«

Er dachte lange über das nach, was sie gesagt hatte. »Woher weißt du das?«

»Einmal bin ich an einem finsteren Ort gewesen, wo der Tod seine Toten sammelte. Es war ein Warteraum. Einige der Wartenden wurden aufgerufen und gingen zum Tod hinein. Andere kamen davon. Ich war unter denen, die davonkamen. Von da an hatte ich ein unerträgliches Verlangen nach dem Leben. Lange habe ich nach einem wie dich gesucht.«

Sie schwiegen wieder. Er saß in seinem Boot, sie auf der Klippe. Es regnete leicht. Das Boot schabte an der Klippe.

»Kannst du mir Leben schenken?« fragte sie.

»Das weiß ich nicht«, sagte er. »Ich weiß fast gar nichts.«

»Wir wissen wenig«, sagte sie.

»Aber ich muß wissen, ob du Fischschuppen und Flossen auf dem Rücken hast.«

»Dann mußt du den Mut haben nachzusehen«, sagte sie. »Und ich muß den Mut haben, es dir zu gestatten.«

Ihr Rücken war weiß und glatt. Er legte seinen Mund dicht auf ihre Haut, die nach frischem Fichtenholz duftete. Er griff nach ihrer Brust, sie füllte seine hohle Hand auf wunderbare Weise. Er küßte sie, ihr Atem erfüllte ihn, er war sehr warm.

Er suchte die Stelle, an der sie am wärmsten und feuchtesten war. Sie griff nach ihm, zeigte ihm den Weg. Sie seufzte.

Sie fanden einen gemeinsamen Rhythmus, er ergab sich wie von selbst, wie der rollende Schlag der Dünung auf einem langen, flachen Strand.

Plötzlich stieß sie ihn zur Seite.

Mit einer Kraft, die er bei ihr nicht vermutet hätte, preßte sie ihn unter sich. Sie keuchte. Ihre Haare tanzten vor ihrem Gesicht. Sie begann zu schreien.

Dann lagen sie so eng beieinander, daß er nicht wußte, wo sein Körper endete und ihrer begann. Sie lagen lange da, lauschten auf den Atem des anderen. Schließlich erzählte er ihr von den Zeppelinmännern auf dem Polareis.

»Sie suchten das Licht«, sagte er. »Ich suche auch ein Licht.«

»Und wenn man das Licht findet, wird es übermächtig«, sagte sie.

»Ja, dann wird es zuviel.«

Er fühlte die Tränen auf seinem Gesicht brennen, wußte nicht, ob es ihre waren oder seine eigenen. Oder ob es ihre gemeinsamen Tränen waren.

Kapitel Fünfzehn

Im November 1928 brach die Katastrophe über Otto herein.

Der Kanisterkönig hatte sich allzusehr auf sein Glück verlassen, wurde unvorsichtig. Oder wurde sein Urteilsvermögen durch die Meerfrau beeinträchtigt?

Schon Ende August wäre der Kanisterkönig um ein Haar festgenommen worden. Die »Hirundo« sollte eine Ladung nach Sandsund auf der Südseite von Blaxnässkatan liefern. Mit gedrosselten Maschinen glitt das Boot in die Bucht, an Land blitzte das vereinbarte Lichtsignal auf. Es war eine stille Nacht, das einzige Geräusch war das dumpfe Kauen des Dieselmotors und das Platschen der Bugwelle gegen die Felsen am Strand.

An Land wurde ein Autoscheinwerfer eingeschaltet, der sie die letzten Meter bis zum alten Schiffsanleger leiten sollte. Im Lichtschein konnte man auf einem Hügel hinter dem Anleger die Silhouette von zwei Männern erkennen. Auf der »Hirundo« wurden die Maschinen gestoppt, sanft glitt sie auf den Anleger zu. Bengs-Ivar und Sandelin standen mit Fendern und Vertäuungstrossen an Land bereit. Otto stand in der Dachluke des Steuerhauses, die Arme hatte er aufgestützt und witterte wie ein Stöberhund.

Die »Hirundo« war nur noch ein paar Meter vom Anleger entfernt, Wellen glucksten gegen das Pfahlwerk, Sandelin schwang bereits das Ende der Trosse, um es ihnen zuzuwerfen.

Otto ließ sich ins Steuerhaus fallen. »Zurück! Da stimmt was nicht.«

Die Geistesgegenwart Röun-Pelles, des Lotsen, rettete sie. Er zögerte nicht einen Augenblick und riß den Hebel der Steuerung auf Rückwärts. Die Dieselmotoren brüllten auf, der Rumpf der »Hirundo« bebte, während die Blätter der Schrauben im Wasser wühlten.

Auf einmal war der ganze Landeplatz in das Scheinwerferlicht mehrerer Autos getaucht, die in der Nähe des Anlegers standen.

Röun-Pell hielt die Hand vor die Augen, um nicht geblendet zu werden. Das Wasser am Achterschiff der »Hirundo« sprudelte, während sie zurückglitt, aber alles ging quälend langsam. Einer der Männer auf dem Anleger versuchte, an Bord zu springen. Von den Scheinwerfern beleuchtet, schien er gleichsam mitten im Sprung hängenzubleiben, seine Arme flatterten, als versuche er zu fliegen, seine Beine waren gekrümmt.

Otto erkannte, um wen es sich handelte: Vidar Boström, der Volksschullehrer und Abstinenzinspektor von Siklax.

Langsam nahm die »Hirundo« Fahrt auf. Röun-Pell ließ das Ruder schnurren, unter seinen Händen verwandelten sich die Handgriffe in ein undeutliches Flimmern. Vidar Boström erreichte sein Ziel nicht.

Röun-Pell schob den Maschinenregler auf »Volle Fahrt voraus«, und das Boot stürzte sich hinaus in die Bucht. Otto hatte wieder den Kopf aus der Dachluke gesteckt, als er ein schrilles Summen hörte, dem ein scharfer Knall auf das Panzerdach des Steuerhauses folgte. Sie wurden vom Anleger aus beschossen.

Die Falle war sorgfältig vorbereitet worden. In der Dunkelheit lauerte ein Zollboot, das ihnen den Rückzug abschneiden sollte. Der Lichtkegel seines Scheinwerfers tastete sich durch die Dunkelheit, fing die »Hirundo« ein, weitere Schüsse schlugen gegen ihren Rumpf. Die Männer auf dem Hügel gingen in Deckung. Die Zöllner versuchten, die »Hirundo« zu rammen, aber sie war schon zu schnell und glitt an an ihnen vorbei. Der Rudergänger des Zollboots versuchte, die Verfolgung aufzunehmen, setzte aber das Boot in dem seichten Wasser auf Grund.

Die »Hirundo« war frei, mit schäumendem Kielwasser und dröhnenden Motoren hielt sie auf die offene See zu.

Nach dieser Lektion wurde Otto wieder vorsichtiger, allerdings hatte das Mißtrauen sein schwarzes Krebsgeschwür in seinem Schädel hinterlassen. Er wurde unruhig und rastlos. Die »Hirundo« fuhr ununterbrochen an der Küste auf und ab, es schien, als könne Otto sich nicht einen Augenblick Ruhe gönnen, sondern müsse seinen Erfolg auf die Probe stellen. Zu Verhandlungen mit den Kunden ließ er sich keine Zeit mehr, sondern nahm, was sie boten. Sobald eine Ladung abgeliefert war, fuhren sie wieder nach Süden, um die nächste zu holen.

Die Villa auf Rödskär stand leer und verlassen im Herbstdunkel. Otto hielt sich selten dort auf. Wenn er einmal auftauchte, fand Dåhli-Johan ihn verändert vor: Man konnte Ottos Blick nicht mehr einfangen, er rauchte nervös, sein Gesicht war grau.

»Die haben gewartet. Die haben gewußt, daß wir kommen, die haben es gewußt«, wiederholte er immer wieder.

»Wie denn?«

»Vielleicht haben wir einen Spitzel unter uns.«

Otto ging im Turmzimmer umher, die Bodenplanken knarrten, er drückte die Papyrossa aus und zündete sich eine neue an. Er sah aus dem Fenster, hinaus in die Nacht. Dåhli sah, wie sich sein Gesicht in der Fensterscheibe spiegelte, es schien geradezu geschrumpft zu sein, war verschlossen und unzugänglich.

»Wer kann das sein? Ich habe gedacht, ich könnte allen vertrauen...«

»Mir kannst du doch vertrauen...«

Otto drehte sich um, seine Augen hatten die gleiche Farbe wie der Zigarettenrauch, die Mundwinkel verzogen sich zu einem schiefen Lächeln. »Kann ich das, Johan? Kann ich das wirklich?«

Hanna sollte sich für den Rest ihres Lebens an jenen bestimmten Donnerstag erinnern, als Ida zu ihr kam. Es hatte ein Unwetter gegeben, hatte dann aber aufgeklart, auch wenn der Wind noch heftig wehte, über einen blaßblauen

Himmel rasten dünne Wolkenfetzen. Es war ein Tag gewesen wie alle anderen Tage, bis Ida atemlos gegen halb sieben erschien. Das Glöckchen klingelte verzweifelt, als sie die Ladentür aufriß und auf die Theke zurannte, sie trug noch den Stallrock.

Es war niemand im Laden, Gott sei Dank.

Sie hat ja Stallkleider an, hatte Hanna als erstes gedacht. Dann erkannte sie, daß etwas passiert sein mußte. Der stabile Holzfußboden des Gemischtwarenladens gab unter ihren Füßen nach. Zuerst glaubte sie, den Kindern oder Gustav müsse etwas zugestoßen sein.

»Nein, nein!« keuchte Ida. »Otto!«

»Otto?« fragte Hanna.

Sie hatte begriffen. Endlich! dachte sie erleichtert, mußte sich aber dennoch auf die Theke stützen.

»Die Polizei hat Otto verhaftet«, sagte Ida.

Langsam entfernte sich Hanna von der Theke, ging wieder auf sie zu und lächelte.

»Haben sie ihn geschnappt? Haben sie ihn endlich geschnappt?« sagte sie immer wieder.

Es wird schwer werden, dachte sie, aber es war trotzdem das beste.

Hanna sah Tränen in den Augen ihrer Tochter, sie rannen über ihre Wangen. Ihr Mund öffnete sich, schien jedoch die Fähigkeit verloren zu haben, Worte zu bilden. Hanna ging um die Theke herum, wollte ihre Tochter trösten, wollte ihre Erleichterung teilen.

Aber Ida schob die Hand der Mutter weg und packte Hanna an beiden Armen.

Für einen Augenblick preßte Ida ihr Gesicht auf Hannas Brust, durch die Schürze und Bluse hindurch konnte Hanna die Wärme der Tochter spüren.

Mit nahezu unbeweglichen Lippen flüsterte Ida: »Ihr müßt jetzt zuhören, Mutter. Auf Bullerskär haben sie einen Toten gefunden. Und sie sagen, Otto habe ihn erschlagen. Otto habe ihn ermordet, sagen sie.«

Ida schüttelte sie. Die Lampen und das Zaumzeug unter der Decke schaukelten vor ihren Augen, das war nicht die Wirklichkeit. Sie sah auf die Theke hinunter, auf die Stoffballen, blaukarierter Baumwollstoff von Finlayson, dreifünfzig der Meter, und sagte tonlos: »Das ist nicht wahr. Nicht Otto. Das können die mir nicht einreden.«

Drei Tage zuvor, in der Unwetternacht, war der Kanisterkönig auf See gewesen. Gegen Abend frischte es auf, Süd drehte nach West. Der Sturm jagte schwere Wogen vom offenen Meer gegen die Truthällorna, wo sie auf den Untiefen zu kochendem Schaum zerschlagen wurden. Hastig kam die Dunkelheit.

Die »Hirundo« lag in einer Bucht auf Alskär, ein Lager der Backbordschrauben-Achse war heißgelaufen. Otto war in Vasa gewesen, um ein neues zu beschaffen, was ihm die Möglichkeit gab, sich kurz mit der Meerfrau zu treffen. Er mußte sie sehen, seine Unruhe trieb ihn an. Das gehe nicht an, hatte sie noch einmal gesagt, es schicke sich nicht, sie dürften einander nicht mehr treffen. Sie küßte ihn auf den Mund, auf den Hals, auf die Augen, auf die Stirn, wollte ihn nicht loslassen. Sie hatte geweint, ihr Gesicht war feucht gewesen, ihre Tränen hatten salzig geschmeckt.

Das kleine Motorboot krängte in den schroffen Brechern der Klobbskatfjärden. Die weißen Handschuhe der Wellen leuchteten, trotz des hochgeklappten Spritzbords schwappte Wasser ins Boot. Auf Bullerskär wollte er an Land gehen, auch wenn das ein Umweg war, er mußte Dåhli-Johan mitteilen, warum der erwartete Alkoholtransport ausblieb, damit der wenigstens Bescheid wußte.

Otto hatte herausgefunden, daß es einen Spitzel unter ihnen gab, einer der Leute eines Kunden hatte damals im August ein wenig zuviel geredet.

Nach wie vor aber war da Ottos Unruhe, ein bohrender Schmerz tief in seiner Brust raubte ihm die Kraft.

In der letzten Zeit ist seine Unruhe schlimmer geworden. Der Schlaf, sein treuester Verbündeter in all den zurückliegenden Jahren, von Dåhli-Johan abgesehen, ließ ihn im Stich. Gelang es ihm, für eine Weile auf dem Sofa im Salon der »Hirundo« einzuschlafen, dann träumte er, und seine Träume waren schlimm. Er wachte auf, mußte nach Atem ringen. Dann lag er lange im Dunkeln da und lauschte auf die Geräusche des Meeres.

Im Herbst ist das Meer ein einziges großes Warten, es wendet sich selbst zu und beginnt zu grübeln. Die sommerlichen Launen und Streiche gibt es nicht mehr, nur Nebel und Grau, es wird launisch, ist einmal böse und zornig, dann wieder liegt es glatt und still da und spiegelt einen ebenso stillen Himmel. Die Nächte sind ohne Sterne. Wenn sich endlich die Morgendämmerung heranschleicht, ist sie bleich und verzagt, die Luft ist scharf vor Kälte.

Das Herbstmeer erwartet das Eis.

Es scheut sich vor der Gefangenschaft unter dem Eis, und es sehnt sich danach, gefesselt zu sein.

Schwarz und offenbar verlassen lag Bullerskär vor dem Boot, kein Lichtblitz aus dem Turm der Villa beantwortete das Signal des Kanisterkönigs.

Sein Herz begann zu hämmern, er zwang sich jedoch, ruhig und besonnen zu bleiben. Statt im Hafen an Land zu gehen, fuhr er um die Nordspitze herum in eine geschützte kleine Bucht; im vergangenen Sommer hatte er die Meerfrau hierhergebracht. Er versicherte sich, daß seine Pistole geladen war, entsicherte sie und steckte sie in die Gesäßtasche. Mit einer Stablampe ausgerüstet, ging er durch den verlassenen Steinbruch und über die Felsen auf der Rückseite des Hauses.

Der Sturm riß an den Erlen und den Wacholderbüschen, die den Pfad säumten, die Wellen schlugen gegen die Klippen auf der Landzunge. Er hörte, wie sich eine Tür oder eine Luke bewegte. Im Schatten hinter dem Schuppen blieb er stehen und spähte zur Villa hinüber.

Die Fenster waren dunkel. Dåhli-Johan schläft vermutlich, dachte Otto, er hatte auf die »Hirundo« gewartet und wohl ein paar Schnäpse getrunken, um sich die Zeit zu vertreiben. Bestimmt war es so, versicherte er sich.

Aber er wußte, daß das nicht stimmte. Dåhli-Johan wäre wach geblieben.

Er glaubte, hinter einem der Fenster im oberen Stockwerk einen flackernden Lichtschein zu sehen, als trage jemand eine abgeschirmte Kerze durch die Zimmer. Dann war das Licht wieder weg, er wußte noch nicht einmal mit Sicherheit, ob es überhaupt dagewesen war. Weiße Funken tanzten vor seinen müden Augen.

Ein weiterer Windstoß jagte über die Insel, die offene Luke oder Tür knallte.

Mit gezogener Pistole schlich sich Otto um die Villa herum. Kein Mensch war zu sehen, das Geräusch kam von der Verandatür, sie stand offen, zwei Fensterscheiben waren eingeschlagen.

Otto zog sich zur Rückfront der Villa zurück. Im Turm gab es eine Geheimtür, die in einen schmalen Gang mit einer Treppe in den oberen Stock führte. Otto hatte die Geheimtür eigentlich nur zum Spaß einbauen lassen, jetzt schlich er sich hindurch und verschloß sie wieder.

In der undurchdringlichen Dunkelheit des Geheimgangs bemerkte er, daß er zitterte, er hörte seine eigenen, schweren Atemzüge. Vorsichtig stieg er die schmale, steile Treppe hinauf. In der Wand des sogenannten Braunen Kabinetts befand sich eine Tapetentür. Er legte ein Ohr daran und lauschte. Nichts.

Er schob die Tür auf und betrat das Kabinett, seine Halsmuskeln spannten sich, bis sie schmerzten. Noch immer nichts, von der Dunkelheit und dem Wind abgesehen.

Er schaltete die Taschenlampe ein und schirmte den Lichtkegel mit einer Hand ab.

Das schwache Licht reichte aus, um das Durcheinander im Braunen Kabinett erkennen zu können. Die Ledersessel waren umgeworfen, ebenso der Rauchtisch, dessen Glasscheibe zerbrochen war, die Schubladen des Sekretärs waren herausgezogen, ihr Inhalt war auf dem Boden zerstreut worden. Otto lief in den Korridor und sah in die Zimmer, dort hatte man Matratzen und Decken aufgeschlitzt, überall lagen Stroh und weiße Daunen. Es war nicht nötig, ins Parterre zu gehen, er wußte, dort würde es genauso aussehen.

Er blieb in der Diele stehen und wischte sich den Schweiß von der Stirn, wieder tanzten weiße Funken vor seinen Augen, seine Hand umklammerte den Griff der Pistole. Er versuchte sich einzureden, Dåhli-Johan sei ins Delirium verfallen und Amok gelaufen, wußte aber, daß auch das nicht der Wahrheit entsprach.

Einer jähen Ahnung folgend, stolperte er in das Turmzimmer.

Dort fand er Johan.

Der häßliche kleine Mann versperrte den Weg zu dem Zimmer, das einmal das Allerheiligste des Kanisterkönigs gewesen war, Ottos Sanktuarium, das Turmzimmer, in dem er nachdachte und Pläne machte und das von niemandem, von der Meerfrau abgesehen, jemals betreten werden durfte. Im Schein der Taschenlampe waren die weit aufgerissenen Augen Dåhli-Johans nicht mehr als trübe, ins Leere starrende Augäpfel, das Blut unter seinem Kopf war bereits geronnen. Der Mund stand halb offen. Ein heftiger Schlag hatte ihm den Schädel eingedrückt.

Otto fiel neben Dåhli auf die Knie, er stieß einen Laut aus, es war weder ein Schluchzen noch ein Schrei, es war beides und nichts von beidem.

Er packte Dåhli und zog ihn an sich, Dåhlis Gesicht war eisigkalt, er wiegte die Leiche hin und her, preßte sie an sich, als wolle er ihr von seiner Wärme schenken, dem bißchen Wärme, das er noch hatte. Die Taschenlampe war zu Boden gefallen, ihr Lichtkegel warf ein verzerrtes Muster aus Licht und Schatten an die Decke.

Langsam veränderte sich das Muster, während die Batterien nachließen. Schließlich war alles Dunkelheit.

Kapitel Sechzehn

Der Kanisterkönig träumt.

Die Meerfrau kommt noch einmal zu ihm. Sie ist nackt. Wassertropfen glitzern auf ihrem Körper, ihre Brüste schaukeln, sie lächelt. Ihre mit Seegras bedeckten roten Haare fallen ihr ins Gesicht. Er nimmt sie in die Arme, fühlt ihr Gesicht an seinem und küßt sie.

Dann verschwindet ihr Gesicht, sie trägt jetzt Dåhlis Totenmaske. Die Augen sind weiß und tot, der Mund ist schief, im Mundwinkel haftet ein Faden geronnenes Blut.

Otto küßt Dåhlis Gesicht, sein Verlust ist abgrundtief.

»Ich weiß, daß du mich nicht umgebracht hast«, sagt Dåhlis Gesicht mit Annas Stimme.

Das blendende Licht Hunderter Autoscheinwerfer leuchtet auf. Die Autos stehen in einem Halbkreis, er sieht sich selbst vor ihnen knien, in den Armen hält er Anna, sie ist eisigkalt.

Vidar Boström fliegt durch die Luft, seine Beine sind gekrümmt, er fuchtelt mit den Armen. Er lacht und fliegt Kreise, wirft den Kopf zurück, lacht und fliegt im Kreis.

Irgendwo liegt eine Stadt aus Licht, sie breitet sich vor einem Jungen aus, der auf einem Schiffsdeck steht, Millionen von Lampen funkeln. Während sich das Schiff dreht, bewegt sich sanft die Stadt, der Wind ist warm, die Dampfersirene blökt, der Ton hallt über das Wasser.

Er entfernt sich von der Stadt aus Licht, weiß, daß sie auf ihn wartet.

Der Kanisterkönig wurde im Hotel »Ernst« verhaftet.

Als die Polizei kam, lag er schlafend im Bett. Er machte einen verwirrten Eindruck, leistete aber keinen Widerstand, gefügig ließ er sich die Handschellen anlegen.

Im Gästebuch hatte er sich unter dem Namen V. Boström eingetragen.

Die Polizisten fuhren mit ihm zum Präsidium und schlossen ihn in eine Zelle.

Er legte sich auf die Pritsche und schlief sofort ein.

Inspektor Hoxell führte das erste Verhör.

Es ging auf den Nachmittag zu, Otto schien sich gefaßt zu haben. Zwar war er unrasiert, sein Anzug war zerknittert, den Schlips hatte ihm der Wachbeamte abgenommen, aber er sah Hoxell gelassen in die Augen, was den ein wenig verwirrte.

»Jetzt bist du dran, Näs. Kapierst du das?« begann Hoxell.

»Na, wenn du's sagst.«

Hoxell holte tief Luft, durfte nicht die Geduld verlieren. »Dein Rock hat in dem Boot gelegen, das wir in Sundom gefunden haben. Es war Blut dran. Der ermordete Johan August Viljam Dåhli wurde durch mehrere Schläge mit einem stumpfen Gegenstand getötet.« Er schwieg einen Augenblick. »Was für ein Gegenstand war das?« Hoxell studierte Ottos Gesicht mit Interesse.

»Ich hab ihn nicht erschlagen.«

»Ach? Und wer soll es sonst gewesen sein?«

Otto schwieg.

»Ich kann dir sagen, wie das abgelaufen ist«, sagte Hoxell. »Ihr seid miteinander in Streit geraten. Vielleicht ist es um Geld gegangen, er hat doch für dich gearbeitet. Ihr seid immer lauter geworden. Die Nerven sind euch durchgegangen. Ihr seid aneinandergeraten. Du hast nach irgend etwas gegriffen und zugeschlagen, immer wieder, du bist so wütend gewesen, daß du nicht mehr wußtest, was du tust. So ist es doch gewesen!«

Otto schwieg noch immer.

»Hör mal, Näs, du kannst mit Totschlag davonkommen, wenn es so war. Aber man könnte es auch als Mord bezeichnen. Dann fährst du lebenslänglich ein. Es ist für alle am besten, wenn du gestehst.«

»Ich kann nichts gestehen. Ich bin's nicht gewesen.«

»Verflucht noch mal, Näs! Glaub bloß nicht, irgendeiner von denen, denen du den Sprit geliefert hast, hilft dir! Die scheißen doch auf dich!«

Ottos graue Augen ruhten auf Hoxell, sie verrieten keinerlei Angst, verrieten gar nichts.

Hoxell mußte die Fäuste unter dem Tisch ballen, um sich zu beruhigen. »Wir wissen, daß Dåhli und du an diesem Abend allein in der Villa wart«, bluffte er.

»Nein«, sagte Otto. »Ich bin erst um zwei hingekommen, da war er schon tot und kalt.«

»Wenn du nicht in der Villa warst, wo bist du denn dann gewesen?«

»Oben in Siklax. Ich bin kurz nach zwölf nach Stranden gefahren.«

»Wo genau bist du gewesen? Mit wem warst du zusammen?«

Keine Antwort.

»Kann jemand bezeugen, daß du in Siklax warst?«

Keine Antwort.

»Willst du jemanden schützen?«

Noch immer keine Antwort.

Hoxell schlug mit der Faust auf den Tisch. »Näs, das führt doch zu nichts! Mach's dir doch nicht so schwer! Wir wissen, daß du auf der Insel warst, dafür gibt es Zeugen!«

Otto grinste.

Hoxell überlegte sich, ob er die Wahrheit aus ihm herausprügeln sollte, aber er wußte, Gewalt würde zu nichts führen. Er drückte seine Papyrossa aus. Die beiden Männer musterten einander. Hoxell schüttelte den Kopf, stieß einen tiefen Seufzer aus und begann von vorn: »Wann willst du denn zur Villa gekommen sein...«

Gegen fünf Uhr gab Hoxell auf. Das Verhör hatte keinerlei Ergebnisse erbracht. Hoxell wies einen Konstabler an, Otto in die Zelle zurückzubringen.

Jetzt bat Otto inständig darum, man solle ihn vorher ins »Ernst« bringen, er müsse noch die Rechnung begleichen.

Hoxell sah erstaunt auf.

»Du glaubst also, diesen Gefallen tu ich dir?«

»Ich will nicht, daß Hansson wegen mir Geld verliert. Ist ein alter Bekannter.«

Hoxell zuckte mit den Schultern.

»Jylhä und Leppänen, bringt den Kerl ins ›Ernst‹! Und seht zu, daß ihr euch beeilt!«

Im Hotelzimmer setzte Jylhä sich auf das Bett, Leppänen nahm auf einem Stuhl am Fenster Platz.

»Ich bin so hungrig von dem Verhör, daß ich mir gedacht habe, ich bestelle mir ein Omelett, das geht doch wohl?« sagte Otto. »Kann gut das letzte anständige Essen sein, das ich bekomme!«

Jylhä zögerte, wechselte einen Blick mit Leppänen. Otto stand schon am Telefon.

»... und außerdem hab ich noch zwei Jungs hier oben, bringt ihnen ein paar Kopenhagener und Kaffee.«

Otto schlüpfte aus dem Jackett, hängte die Taschenuhr über den Bettpfosten und zog sein Hemd aus. Ein Kellner mit dem Kaffee für die Polizisten erschien, während Otto sich im Waschbecken das Gesicht wusch und ein sauberes Hemd anzog. Jylhä und Leppänen tauchten ihren Kopenhagener in den Kaffee. Otto zog die Weste an und nahm seine Brieftasche in die Hand.

»Oberkellner Hansson wartet draußen in der Halle auf mich, ich muß die Rechnung bezahlen.«

Jylhä erhob sich vom Bett.

»Aber Herr Konstabler, man braucht doch ein wenig Ruhe, wenn man abrechnen will?«

Jylhä zögerte, kaute auf dem Kopenhagener, sein Kollege schielte nach der Uhr an der Wand und Ottos Jackett, das über der Stuhllehne hing. Jylhä nickte.

»Na gut, aber laß die Tür auf!«

Otto vollführte einen Kratzfuß. Jylhä nahm sich einen weiteren Kopenhagener und tauchte ihn in den Kaffee.

Gelassen ging Otto den Korridor hinunter, er war in Hemdsärmeln, die Weste hatte er aufgeknöpft.

Man hörte leise Stimmen.

»Wieviel bin ich dir schuldig, Hansson«, hörte man Otto sagen.

Die Antwort war nicht zu verstehen.

»Wie verdammt zahm der sein kann«, sagte Jylhä zu seinem Kollegen.

Dann hörte man einen gedämpften Schrei.

Leppänen kam als erster auf die Füße, sein Stuhl fiel um, und er verhedderte sich in den Stuhlbeinen, rannte schließlich aus dem Zimmer, gefolgt von Jylhä.

Der Korridor war leer, abgesehen von Oberkellner Hansson.

»Verdammt! Wo ist der Kerl hin?« rief Jylhä.

Hansson deutete auf die Treppe. »Er hat mir einen Stoß versetzt und ist dann da hinuntergerannt.«

Schon waren Jylhä und Leppänen auf der Treppe, zogen ihre Pistolen und rannten durch das Foyer, der Portier sah ihnen mit großen Augen nach.

Sie erreichten die Kyrkoesplanaden.

Nichts.

Sie sahen sich um, Leppänen lief die Straße hinunter und breitete die Arme aus. Jylhä machte kehrt und lief ins Foyer, dann durch das Restaurant und die Küche auf den Hof des Hotels.

Er war leer, von ein paar Kästen und den Mülltonnen abgesehen.

Fluchend ging Jylhä zurück ins Hotel. Im Foyer stieß er mit Leppänen zusammen, der schüttelte den Kopf.

Sie durchsuchten das Hotel, danach den angrenzenden Häuserblock.

Wenig später traf Hoxell ein, er fluchte und tobte.

Sie verhörten Oberkellner Hansson, den Portier und das übrige Personal. Ohne Ergebnis.

Otto Näs, auch bekannt unter dem Namen Kanisterkönig, hatte sich in Luft aufgelöst.

Epilog

April 1929

Leise surrend dreht sich ein Wasserrad.

Es ist ein Sonntag im April. Der Bach ist bis an den Rand mit strömendem, perlendem Wasser gefüllt. Das Wasserrad wurde an einer Stelle aufgebaut, an der die Geschwindigkeit des Wassers am größten ist. Es dreht sich in erstaunlichem Tempo, das Wasser spritzt.

Erik, der Sohn von Kommunalarin-Gustav, steht mit den Händen in den Hosentaschen da und sieht seinem Wasserrad zu.

Den ganzen Vormittag hat er im Schuppen geschreinert, jetzt ist sein Werk fertig und macht ihm nicht mehr so viel Spaß.

Er ist unruhig.

Heute ist auf dem Smeds-Hof alles durcheinander. Die Kinder wurden aus dem Haus geschickt, sie sollten auf sich selbst aufpassen.

Erik sieht zum Hof hinüber, das Hauptgebäude ist von Ställen, Schuppen und Heuschobern umgeben, ein wenig abseits, auf der anderen Seite des Zufahrtsweges, der von Birken gesäumt wird, stehen die Getreidedarre und die Sauna, aus dem Schornstein steigt dünner Rauch. Bevor Vater mit dem Packard nach Blaxnäs gefahren ist, hat er Feuer gemacht.

Erik wäre gern mitgefahren, aber Ida hatte ihm befohlen, auf seine Geschwister aufzupassen. Erik hat den Befehl an die Zwillinge weitergegeben, die es nicht wagen, ihrem großen Bruder zu widersprechen, sie spielen mit Astrid und Johannes vor dem Stall.

Das Wasserrad dreht sich, es platscht im Bach. Eine Elster hüpft herum, trägt einen Zweig im Schnabel, sie erhebt sich und fliegt in einem Bogen weg. Die Elstern bringen die

Zweige in ihr altes Nest in einer Birke, das bedeutet, daß der Sommer früh kommt und schön wird.

Erik wird es langweilig, dem Wasserrad zuzusehen, er geht zum Hof hinauf.

Auf dem Platz steht ein Automobil, ein schwarzer Ford T. Er ist nicht so schön wie der Packard von Vater, den er Onkel Otto vor einigen Jahren abkaufte. Der Ford gehört der Hebamme. Fräulein Rakel Thodén ist das einzige Frauenzimmer in Siklax, das Auto fährt. Sie ist vor einer Weile gekommen und mit ihrer schwarzen Tasche eilig ins Haus gegangen.

Erik hat die Hebamme schon häufiger auf dem Smeds-Hof gesehen. Als Astrid geboren wurde, hat Vater sie mit dem Pferdewagen geholt. Aber als sein Bruder Johannes vor fast zwei Jahren auf die Welt gekommen ist, hatte sie sich gerade den Ford angeschafft und Autofahren gelernt.

Auch als seine Geschwister geboren wurden, wurde Erik aus dem Haus geschickt, bis alles vorüber war.

Erik geht um den Ford herum und betrachtet ihn genau, traut sich aber nicht, ihn anzufassen, denn wenn Ida oder die Magd ihn dabei erwischen, setzt es eine Ohrfeige. Er interessiert sich sehr für Maschinen, kennt alle Automobilmodelle. Noch besser aber gefallen ihm Flugmaschinen. Er weiß die Namen vieler Typen, es sind fremde Namen, die sein Herz schneller schlagen lassen, Namen, die in seinen Ohren unendlich schön klingen: Junkers, Fokker, Handley Page, Blériot...

Wenn er groß ist, will er Flieger werden.

Seine Mutter steht am Küchenfenster, sie ist mit irgend etwas beschäftigt, womit, kann er nicht erkennen.

Ida bekommt dieses Mal kein Kind, er bekommt kein Geschwisterchen.

Erik kann nicht begreifen, warum die Schullehrerin ihr Kind auf dem Smeds-Hof bekommt.

Aber sie ist ja keine Lehrerin mehr. Die Zwillinge und die anderen Kinder in den unteren Volksschulklassen haben eine neue Lehrerin bekommen, eine, die nicht so lieb ist und so gut wie Frau Boström. Auch Erik hat einen neuen Lehrer bekommen, Lehrer Boström ist in den Norden gezogen.

Die Erwachsenen haben oft darüber gesprochen, sie redeten leise, und wenn Erik ins Zimmer kam, verstummten sie ganz. Soviel aber hat er begriffen: daß Lehrer Boström und Frau Lehrer Boström auf einer »Skils-Messe« gewesen sind.

Erik ist mit seinem Vater auch schon einmal auf einer Messe gewesen. Damals war er sieben oder acht Jahre alt, und er kann sich noch genau an die finnischen Flaggen erinnern, an den blauen Himmel, die rote Limonade und die jungen Schweine. Und an die Traktoren! Mit riesigen Rädern aus Eisen und dröhnenden Motoren!

Zu gern würde er wissen, ob es auf Lehrer Boströms Messe auch Traktoren gegeben hat.

Vater hat es nicht gefallen, daß Frau Boström auf den Smeds-Hof gekommen ist. Vater und Mutter haben oft darüber gesprochen, spätabends, Vater hatte wütend geklungen. Mutter hat dann entschieden, daß die Lehrerin hierherkommt, und wenn Mutter etwas entscheidet, dann wird es auch so gemacht.

Irgend etwas hat Onkel Otto damit zu tun, darum gefällt Vater die ganze Sache nicht. Erik macht sich Sorgen.

Onkel Otto, der Gauner, der Kanisterkönig, den die Polizei verhaftet hat und der dann geflohen ist.

Er soll Dåhli-Johan umgebracht haben. Erik glaubt das nicht.

Jedenfalls ist Onkel Otto fort. Keiner hat mehr von ihm gehört. Manche behaupten, er hat sich das Leben genommen. Andere sagen, er ist in Südamerika.

Von Onkel Otto darf man nicht sprechen, sonst werden Vater und Mutter böse.

Und Onkel Otto also hat irgend etwas damit zu tun, daß die Lehrerin, die jetzt keine Lehrerin mehr ist, gerade ein Kind kriegt.

Vom Hof her hört man gedämpfte Schreie.

Erik läuft über das Feld hinunter zum Bach, der Schneematsch quatscht an seinen Stiefeln, die Elstern in den Bäumen krächzen.

Im Bach dreht sich das Wasserrad, es dreht sich schrecklich schnell.